徳間文庫

米露開戦 下

トム・クランシー
マーク・グリーニー
田村源二訳

徳間書店

Title : COMMAND AUTHORITY (vol. II)
Author : Tom Clancy with Mark Greaney

米露開戦 下

主要登場人物

ジェリー・ヘンドリー………………〈ザ・キャンパス〉の長
ギャヴィン・バイアリー……………　〃　ＩＴ部長
ジョン・クラーク……………………　〃　元工作員
サム・ドリスコル……………………　〃　工作員
ドミンゴ・〝ディング〟・シャベス…　〃　工作員
ドミニク・カルーソー………………　〃　工作員
ヒュー・キャスター…………………英国リサーチ会社の共同所有者
ジャック・ライアン・ジュニア……　〃　分析員
サンディ・ラモント…………………ジャックの上司
マルコム・ガルブレイス……………英国リサーチ会社のクライアント
ジョン・パトリック・ライアン……アメリカ合衆国大統領
キャシー………………………………ジョン・パトリックの妻。眼外科医
ダン・マリー…………………………司法長官
マーク・ジョーゲンセン……………統合参謀本部議長。提督
メアリ・パット・フォーリ…………国家情報長官
ジェイ・キャンフィールド…………ＣＩＡ長官
サー・バジル・チャールストン……元英国ＳＩＳ長官
ヴィクター・オックスリー…………元ＭＩ5工作員
バリー・ジャンコウスキー…………米国陸軍大佐
エリック・コンウェイ………………米国陸軍准尉。ヘリのパイロット
アンドレ・〝ドレ〟・ペイジ…………　〃　。ヘリの副操縦士
ヴァレリ・ヴォローディン…………ロシア大統領
セルゲイ・ゴロフコ…………………元ＫＧＢ将校にして元ＳＶＲ長官
ロマン・タラノフ……………………ＦＳＢ長官
パヴェル・レチコフ…………………謎のロシア人

30年前
アーサー・ムーア………………………ＣＩＡ長官。元判事
ジェームズ・グリーア…………………　〃　情報部長
ジョン・パトリック・ライアン………　〃　分析官
サイモン・ハーディング………………英国ＳＩＳソ連作業班長
ニック・イーストリング………………　〃　防諜課の職員
デイヴィッド・ペンライト……………　〃　工作員

46

三〇年前

CIA分析官ジャック・ライアンはその夜、チャタムにある自宅二階の書斎の机につき、クレヨンでヨットの塗り絵をして過ごしていた。といっても実は、自分が塗り絵をしているわけではなく、膝《ひざ》の上にちょこんと座った五歳になる娘のサリーが、小さな頭と両肩を塗り絵帳におおいかぶせるようにして、ジャックがいま自分の仕事に投入できるよりも強い集中力で塗り絵という芸術作品の制作に励んでいるのである。ジャックはサリーを床に下ろそうと何度も試みるのだが、そのつど娘は抗議の声をあげ、ダディーの膝に座って机で塗り絵をしつづけるのだと言って聞かない。よく言われるように「負ける戦《いくさ》はしてはいけない」とジャックにもわかっている。これはサリーがかならず勝つ戦いなのである。とはいえ、本当のところは、こんなふうに娘といっしょに過ごす時間を楽しんでいるのだ。ただ、いまコンピューターで書いている原稿をちらちら盗み見ようとはしている。

そしてそれがまた、かならず負けるもうひとつの戦いなのである。娘のサリーは、自分が制作中の傑作からダディーが注意をそらす瞬間を直感的に感知できるようなのだ。「だめ、ちゃんと見てないと」とサリーに怒られ、ジャックはにやっと笑って、言われたとおりにする。

サリーがヨットの塗り絵をしているあいだに、ジャックは数パラグラフ書こうとするのだが、どうしても果たせない。しかも彼は同時に、何度も電話のほうにも視線をやっている。ジャックの自宅にはCIAがわざわざ取り付けてくれた盗聴防止システム電話STUがあった。そして、その図体《ずうたい》の大きい奇妙な装置のふつうの電話機のように見える部分だけが、彼が珍重する机上のAppleⅡe《アップルツー》コンピューターのそばに置かれていた。先日イギリスの情報機関からわたされたスイスの銀行の行員・顧客リストに関する電話がCIA本部《ラングレー》からいつかかってきてもおかしくない状況なのである。だから、こうやって就寝時間直前の娘と遊んでいるのはとても楽しいのだが、現場に出ているひとりの男が重要極まりない諜報《ちょうほう》情報をいまかいまかと待っているという事実が頭から離れず、苛立《いらだ》ちを覚えないわけにはいかなかった。

幸いにも、しばらくすると妻のキャシーが書斎に入ってきて、疲れた笑みを浮かべて言った。「ダディーにおやすみのキスをしなさい、サリー」

「いや！」サリーは甲高い声をあげた。彼女はすでに眠気と戦っていて、いま寝室に連れていけば少しばかり泣き叫ぶことになるが、このまま寝かせるのを先に延ばせば、その結果はもっとずっと悪くなるだけだ。キャシーは辛抱し、サリーに父親の膝の上でもうひと騒ぎさせてから、サッと娘を抱き上げ、ベッドへ連れていった。

サリーの癇癪《かんしゃく》はありがたいことにすぐにおさまり、まだ廊下にいるうちから娘が母親と楽しそうにおしゃべりしはじめるのをジャックは聞いた。

ジャックはアップルのキーボードに指をのせ、数分だけでも執筆中の著作であるウィリアム・F・ハルゼー提督の伝記に取り組もうとした。アップルのコンピューターは使いはじめたばかりで、ジャックにとってはまだ〝驚異の機械〟だった。電動タイプライターからコンピューターへの乗り換えは簡単ではなかった——電動タイプライターのキーを打てばそれなりの手応《てごた》えがあり、パンパンパンという満足感のある音も聞こえるが、コンピューターのキーはいかにもプラスチックという感じで打ち応えが軽すぎ、カチャカチャという音しかしないので、なんとなく安っぽくて気にさわるのだ。それでも、何度かキーを操作するだけで原稿の大規模な変更や全体にわたる直しが可能になり、一〇〇ページ以上の原稿データを五・二五インチ（約一三センチ）のフロッピーディスク一枚に記録できるということがわかっているので、キーボードの妙な感触もどうにか我慢できる。

やっと原稿を書きはじめ、なんとかパラグラフを二つ三つタイプしたとき、ＳＴＵが呼び出し音を発した。

ジャックは盗聴防止装置の前面についているキーホールにプラスチック製のキーを差し

こみ、受話器をとった。

「お待ちください、同期中」と合成音声が何度も繰り返し、ライアンは辛抱強く待った。

一五秒後、ふたたび合成音声が言った。「安全が確保されました」

ライアンは応えた。「はい、もしもし」

「やあ、ジャック」CIA情報部長のジェームズ・グリーア提督だった。

「こんばんは、提督。あっ、すみません、〝こんにちは〟と言うべきでした」

「よし、では、きみには〝こんばんは〟と言おう。RPB――リッツマン・プリヴァートバンキエーズ――の行員・顧客リストに関する予備情報が分析官からとどいた」

「すごい。でも、正直なところ、提督みずからが電話をかけてきてくれるとは思っていませんでした。何か驚愕《きょうがく》すべき事実が見つかったので、情報部長みずからが受話器をとって、それを伝えなければならなくなったということでしょうか、それとも、わたしは期待しすぎということでしょうか？」

「間違いなく後者だよ、残念ながら。情報がわたしのところにとどいたので、自分できみに電話しようと思っただけだ。だれかを興奮させられるような情報はまったくない。行員リスト関連の情報は皆無、ゼロだ。RPBの行員たちも……いわゆるスイスの銀行家《バンカー》でね、品行方正、危険に近づいて冒険しようなどという気をいっさい起こさない」

「思っていたとおりです」

「イギリスの連中もすでに知っているはずだが、先日殺されたトビーアス・ガプラーも、修道士のような生活を送っていた。殺される原因となる私生活上の問題などまったくなかった」

「顧客のほうはどうです？　危険マークがつくような者はいませんでしたか？」

「きみはそういう者がいるのではないかと思っていたのかもしれないが、残念ながらそういう類《たぐい》の怪しい顧客も見当たらない。繰り返すが、今日伝えることはみな、まだ予備情報にすぎない。だが、リストにある名義人名による個々の口座に関するかぎり、そのほとんどは、〝犯罪による利益を隠す必要に迫られて〟というのではなく、単なる〝税金逃れのために〟金をスイス銀行に隠している通常の金持ちの口座のようだ。要するに、顧客たちの大半は世襲財産を受け継ぐ資産家で、イタリア人、スイス人、ドイツ人、イギリス人、それにアメリカ人」

「アメリカ人も？」

「そう。むろん、リストに名のある顧客全員を徹底的に調べる時間なんてなかったが、怪しいことはまったく見つけられなかった。顧客の大半は、医療ミスの損害賠償に金を持っていかれないようにしている医者、離婚した妻に資産を奪われないように金を隠している男といったような者たちだ。倫理的には問題があるが、重大な犯罪をおかしているわけではない」

「共産圏の口座名義人は？」

「ひとりもいない。だが、それがどういうことだか、きみもわかっているはずだ。ＫＧＢはひと目でわかるようなことはしない。スイス銀行は口座名義人の身元を確認すると言ったって、ほんとうの口座所有者がだれであるかまでわかるわけではない。彼らは書類をチェックするだけなのだ。ＫＧＢには偽造の名人が何人もいるからね」

「法人口座情報の調査はどうなっていますか？」

「実は捗《はかど》っていない。言うまでもないが、銀行口座との関係をほんとうに隠したい者は、名前を貸して口座開設時にサインするだけの偽装名義人を雇う。その偽装名義人は名を貸すだけで金を受け取れ、だれが金を払っているのか知らないし、知りたいとも思わない。これだけで実際の口座所有者がだれなのかつきとめることはほぼ不可能になる。ただ、われわれにはそれをつきとめる方法がないわけではない。で、いくらかは口座の所有者を特定できた。たとえば、カジノ・グループ、有名ホテル・チェーン。ダイヤモンド商が所有する口座もひとつあり、さらにシンガポールの法律事務所が――」

「ちょっと待って。いまダイヤモンド商と言いました？」

「言ったよ。アルジャンス・ディアマンテール。アントワープに本拠をおく会社。オーナーはフィリップ・アルジャンス。彼が所有するその会社の口座がＲＰＢにあるんだ。それがどうかしたのかね？」

「ペンライト——例のイギリスの工作員——から聞いた話なのですが、ＫＧＢが現金や実物資金という形でＲＰＢから金《マネー》を移動させた可能性がある者たちについて知りたがった、というのです」

「アルジャンス・ディアマンテールはヨーロッパでは最大級の宝石用原石取引をおこなっている会社だ。原石の入手先はおもに南アフリカだが、全世界で宝石の売買をしている」

「商売のしかたは公明正大ですか？」

「まあ、イエスと言える。宝石の商売にはダーティーな暗部がつきまとうが、フィリップ・アルジャンスはいちおう合法的な商売をしている。彼が不正行為をしたことを知っている者はひとりもいない」

ライアンはしばし考えた。ＫＧＢマンたちが現金および金《ゴールド》等の実物資産の移動について尋ねた。そしてダイヤモンドは疑いなく実物資産のひとつ。アルジャンス・ディアマンテールの口座のことはペンライトに教えよう。しかし、それほど期待が持てるというわけでもなさそうだ。

ジャックは言った。「情報をありがとうございます。もしペンライトが望んでいる筋書きが『ＫＧＢとはちがう悪者が銀行に係わっていて、そいつがトビーアス・ガプラーを殺した』というものなら、彼を失望させることになりますね」

グリーアは言った。「コーサ・ノストラ、五大ファミリーといったマフィアや、メデジン・カルテルなどの麻薬密売組織とのつながりはまったくない。やはり、KGBの口座を管理していたバンカーが町の通りで殺されたという事件は、KGBと何らかの関係があるのではないかという考えを、イギリスの情報機関も受け入れなければいけないのではないかな」

「ですよね」

「それからもうひとつ、ジャック。ムーア判事と今朝話し合ったのだが、われわれとしてはだね、そのイギリスの〝資産《アセット》〟の運営にも参加したいのだ」ムーア判事とは元判事のアーサー・ムーアCIA長官のことだ。

「その件については先日サー・バジルと話し合いました。その銀行の〝資産《アセット》〟から得られる〝成果〟はすべて、そちらに伝えるが、この情報源を両国で共同利用するつもりはまったくないと、はっきり言われました」

「それならそれで仕方ないが、その情報源が〝使用期限切れ〟になるのではないかと、わたしは心配している。もしKGBが彼のスパイ行為に感づいたら、資金を引き上げるか彼を排除するだろう。時間的余裕《タイム・ウィンドウ》はあまりないと思う。この作戦を護《まも》るためにも情報源の共同利用をしたほうがいいんだがな」

「ええ、わたしもそう思います」ライアンも同感だった。

「その〝資産《アセット》〟についてわかっていることは？」

「それがあまりないんです。ペンライトがチャールストンのいないところでもうすこし情報をくれました。その〝資産《アセット》〟は口座を所有するハンガリー人だといって銀行に乗りこんできたKGBマンたちに応対した、とペンライトは言っていましたから、どうも銀行の重役のようですね。ペンライトはいまスイスにいまして、その男と会う準備をしています。トビーアス・ガプラーが殺されて〝資産《アセット》〟は怯《おび》えているでしょうから、ペンライトが宥《なだ》める必要があるということでしょう。CIAが顧客リストを調べても容疑者の可能性がある者をひとりも見つけられなかったのですから、ペンライトはこれからたいへん難しい厄介な仕事をしなければならないということになると思います」

グリーアは言った。「同族経営のスイスの銀行の内部にいる情報源というのは、とてつもなく役に立つ可能性を秘めている。明朝、アーサーといっしょにバジルに電話して、すこし強く説得してみる」

「なるほど。もちろん、あなたがたが判断することですが、見返りとしてイギリスに与えるものを用意する必要があるでしょうね。こちらが顧客リストを調べただけでは、あちらは〝資産《アセット》〟の共同運営を認めようという気にはならないと、わたしは思います」

ジェームズ・グリーアは返した。「そうだな。彼らが欲しがるものを何か見つけ、フェアな取引をして共同利用できるようにしたい」

ライアンはグリーアとの電話を終えるとすぐ、ペンライトが滞在するツークのホテルを呼び出した。そして、二人のあいだであらかじめ決めておいた『〝チューリッヒ支店〟に出向くように』という暗号をペンライトに伝えた。これでM－6（S－S＝イギリス秘密情報局）の工作員は市内の別の場所にある盗聴される心配のない安全な電話からかけなおすことになる。

三〇分でペンライトは電話をかけなおしてきた。

「こんばんは」ライアンは言った。

「やあ。では〝従兄弟《いとこ》たち〟からの最新情報を聞かせてくれ」

「行員リストのチェックでは何も見つからなかった」

「そうだろうとわたしも思っていた」

「予備報告ではあるが、顧客リストの調査でも、いかなる犯罪組織とのつながりも発見できなかった」

「まったく？」

「残念ながら、まったく。ただ、名義人を別人にして偽装しているが、実際の所有者はダイヤモンドを取引してかなり大きな商売をしている会社、という口座がひとつあることがわかった。要するに、その会社はダミー会社を利用してRPBに口座をひとつ持っているということ」ライアンはそのベルギーの会社の名前――アルジャンス・ディアマンテール

――を教えたが、ペンライトはこの情報に興奮するでもなく、いたって淡々としていた。

「オーケー、ライアン。明日、情報源と会うことになっている。こちらの最大の目的は彼が抱いている恐怖を和らげることだが、わたしはもうすこし彼から情報を引き出そうとしてもみる。例の二億四〇〇〇万ドルの口座の所有者に関する内部文書を提供してもらえないかなと思っているんだ」

ライアンは返した。「その口座の名義人はまず間違いなくダミー会社だ。そこから奥へ掘り進んでいくのは、かなり難しい」

「ほかに役立つかもしれないものって、何かあるかな？」ペンライトは訊《き》いた。

「ある。もし彼からその口座への送金方法に関する情報をもらえたら、そのほうが口座名義人情報よりも役立つんじゃないかな」

「ほんとに？　どうして？」

「だって、国がちがえば、銀行の守秘義務というやつもちがうからね。西側の別の銀行から送金されたのなら、そちらのほうから攻めるほうがＲＰＢの口座情報を探るよりも所有者を特定しやすいんじゃないかと思う」

「そうだな、うん」

ジャックは付け加えた。「言うまでもないが、わたしはそちらの〝資産《アセット》〟については何も知らない。彼は口座の送金データには通常アクセスできないというケースもあるかもしれない。その場合、あまりこそこそ嗅《か》ぎまわると、彼が危険にさらされる可能性がある」ペンライトは言った。「わかった、よし。注意してやらせるようにする。確実にそうさせる」

「ほかにわたしにできることは？」ジャックは訊いた。

「考えつづけてほしい。それだけだ。われわれ現場で行動する者は、自分よりも落ち着いて考えられる者の支援がたえず欲しいものなんだ」

これは一種の〝故意ではない侮辱〟だなとライアンは思ったが、気にしないことにし、何も言わなかった。

47

現在

クラーク、シャベス、ドミニクの三人はクリミアでの戦闘をなんとか生き延び、抗議のデモ行進と暴動が頻発する首都キエフに戻っていた。メディアは政界内紛のニュースでもちきりとなり、地元の犯罪組織のギャングどもがキエフの街中《まちなか》で市警と銃撃戦を繰り広げるようになっていた。

活動拠点としているマンションで他のメンバーたちと再会したあと、クラークはイゴール・クリヴォフが運転する車に乗ってフェアモント・グランド・ホテルへ行った。そこでまた、取材の必要経費で五つ星ホテルのデラックス・ルームに宿泊することにした不満たらたらのジャーナリストという偽装を演じようと思ったのだ。

だが、ホテルの玄関ドアに到着するやいなやクラークは、二日にわたる留守中にいささか状況が変わってしまったことに気づいた。

クラークが元のままではないことに最初に感づいたのは、ロビーに通じる玄関ドアの外でキエフ市に駐在する制服の内務省捜査官に呼びとめられてパスポートの提示を求められたときだった。クラークは偽装用のパスポートを手わたし、おっかない顔をしてそれをじっと見つめる捜査官に、自分はフェアモント・グランド・ホテルの宿泊客なんですけどと、いかにも協力的に告げた。

捜査官はパスポートを返して言った。「もう宿泊できない。ホテルは閉鎖された」

クラークは言い返そうとしたが、そうする前にホテルの従業員がひとりあらわれて、名前とルームナンバーを聞き出し、ほとほと困り果てたという顔をして大げさに謝罪しまくり、いますぐ荷物を持ってきますので、市内のどこか別の宿泊施設を手配していただけないでしょうかと、懸命に頼みこんだ。

クラークは戸惑い、横柄《おうへい》に抗議したが、それは偽装に合った振る舞いをしたにすぎない。実際はもっと冷静で、従業員が荷物を持って出てきたときにロビーのなかを素早く観察し、いまどういう状況になっているのか正確に把握することができた。〈七巨人〉がホテル全体を占拠し、いまや市警の警官、それに内務省捜査官さえもその建物の警備にあたっていて、関係者以外だれもなかに入れないようにしているというわけだ。

これは興味深い展開だった。クラークにとってこれは、ウクライナ政府の一部が市レベルおよび国家レベルで〈傷跡のグレーブ〉率いる〈七巨人〉の活動を露骨に支援している、ということを意味した。

クラークは考えた——これはすぐにクーデターが起こるということなのか、それとも、この都市《まち》に入りこんだロシアの犯罪者たちを支援する者たちはみな、ロシアが進攻してきてこの国を占領するのをしっかり腰をすえて待っているつもりなのか？

クラークはホテルの荷物を回収すると、マンションに戻った。ホテルの近くに新たな拠点を見つける必要があると彼は思った。ホテルへの人の出入りを監視できるところに移らないといけないのだ。フェアモント・グランド・ホテルがここウクライナで起こりつつある反乱のようなものの中心であるような気がクラークにはしはじめていた。だから、その〝事を起こす中心〟に充分に近いところにいて、これからはじまるゲームがどういうものなのか、そのプレイヤーたちが何者なのかを知りたいと思った。

その夜、〈ザ・キャンパス〉の工作員たちは、市の中心部にあって引っ越すことが可能な場所を探すのに時間を費やした。イゴール・クリヴォフが近くのレストランから買ってきたステーキとサラダの夕食をがつがつ食べるあいだも、彼らは新拠点探しをやめなかった。いつものように、テレビのチャンネルはウクライナの民間放送局のひとつICTVに合わされていて、どんな盗聴器も役立たないように音量はうるさくて仕方ないほど大きくされていた。その夜マンションで過ごしていた六人の男たちは、テレビの音をずっと無視していたが、午後一一時のニュース番組のトップ・ニュースがはじまると、まずウクライナ語を母国語とするイゴール・クリヴォフが、次いで数秒遅れでロシア語に堪能《たんのう》なジョン・クラークとドミンゴ・シャベスが、テレビのほうに顔を向けた。ロシア語とウクライナ語は東スラヴ語群に属する同じ起源をもつ言葉で、クラークとシャベスはウクライナのテレビ・ニュースの内容もあるていど理解できるのだ。

クリヴォフがほかの者たちのために内容を英語で伝えた。「一時間後にヴェルホーヴナ・ラーダの建物――つまり憲法広場にある国会議事堂――の前で演説がおこなわれる。メディアがそれをライヴで伝える。オクサーナ・ズエワが登壇する」

「えっ、だれ、それ？」ドリスコルが訊《き》いた。

「彼女はウクライナ最高議会の親ロシア派のリーダーだ。現ナショナリスト政権が倒れたら、彼女が確実に大統領になる」

シャベスが訊いた。「そんなに人気があるのか?」

イゴール・クリヴォフは肩をすくめた。「ヴァレリ・ヴォローディンが支援しているんだ。彼女の党はロシアからひそかに資金を受け取り、その他の援助も受けている」

二人が話しているあいだも机について街中に散らばるGPS発信装置の動きを監視していたギャヴィン・バイアリーが顔を上げた。「いま憲法広場とか言った?」

クリヴォフが答えた。「ああ。そこでいまから政治家が演説する、と言っていたんだ」

バイアリーは机からメモ帳をつかみとると、何やら手早く書きとめ、それをドリスコルに手わたした。彼はそれを目だけで読み、隣の者にまわした。

シャベスのところにもまわってきて、彼もそれを黙読した。《先日、発信装置を取り付けた最初の車――ターゲット車ナンバー1《ワン》――は現在、憲法広場にあり、動かない。駐車しているもよう》

シャベスはドミニクのほうに顔を向け、テレビの大音量にも邪魔されずに盗聴器のマイクが拾えるほどの大声を出し、聞かれてもいいような言いかたをした。「おい、こいつはカメラを持って演説会場に駆けつけ、ちょいと撮影せんといかんぞ」

ドミニクは素早くステーキから大きな肉片をひとつ切りとると、「ようし、行こう。機材をとってくる」と言って、肉片を口に押しこんだ。

四五分後、ドミンゴ・シャベスとドミニク・カルーソーはウクライナの国会議事堂であるヴェルホーヴナ・ラーダの建物がある広場に到着した。憲法広場に駐車スペースを見つけるのにすこし時間がかかった。広場はまだ満杯からほど遠い状態で、新古典主義の巨大な建物の前に設置された階段付き台と演壇の近くを歩きまわる人々が数百人いるていどだった。彼らは前座の演説に耳をかたむけながらメイン・イヴェントがはじまるのを待っていた。

その群衆のなかには数十ものメディア取材班も混ざっており、彼らは演壇が据えられている台の真ん前に密集していて、がやがやと騒がしかった。シャベスとドミニクはビデオカメラを手にとり、記者証が首からちゃんとぶらさがっているのを確認してから、群衆に近づいていった。

二人はイヤホン型ブルートゥース・ヘッドセットをはめていて、マンションにいるギャヴィン・バイアリーといつでも連絡がとれた。バイアリーはどうしても伝えなければならないことがあるときにだけ小声で話し、さらになるたけ、わかりにくい曖昧《あいまい》な言いかたをするよう懸命に努力した。万が一、ＦＳＢ（ロシア連邦保安庁）がマンションに仕掛けたにちがいない盗聴器を通してだれかに聞かれても厄介なことにならないようにするためだった。

演壇のある台に向かって広場を横切っていくシャベスとドミニクにバイアリーが声をか

け、ターゲット車がとまっている駐車場へと誘導した。だが、二人が目的地に着いてみると、駐車場は施錠《せじょう》されたゲートのなか、つまりヴェルホーヴナ・ラーダの建物の敷地内にあった。

これは実に興味深いことだった。なぜなら、ターゲット車であるSUVのそばまで近づいて所有者情報を得ることはまったくできないものの、先日〈傷跡のグレーブ〉に会った野郎たちがウクライナ政府の所有地内に車をとめる力を持つ者であることが、これではっきりしたからだ。

二人はふたたび演壇に向かって歩きはじめ、ほんとうのメディア取材班であるような顔をして群衆のなかに割りこみ、強引に前へと進んでいった。

このテレビ中継される集会には数人の政治家が参加していて、すでに演説をすませた者もいたが、メインのショーはこれからはじまろうとしていた。

演壇のある台の上にいる女性はオクサーナ・ズエワだけで、ジャーナリストたちは全員、その彼女ゆえに今日ここに集まっていた。ズエワはウクライナ最大の親ロシア政党であるウクライナ地域統一党の党首であり、次期大統領選出馬に関心があると公言してはばからなかった。

今日の彼女の演説は、政権与党のナショナリスト政党、統一ウクライナ党に対する数々の不満を表明するだけのものにとどまらないと予想されていた。今日の演説は政権与党に対する〝宣戦布告〟であり、これによってオクサーナ・ズエワは東部の親ロシア派にさらに近づき、ロシア政府《モスクワ》に一段と愛されるようになるはずだった。彼女は今日の演説で次期大統領選でのモスクワの全面支援をしっかりと手に入れるつもりだった。そのとおりになれば大統領選での勝利は確実になる。

実はオクサーナ・ズエワは有力国会議員時代にやっていたというありとあらゆる汚職で夫ともども告発されてきたのだが、統一ウクライナ党は結局のところ、彼女を失脚させることに失敗し、汚職の罪ひとつ着せることができなかった。そしてオクサーナ・ズエワは、カメラの前でもゆったり落ち着いていられるうえに頭の回転も速いということが大いに与《あずか》って、いま背後にある建物のなかではウクライナ最高議会でも最も強硬な部類の姿勢を貫いているにもかかわらず、優しい穏やかなイメージを国民に植えつけることに成功している。

政治とは無関係のことだが、オクサーナ・ズエワが目の覚めるような美人であるということはだれもが認めざるをえなかった。彼女は五〇歳になる金髪の美女で、ウクライナの伝統的ヘアスタイルを真似《まね》て三つ編みにした髪を頭に巻きつけていることが多く、身につける服も、ほんの少しだがウクライナの民族衣装の要素を採り入れたとはっきりわかる、有名デザイナーの手になる洒落《しゃれ》たものだ。

シャベスとドミニクはこのイヴェントを観察し、撮影しながら、フェアモント・グランド・ホテルでターゲット車ナンバー1に乗りこんだ写真撮影済みの二人の男を懸命に捜した。見逃さないように、目を皿のようにして広場に集まった群衆を調べていったが、なにしろ薄暗い明かりしかないところに夥《おびただ》しい数の顔が並んでいるのであり、運よく問題の男たちだと確認できる可能性はきわめて低いとシャベスとドミニクにもわかっていた。

そうやって二人があたりを見まわしているあいだに、オクサーナ・ズエワが同じ党の幹部のひとりに紹介された。ズエワは椅子《いす》から立ち上がると、微笑《ほほえ》みを浮かべて聴衆に手を振りながらマイクへ向かって歩きはじめた。その表情と仕種《しぐさ》がいかにも手慣れていて、彼女の親ロシアの主張には断固として反対する二人のアメリカ人さえ魅せられてしまったほどだった。

だが彼女はマイクまで達することはできなかった。

バンという鋭い大きな音がした。現場に居合わせた多くの取材班がのちに報道で、車のバックファイアのような音だった、と説明することになる爆発音。だがシャベスとドミニクにはそれが何の音か瞬時にわかった。強力な小銃の発砲音だ。

オクサーナ・ズエワの体がうしろに揺れ、体重が細く尖《とが》ったスティレットヒールにかかった。微笑みは消え、代わりに浮かんだ戸惑いの表情をすべてのカメラが捉《とら》えた。ズエワはぐにゃっとなってカーペット敷きの台の上に崩れ落ち、仰向《あおむ》けになって動かなくなった。

胸に血が広がりはじめた。

ヴェルホーヴナ・ラーダの建物は正面《ファサード》が大きな柱がならぶ新古典主義の造りになっているため、銃声がしつこく反響し、音から銃撃場所を特定するのはほぼ不可能になってしまった。警備官は拳銃《けんじゅう》の銃口を上に向けてあたりを見まわすことしかできなかったし、数十人のジャーナリストはあわてて頭を下げ、地面に伏した。聴衆は悲鳴をあげ、叫び、あらゆる方向へ走りはじめた。

シャベスとドミニクも、まわりのジャーナリストや聴衆と同様、ダイヴするように地面に伏したが、目であたりを調べまわしていた。二人はズエワの胸の傷の位置から銃弾が飛んできた方向を割り出そうとした。

そして、銃弾は東側の公園から飛んできた可能性が高いと判断した。

二人は跳び起き、広場の向こう側にある自分たちの車に向かって走った。だが、彼らが公園のほうへと車を走らせようとしたときにはもう、警察が道路を封鎖して検問をはじめていて、車の流れは停止してしまっていた。

シャベスは悔しさのあまり手でバシッとハンドルをたたいた。

ドミニクがヘッドセットでバイアリーを呼び出した。「ギャヴィン。ターゲット1《ワン》、動いていますか？」

答えが返るまでに何秒かあった。「動いている。東へ向かって公園を抜けようとしている」

シャベスは前方の検問を見やった。スラップ・オンと呼ばれる磁石付きGPS発信装置を取り付けられたSUVは、すでに検問の向こう側へ行ってしまっていた。こちらがそこを通り抜けるころには、ターゲット車ナンバー1はとっくにいなくなっているはずだ。

「くそっ、逃げられた」

ドミニクが言った。「わからないなあ。〈傷跡のグレーブ〉はここでロシアの利益になることをしているんですよね？」

「それは間違いないようだ。やつはFSBの代理として活動している」

「でも、いま暗殺された女性は、ロシアお気に入りのウクライナの政治家じゃないですか。いったいぜんたいなぜ、ロシアは彼女の暗殺に係わったりするんでしょう？」

シャベスは答えようとしたが、先にドミニクが自分で答えてしまった。

「もちろん、親ロシア政党の党首が殺《や》られたら、ナショナリストたちが一方的に責められることになりますね」

「そういうこと」ドミンゴ・〝ディング〟・シャベスは言った。「それで両派の闘争も激しくなる。で、そうなった場合、秩序を回復しに来るやつがいて、それはどこのどなたかということだ」

ドミニク・カルーソーは軽く口笛を吹いた。「そうか、ディング、くそっ。でも、ほんとうにロシア政府《クレムリン》が味方であるウクライナの政治家を殺したとなると、えらく冷血ということになりますね」

二人が乗った車は急発進して車の列から抜け出し、Uターンして対向車線に入った。問題のSUVには発信装置を取り付けてある。なにもいまがむしゃらに追跡しようとしなくてもいい。監視はいつでも再開できるのだ。

48

三〇年前

CIA分析官ジャック・ライアンはふたたび、サー・バジル・チャールストンM―6（SIS＝イギリス秘密情報局）長官の豪華な執務室にいた。ジャックがツークにいるデイヴィッド・ペンライトに電話して、CIAはトビーアス・ガブラー殺しの別の動機と思われるものを何ひとつ見つけられなかったと告げた翌日のことで、夕方に近い時間だった。昨日《きのう》の電話で、ジェームズ・グリーアCIA情報部長がスイス銀行の情報源の共同利用をSISに正式に掛け合うと言っていたので、サー・バジルはすでにCIA長官のアーサー・ムーア判事と話し合ったのだろう、とライアンは考えていた。

そしていま、自分はチャールストン長官の執務室にいて、CIAとSISとの関係をうまく調整する連絡官でもあるので、アメリカの情報機関がRPB――リッツマン・プリヴァートバンキエーズ――の〝資産《アセット》〟にどのように係わることができるのか、すぐに知ることができるだろう、とライアンは思っていた。

「さて、それで」チャールストンは切り出した。「わたしはCIA本部の幹部《ラングレー》たちと話し合ってね、彼らはスイスでいま進行中のことにもっと係わりたい、なんとかそうできるようにしてほしい、と強く訴えた。で、わたしは同意した」

ライアンに応《こた》える間も与えず、チャールストンは言葉を継いだ。「リッツマン・プリヴァートバンキエーズ内部のわれわれの協力者《エージェント》のコードネームは〈明けの明星《モーニングスター》〉。彼はその銀行の重役――したがって、口座および顧客に関する広範囲の情報にアクセスできる」

《うーん、ようし》とライアンは思った。《これは面白いことになってきたぞ》

チャールストンはさらに話しつづけ、何日か前の晩にライアンがペンライトから聞いたことと重なる情報をかなり教えてくれた。つまり、KGBがいささか無鉄砲に、RPBの番号口座《ナンバード・アカウント》に隠されている巨額の〝盗まれた金《マネー》〟を探しまわっていたことを明かしてくれた。

チャールストンから現在の状況の概要を聞いたあと、ジャックは言った。「CIAがこの貴重な件に係われる見返りに何か提供したものがあると思いますが」

チャールストンは片眉《まゆ》を上げた。「聞いていないのかね？」

ジャックは首をかしげた。「ええ。教えてくれますか？」

「彼らはきみを提供したんだ」

「わたしを？」

「そう。で、われわれはいますぐ、きみをスイスへ送りこむことにした」

ライアンは背筋をスッと伸ばした。「何をすればいいんです、わたしは？　具体的に？」

「ツークに行って、現場仕事をしているデイヴィッド・ペンライトを支援してほしいのだ。彼は銀行の情報源からさらなる口座情報を得ることになっている。たとえば、いくつかの口座のコード番号、電信送金記録、例の巨額口座を開設したダミー会社の設立に利用された信託《トラスト》や公的法人に関する情報などだ。もちろん、言うまでもないが、そうした諜報《ちょうほう》情報は注意深く丹念に調査・分析しなければならないが、その段階でCIAの代表ひとりを参加させることにわたしは同意した。だから、きみには現場で、受け取ったばかりの情報から重要と思われるものを選び、それをすべてCIA本部《ラングレー》に送ってほしいのだ。で、CIAに諜報情報を有効利用する支援をしてもらう」

ジャックは言った。「なんだか急速な進展ぶりですね」

「まさにね。とても流動的な状況なんだ」

「流動的というのは、情報源がこのまま情報源でいられるのはそう長くはないかもしれないという意味ですか？」

「そう、残念ながらね。ただ、彼の安全を確保しつづけるのもデイヴィッドの仕事だ」

「〈明けの明星〉の運営はいつからはじまったのですか？」

「例のKGBマンたちにオフィスに居座られて脅された翌日に彼のほうからわれわれのところに来た」

「いわゆる〝飛びこみ〟ですか？」

「そう。銀行がロシア人たちに協力しているというのが気に入らなかったし、直接脅されたということで、もう耐えられなくなり、言わば〝相手方〟に飛びこんだということだね」

「すると新人もいいところで、あなたがたもまだ〝資産《アセット》〟として有効利用したことはほとんどない」

「実は、これまでに彼から受け取ったものは、そちらにも提供した例の行員・顧客リストだけなんだ。すでに言ったように、これからさらなる口座情報を受け取ることになっている。今後も情報を受け取って利用できるように、いま起こりつつあることからなんとか彼を護《まも》れたらと思っている。ともかく、いま彼がわれわれの助けを必要としていることは確かだ」

サー・バジル・チャールストンは片手をジャックの膝《ひざ》においた。「行ってくれるかね？」

ジャックは即答せず、しばらく窓の外に目をやってテムズ川をながめていた。

ジャックが逡巡《しゅんじゅん》していることはチャールストンにもわかった。「きみが銀行家《バンカー》でないことはわたしも知っている」

「いえ、迷っているのは、バンカーではないからではなく、現場の工作員ではないからです」

「ジャック、きみはローマのヴァチカンでヨハネ・パウロ二世暗殺未遂の首謀者を拘束するという素晴らしい仕事をしたし、昨年はさらに北アイルランドのテロリストどもの攻撃を阻止するという驚異的なこともやってのけた。たしかにきみは分析官かもしれないが、抜きん出た能力の持ち主だ。それに、きみには向こうにある隠れ家《セーフ・ハウス》にいてもらう。わたしは自分でその家を見たわけではないが、そこは非常に安全で居心地のよいところだと確信している」

自分はイエスと言うに決まっているとジャックにはわかっていた。頼まれたら嫌と言えない質《たち》なのだ。

「いつ発《た》てばいいのですか？」

チャールストンは答えた。「こちらの用意した運転手付き車で、いますぐ自宅へ帰って旅行の荷物をつくってほしい」

「しかし……妻のキャシーが……。キャシーに話さないと」

サー・バジル・チャールストンは困ったような顔をして見せた。「ああ、もちろん。すまない、許してくれ。わたしはペンライトのような現場の工作員を動かすのに慣れてしまっているのでね。彼らは、わたしが指をパチンと鳴らせば即、どこへでも行く」

「わたしはそういうわけにはいきません、バジル。わたしもチームの一員ですからチーム・プレーをしなければなりませんが、家族というチームも抱えているのです」

チャールストンはうなずいた。「ああ、もちろん、そうだね。では、明日、行ってもらうことにしよう。奥さんのレディー・キャロラインには今晩話してもらい、明朝、旅行鞄《かばん》を用意して来てくれ」

明日、旅行鞄を持って出勤するようにと指示されたわけだが、これでは今夜キャシーに旅の準備を手伝ってくれと頼むことはできないだろうな、とジャックは思った。


ライアン夫妻はヴィクトリア駅で待ち合わせをし、六時一〇分発の列車で自宅のあるチャタムへ向かった。ジャックは車中では、今日はどんな日だったのかとキャシーに訊《き》かれたときでさえ、明日スイスに飛ぶことになったということは話さなかった。これでは、家に帰って出張の話を切り出したら、こっぴどく叱《しか》られるのではないか、と彼は思った。それでも話さなかったのは、公共輸送機関である列車のなかはM-6とCIAが提携しておこなう極秘作戦に自分が送りこまれるのだと妻に告げる場所では絶対にないと知っていたからである。

　駅からの帰宅途中、ジャックは中華料理店に寄って料理を持ち帰ろうと提案した。この案にキャシーは飛びついた。今日は数時間も手術をしていたので、家に帰って、そのままテーブルにつき、調理済みの料理を食べられる、と考えただけでとても嬉《うれ》しかった。

　もちろん、これはジャックの策略だった。

　二人は夕食をとり、子供たちと遊んだ。そして、サリーとジャック・ジュニアを寝かしつけると、ようやくジャックは居間のソファーにいっしょに座ってくれとキャシーに頼んだ。

　ソファーの前のコーヒーテーブルには赤ワインが入ったグラスが二つ載っていた。キャシーはそれを目にすると、たちまち緊張した。

「どこへ行くの？　どのくらい？」

「うーん……」

「どこへ行くのか言えないのね。わかったわ。でも、期間はどのくらい？」

「それが、ハニー、わからないんだ。少なくとも数日はかかると思う」

　キャシーは腰を下ろした。妻の物腰と表情の変化にジャックは気づいた。キャシーはふざけるのも好きで、よくはしゃぐし、愛情深くもあり、品よく振る舞うこともできる。だが、事が深刻になると、突然スイッチが入ったかのようにきわめて事務的になり、ほとんど無感情になったかのように冷静になってしまうのだ。それは外科医という仕事のせいにちがいないとジャックは思う。距離をおいて問題をながめることができるのである。それで、問題を解決できるというところまでいかなくても、少なくとも問題に対処することはできるようになる。

「いつ発つの？」キャシーは訊いた。

「急を要することでね。できればもっと詳しく話したいのだけど――」

「明日発つの？　いきなり？」

自分の心はキャシーに完全に読まれているのではないかとジャックはときどき思う。なにしろ彼女の直感力は鋭いのだ。妻以上の直感力の持ち主など彼はひとりも知らない。

「そう。ジェームズ・グリーアとサー・バジル・チャールストンに送りこまれるんだ」

キャシーは両眉を上げた。「CIAとSISの両方に。危険なことになるんじゃないの？」

「いや。まったくならない」

キャシーは言った。「前回、数日出かけたときも同じことを言ったわね。そして帰ってきたとき、予想していたよりも大変だったと打ち明けてくれたわ。あなたは忘れたの、グリーアもチャールストンも忘れたの？――あなたは分析官で、職務内容は情報分析であるということを？」

「だから分析官としての仕事をしにいくんだ。西側の友好国にある家へ行って、そこで報告書に目を通すことになっている」

「だったらＳＩＳ本部《センチュリー・ハウス》にいてもできるんじゃないの？」

ジャックは肩をすくめた。どこまで妻に教えていいのかわからなかった。しばらく考えてから言った。「緊急の用件なんだよ。向こうの現場で情報を検討・評価し、重要情報をＣＩＡ本部《ラングレー》とＳＩＳ本部《ロンドン》に送る者が必要なんだ」

「なんでそんなに急がなくてはいけないの？」

ジャックはキャシーの目を見て悟った。妻はもう、こちらが教えてもよいと思っていた情報よりも多くのことを引き出してしまい、さらにいま、もっと引き出そうとしている。妻はその気になればすごいスパイになれていたはずだ。

ジャックは言った。「すべてうまくいく。何の心配もいらない。行かなければならないけれど、やるべきことがすんだら一分たりとも向こうでぐずぐずせず、すぐ帰ってくる。約束する」

ジャックはキャシーにキスをし、ちょっと間をおいてからキャシーもキスを返した。

ほんとうに悪いんだけど、二階へ行って電話を一本かけないといけないんだ、とジャックは言った。二階の書斎にある盗聴防止システム電話ＳＴＵを使ってスイスに電話する必要があったのだ。彼はキャシーにふたたびキスをし、妻をソファーに残して去った。

キャシーはワインを前にしてソファーに座ったままだった。不安に包みこまれていた。夫は危険な状況下でもうまく冷静に対処する能力があることをこれまでに証明してきたけれど、〈ザ・ファーム〉――現場の工作員を養成するCIA訓練所――での訓練などいちども受けたことがないのだ。

夫がベストを尽くす男であることはキャシーも知っていた。夫は家族のもとに帰れるように全力を尽くすはずだ。だが、向こうには避けようとしても避けえないと思われる危険が存在する。

それにキャシー・ライアンは、何よりもまず、夫、父、歴史家、デスクワークをする分析官でしかないジャックが、なんでまたスパイなんかになってしまったのか、そこのところがまるで理解できなかった。

49

現在

ヴァレリ・ヴォローディン大統領は普段から他の者たちが遅れずについていくのに苦労

するほど足早に歩く癖があったが、今朝はいつもよりもさらに早足だった。彼はエレベーターから勢いよく飛び出すと、半国営天然ガス企業ガスプロムのモスクワ本社ビルの二二階の廊下を猛然と歩きはじめた。取り巻きのなかで後れをとらなかったのは、いちばん元気のある警護官だけだった。ガスプロム幹部も、個人秘書も、広報担当スタッフもみな、最先端の機器を備えた指令室に向かって突進する国家元首のはるか後方からついていくことしかできなかった。

巨大ガス会社の従業員たちは、オフィスのガラスの壁を通して、あるいは仕切り小部屋《キュービクル》の仕切り越しに、凄《すさ》まじい勢いで通りすぎるロシアの大統領をながめた。ここ本社で働いているのは、ほぼ五〇万人にものぼるガスプロムの従業員のなかの五〇〇〇人強で、彼らはみな、会社の廊下をこそこそ動きまわる政府高官には慣れきっていた。というのも、ガスプロムは半国営の会社で、国営ではない部分も、多かれ少なかれ秘密裏に国家の指導者たちが所有していたからである。

しかしながら、ヴォローディンがこれまでにここに足を運んだのは一回きりで、それは彼がエストニアへのパイプラインによる天然ガス供給を停止した日だった。

そして今日、二二階にいる大統領を見た者はみな――その力強い立ち居振る舞いに気づくと同時に世界でいま起こっていることについて多少なりと知識のある者はとくに――ヴォローディンがいまなぜここにいるのかはっきりわかっていた。

ヴォローディンは指令室に入りこむと、突然足をとめた。彼はやることがあるとそのことしか目に入らなくなるという病的なほどの一意専心ぶりを発揮する男だったが、それでもなお、いま目の前に展開する光景には感銘を受けずにはいられなかった。五〇人ほどの社員が机に向かって一心不乱に仕事をし、その向こうの前方の壁には、縦二五フィート（約七・六メートル）・横一〇〇フィートのデジタル地図が掲げられていて、そこには迷路のようにからみ合う色とりどりのパイプラインが背後からのライトで浮かび上がっていた。それはガスプロムのパイプライン・ネットワーク図で、全長一七万五〇〇〇キロほどにもなり、東はシベリア、西は大西洋、北は北極海、南はカスピ海まで広がっている。

この中枢部《ちゅうすう》である指令室で、コマンドをいくつかコンピューター端末に打ちこむだけで、ヨーロッパ中の多くのエネルギー供給をストップさせ、何千万人もの人々を寒い暗闇《くらやみ》に追いやり、産業と輸送機関を麻痺《まひ》させることができるのだ。

そして今日、大統領はまさにそういうことをやりにきたのである。

ヴォローディンはスピーチを用意してきていた。だから数人の広報担当スタッフとカメラマンもついてきていた。彼らは慌《あわ》ただしく指令室に入ってきて撮影を開始した。

だが、ヴォローディンはスピーチに関して気が変わった。話すことを少なくし、行動をもっとインパクトの強いものにしようと思ったのだ。彼は部屋のいちばん前まで歩いていくと、クルッと振り向き、制御装置を操作する管理者たちに面と向かった。男も女もみな、目を大きく見ひらいて、来るにちがいない指示を待った。

ロシアの大統領は言った。「みなさん、ウクライナへ向かうパイプラインを、そこを経由するものも含めて、すべて閉鎖します。ただちに」

ウクライナへの天然ガス供給を制限するということについては、ヴォローディンが到着する前に、管理者たちは知らされていた。だが、ウクライナを経由して西ヨーロッパへ向かう天然ガスの流れまでとめてしまうということについては、だれからもまったく知らされていなかった。

パイプライン輸送部長が前から二列目に座っていた。もちろん彼はその命令にしたがうつもりだったが、間違いを犯すことはしたくなかった。いかにも気が進まぬようすで、ゆっくりと机の椅子《いす》から腰を上げた。

「大統領、誤解がないようにいちおうお断りしておきますが、ウクライナの領土を通過するパイプラインをすべて閉鎖してしまいますと、西ヨーロッパへのガス供給は七五％減ってしまいます」

パイプライン輸送部長は、大統領にそう念を押したことで自分は今日ここで失職するのではないかと恐れたが、ヴォローディンは声明をさらに展開する機会を与えてもらって、むしろ喜んだ。

大統領は応《こた》えた。「ウクライナ現政権は、西ヨーロッパの人々が是が非でも必要としている資源の輸送を中継する者として信頼できないことを、ここのところ露《あら》わにしております。天然ガスはわが国の資産であり、ウクライナが不安定な国家であるうちは、その輸送が危険にさらされるということであります。われわれロシアとしてはここに、ウクライナ政府にもっとしっかりしろと圧力をかけるよう国際社会に訴えかけたいと思います。いまは春でありますので、ガス供給が減少しても、ヨーロッパもここ数カ月はそれほど深刻な打撃を受けないでしょう。冬が到来して寒くなるずっと前に、ヨーロッパがウクライナの危機を軽減しようとするわれわれを手助けしてくれるものと、わたしは確信しております。わたしが最も心配しておりますのは、国内および〝近い外国〟内のロシア人の安全です」〝近い外国〟とはソ連崩壊後に独立した旧ソ連邦構成共和国。「わたしにとってそれはヨーロッパのエネルギー需要問題よりも重要なことなのです。この天然ガス輸出用パイプライン閉鎖の決定によって、ウクライナが緊急に国内問題を解決しなければいけないのだと悟ってくれることを、わたしとしては期待します」

ヴォローディンの顔に笑みはまったく浮かんでいなかった。悪魔の笑い声も口から洩《も》れなかった。まるで下級の技術系官僚ができとうに決めた、どうということない管理上の指示をするかのように、ヴォローディンは何百万もの人々の生活を荒廃させる力をもつ命令を言いわたした。

パイプラインのなかの天然ガスの流れをとめるプロセスは驚くほど迅速かつ簡明だった。

ヴォローディンは肘《ひじ》を張って両手を腰にあて、巨大なパイプラインの最初の何本かの色が緑から黄色へ、次いで赤へと変化するのを見まもった。それはガスの流れがとまったことを意味した。

ヴォローディンはパイプライン閉鎖の全過程が終わるのを待っていなかった。とめるべきパイプラインが多かったということもある。だから大統領は、引きつづきしっかりと職務に励んでほしいと、その場にいた全員に告げると、突入してきたときと同じくらい猛然と指令室から飛び出していった。


数分後にはヴォローディンはビルから出て装甲仕様のリムジンのなかに戻っていた。リムジンが政府公用車専用の車線に入って、モスクワ市中心部へ向かって猛スピードで北進しはじめたとき、大統領は首を横に向けてバックシートに座る大統領府長官に目をやった。

「タラノフを呼び出してくれ」

待つあいだヴォローディンは、膝《ひざ》の上の書類に目を通したり、金線をほどこした飲み物用ホルダーの紅茶を飲んだりした。

すぐに大統領府長官が携帯電話を差し出した。ヴォローディンはそれを受け取った。

「ロマン・ロマノヴィッチ?」

「ダー、ヴァレリ」タラノフが人前でヴォローディンをファーストネームで呼ぶことは絶対にない。と言っても、タラノフが人前に出ることは決してないのだから、これはたいした問題ではない。

　ヴォローディンは訊《き》いた。「セヴァストポリのＣＩＡ施設現場を有効利用する作戦は実施されたのかね？」

「ダー。ただ、結果は期待どおりにはなりませんでした。そこにいたＣＩＡ要員どもは装備の大半を携え、残りを破壊し、退去してしまいました。やつらは〈七巨人〉非正規兵たちはもちろん、われらが特殊任務部隊《スペツナズ》隊員たちにも多大の損失をこうむらせました」

「それなのに、世界に見せるものは何も得られなかった？」タラノフが答える前にヴォローディンが言葉を継いだ。「死体は？　アメリカ人の死体はどうした？」

「敷地内の母屋《おもや》のなかに大量の血痕《けっこん》がありました。アメリカの要員数人が死亡したと判断してよいほどの血痕量だということです。しかし、アメリカの海兵隊部隊がＣＩＡマンたちを救出したとき、死体もすべて回収されてしまいました」

「なんだ、だめだな」

「問題ありません《ニェート・プラブリエーム》。大丈夫です、ヴァレリ。外交上の一撃なら与えられます」

「どうやって？」

「その施設で働いていたウクライナ人たちを尋問し、それを録音するのです。われわれの望むとおりのことをそいつらに言わせるのは簡単です。それに、われわれは飛来したアメリカの航空機を撮影しております。NATOの〈平和のためのパートナーシップ〉部隊を救出しにきた同機構所属の航空機だとアメリカは言い張るでしょうが、CIAはクリミア半島で地域を不安定化する活動をしつづけてきた、との声明をあなたが発表するのです」

「動かしがたい確固たる証拠が欲しかった」

「お言葉ですがね、ヴァレリ、死体が欲しかったというのなら、黒海艦隊にアメリカの航空機の撃墜を許可すべきだったんですよ。でも、それはわたしの管轄《かんかつ》外のことでして」

「そりゃそうだ、ロマン、きみの管轄外のことだ。わたしとしては、セヴァストポリをめぐってアメリカと戦争をするというのは避けたかった。ただ、セヴァストポリにおけるCIAの挑発活動の証拠を押さえ、それを適当なときにアメリカへの攻撃に利用したかったのだ」

「わかります。しかしですね、もしあなたが――」

「これに関してはきみにもっと頑張ってもらわないと困るんだ、ロマン。あの地域で活動するCIAの仕業だと確実に言えるような行為が絶対に必要だ」

ほんの短いあいだ会話が途切れ、沈黙が流れた。ロマン・タラノフとヴァレリ・ヴォローディンは互いに相手のことをよく知っていた。もし相互理解が実際よりも少しでも浅かったら、この沈黙はもっとずっと長いものになったはずである。

タラノフは言った。「わかりました、ヴァレリ。何か創《つく》りましょう。セヴァストポリの施設からすでに得られた証拠を利用して、議論の余地のない証拠を示せるようにします」

「迅速に。きわめて迅速にな。わたしはいま、ウクライナへ向かうパイプラインを、そこを経由するものも含めて、すべて閉鎖したところなのだ」

「では、早速とりかかります。じゃあ《バカ》」

50

三〇年前

CIA分析官ジャック・ライアンはスイス滞在のための旅行鞄《かばん》を持ってSIS本部《センチュリー・ハウス》に入った。正午にはヒースロー空港に行っていなければならないので、今日は一時間半ほど働いたらスーツケースを引いて一階まで下り、タクシーに乗りこもうと思っていた。

今朝の最初の仕事は、ツークにいるデイヴィッド・ペンライトに電話して、〈明けの明星《モーニングスター》〉から書類を受け取ったかどうか確認し、現場のイギリスのスパイから最終的な指示をあおぐ、というものだった。

この朝一杯目のコーヒーを持って自分の机に戻り、ペンライトへの連絡のために盗聴防止システム電話STUを起動させようとしたちょうどそのとき、ジャックが所属するソ連作業班のサイモン・ハーディング班長がオフィスに駆けこんできた。「チャールストンがいますぐ執務室に来てくれと言っている」

ジャックはハーディングの顔に狼狽《ろうばい》の表情が浮かんでいるのに気づいた。

「どうしたんですか？」

「ともかく行ってくれ」


数分後、ジャックはエレベーターから降りて、角部屋の長官執務室に入った。エレベーターでのぼってくるあいだに彼は起こりえたことを一〇ほども思い浮かべてみたが、なぜハーディングがあんなに動揺していたのかさっぱりわからないと認めざるをえなかった。

サー・バジル・チャールストンS－S長官は六人の男たちにかこまれて執務机のそばに立っていた。ライアンが知っている者はひとりもいなかった。振り向いてライアンに気づくと、チャールストンは言った。「座ってくれ、ジャック」

ジャックはソファーまで移動し、チャールストンは彼の向かいに座った。ほかの者たちはだれひとり紹介されなかった。

「どうしたんですか？」

「恐ろしい知らせ、と言わざるをえない。デイヴィッド・ペンライトが……死んだ」

ジャックは胃を突き刺されたような鋭い痛みをおぼえた。たちまち胃酸が噴き出してむかつきはじめた。「なんということだ」

「いまわかったばかりなのだ」

混乱の波に呑《の》みこまれ、ライアンは何が何だかわからなくなった。「いったいどういうことなんですか？」

「なんとも忌《い》まいましいことにバスに轢《ひ》かれたんだ」

「バスに？」

ひとりの男が前に進み出て、ライアンの斜め向かいに腰を下ろし、言った。「どうやらペンライトは昨夜、死ぬ直前まで飲みつづけていたらしい。彼もまた現場に出る工作員の例に洩《も》れず、いささか飲み過ぎる傾向があった」

「わたしは……昨夜、彼と電話で話しましたが、素面《しらふ》でしたよ」

男は言った。「ペンライトは午後九時にツークの隠れ家《セーフ・ハウス》を出た。きみと話をした直後のことだとわたしは思っている。で、〈明けの明星《モーニングスター》〉と会った。そしてそのあと、地元の酒場に入った」

「あなたはどなたですか？」ジャックは訊《き》いた。

サー・バジル・チャールストンが咳払《せきばら》いをした。「紹介しよう。ジャック・ライアン、ニック・イーストリング。ニックは防諜《ぼうちょう》課の人間だ」

ライアンはイーストリングと握手をしたが、まだショック状態を脱しきれていなかった。イーストリングは顎《あご》をしゃくって窓際《まどぎわ》に立つ他の男たちを示した。「あそこにいるのは、わがチーム」

窓際の五人の男たちは何も言わずに、ただジャックのほうを見ただけだった。

ジャックは説明を求めてチャールストンのほうに顔を向けた。S-S長官は言った。「ニック率いるチームがデイヴィッドの死を調査する。スイス当局はほぼ確実に事故死と断定することになるだろうが、わがS-Sのチューリッヒ支局が接触して、スイス側の捜査をひっそりかつ速やかにしっかりと終わらせ、こちらが本格的な調査を開始できるようにする」

イーストリングがあとを承《う》けた。「結局、同じ結論になるだろう。ペンライトは午前零時三〇分ごろビヤホールから出てきて、車道に入ってタクシーをつかまえようとし、よろけて車の来ない車線を越えてしまい、走ってきた車の真ん前に飛び出してしまったという。その点については目撃者が複数いる。具体的には路線バスに轢かれてしまったのだ。バスの運転手はできるかぎり協力している。スイス当局によると、運転手はこの恐怖の体験にゾッとし、相当なショックを受けたという」

このイーストリングという男はそうにちがいないと信じきっているようだったが、ライアンはその真逆《まぎゃく》で、強い疑念を抱いていた。「あなたは本当にそのストーリーを信じているのですか？」

イーストリングは答えた。「これは暗殺ではない。むろん、遺体を回収したら毒物検査をするが、その検査結果は『こんなに大量のジンを飲んで、いったいぜんたいどうやってカウンターのスツールから下りて表のドアから外に出られたのか、というのが死の唯一《ゆいいつ》の謎《なぞ》』というものになるのではないかな」イーストリングは〝死人の悪口は言いたくないのだが〟と言わんばかりにちょっと顔をしかめてから言葉を継いだ。「デイヴィッドは問題を抱えていた」

ライアンは防諜課の男のほうに注いでいた視線をチャールストンに移した。「〈明けの明星〉はペンライトが死んだことを知っているのですか？」

「いや。ペンライトはネイサン・マイケルズという偽名の身分証を携行していた。この種の死は地元のニュースになるが、新聞は彼が今回の旅で用いたその偽名で報道する。だから〈明けの明星〉にはペンライトが死んだとはわからない」

「〈明けの明星〉には知らせないといけません」

チャールストンは返した。「それはまだ決めていない。彼を不必要に怖がらせたくないのでね」

「不必要に？　彼のまわりで何人も死んでいるんですよ」

イーストリングが咳払いをした。「死んだのは二人だ。それに、どちらの死も〈明けの明星〉を危険にさらしうるものにつながる可能性はまったくない」

　チャールストンが説明を引き継いだ。「いまここに集まっているジェントルマンたちが、向こうへおもむき、調査を開始する。CIA本部《ラングレー》のジェームズ・グリーアとアーサー・ムーアにはすでに話した。きみも調査班に同行してほしい」

　スイスへは行かないという考えはライアンの頭に浮かばなかった。「はい、もちろん」

　この決定にイーストリングは明らかに不満そうだったが、何も言わなかった。

　サー・バジル・チャールストンS－S長官はつづけた。「よしと。デイヴィッドの死の調査結果が出次第、今後〈明けの明星〉をどう運営するかを決めることにする。いまはともかく、〈明けの明星〉に近づくことさえしない。よって、〈明けの明星〉が危険にさらされる可能性は皆無ということになる」

　ライアンは何も言わずにうなずいた。妥協しなければならないことがたくさんあった。

　イーストリングが腰を上げた。「ようし、ライアン。きみはもういい。一時間後にロビーで会おう。わたしはもうすこしサー・バジルと話し合うことがある」

　こう言うとニック・イーストリングは、ジャック・ライアンをS－S長官室からほとんど押し出すようにした。

51

現在

ジャック・ライアン・ジュニアはヴィクター・オックスリーを見つけ出すのに数日かかった。オックスリーは〈地底《ベッドロック》〉というコードネームを与えられた元MI5（イギリス保安局）スパイだ。ジャック・ジュニアはまず、祖国メリーランド州で接近戦必殺技を教えてもらっていた格闘技の師匠、ジェームズ・バックに電話した。バックは〈ザ・キャンパス〉の友人で、元SAS（イギリス陸軍・特殊空挺《くうてい》部隊）隊員だったので、協力を惜しまず、ジャックのために秘密裏に探ってみると約束してくれた。

ジャックはサー・バジル・チャールストンとの話し合いの内容を父《ダッド》に報告するだけにすることもできたのだとわかっていた。そうすれば、この件はそれで終わっていたのである。だが、若きライアンはあの昔話に興味を掻《か》き立てられてしまった。元MI6（イギリス秘密情報局）長官とベルグレイヴィアで会って話したあと、ジャック・ジュニアは父親にEメールを送り、「いくつかわかったこともありますが、それらをもうすこし調べてみたいのです」とだけ伝えた。

ジェームズ・バックはあの手この手で広範囲に探りを入れ、SAS仲間の知るかぎりヴィクター・オックスリーはいまなお生存している、とジャックに告げた。住所はだれも知らなかったが、古い記録を調べたところ生年月日はわかったのでそれを教える、ともバックは言った。これでジャック・ジュニアはオックスリーが現在五九歳であることを知った。早速イギリスの納税記録を引き出して調べてみた。キャスター・アンド・ボイル・リスク分析社のような会社に勤めていると、こういう情報も簡単に入手できる。ともかくその役得のおかげでジャックは、納税記録に載っている五九歳のヴィクター・オックスリーという人物を発見できた。そしてその男はたまたま、ロンドンから北へ車で二時間のコービーに住んでいた。ジャックは記録にあった電話番号をダイヤルしてみたが、現在使用されていないとわかった。そこで、金曜日でもあり、使わずに貯《た》めこんでいた休憩時間が何時間かあったので、今週はそれを使って週末の休暇を早めにはじめることにし、今日は昼から早引けすると上司のサンディ・ラモントに伝えた。

車での北への旅は何事もなく無事終わったが、ジャックは左側通行の道を運転した経験がほとんどなかったので、対向車が右側を通過したさいビクッとしてたじろぐということが何度かあった。だが、一時間もすると脳が落ち着きはじめ、この奇妙な感覚にも慣れだした。

コービーに着いて、めざす所番地を探しあてたのは、午後四時ちょっと過ぎのことだった。ヴィクター・オックスリーが住んでいたのは、前庭がジャックのアールズ・コートのフラットの居間よりも狭い、いまにも倒壊しそうなボロボロの二階建て家屋のなかの一室だった。

ジャックはごみが散らばる芝生を踏んで入口まで歩き、階段をのぼってオックスリーのフラットへ向かった。

そしてドアをノックし、待った。返事はない。もういちどノックした。

がっかりして車へと戻りはじめたが、通りまで出たとき、角にパブがあることに気づいた。そこに寄ってちょっと訊《き》いてみるのも悪くないな、とジャックは思った。捜している男を知っている者がいるかもしれない。

『掌中の椀《ボウル・イン・ハンド》』という名のパブだった。よく行くシティ・オブ・ロンドンのパブとくらべると、いささか暗く、薄汚れているな、とジャックは思った。地元の人々も、たいした溜《た》まり場ではないと思っているようだった。金曜日の午後四時一五分で、ジャックが客の数をかぞえてみると、ぜんぶで一〇人もいなかった。しかも白髪の男たちばかり。

ジャックはカウンターの席に腰を下ろし、ジョン・カレッジを一パイント注文した。バーテンダーがビールを運んでくると、ジャックは一〇ポンド紙幣をカウンターにおいて言った。「常連客のことなら知っているかなと思って来たんですけどね」

がっしりした体格の男は応《こた》えた。「常連客でないやつが入ってきたらすぐわかるけど」

ジャック・ライアン・ジュニアはにやっと笑った。そうくるだろうと思っていた。バーテンダーはおしゃべりだからこの職を得たわけではないようだった。ジャックはふたたび札入れ《ウォレット》に手を伸ばし、一〇ポンド紙幣をもう一枚おいた。彼はこのようなことを頼む場合の現行レートがいくらなのか見当もつかなかったが、必要以上の金は一ポンドたりとも失いたくなかった。

バーテンダーは二枚の紙幣をつかみとった。「その客の名前は？」

「オックスリー。ヴィクター・オックスリー」

バーテンダーはびっくりした顔をした。それがどういう意味なのかジャックには読めなかった。

「では、知っているんですね？」

「まあな」バーテンダーは答えた。彼が抱いていた疑念はすべて、軽い好奇心に取って代わられたな、とジャックは見てとった。このパブの常連客のなかには、パブの主人が護《まも》りたいと思っているいかがわしい人物が何人かいるようだったが、ヴィクター・オックスリーはそのうちのひとりではないのではないか、とジャックは思いはじめていた。

それでもパブの主人は言った。「電話番号をおいていってくれれば、次に彼が来たときにわたしておく。で、彼があんたと話すことに興味があれば……あんたに連絡するだろう」

ジャックは肩をすくめた。事は計画どおりには進まなかったが、今日は金曜日で、明朝はオフィスにいる必要はないわけだから、町のホテルに部屋をとって一晩待ってみるという手もありだな、と思った。ジャックは札入れ《ウォレット》からキャスター・アンド・ボイル社の自分の名刺を一枚とりだすと、それをバーテンダーに手わたした。そして言った。「彼と話すことができたら、さらに二〇ポンド進呈します」

バーテンダーはもじゃもじゃの両眉《まゆ》を上げ、名刺を見もせずに胸のポケットに入れた。ジャックは顔をビールのほうに向けると、スマートフォンを指で操作し、一晩過ごしてもいいと思えるまずまずの宿でいちばん近いものを探しはじめた。

彼が宿探しをしているあいだに、バーテンダーはカウンターのいちばん奥にいた馴染《なじ》み客と話しだした。ジャックはスマートフォンの操作に忙しく、二人のほうにはほとんど目をやらなかった。

一分後、バーテンダーが戻ってきてジャックの名刺をジョン・カレッジのグラスのそばに落とした。「悪いが、あんた、ヴィックは話すことに興味がない」

ジャック・ジュニアはカウンターの端にいる男を見やった。男は目の前のビールをじっと見つめている。最初ジャックは、この男が五九歳だなんてありえない、と思った。なにしろ皺《しわ》だらけで、大きく、ずいぶん体重がありそうなのだ。ほんのすこし痩《や》せたサンタクロース、という感じなのである。だが、よく観察すると、ほんとうは最初に思ったよりも若いのかもしれない、とジャックは思えるようになった。そして、男は顔を上げ、自分を見つめているジャックに気づくと、〝あいつを絞め殺してやりたい〟という表情をバーテンダーにして見せた。

《ヴィクター・オックスリーだ、間違いない》

ジャックは二〇ポンド紙幣を一枚とりだしてカウンターにおくと、ビールのグラスをつかみ、男のほうに歩いていった。

ヴィクター・オックスリーはふたたび顔を下げ、視線をビールに戻した。頭を厚くおおう髪はウェーブのかかったやや長めの白髪で、顎《あご》も白い鬚《ひげ》ですっかりおおわれている。あれだけ目が充血しているということは、今日店がひらいたと同時にやってきて——何時に開店したのかは知らないが——それ以来ずっとこの席に居座ってビールを飲みつづけていたのかもしれない、とジャックは思った。

ジャックは会話をほかの者たちには聞き取れないようにしようと声を落として言った。

「こんにちは、ミスター・オックスリー。事前に連絡もせず突然おしかけてきて申し訳ありません。ほんの少しでもお時間をいただけたら大変ありがたいのですが」

初老の男は自分のパイント・グラスをじっと見つめたまま顔を上げようとしなかった。そして機関車のゴトゴトいう音と同じくらい低い声で言った。「失《う》せろ」

《うーん、参った》とジャックは思った。

いちおう買収を試みることにした。その手はバーテンダーには効いたのだ。「わたしがあなたの勘定をぜんぶ払うというのはどうでしょうか？　ボックス席に移って、数分お話をうかがえませんか？」

「失せろ、と言ったんだ」

オックスリーは生きているとしても一筋縄ではいかない厄介な人間のままだろう、とサー・バジル・チャールストン元SIS長官も言っていた。

ジャックはもうひとつ別の手を試してみることにした。「わたしの名前は――」

ここで初めて、白い顎鬚をたっぷりたくわえた男はパイント・グラスから目をそらし、顔を上げた。「おまえがだれであるかは知っている」そして、ほんの少しだけ間をおいてから言い添えた。「おまえの親父《おやじ》はとんでもないクソ野郎だ」

ジャック・ジュニアは歯ぎしりした。バーテンダーがカウンターのなかから出てきてボックス席の二人の男たちに何やら話しているのにもジャックは気づいていた。三人ともこちらを見ている。

ジャックは不安をおぼえてはいなかった。ただ、事がうまく進まなくて苛立《いらだ》っているだけだった。ほんとうに心配していることといえば、一〇人ほどの年寄りを打ちのめさざるをえなくなったら嫌な気分になるだろうな、ということだけだった。

　ジャックはカウンターのスツールから下りて床に立ち、オックスリーをじっと見つめた。

「あなたに訊きたいのはほんのちょっとしたことなのです。それであなたは善いことをすることになるかもしれません、損など一切せずにね」

「とっとと失せろ」

　ジャックは挑発してみることにした。「あなたはＳＡＳだったんですよね。とても信じられない。なにしろこんなにだらしなくなっているんですから」

　ヴィクター・オックスリーは自分のビールに視線を戻した。そして、ごつい手でグラスをギュッとにぎりしめた。男の手のふくらんだ筋肉が漣《さざなみ》のように動くのをジャックは見逃さなかった。

「返答なし、ですか？」

　オックスリーは何も言わなかった。

「イギリス人というのは礼儀をわきまえた人たちだと思っていました」言うなりジャック・ライアン・ジュニアはクルッと背を向けて歩きだし、いちども振り返らずにドアから店の外に出ていった。

52

ウクライナ東部ドネツク市での今週末の抗議デモに参加した人の数は、一万人を超えた。前週の実に三倍という数である。雨模様の寒い土曜の午後であったにもかかわらず、プーシキン通りは親ロシア派ウクライナ人でぎっしり埋め尽くされた。そして彼らはみな、自分の主張を聞いてもらおうと躍起になり、声を張り上げていた。

この抗議デモは自然発生したものではまったくなかった。今日のイヴェントもまた、他のあらゆる抗議デモと同様、FSB（ロシア連邦保安庁）の支援によって実現したものだった。いまやFSBはウクライナ東部全域で活発な工作活動を展開していた。そして今日のデモは、毎週おこなわれてきたもののなかでは今年最大のもので、なぜそうなったのかははっきりしていた。東部の親ロシア派ウクライナ人が今日このように大挙して抗議活動を開始したのは、親ロシア派指導者オクサーナ・ズエワの暗殺とセヴァストポリでのNATO（北大西洋条約機構）の行動――さらにCIAの関与への非難――のせいだった。

集合した男女が与えられたばかりのロシアのパスポートを頭上に高くかかげ、ウクライナではなくロシア政府《モスクワ》への忠誠を表する横断幕を先頭にして行進していたとき、一台のヴァンがデモ行進から落伍《らくご》した最後尾の人々のあとをついていくかのように、プーシキン通りの南側をゆっくりと移動していた。しばらくするとヴァンはフロヴァー通りへと折れ、デモ隊の前へ出ようとスピードを上げた。

数分後、プーシキン通りに戻ったとき、デモ隊の先頭の赤い横断幕はまだ後方にあり、ヴァンはドネツク国立アカデミー・オペラ・バレエ劇場に隣接する見通しのよい広場に駐車した。巨大な劇場の真ん前にあるその広場は、デモ行進の中央点とされていて、そこで市民の主催者たちがメガホンを使って演説し、キエフで政権の座にあるナショナリストたちを激しく非難して群衆を煽《あお》り、そのあと行進を再開させて東にある川のほうへと人々を向かわせることになっていた。

ヴァンのなかにいた二人の男は車をとめても外に出なかった。シートに座ったまま、顔に何の表情も浮かべず、タバコを喫《す》いながら、プーシキン通りを自分たちのほうへと歩いてくる遠方の群衆を見つめていた。

ヴァンに乗っていたのは〈七巨人〉の構成員だった。二人とも生まれながらのロシア人だったが、ここのところキエフに住んでいて、ＦＳＢから命令を受けて動いていた。

二人が乗るヴァンの後部には、キャンヴァス地の防水シートでおおわれた容量五五ガロン（約二〇八リットル）のドラム缶がひとつだけあった。昨夜、その中身を詰めたのは別の者たちだったが、二人のマフィア構成員はなかに何が入っているのか知っていた。

ドラム缶のなかに入っていたのは、プラスチック爆弾の主要成分でヘキソゲンとも呼ばれるRDX（トリメチレントリニトロアミン）という爆薬だった。最新のハイテク爆薬ではなく、かなり昔から広く使われてきたものだが、今回の作戦には適したものだった。

ドラム缶の上端にあけられた穴を通して衝撃波管起爆装置が粒状の爆薬に差しこまれ、その起爆装置には単純な構造の時限装置が取り付けられていた。タイマーは三分にセットされるようになっていて、スイッチを弾《はじ》くだけでカウントダウンがはじまる。だから二人の男は、ヴァンのフロントシートに黙って座ったまま、近づいてくる群衆を注意深く観察し、最適なときに爆弾を起爆させようと間合いをはかっていた。

もちろんドネツク市の警察官たちが警備にあたっていたが、彼らはデモ行進のルート上にとまる車を調べようとはしなかった。ルート沿いにナショナリストとわかっている者の店が少数だがあり、そこのウィンドウを割ろうとするデモ参加者をとめようとしなければならなかったし、予期せぬ反抗議行動にも対処しなければならないのだ。警官たちはそれだけで手一杯だった。事実、プーシキン通り上の数ブロック南で、すでにデモ行進に反発する行動があり、そうした反抗議行動は小規模ではあったが、デモ隊がこれから進むルートを警戒する余裕を警察から奪う効果はあった。

ルート沿いの道端に立って、ウクライナ国旗を振り、デモ参加者たちに罵声《ばせい》を浴びせるナショナリストたちもいたが、それは昨夜FSBによってお膳立《ぜんだ》てされた行動だった。要するにロシア連邦保安庁は、ここドネツクでも敵対するグループ双方が行動を起こすように巧みに工作したのである。

デモ隊の赤い横断幕が、後部に五五ガロンの爆弾を積みこんだヴァンにわずか一ブロックにまで迫ったとき、〈七巨人〉の二人の工作要員は車のドアをあけた。そして、助手席の男がスイッチを弾いてタイマーを始動させてから、落ち着きはらってゆっくりと外に出て、運転席に座っていた男とともに東へ向かって歩きだした。

二分後、二人は盗んだナンバープレートを取り付けた車を運転してきた共犯者に拾われた。

そしてその一分後、まだ抗議デモの参加者たちがドネツク国立アカデミー・オペラ・バレエ劇場そばの広場で演説を聞けるように並んでいる最中に、衝撃波管起爆装置がＲＤＸに衝撃波を送りこみ、ヴァン全体が閃光《せんこう》を発して爆発し、爆風が半径八〇フィートの範囲にまでおよんだ。

ヴァンは駐車場にとまっていて両サイドに車があったので、爆弾の殺戮《さつりく》能力がやや弱まり、そのおかげで命拾いした人々が少数だがいたが、ヴァンの左右ではなく前後にいた者たちは文字どおり引き裂かれて即死した。爆風をまともに受けなかった人々でも、大きな衝撃波が達した範囲にいた者たちは、鼓膜と内臓をやられた。衝撃波が達する範囲のすぐ外側に〝第二の犠牲者の輪〟とも言うべきものが生じ、そこにいた数人の者たちが爆風で吹き飛ばされた金属片を受けて命を絶たれた。

集会全体が大混乱におちいり、広場には死者と重傷者が散乱し、何千人もの人々が生き延びようと必死で逃げ、倒れてしまった人たちを踏み越えていこうとする者までいた。

そしてこの爆弾攻撃の数分後に、地元テレビ局のＴＲＫウクライナに一本の電話がかかってきた。電話の主は自称ウクライナ・ナショナリストで、ウクライナ人民と欧米同盟諸国のために爆弾攻撃を実行したと主張し、さらにこう警告した。もしロシアがクリミアを奪い取ろうとしたら、ロシア人住民および反ナショナリストが大虐殺《ぎゃくさつ》されることになり、その結果、歯止めが利《き》かなくなって、敵対する両陣営の闘いはいっそう激化し、ウクライナは一段と混乱することになるだろう。

電話をかけたのは実はＦＳＢ要員で、かけた場所はキエフのフェアモント・グランド・ホテルだった。そしてＦＳＢはすでに決定していた――ロシア軍部隊がドネック市を奪還したあかつきには、今日死亡した親ロシア派デモ参加者たちを哀悼する銘板を、ドネック国立アカデミー・オペラ・バレエ劇場の隣の広場に設置することを。

53

三〇年前

CIA分析官ジャック・ライアンはその日の夕方近く、MI6（SIS）防諜《ぼうちょう》課職員六名からなる調査班とともにスイスのチューリッヒに到着した。彼らはみな同じ便に搭乗したが、席はばらばらで、全員がイギリスのビジネスマンであると偽装するパスポートを所持していた。ライアンはフライト中ずっと不安にさいなまれていた。飛行機に乗ると落ちるのではないかと心配する客は多いが、彼の場合は珍しく、そういう心配をしてもおかしくないちゃんとした理由があった。ライアンは一〇年ほど前にヘリコプターの墜落事故に巻きこまれて九死に一生を得るという体験をしたため、飛行するものに乗るたびに、そのときの恐怖の記憶がよみがえってくるのである。だから、航空機を空中に浮かばせる見えない力というやつも、いまもって完全には信じられない。

だが、フライトはなんとも平凡なもので、夕方近くには彼らは税関をすいすい通過して列車の駅まで歩いていった。

ツークまでの列車の旅は三〇分ちょっとという短いものだったが、彼らはそれぞれ別の車両の席に座り、降りてからも別々に駅《バーンホーフ》近くのビジネスクラスのホテルへ向かった。そして、そのホテルでニック・イーストリングの部下三人がそれぞれレンタカーを借り、残りのイーストリング以下三名が最上階のスイートルームを今回の調査の間に合わせの司令部にする作業をした。

ライアンは明るいうちはS－S防諜課職員たちにほとんど無視されたが、暗くなって予定されていた会合の時間になると、かまわず〝司令部〟に入っていった。

全員が顔をそろえると、イーストリングが部下たちに、そして不本意ながらもそう決められてしまったので〝お荷物〟のアメリカ人にも、とりあえずの調査の段取りを説明した。

「ようし。今夜、ジョーイが死体置き場へ行き、遺体を回収する。スムーズに事が運ぶように、すでにチューリッヒの領事館に話をつけてもらってある。ジョーイは死んだペンライトの弟になりすまし、死体置き場で遺体をいちおう目視で調べる。ザッと見わたし、明らかに妙と思われる点がないことを確認するだけでいい」

「たとえばどんな点ですか？」いちばんうしろにいたライアンが声を上げた。ニック・イーストリングがたとえ気に入らなくても、この調査には積極的に参加することにしようと決めていた。

イーストリングは肩をすくめた。「さあ、わからん。まあ、ポケットに自殺をほのめかすメモがあるとか。後頭部に矢が刺さっているとか。尻《しり》に鮫《さめ》にかまれた痕《あと》があるとか。バスに轢《ひ》かれた単なる事故死ではないということを示《し》唆《さ》するような何かということだろうな」

今回のことは事故死以外の何ものでもないとイーストリングは信じこんでいる、という印象をライアンはもった。となると、これからの調査はすべて、結論があらかじめ決まっている形だけの歌舞伎《かぶき》のようなものにしかならない。

イーストリングはジョーイのほうに向きなおった。「遺体は何の問題もなくただちにイギリスへ輸送できるはずだ」

「なんでわたしがドライアイスを買って日当の半分をふいにしなければならないんですか？　損な役回りだなあ」このジョーイの発言に、同席の二、三人が笑いを洩《も》らした。

「領収書をとっておけばいいんだ。ロンドンに帰ったら、経費はすべて払ってもらえる」

ライアンは歯を食いしばった。デイヴィッド・ペンライトのことはほとんど知らなかったが、目の前でしゃべっているこの連中は彼の死をあまりにも軽々しくあつかっていて、激しい怒りが込み上げてきたのだ。

イーストリングがつづけた。「それから、バートとレオにはここツークの隠れ家《セーフ・ハウス》に行ってもらう。家のなかを徹底的にチェックしてくれ。文字どおりバラバラに解体するようにしてな。残りの者たちも、やるべき仕事をすませたら即、きみたちに合流し、家の調査を手伝う」

「はい、ボス」バートとレオは応《こた》えた。

「スチュアート、きみはペンライトのホテルへ行ってくれ。うまいこと言って部屋に入れてもらうんだ。ロンドンを発《た》つ前に調べたのだが、部屋代の支払いは来週のぶんまですんでいる。だからホテル側は彼の持ち物にはいっさい手を触れていない。近親者があらわれるのを待っているんだ。したがって、近親者だとホテル側に信じこませることができれば、荷物をそっくり持ち出せるから、ここに持ってきてくれ。彼を堕落させていたものがないか、しっかり調べる」

「はい、ニック」

ライアンが手を挙げた。「失礼。ちょっとよくわからないのですが。ペンライトは事故か犯罪行為の犠牲者だと、わたしは思っていたのですが、あなたがたは逆に彼を犯罪の容疑者のようにあつかっている」

イーストリングが軽くグリッと目を上げて見せた。「サー・ジョン」

「ジャックと呼んでください」

「では、ジャック。ペンライトについてわれわれが知っていることを総合して判断すると、彼はいちおう仕事をこなす能力をもつ工作員ではあった。しかしながら、この種のことにはわれわれは少しばかり経験豊富でね、彼の人物調査書をのぞくと、いくつか問題点が浮かび上がってくる」

「たとえば、どんな？」

「彼はひどい酒飲みだった」ジョーイという名の男が言った。

　イーストリングはうなずいた。

「そのタイプの行動パターンはいつも同じだ。危険をおかすんだ。自分の体を危険にさらすだけでなく、人間関係という面でも危ういことをする。だから、秘密情報のとりあつかいが杜撰《ずさん》になるという弊害が最初に出てくる。〈明けの明星《モーニングスター》〉の存在は、ここスイスでのデイヴィッド・ペンライトの行動によってすでに敵側に知られてしまっていて、それが今回の調査で明らかになるのではないかと、わたしは思っている。たとえば、ヤバい女とベッドをともにしたとか、敵側とつながるバーテンダーに言ってはいけないことをあらいざらい喋《しゃべ》ってしまったとか、タクシー乗り場にブリーフケースの中身を落とし、紛失してしまったとか……そういうことが判明するのではないか。死については結局、事故死ということになると確信しているが、〈明けの明星〉作戦が担当工作員の飲酒癖によって敵に知られてしまっていた可能性があり、その点については批判的な目で見つづける必要がある」

　ライアンは返した。「いやあ、さすがに凄《すご》いものですね。イーストリング。スイスに来てまだ三時間しかたっていず、このホテルから出てもいないのに、もうそんなにいろいろとわかってしまったんですか」

　部屋の奥と手前に立っていたイーストリングとライアンは、だいぶ離れたところにいる相手をまっすぐ見つめつづけ、にらみ合った。防諜課の調査班長は言った。「いいかね、きみ、それではわたしのそばから離れないようにしたらどうかな？　今夜、最初に行くところは、ペンライトが最後の一杯を飲んだ酒場だ。いや、わたしとしては思い切って、最後の一〇杯を飲んだ酒場と言いたいね。ともかく、いっしょに探りまわり、どんなことがわかるか見てみようじゃないか」

「いいですよ」ジャックは言った。にらみ合いはもうしばらくつづいたが、すぐに会合は再開し、三〇分もしないうちに男たちはそれぞれの任務を果たしに散りはじめた。


　デイヴィッド・ペンライトが最後に寄った酒場は、フォルシュタットという通りにあった。通りの向かい側には絵のように美しいツーク湖が広がっている。イーストリングとライアンがその店に入ったのは夜の九時で、探りまわるには不向きな時間だとジャックには思えた。店がほぼ満席という状態だったからである。

　そのビヤホールは薄暗く、タバコの煙が充満していたが、ウエイトレスは若く魅力的で、赤いタイツ、スカートに、花の刺繍《ししゅう》付きの膨らんだ白いブラウスという伝統的な民族衣装を身につけていた。ただ、ブラウスの胸元の開きかたが、冬はずいぶん寒くなるスイスのような国の伝統的基準よりも少々下がりすぎではないかな、とライアンは思った。

　二人がカウンターにたどり着くよりも前に、イーストリングはウエイトレスたちを一瞥《いちべつ》し、ライアンの耳に口を寄せて言った。「ここはあの男の好きそうなところだ。賭《か》けてもいい、この店のウエイトレスたちの尻を調べたら、その半分からあいつの指紋が検出される」

　ライアンはこの発言を無視した。

　カウンターの席に座ると、独り善がりの嫌なやつにしか見えなかったイーストリングが実は意外に仕事のできる人間だということがライアンにもわかった。バーテンダーは完璧《かんぺき》な英語をしゃべった。S－S防諜課職員は数秒後には自分とライアンにプラム・シュナップスを注文し終えて、まるで旧知の仲であるかのように丸々と太った禿《は》げ頭のバーテンダーとおしゃべりをしていた。

　イーストリングはついでにジャックも紹介し、こうバーテンダーに説明した。実を言うとわたしたちは昨夜死んだ者と同じ銀行で働いていて、彼の家族に所持品を回収してきてくれと頼まれ、チューリッヒからやって来たのだ。

「なんてこった《マイン・ゴット》」バーテンダーは思わず声を洩らした。そして、やかましい音楽がかかっていてもしっかり聞こえるようにライアンとイーストリングのほうにぐっと身を寄せた。

「彼はこの店のすぐ外の通りで死んだんだ。新聞によると、名前はヘル・マイケルズ」

ペンライトは旅をするときはネイサン・マイケルズという偽名を使っていた。

「そう」イーストリングは言った。「あんた、昨夜も働いていた？」

バーテンダーはほかの客の注文に応えてタップからビールをグラスに注ぎ入れた。「ああ、働いていた。でも、持ち場がカウンターなもんでね。彼はあそこのテーブル席に座っていたんだ」バーテンダーは店の中央に近いテーブルを指さした。イーストリングが片眉《まゆ》を上げて〝おやっ？〟という表情をするのをライアンは見逃さなかった。たぶん、スパイであるペンライトがわざわざそんな人目を引くようなところを選んだというのが腑《ふ》に落ちなかったのだろう。

「えっ、まさか」

「ヤー、ほんとうさ。給仕したウエイトレスはいま停職中。酒を飲ませすぎたんじゃないかと警察に追及されているそうだ」

イーストリングは目をグリッと上に向けた。「おいおい、それは馬鹿《ばか》げている。ドイツ語で〝馬鹿げている〟って何ていうの？」

「クヴァッチュ。完全に同じというわけではないけど、まあ、近い」

「オーケー、だから、それはクヴァッチュだと言っているの。ネイサンは酒が大好きだったんだ。しこたま飲んだからといって、それはウエイトレスのせいではない」

「そのとおり《ゲナオ》！　でもね、言うまでもないが、今回のことでこの店の評判は落ちてしまう。

まあ、彼女はクビだな」

　イーストリングは〝馬鹿げている《クヴァッチュ》〟とばかり首を振って見せてから自分とライアンにお代わりを注文した。イーストリングはなかなか優秀な調査員だぞ、とライアンは認めざるをえなかった。彼はすでに結論を出してしまっているように見えるが、ここはひとつ、そうでないようにと祈るしかない、とジャックは思った。

　二杯目のプラム・シュナップスがやってきて、ジャックは一杯目の甘味を加えられた酒の残りをむりして飲み干した。ひどい味だと思ったが、バーテンダーから情報を引き出そうと友好的かつ誠意ある態度を崩そうとしないイーストリングに合わせ、おいしく飲んでいるふりをした。

「うまいねえ、これ」ニック・イーストリングはグラスを高く揚げた。「わが友もこれを飲んでいたの？」

「ナイン。彼はスコッチ・ウイスキーを飲んでいた。あのときこの店でスコッチを飲んでいたのは彼だけだったので、よく覚えている」

「あっ」イーストリングは言った。「そう。ネイサンはスコッチが好きだった」

　バーテンダーは二、三フィート離れたところで飲み物をつくりながらうなずいた。そして手をとめることなく言った。「彼は酔っぱらっていなかった。彼らは店から出ていくときもしっかりしているようだった」

ジャックは首をかしげた。が、イーストリングは何の反応も示さなかった。ただ、こう言った。「〝彼ら〟って、ネイサンはだれかと……」

「そう、若い女といっしょだった」

「どんな女でした？」間髪を容《い》れずライアンが訊《き》いた。ニック・イーストリングがカウンターの下で手を伸ばし、ジャックの前腕をぎゅっとつかんだ。

「あれっ、言わなかったっけ？　彼は女と会ったんだ。二人は一時間以上いっしょに座っていた。とてもきれいな女だった」

「そうか」イーストリングは言った。イギリス人の顔にほんのわずかだが疑念の表情が浮かぶのをジャックは見てとった。「で、地元の女？」

「いや、スイス人でもない。ドイツ訛《なま》りでしゃべっていたんでね」

「なるほど」イーストリングは応えた。

ジャックは身を前に乗り出し、バーテンダーに顔を近づけた。「いま『彼は女と会った』と言ったけど、〝ここで出遭った〟という意味ですか？」

「そう。最初、彼女はほかの男たち——二人——といっしょにカウンターの席に座っていた。男たちはしばらくして去ったが、彼女はとどまった。あんたらの友だちは、そのあと店に入ってきてカウンター席に腰を下ろし、彼女と話しはじめた。そして二人でテーブル席に移ったんだ」

「それで、あなたは前に彼らをいちども見たことがない？」ライアンは訊いた。

「ナイン。ドイツ人はこの店にもたくさん来るけどね」

　バーテンダーはさらにビールをいくつものグラスに注ぎ入れ、それらを客に出す前に人差し指を立てて手を高く挙げ、「レナーテ、ちょっと来てくれ《コム・マール・ヘーア》」と、同僚のひとりに声をかけた。そして、やって来た女性のバーテンダーとドイツ語でしばらく話した。ライアンは話の内容をまったく理解できなかったが、レナーテが発した「ベルリン」という地名だけは捉《とら》えることができた。バーテンダーが何か言うと、レナーテはうなずき、繰り返した。

「ベルリン」

　彼女は歩き去り、バーテンダーはイーストリングのほうに向きなおった。「レナーテはドイツ出身なんだ。イギリス人が入ってくる前、彼女が女の注文に応えていた。だから彼女に訊いてみたんだ、女が話したドイツ語はどこの方言だかわかったか、とね。知ってのとおり、ドイツにはそれぞれの地域に固有の方言があり、それらがみな非常に特徴的なんだ」

　イーストリングはうなずいた。「で、女はベルリン出身だと彼女は言った」

「ヤー。レナーテは間違いないと言っている」

　数分後、イーストリングとライアンはビヤホールをあとにした。ライアンの口には砂糖菓子のやけに甘ったるい風味がいつまでも残り、目は酒場のタバコの煙でしょぼしょぼしたままだった。彼はイーストリングとともに車道まで出て、ペンライトが轢かれたと思われるあたりに立ってみた。

「高速道路《アウトバーン》とはちがいますね」ライアンは言った。道路は暗く、静かだった。

「そりゃ、ちがう」イギリス人は返した。「だが、転んでバスの真ん前へ飛び出せば、ちがいはたいしてなくなる」

「まあ、そうですが」

二人は自分たちの車に向かって歩きはじめた。ジャックが言った。「では、ドイツ人の女を捜さないと」

イーストリングは首を振った。「いや、ライアン。ドイツ人の女は、昨夜ペンライトが捜した。で、女ではなくバスを見つけてしまった」イギリス人は自分のジョークにほんのすこし笑いを洩らした。

「女はどこへ行ったんでしょうね？　警察の報告書には、現場にドイツ人の女がいたということはまったく書かれていなかった」

「二人で酒場から出たが、それぞれ別の方向へ行ったのかもしれない。あるいは、女はペンライトと寝たかったのに、彼が目の前で死んでしまったので、酒場で拾った血の気の多い慌《あわ》て者のイギリス人なんかと寝なくてよかったと思ったのかもしれない」

ジャックはがっかりし、溜息《ためいき》をついた。

54

現在

ジャック・ライアン大統領はホワイトハウスのシチュエーション・ルーム（国家安全保障・危機管理室）の会議室にいた。会議用テーブルの端の上座につき、目の前にはコーヒーカップとフォルダーの山がある。彼はそのフォルダーのなかの資料に半時間ほど目を通して会議の準備をし、出席者全員がまわりに集合したいま、事務用箋《リーガルパッド》にメモをいくつか記した。それは、問うべき質問、主張すべき点だった。

ジャックは書類から目を上げた。最近、シチュエーション・ルームにいる時間が長く、オーヴァル・オフィス（大統領執務室）にいるのと同じくらいそこで過ごすようになっている。それは現在、世界の平和と安定が脅《おびや》かされているからなのであり、決して良いことではないのだということをジャックは知っていた。

アメリカの情報、外交、国防を取り仕切る主要メンバーたちが、列をなして部屋に入ってきて着席した。スコット・アドラー国務長官は、いまもヨーロッパ中を飛びまわっているため欠席となったが、他の主要プレイヤーたちは全員顔をそろえていた。

今日の会議ではここ七二時間のウクライナ情勢が検討されることになっていた。セヴァストポリのCIA特殊任務施設〈灯台《ライトハウス》〉では、ウクライナ全域での活動を指揮するCIAキエフ支局長を含む六人のアメリカ人が死亡した。国際報道機関はこの事件を「NATO施設の外でおこなわれた暴力的なデモのせいであり、それによってNATO要員数人が死亡した」と報じたが、ロシアのテレビは「責めを負うべきはアメリカ帝国主義であり、CIAの戦闘員が平和裏に抗議していた群衆に発砲したため現場は虐殺《ぎゃくさつ》の場と化した」という愕然《がくぜん》とするストーリーを流した。

そしてその翌日、オクサーナ・ズエワが暗殺された。この恥知らずの暗殺に関しては、世界中のほぼすべての報道機関がウクライナのナショナリストたちの仕業と見なし、ことによるとクヴチューク大統領みずからが命じた可能性さえあると言いだすところまであった。

ズエワが暗殺されたあとさらに、ヴァレリ・ヴォローディンがウクライナおよび西ヨーロッパに天然ガスを供給していたパイプラインを遮断し、その翌日にはまた、ウクライナ東部のドネツクでおこなわれた親ロシア派のデモ行進で爆弾事件が起きた。このテロ事件もナショナリストたちの仕業と考えられたが、ロシアのガスプロムが所有するメディアは、セヴァストポリのＣＩＡ施設がそれに関与したという説を積極的に広めた。

その時点でライアン大統領は、激怒という言葉でもとうてい言い表せないほどの激烈な怒りをおぼえた。だが、この数週間にＦＳＢがうまくやってのけたあらゆる工作にもかかわらず、ライアンはなんとか頑張って、心をあてていど平静にたもつことに成功していた。いま世界は深刻な危機にみまわれているのであり、自分が冷静に対処しないかぎり、その危機を素早く解決することはできないのだと、己に言い聞かせていたからである。

ライアンは会議をはじめるにあたって、まずジェイ・キャンフィールドＣＩＡ長官にこう問うた。「ジェイ、ロシアがドネツクの車爆弾にＣＩＡが関与している証拠としているものは何かね？」

キャンフィールドは答えた。「ロシアは〈灯台〉の残骸《ざんがい》の写真を公表していまして、ＣＩＡがウクライナ国内で使っていた工作員のリストも手に入れたと言っています。ＣＩＡがナショナリストたちにわたした書類――今回使われた爆弾をつくるように指示する文書――も入手した、とも主張しています」

「ウクライナ保安庁内にひそむ彼らのスパイから入手したと主張しているのかね？」

「そのとおりです、はい」

ライアンはドネツク爆弾事件に関するすべての報告書に目を通していた。「いったいぜんたいなぜＣＩＡがいまどきへキソゲン――ＲＤＸ――などという爆薬を使わなければならないのか？　第二次世界大戦の頃に使われていたものじゃないか」

これにはメアリ・パット・フォーリ国家情報長官が答えた。「ウクライナの田舎者が爆弾をつくったように見せたいのでCIAはヘキソゲンを使った、とロシアは言っているのです。ヘキソゲンは手に入れるのは容易、扱うのも起爆させるのもとても簡単ときていますから」

ライアンは怒りをあらわにして盛大な溜息《ためいき》をついた。

「お気持ち、わかります。わたしはただ、彼らが言っていることを伝えているだけでして」

ライアンは言った。「これはセルゲイ・ゴロフコの毒殺に似ている。スタニスラフ・ビリュコフの爆殺にも、オクサーナ・ズエワの暗殺にも、似ている」

メアリ・パットも同意見だった。「ロマン・タラノフFSB長官が一枚かんできたことは、どれもこれもよく似ていて、今回の車爆弾もそうしたものに非常によく似ています。タラノフは必要とあらば平気で人を――仲間だって味方だって――犠牲にします。敵対する者や組織に濡《ぬ》れ衣《ぎぬ》を着せるというのが彼のやりかたです」

キャンフィールドCIA長官があとを承《う》けた。「われわれはたしかにセヴァストポリの件には係わっていますが、ドネツクの車爆弾にも、ズエワの暗殺にも、ビリュコフ爆殺にも、ゴロフコ毒殺にも関与していません。タラノフはいくらでも好き勝手な主張をすることができますが、証拠などまったくありません」

ライアンは言った。「セヴァストポリでの攻撃を生き延びた者たちは、ここのところウクライナでも活動しているロシアの犯罪組織が深く関与していたと言っている。わたしはその〈七巨人〉に関する報告書をこの半時間にしっかり読みこんだ」

メアリ・パットはうなずいた。「ええ、そうなんです。ロシアはウクライナ東部の親ロシア派住民だけでなく、〈七巨人〉のギャングどもにも武器を与え、訓練を施してきたのです。そうやって、武装したロシア・マフィアと親ロシア派からなる第五列——反逆部隊——を創《つく》りあげたのです」

ライアンは訊《き》いた。「それを証明できるかね？　証拠はあるのか？」

キャンフィールドが答えた。「ヴォローディンが九〇年代にＦＳＢを去り、最高権力の座へ向けて流星のように華々しく出世しはじめてからというもの、政敵たちが彼と犯罪組織のつながりを示す決定的証拠を得ようとしてきました。ヴォローディンはロシアの最高権力者となるまでに犯罪組織からもかなりの支援を得たとだれもが考えています。でも、彼はだれにも尻尾《しっぽ》をつかませないのです。ヴォローディンはロシアの犯罪組織の多くを壊滅させ、多数のマフィアを摘発してきましたから、既存のそうした組織が彼を支援することで利益を得るというカラクリが見えづらかったのです。ところが今回、唯一《ゆいいつ》の例外として〈七巨人〉という組織が浮かび上がりました」

「組織といっても形がはっきりしない集団だな」ライアンは自分のメモに目を落としながら言った。「その組織を指揮しているトップがだれなのか、だれも知らない」彼は目を上げた。「首領がだれなのか、なぜわからないのだろう?」

ジェイ・キャンフィールドCIA長官が説明した。「幹部のひとりはわかっています。そいつはいまキエフのホテルから指示を出しています。その男はナンバー2《ツー》でさえあるかもしれませんが、〈七巨人〉の命令系統に関しては、おっしゃるとおり、ほとんどわかっておりません。ただ、〈七巨人〉はいまウクライナでFSBの代理部隊として活動しているということだけは、われわれも間違いないと思っており、ここのところの出来事によってその確信はさらに強まりました」

「しかし、なぜなんだろう?」ライアンはさらに問うた。「つまり、そんなことをして彼らにどんな得があるのだろう?」

「そうなんですよね」メアリ・パットは返した。「〈七巨人〉は何らかの見返りについてロシア政府《クレムリン》と話がついているのではないかと思わざるをえません。たとえば、もし〈七巨人〉がロシアのウクライナ強奪に協力したら、ロシアはそこでの〈七巨人〉の活動には目をつむる、とかね」

ライアンは読書用眼鏡の奥の目をこすった。ロシアの軍、情報機関、マフィア。その三者がこぞってウクライナを狙《ねら》っているというわけだ。そしてウクライナを奪い取ったら、勢いを駆ってさらに西方へと突き進んでいくにちがいない。

ボブ・バージェス国防長官が声をあげた。「大統領、わたしといたしましてはやはり、矢継ぎ早の事態の進展が気に入りません。ロシアは天然ガス・パイプラインを利用した恐喝、武力による威嚇《いかく》と、ウクライナにさまざまな脅しを次々にかけてきました。実際に武力を用いずに可能なあらゆる恫喝《どうかつ》をしてきたのです。そして要求をエスカレートさせ、いまではアメリカとNATOのウクライナへの影響力を排除しようとさえしています」

ライアンは言った。「ロシアにとっては、あとはもう戦車に国境を越えさせるだけか」

「そのとおりです。ウクライナ東部にいまだとどまっているJSOC——統合特殊作戦コマンド——およびCIAの〝資産《アセット》〟によりますと、国境のロシア側で軍部隊の動きがかなりあるとのことです。偵察画像分析でも、ロシア軍の進攻開始に必要なのはあとクレムリンの命令だけ、という結果が出ております」

「ならば……どうすればいいのかね、ボブ？」

バージェス国防長官はこう問われることを予測していた。「大統領、ダグラス・マッカーサー元帥《げんすい》は、あらゆる軍事的大惨事は二語で説明できる、と言っています。その二語とは『遅すぎる《トゥー・レイト》』です。われわれがいまからロシアの軍事侵略をとめようとしても、残念ながら、すでに遅すぎます」

ライアンは反論した。「ロシアのクリミア強奪を阻止できないというのなら、わたしにもわかる。あそこはすでに半自治的な自治共和国であるし、正真正銘のロシア人が何万人もいて、この一年間にロシアのパスポートを手わたされた住民がさらに何万人もいるからね。だからヴォローディンは、クリミア併合がロシアの国益にかなうということを国民に納得させることはできる。ロシアはかならずクリミアを併合する。非力なウクライナ軍ではそれを阻止することはできない。しかしだ、わたしはロシアをそこからさらに西へ進ませたくはない。ヴォローディンは事が思いどおりに運べば運ぶほど、それだけ精力的に近場の他のターゲットをも狙うようになる」ライアンはしばし考えた。「ウクライナにはわが国の軍事顧問が数百名いる。その大半は特殊任務部隊の兵士だ。戦争になるとして、彼らは戦況にどれほどの影響を及ぼしうるだろう?」

「多大な影響を及ぼせます。その駐留部隊を利用してウクライナ軍を支援する計画案がすでに作成されています。デルタフォースおよびグリーンベレーのチームが前線地域におりますし、イギリスのSAS部隊も同様です。それらの部隊はみな、ウクライナ空軍の〝資産《アセット》〟と直接連絡できる状態にあります。ウクライナ軍への支援が開始されたときは、イギリスも参加することになっています。大統領の命令さえいただければ、われわれのレーザー目標照射装置をウクライナのMiG-29多目的戦闘機とMi-24攻撃ヘリにリンクさせる作業をただちに開始できます。われわれはウクライナ空軍にとって大きな〝戦力多重増強要員《フォース・マルティプライアー》〟となるでしょう。運がよければ、それでロシア軍の攻撃力を弱めるくらいのことはできます」

「秘密裏にできるのかね？」

バージェス国防長官はうなずいた。「われわれの戦闘計画は秘密作戦になるように組み立てられています。と言っても……」どういう表現をすればいいのかわからなくなり、言葉を懸命に探した。

ライアン大統領がスコットランドの詩人ロバート・バーンズの『鼠《ねずみ》へ』の一節を正確に引用して代弁した。「どんなに練られた計画も狂ってしまうことがよくある」

「そのとおりです、はい」

「ロシア軍部隊の即応戦闘能力について教えてくれ」

「高くはありませんが、数年前のグルジア進攻のさいよりは良くなっています。当時ロシア軍には腐敗と浪費が蔓延《まんえん》していまして、戦場でもその影響が出てしまいました。戦争には楽に勝ちましたが、それはもっぱら、グルジア軍の準備不足と文民指導部の下手な指揮ぶりのおかげです。

ヴォローディンが権力をにぎったとき、ロシア軍の調達物資の実に二〇％が腐敗によって浪費されていた――はっきり言えば軍幹部に盗まれていた――と推算されています。その〝浪費率〟がいまではゼロに近いのです。ロシアは汚職まみれの国であるのに、現在、軍ではそれが厳しく排除されているというのは意味深い注目すべき点ですね」

ライアンは尋ねた。「ヴォローディンが残酷な方法を用いてここまで改善したと考えていいのかね?」

バージェスはうなずいた。「射殺された者が何人かいます。多数ではありませんが、それで見せしめ効果が充分にありました」

「では要するにロシア軍は、戦闘能力は高くないが数の力なら相当ある、ということかな」

「とにかく、数ではウクライナを凌駕《りょうが》しております。それにもうひとつ、ロシアが持っているものがあります」

「核兵器か」ライアンは言った。

「ロシアとの軍事衝突をともなう事柄を検討するときは、かならずそれをも考慮しないといけません」

ライアンは会議用テーブルにおおいかぶさるようにグッと身を乗り出した。「もしわれわれがなんとかロシア軍の西進スピードをスローダウンできた場合、彼らが核攻撃するぞと脅す可能性はどのくらいある?」

バージェスは答えた。「ロシアがわが国に対して戦略核兵器を使用するかどうかという点をお尋ねなら、わたしは非常に明快な答えを返すことができます。ここ何度か国防総省《ペンタゴン》でロシアの戦略核兵器を検討する会合がおこなわれ、ジョーゲンセン提督もわたしもそれに出席しました。核兵器による先制攻撃を実施してアメリカを完全に衰弱させる能力は、もはやロシアにはまったくありません。彼らの核兵器の三分の二はすでに使いものにならなくなっています」

ライアンは国防長官がいま語った会合の報告書のすべてに目を通していたので、DIA（国防情報局）とCIAがおこなったその分析・評価も知っていた。

統合参謀本部議長のマーク・ジョーゲンセン提督が発言した。「それでも、ロシアにわが国の防衛システムを突破できるミサイルを発射できるかといえば、それはできます。可能です。ご存じのように、ロシアは戦略爆撃機の常時パトロール飛行を実施しております。それはソ連崩壊とともに中断していたのですが、ヴォローディンが弱腰ではないところを見せようと再開したのです」

今度はメアリ・パット・フォーリ国家情報長官が意見を述べた。「しかし、能力があるとしても、果たしてやる気になれるかどうかという問題がありますね。彼らは殉教者になることをめざすイスラム原理主義者ではないんですから。ヴォローディンとその取り巻きも、一発でも核弾頭を撃ちこんだら、数分内とは言わないまでも、数時間内に自分たちの命もなくなるということくらいわかっています」

「よし、では戦術核兵器については？」ライアンは問うた。

バージェス国防長官が答えた。「ヴォローディンはウクライナでは戦術核兵器も使いません、絶対に。そんなことをしたら、自分が母国と思っている地域の一部が完全に破壊されてしまいますから。彼はウクライナを奪取するために、あらゆる手段を尽くして戦うでしょうが、そこを〝核の冬〟に投げこむような真似《まね》はしません」

ライアンは指でテーブルを小刻みにたたきはじめた。「ウクライナに駐留する〈平和のためのパートナーシップ〉NATO部隊とウクライナ空軍との積極的連携をはかるその作戦計画案だが、もうすこし詳しく説明してくれないか」

バージェスは大判の書類挟みからファイルをひとつとりだし、掲げて見せた。「〈赤熱炭《レッド・コール》カーペット〉作戦。ロシアがクリミア半島およびウクライナ東部を支配下におさめようと空および陸から通常兵器による攻撃をしてくる、と仮定した作戦案です。それは、現地に駐留するアメリカの特殊任務部隊チームがレーザー目標照射によってウクライナのジェット機および攻撃ヘリを支援するさいの詳細な段取りを提供するもので、その目的はロシアの侵略軍の撃破ではなく、むしろウクライナの内部深くにまで入りこもうとするロシア軍を手一杯にして消耗させることです。要するに、ロシア軍がまだドニエプル川のはるか東方にいるときに多大な損失をこうむらせ、進攻しようとする部隊を立ち往生させるか、すくなくともその進撃のスピードを落とさせよう、というわけです」

「地上の作戦要員はいまのままで充分なのかね？」

バージェスはもういちどよく考えてから答えた。

「〈赤熱炭カーペット〉を始動させれば、アメリカ陸軍がＮＡＴＯの任務についている偵察ヘリコプター一個中隊をウクライナへ移動させます。もちろんこれも、〈平和のためのパートナーシップ〉という支援プログラムの一環としておこなうわけです。それらのヘリはレーザー目標照射を担当することになります。さらに、統合作戦センターの警備にあたらせるという名目で小規模なレンジャー部隊を追加派遣します。これでウクライナにおける米英軍の兵員数は四五〇名近くになります。

今回の紛争では、これで充分だと思います。ひとつ大きな理由があるからです。つまり、われわれはウクライナ空軍を支援するだけで、はっきり言えば、ロシア軍が殺すのはウクライナ空軍の兵士だからです。申し訳ありません。ほかに実行可能な作戦案はひとつもないのです。レーザー照準装置を持つ米英の兵士は、いくらでもターゲットがあるという状況で任務を遂行することになりますが、空対地兵器を搭載する航空機を充分に飛びまわらせることはできません。ウクライナの攻撃ヘリコプターと戦闘攻撃機はかならず撃墜されます。残念ながら、われわれが地上部隊を増やしたところで、その状況を改善できるわけではありません。」

ライアンは言った。「議会の主要メンバーにこのことを知らせておかないといけないな。これは〈平和のためのパートナーシップ〉の範囲内と強弁することのできない作戦だからね」

「はい、大統領、そのとおりです」ボブ・バージェス国防長官は応《こた》えた。

ライアンは壁の時計に目をやった。「よし、〈赤熱炭カーペット〉作戦の発動を許可する。ロシアの進攻がはじまったら、現地のわが軍の地上部隊は作戦を開始してよい。ボブ、必要なことがあったら何でも言ってくれ、いつでも遠慮せずに連絡するように。メアリ・パットとジェイも国防総省に可能なかぎりの情報を提供する」

「はい、大統領」

ライアンは次のように言って会議をしめくくった。「戦場に四五〇人ほどの米英の兵士がいて、これからの数日間、われわれの支援と祈りを必要とする。彼らがその両方をたっぷり得られるようにしようじゃないか」

55

三〇年前

CIA分析官ジャック・ライアンは、その日の明るいうちの多くの時間をスイスはツーク市の凍《い》てつく街路で過ごした。デイヴィッド・ペンライトが死の直前の数日間に訪れた場所にいちいち足を運ぶＳＩＳ（ＭＩ６）防諜課《ぼうちょう》職員、ニック・イーストリングについてまわったのだ。二人はたとえば、ペンライトが宿泊したホテル、彼がメルセデスを借りたレンタカー会社の店舗、彼が食事をとった二軒のレストランにおもむいた。

　そしてそれぞれの場所でライアンは、ペンライトに連れはいなかったかと問うようにイーストリングにうながした。だがペンライトは、死んだ夜に〈明けの明星《モーニングスター》〉と会ったレストランと、ドイツ人の女を口説き落とそうとして失敗した酒場以外では、おおむねひとりでいたようだった。

　デイヴィッド・ペンライトがツークでの仕事の本拠地としていたＭＩ６の隠れ家《セーフ・ハウス》にライアンとイーストリングがたどり着いたときには、すでに日が暮れていた。その隠れ家はツークの市街地から北へ車で数分のところの、丘の上の住宅地にあった。そこには、小さな前庭とフェンスで囲まれた広い裏庭をもつ、漆喰や石の壁に木の骨組みを露出させているハーフティンバー様式の二階建ての家々が建ちならんでいた。ライアンとイーストリングは玄関ドアを抜けて家のなかに入り、今日はかなりの時間をここで作業していた防諜課調査班の他のメンバーたちと挨拶《あいさつ》をかわした。

「何か見つかったかね、ジョーイ？」イーストリングは居間のいちばん近くにいた男に声をかけた。ライアンの目には家がほとんど解体されてしまったかのように見えた。床板は剝《は》がされ、壁のパネルも取り除かれ、ソファーのクッションさえ切り裂かれたかのような状態になっていた。

「いまのところまだ何も出てきていません。ただ、金庫のなかにはペンライトが入れた文書がありました」

「どんな文書?」

「むろん、ぜんぶドイツ語で書かれた文書です。RPB——リッツマン・プリヴァートバンキエーズ——の内部文書、送金記録のようです。ドットマトリクス・プリンターで印字されています。番号口座《ナンバード・アカウント》、送金額といった記録。そういった訳のわからない数字が何ページにもわたって蜿々《えんえん》とつづいています」

イーストリングは言った。「ペンライトはこちらに来てからはS－S本部《センチュリー・ハウス》へ何の情報も送っていない。そして殺された夜に〈明けの明星〉と会った。ということは、〈明けの明星〉からそれを受け取り、この家に持ち帰り、金庫に保管してから、ふたたび外出して例の酒場に出かけた、ということのようだな」

ジョーイが応《こた》えた。「まあ、そうであれば、適切な手順を踏んだということになりますね。救急車で死体置き場に運ばれたとき、RPBの文書を持っていなかったというのは、やはり上出来でした」

イーストリングはうなずいて同意した。「作業をつづけてくれ」

隠れ家はなかなかいい家で、居間にはモダンな家具類と五〇インチのフロントプロジェクションテレビがあった。そしてそのそばにはＶＨＳビデオデッキがあり、テレビの横の本棚にはビデオカセットのコレクションが並んでいる。防諜課の職員のひとりが整然とビデオを一本一本再生し、早送りで内容をチェックしていた。

イーストリングとライアンはキッチンに入っていった。そこには箱のなかのシリアルをボウルにあけている男がいた。穀物、ドライフルーツ、ナッツなどを混ぜたミューズリーや、コーンフレークをボウルにあけると、そのなかに両手を突っ込み、隠されているものがないか調べている。キッチンにはもうひとり、懐中電灯を手にして床を這《は》い、タイル材の合わせ目を調べて、動かされたり剝がされたりした形跡がないかチェックしている男がいた。

ほかの者たちがこうした作業をつづけるなか、ライアンはイーストリングに尋ねた。

「なぜペンライトはここに寝泊まりしなかったのでしょう？　なぜホテルに滞在したのでしょうか？」

イーストリングは肩をすくめた。「ロビー・バーの近くにいたかったのさ。女を引っぱりこむ部屋も欲しかったし」

「それ、きちんと確認できている事実なんですか？　それとも単なる推測？」

「前にも言ったように、デイヴィッド・ペンライトはわたしが調査する最初の死亡工作員ではない。これまでに見たり知りえたりしたことすべてが、今回は事故死であったというわたしの仮定を支持している。いいかね、ジャック、きみはどうもKGBの暗殺という線に執着しているようだが、KGBは西ヨーロッパでわが組織の工作員を消すような真似《まね》はしない」

ジャックは言葉を返そうとしたが、彼が口をひらくよりも早く、小さな仕事部屋《ホーム・オフィス》の電話が鳴った。イーストリングの部下のひとりが受話器をとって応答した。そして受話器をボスに手わたした。

ニック・イーストリングが電話で話しているあいだ、ライアンは所在なげに裏庭にかかるバルコニーに出ていった。そこからの眺めは素晴らしかった。下方に広がるツークの市街を一望でき、その先にツーク湖の姿も眺められる。そして暗い湖面の向こう岸には、街灯の光と明かりのともった建物の窓がキラキラ輝いている。凍えるほど冷たい澄明《ちょうめい》な空気のせいだろう、ジャックは手を伸ばせば湖の向こう岸に触れられるような感覚をおぼえた。実際には何マイルも離れているにちがいなかったが。

数分後、イギリスの情報機関の防諜課・調査班長もバルコニーに出てきた。彼の手には冷蔵庫からとってきたゾンネンブロイ・ビールが二本あった。外でビールを飲むには寒すぎるとライアンは思ったが、瓶を受け取り、ビールを飲みながら下のほうに見える湖へと視線を戻した。

イーストリングは言った。「ロンドンからの電話をいま切ったところだ。検死官――イギリス人――が今朝チューリッヒでペンライトの遺体を調べた。皮下注射針で刺されたときにできるような穿刺跡《せんしせき》はまったくない。血中からアルコールが検出されることは間違いないが、その他の毒物の検出結果については何週間か待たないとわからない。しかし、検死官によると、薬物や毒物を盛られた形跡はまったく見られず、その可能性はゼロのように思えるとのことだ」

ライアンは何も言わなかった。

イーストリングは裏庭を見やった。「彼は酔っぱらっていて、通りでつまずいて車道に飛び出してしまったのだ。現場仕事をする人間にしてはみっともない最期《さいご》だった」

「ペンライトは真面目《まじめ》に仕事に取り組んでいましたよ」ライアンは返した。「ところが、あなたは彼を道化かなにかのように言う。わたしは彼のことをよくは知りませんが、もうすこしいい扱いを受けてもいいと思います」

イーストリングは応えた。「ペンライトは道化ではなかった。ただ、長いあいだ危険な綱渡りをつづけてきたために、不安から逃れようと酒と行きずりの情事に溺《おぼ》れるようになった。それは現場に送りこまれる最も優秀な工作員にも起こることだ。彼らが対処しなければならないストレスは相当なもので、わたしだって同情を禁じえないが、つまるところ、正確な死の原因をしっかりつかむというのがわたしの仕事なんでね」

二人はツーク湖を見やり、入江のようになっている対岸の明かりを眺めた。美しい夜景だった。ジャックはふと想像した、わずか数日前にここに座って〈明けの明星〉への次の行動を計画しているペンライトを。

ライアンは言った。「では、これで終了ですか？　もう帰国できる？」

「それはロンドンが決める。もしサー・バジルが現場要員をひとり送りこんで〈明けの明星〉に接触するつもりなら、われわれはあと一日、二日ここでぶらぶらし、わかったことをその要員に直接伝えて……」

と、そのとき、ツーク湖の対岸に向けられていたライアンの目が捉《とら》えたものがあった。彼が見ていたところの近くに突然、きらめく閃光《せんこう》がひとつあらわれ、輝きが岸の上空に低くたれこめていた雲にまでとどいたのだ。その閃光は湖面ではなく陸地から放たれたようだったが、すぐにはそのどちらなのか判定するのは難しかった。閃光が見えた五秒後、低い轟音《ごうおん》が二人の立つバルコニーにまで達した。

イーストリングも同じ方向を見つめていた。「あれは爆発だ」

ライアンは遠方に目を凝らした。「火のようなものが見える気がする」家のなかに駆け戻り、作業中の男たちにここに双眼鏡はないかと訊《き》いた。ひとりの男が仕事部屋にあった飾り物だが実際に使うこともできる真鍮《しんちゅう》製の望遠鏡を三脚からはずした。彼がそれをライアンに差し出すと、ほかの者たちが笑いを洩《も》らした。

アメリカ人は望遠鏡をひったくるようにしてつかむと、バルコニーに走って戻った。

そしてその大きな望遠鏡をなんとか目のところまで上げて安定させた。イーストリングは何も言わずにそばに立ち、ただライアンを見つめている。

　建物のきらめく明かりに紛れて非常に見にくくはあったが、遠くの対岸に火が燃えているのをたしかに認めることができた。岸から数ブロック離れたところ、丘の斜面だ。

「あれはどこです？」

「ロートクロイツ」イーストリングは答えた。

「だったら、先日、銀行家《バンカー》のトビーアス・ガプラーが殺された町じゃないですか」

「そういうことだな。そう」

　ジャックは望遠鏡を下げた。「行きましょう」

「行く？　あそこへ？　なぜ？」

「なぜ？　冗談はやめてください」

「ライアン、きみは何が起こったと思っているんだ？」

「わかりません。でも、近くで見てみないと」

「馬鹿《ばか》ばかしい」

「では、隠れ家《セーフ・ハウス》でこのままぶらぶらして、コーンフレークのなかを調べる部下の手伝いでもしていてください。わたしは行きます」ライアンはクルッと背を向けると、バルコニーから足早に出ていった。テーブルから一台のレンタカーのキーをすくいとり、いくつかの部屋を抜けて玄関ドアから外へ飛び出した。

キーをエンジン・スイッチに差しこんだとき、砂利を踏んで急いで近づいてくる者の足音が背後から聞こえてきた。イーストリングだった。「わたしが運転する」

ツーク湖をぐるりとまわって対岸のロートクロイツまで行くのに三〇分近くかかった。建物を燃やすその小さな町に入ると、どちらへ進めばいいのか間違えようがなくなった。火が五〇フィートの高さまで猛然と噴き上がっていたからである。イーストリングは赤熱する火炎に車を向けつづけるだけでよく、緊急車両の通り道を確保するために急遽《きゅうきょ》通行止めにされた道のせいで回り道を余儀なくされたものの、現場にかなり近い場所に車をとめることができた。そこから火災現場までは二、三ブロック歩くだけでよかった。

ライアンとイーストリングは現場のそばの駐車場に集まった野次馬の大群を掻《か》き分けるようにして前へと進んでいった。火に近づくにつれ、ジャックは顔に熱を感じるようになった。

炎に包まれている建物は、美しい高級レストランだったにちがいないと思えた。外にテラス席もあって、そこには凍えるような夜でも客たちを暖められるように暖房用の炉がいくつかある。そしてその向こうに、ツーク湖の景観を楽しめる床から天井までの大窓がついた横に長く広がる建物。駐車場の上に高々と掲げられた看板には『レストラーン・マイサー』とある。だが、いまや建物は炎に完全に呑《の》みこまれていて、大窓は割れていた。テラス席の炉のまわりの錬鉄製のテーブルと椅子《いす》も、消防士や救急隊員がこの〝殺戮《さつりく》現場〟から犠牲者を運び出す邪魔にならないように、すべてわきへ蹴《け》り倒されたり押しやられたりしている。

駐車場にはすでに黒いビニールシートをかぶせられた死体がいくつもあった。ジャックは一〇までは数えられたが、激しく揺れ動く炎と緊急車両の赤や青の回転灯の光のもとでは、正確な数を把握するのは難しかった。

消火活動をする消防士の数は数十人にのぼり、火に向かって一〇ほどの方向から放水されていた。警官たちは立ち入り禁止のテープを張り、叫び、ときには強く押しやって、見物人を火事場に近づけないようにしている。野次馬のひとりが、ガス管から流れ出るガスのせいで火の勢いが増していると言い、ライアンとイーストリングが到着した数分後には、群衆を現場から隔離するテープの位置がことごとく後ろへずらされ、通りの反対側まで後退させられた。もっと大きな爆発が起こる恐れがあったからである。

ライアンとイーストリングは轟然と音を立てて燃え盛る炎の明かりがかろうじてとどくあたりに立っていた。ジャックはテープが張られて立ち入り禁止となった駐車場の向こう側の通りの角に目をやった。そこにスイスの警察の車が何台かかたまってとまっていた。顎鬚《あごひげ》をたくわえた男がひとり、手錠をかけられて二人の警官に連行されていく。男は駐車場にとまっていた車まで歩かされ、その後部に押しこまれた。自分より二、三歳は若いようだ、とジャックは思った。だが、遠いところから見ただけなので確信はもてない。

ジャックは言った。「あれ、どういうことなんでしょうね？」

イーストリングは警察車両のほうへ歩きだした。「探るくらいのことはできるんじゃないかな」

二人が駐車場の縁をぐるりとまわって、警官たちがいるところまで達したときには、男をバックシートに乗せた警察車両はすでに駐車場から猛然と走り出てしまっていて、丘をくだり、二人の視界から消えた。

立ち入り禁止テープの縁にとまる別の車のそばに警官が二人立っていた。ニック・イーストリングが二人のところまで歩いていって、言った。「すみません《エントシュルディグング》。あなたは英語を話しますか？《シュプレッヒェン・ズィー・エングリッシュ》」

ひとりの警官が英語で答えた。「はい。でも、いまは忙しくて、お相手できません」

「わかりました。ただ、あの男はなぜ逮捕されたんだろうと思いましてね」

「彼は逮捕されたわけではありません。重要参考人として拘束されたのです。彼は建物のなかにいて、爆発直前に外に出ていきました。客ではなく、ただ店内を通り抜け、裏口から出ていったのです。爆発後、ウエイターのひとりが野次馬のなかに彼を見つけ、われわれに教えてくれました」

「なるほど」

「あなたは爆発の目撃者ですか？」

「いえ、残念ながら、わたしは何も見ていません」

イーストリングとライアンは警官たちに背を向け、ふたたび見物人の群れのなかにもぐりこんだ。数分後、車に乗ってその地域からも離れ、ふたたびＳＩＳの隠れ家へ向かった。イーストリングが盗聴防止システム電話ＳＴＵでＳＩＳ本部《センチュリー・ハウス》に連絡しなければならなくなったからである。ＭＩ６はスイス当局に圧力をかけて、今夜起こった爆発事件と顎鬚をたくわえた若い男の拘束に関する情報、および高レベルでのほうがより簡単に得られる他の情報をも可能なかぎり入手する必要があった。

イーストリングは隠れ家へ向かう途中、ホテルによってライアンを降ろした。ＣＩＡ分析官のアメリカ人はまたしても、イギリス情報機関の防諜課職員に軽視されたように思えて気に入らなかったが、自分がいっしょに隠れ家に戻っても意味のあることなど何もできないとわかっていたので、ここはおとなしく車から降りた。

56

現在

デルタフォース（第一特殊部隊デルタ作戦分遣隊）士官のバリー・ジャンコウスキー──コールサインはミダス──は、二人の部下および他の一一人のアメリカ人とともに、ウクライナ南部セヴァストポリのＣＩＡ特殊任務施設〈灯台《ライトハウス》〉での戦闘を生き延びた。しかし、〈灯台〉から生きて脱出できた警備要員やＣＩＡマンの大半とはちがい、ミダスと部下の戦闘員二人はいまなおウクライナにとどまっていた。

ここ三日間、ミダスはウクライナ中部の中都市チェルカースィにいた。そこにはウクライナの第二五空挺《くうてい》旅団が本拠をおく大きな陸軍基地がある。

ミダスは〈灯台〉で何人もの友を失ったが、戦場にいるかぎり彼らの死を悼《いた》む時間など与えられていなかった。それは特殊任務部隊に所属する軍人にとっては当たり前のことと言ってよい。ミダスことジャンコウスキーは昨日の午後は中佐だった。だが、昨夜フォート・ブラッグの本部から一本の電話が入り、大佐に昇進したむね告げられた。これでジャンコウスキー大佐は、ウクライナにおけるアメリカ軍ＪＳＯＣ（統合特殊作戦コマンド）の最高位の軍人になったばかりでなく、〈赤熱炭カーペット《レッド・コール》〉作戦に参加するウクライナに駐在する米英の全部隊の最高指揮官《シニア・コマンド・オーソリティ》となった。

バリー・〝ミダス〟・ジャンコウスキーは軍隊に入ってもう一七年になる。最初は志願兵として第七五レンジャー連隊入りし、次いでマスタング――下士官から昇進した士官を意味する俗語――となった。そして六年前にデルタフォースへ移り、強襲要員として出発したが、それを卒業してエリート中のエリートであるデルタフォース偵察部隊員《レッキ・トゥループ》となった。

アメリカ軍のほとんどの部隊は偵察《リコネサンス》 reconnaissance の略語としてリコン recon という言葉を使うが、デルタフォースを創設したチャージン・チャーリーことチャールズ・アルヴィン・〝チャーリー〟・ベックウィズ陸軍大佐は一九六〇年代に交換士官としてイギリスの第二二ＳＡＳ連隊（特殊空挺部隊）配属となったことがあり、ＳＡＳの流儀をたくさんデルタフォースに持ちこむことになった。イギリス人は偵察をレッキ recce と呼ぶ習慣があったので、デルタフォースもそのように呼ぶことになったのである。

ミダスはポーランド人移民の家庭に生まれた。家では英語とポーランド語をしゃべって育ち、大学ではロシア語をいくらか学んだ。そして、ここ一年のかなりの期間をウクライナで過ごし、この国の地勢、敵、軍隊にも通じ、幅広い豊富な経験もあって、国防総省《ペンタゴン》に目をつけられ、地上作戦の指揮官に任命された。

セヴァストポリではAFO（前進特殊作戦）小部隊を指揮したが、その内実はデルタフォース戦闘員わずか三人の直接指揮だった。中佐という階級にある者にとっては極めて異例の任務だったが、彼の語学力とこの地域に関する比類ない知識を考えると、まさに適材適所ということになる。だが、あの〈灯台〉での戦闘からわずか数日しかたっていなかった昨夜、ミダスは四二九名からなる部隊の指揮を執ることになった。指揮下の兵員の内訳は、アメリカのデルタフォースB中隊に所属する六〇名の戦闘員および支援要員、第五特殊部隊グループと第一〇特殊部隊グループの兵士、そしてイギリスのSAS部隊のコマンド。

さらに、ここチェルカースィのウクライナ陸軍基地で統合作戦センターの警備にあたる四〇名からなるアメリカ陸軍レンジャー連隊・小銃小隊一個もミダスの指揮下に入った。こうした〝資産《アセット》〟に加えて、第一六〇特殊作戦航空連隊の輸送用ヘリおよび偵察用ヘリ数機――中型多目的ヘリコプターMH－60ブラックホーク三機と、少数の兵員を自在に運べるちっぽけな軽汎用《けいはんよう》ヘリコプターMH－6リトルバード六機――もいまやミダスの配下にある。

そして一時間前、航空支援を大きく補強する航空機がミダスのもとにとどいた。具体的には、キエフ近郊のボルィースピリ国際空港から飛んできたCIAのMQ－9リーパー無人航空機四機と、ポーランドからチェルカースィに飛来した陸軍のヘリコプター数機だ。

リーパー無人機《ドローン》はJSOCの作戦支援にあたり、陸軍のヘリはおもにレーザー目標照射に投入されることになっていたが、ミダスは後者のヘリはもうすこし自由に利用しようと考えており、パイロットたちが兵舎に落ち着き次第、ある特定の乗員チームに作戦センターに立ち寄るよう伝えろと命じておいた。

もちろん、ウクライナにいる兵士はアメリカ人、イギリス人だけではなかった。たしかにウクライナ軍部隊が国境に沿って配置されていたし、予備部隊も後方に控えていたが、困ったことにミダスもその戦闘準備状態がどれほどお粗末であるかしっかり把握していた。この一カ月のあいだに彼は、ウクライナ軍の装備と訓練の貧弱さについて、さらに致命的なことに士気のなさについて、報告を受けつづけていたのだ。脱走や任務放棄が蔓延《まんえん》していることは明らかだったし、スパイが潜入していて妨害・破壊工作をおこなっているという信憑性《しんぴょう》のある報告もあった。だが、そうしたことよりももっとウクライナ軍を衰弱させていることがあった。それは、国境から遠く離れた安全圏にいるウクライナの指導者たちがおおむね「戦争がはじまったら、NATOが即座に介入して助けてくれる、少なくとも厳しい制裁措置をロシアに加えて、ヴォローディンに侵略を思いとどまらせてくれる」と考えているということだった。

ミダスは長いあいだ戦場で実際に戦ってきた軍人だったので、キエフの文民たちが思い違いをしていることがわかっていた。

だから今日の午前中は、安全な通信手段であちこちに散らばる知り合いのウクライナ軍指揮官たちと個々に話し合い、「ウクライナが今後得られる軍事的支援は、現在この国に駐在するアメリカおよびイギリスの四二九名の兵士のみ、それを上回ることはまずない」という事実を強調した。

ミダスはつい一分前にも、あるウクライナ軍司令官との話し合いを終えていて、その内容は他の話し合いのそれとほとんど変わらないものだった。

あるウクライナ軍砲兵部隊を指揮する大佐はミダスに言った。「ロシア軍が攻めてくるのがわかったら、やつらが国境を越える前に攻撃する必要があるから、よろしく」

ミダスは辛抱強く応《こた》えた。指揮下の四二九名の兵士がロシアの領土に攻め入ることは絶対にないと。

するとウクライナ軍大佐は言った。「やつらは錆《さ》びついた戦車数両で攻撃してくる。こちらが使ってもいない飛行場に空から爆弾を落とす。黒海艦隊を出撃させてビーチに艦砲射撃させる。それだけだ」

「いや、彼らはそれ以上のことをする」ミダスは陰気な声でぼそっと言った。

ウクライナ軍大佐はアメリカ軍大佐に怒鳴り返した。「だったら、銃を手にして死ぬまで戦ってやる！」

この砲兵隊の大佐が最後に銃器を手にして戦ったのはいったいいつのことだったのか、

とミダスは思ったが、声に出して訊《き》きはしなかった。

バリー・〝ミダス〟・ジャンコウスキーはＪＳＯＣ士官としてイラクでもアフガニスタンでも戦ったし、フィリピンとコロンビアでは軍事顧問として軍に助言した。

ウクライナは彼のこれまでの任地のなかでは最大の国で、ＧＤＰ（国内総生産）も最大なら国民の教育水準も最高だ。

だが、ミダスはいまほど絶望的な状況に投げこまれたことはかつて一度もなかった。なにしろ指揮下の四二九名の男女だけで、国境近くに集結してウクライナ進攻の準備をととのえた七万人近いロシア軍に立ち向かわなければならないのだ。ロシア軍が侵入してきたときにミダスが望みうることはひとつしかない。それは、指揮下の数少ない兵員をウクライナ軍の〝戦力多重増強要員《フォース・マルティプライアー》〟となるように投入すること、それに尽きる。ただ、それでウクライナが勝てる――ロシア軍を撃退して国境の向こうへと押しやれる――というわけではない。

そうではなくて、ミダスが成し遂げようとしている目標は、ロシアの進軍スピードを減速させ、彼らに予期していたよりも多くの死傷者を出させ、大いに悩ませ、なんとか攻撃をつづける気力をなくさせる、ということだった。そうなってはじめてウクライナは――そしてミダスも――生き延びることができるのだ。

彼はこの一日を費やしてチェルカースィに統合作戦センターを立ち上げ、必要な通信手段をすべて確保し、ウクライナ東部にしっかりと目を光らせつづけるのに欠かせない情報収集要員の手配もした。

ウクライナ国内で活動するＣＩＡのＮＯＣ《ノック》（公式偽装《オフィシャル・カヴァー》で護《まも》られていない非合法工作員《イリーガル》）は、ＪＳＯＣに所属する者たちではなかったので、ミダスが自由に動かすというわけにはいかなかったが、彼の〝矢筒〟のなかにはもう一本〝矢〟があった。そしてその矢とは、〈灯台〉で出遭った三人の男たち――ジョン・クラーク、ドミンゴ・シャベス、ドミニク・カルーソー――だった。三人がＣＩＡでもＤＩＡ（国防情報局）でもＮＳＡ（国家安全保障局）でもなく、他のいかなる政府機関にも所属していない民間人だとわかると、秘密保持という点から彼らをいつでも追い払える付き合いかたをするようにしたが、あのＣＩＡ施設での戦闘で証明された三人の能力と祖国に対する忠誠心を忘れることはできなかった。それに、セヴァストポリから航空撤退したあと、ジョン・クラークにこう言われたのだ――おれたちはキエフに戻り、ウクライナに潜入してＦＳＢからの命令を実行している犯罪組織を監視しつづける、と。さらに、おれたちはあんたに手を貸す用意がある、助けが必要になったらいつでも言ってくれ、ともミダスはクラークに言われた。

もし彼らに何かを頼むとしたら、それは規則どおりとは言えない行為になる――だってミダスには、自分の戦闘作戦を民間人に手伝ってくれと頼む権限などこれっぽっちもないのだ。しかしミダスにとって、軍隊の指揮系統にも情報機関のそれにも縛られない自由に動ける少数の戦闘員に、必要なときに助けを求められるのだとわかっていることは心強いことではあった。

ミダスはアメリカン・ミリタリー大学で軍事学の修士号も取得している。彼は戦場で応用できることを高等教育機関でたくさん学んだが、そのなかで現実の戦闘を最もよく反映し、実際に大いに役立つものというと、一九世紀ドイツの陸軍元帥《げんすい》ヘルムート・フォン・モルトケについて学んでいたときに見つけた名言で、大学で学んだそれに優《まさ》る有用なものはほかにひとつもなかった。

モルトケはこう言っているのだ。「戦略とは応急措置のシステムである」つまり、変化しつづける状況に応じて実効ある適切な応急措置を次々に講じていくというシステムをつくりあげておくことこそ、優れた戦略だ、と言っているのである。

ミダスはウェストヴァージニア出身で、飾らない平易な言葉を好むので、そのヘルムート・フォン・モルトケの名言を彼が訳すとこうなる。「兵士はやらなきゃならんことをやらなきゃならん」

ロシアの進攻がはじまれば、事態はきわめて急速に一般的とは言えない異例の展開となっていくだろう、とミダスは予想していた。モルトケには「どんな作戦計画も、いざ敵と交戦となると、そのままでは役立たなくなる」というもっと有名な名言があり、これもまた戦争では自明の理である。ひとたびロシアが戦端をひらけば、いかに細心の注意を払って組み立てられた〈赤熱炭カーペット〉作戦であろうとそのままでは効力がなくなり、チェルカースィの統合作戦センターのミダスおよびその参謀チームは可能なかぎり最良の即興力を発揮して刻々と変化する状況に対処しなければならなくなる。

陸軍准尉《じゅんい》（CW2）のエリック・コンウェイとアンドレ・〝ドレ〟・ペイジは、ウクライナの陸軍基地の一方の端からもう一方の端へ向かって歩いていた。晴れわたった薄ら寒い春の朝だった。二人とも、基地のなかがどうなっているのかよく知らず、キリル文字の案内標識も読めなかったが、「ヘリコプターの整備・補給場《フライト・ライン》まで行って、左へまがり、アメリカ兵が護るゲートが見えるまで歩きつづけろ」と指示されていた。

コンウェイとペイジはアメリカ陸軍のOH－58Dカイオワ・ウォリア・ヘリの二人一組の乗員《ツー・マン・フライト・クルー》――パイロットと副操縦士――だったが、飛行用のヘルメットをかぶらずにこうして歩いていると、まるで通常の陸軍歩兵のように見えた。なにしろフライトスーツも着ておらず、黄褐色《タン》、グレー、グリーンの迷彩戦闘服に身をつつみ、その上にSAPI（小火器防御挿入《スモール・アームズ・プロテクティヴ・インサート》）セラミック・プレートをつけているのだ。おまけに、アメリカ陸軍正式採用コルトM4カービンを負い紐《スリング》で胸のあたりにぶらさげ、腰のホルスターにはベレッタM9拳銃《けんじゅう》を差しこみ、防弾チョッキの上の弾薬ラックには自動小銃用予備弾倉《マガジン》を収めている。

ウクライナ軍のヘリコプター整備員の一団のそばを通りすぎようとしたとき、二人は彼らに呼びとめられ、握手攻めにあった。英語をまともに話せる者はひとりもいなかったが、ウクライナ人たちはこの基地にアメリカ軍部隊を迎えられて喜んでいるようだった。〝ドレ〟・ペイジは黒人で、この国の基地でアフリカ系に出遭うのは、二人のアメリカ人がケンタッキー州の所属部隊の基地でウクライナ人に出くわすのと同じくらい珍しいことだったので、ペイジはウクライナの若い整備員たちに好奇の視線を浴びせられることになった。

エリック・コンウェイと〝ドレ〟・ペイジは礼儀正しく応対したが、ウクライナ人たちの気分を害さないように注意しつつ、できるだけ早くその場から立ち去った。司令官に基地の反対側にある建物まで来るように命じられていたからである。

そして二人にはなぜ自分たちが呼ばれたのかさっぱりわからなかった。

エストニアでの戦闘ののち、コンウェイ准尉とペイジ准尉はポーランドに戻り、ふたたびアメリカ欧州軍の任務をこなすようになった。彼らが所属する部隊はポーランド軍の兵士に訓練をほどこすNATO派遣隊に組み込まれていて、そこで受け持つ任務はとても面白く、エストニアでの戦闘でためこんだストレスを解消するのに二人がまさに必要としたものだった。

だが、昨日《きのう》、二人が所属する中隊は突然、不意討ちとしか言いようのない「ウクライナへ急行せよ」という命令を受けた。これはきっとセヴァストポリの〈平和のためのパートナーシップ〉施設が攻撃されたことと関係があるのだろう、とコンウェイとペイジは思った。その事件がニュースを賑《にぎ》わせていたからである。しかし、二人だけではなく中隊のほかの連中も想像をたくましくして他愛ない推測をあれこれしてみたが、結局、ウクライナでいったい何をするのかさっぱりわからず、確信が持てるようなことはひとつとして思い浮かばなかった。

それに彼らは考える時間をあまり与えられなかった。コンウェイとペイジが所属する中隊は、命令を受けてからこの二四時間に、まず移動のための準備に追われ、そのあとヘリコプターごとそっくり二機のC-17大型長距離輸送機の後部に積みこまれ、ポーランドからウクライナに送りこまれたのであり、ここチェルカースィに到着したのはわずか一時間前のことなのだ。

ウクライナの陸軍基地を文字どおり歩いて横断するあいだ、コンウェイとペイジは面白半分に、基地の反対側で自分たちを待っているのは何なのかということについて議論した。それが何らかのトラブルだとは二人ともまったく思わなかったが、中隊のほかのだれもが兵舎に落ち着き、二四時間にわたる絶え間ない作業や移動の疲れをすこしでも癒《いや》そうとベッドで仮眠をとろうとしているときに、自分たちだけこうやって司令官のもとへ出向かなければならないというのは、やはりちょっと癪《しゃく》にさわることだった。

二人はアメリカ兵がそばに立つゲートを見つけ、彼らが警備する区域内へと入っていった。そのさい警備兵たちを観察し、第七五レンジャー連隊所属の兵士たちだとわかった。レンジャーと言えばアメリカ陸軍でも精鋭であり、こうやって彼らとじかに接触する機会はコンウェイとペイジにも通常はあまりなかったので、もの珍しく、二人はいかにも強そうなエリート兵たちをしっかりながめた。

次いで二人は小さな兵舎が横にならぶ前を進んでいった。兵舎の表側に取り付けられている大きなガレージ・タイプのドアはみな、外気を取り込むためにあけられている。コンウェイとペイジは自然と兵舎に目をやることになり、そのひとつのなかに好き勝手な髪型をして顎鬚《あごひげ》をたくわえた迷彩服の男たちのグループを見つけた。彼らは自分たちの装備を箱から出しているところで、二六歳になる二人のヘリコプター乗りにも、その髪型と装備を一瞥《いちべつ》するだけで彼らがアメリカ陸軍特殊部隊《ユナイティッド・ステイツ・アーミー・スペシャル・フォーシズ》すなわちグリーンベレーであることがわかった。

その兵舎の前を通り過ぎるとき、〝ドレ〟・ペイジがエリック・コンウェイに身を寄せて言った。「エリック、さっきレンジャー連隊野郎のそばを通り過ぎたと思ったら、今度はグリーンベレーの横を歩いている。なんだかおれたち、だんだん出世していくようだな」

コンウェイはただ笑い声をあげただけだったが、果たして自分たちは陸軍〝特殊《スペシャル》〟領域の内奥《ないおう》の聖域にどこまで入りこめるのだろうかと興味津々《しんしん》になっていた。

まもなく二人は基地のいちばん端の建物にたどり着いた。そこもまたレンジャーの警備班に護られていて、コンウェイとペイジの胸のネーム・テープを読んだ隊員が、無線でだれかに連絡した。すぐに二人は廊下に導き入れられ、いちばん奥の右側のドアをノックするよう指示された。

二人はそこまで達すると、互いに目と目を見かわした。そしてコンウェイが金属のドアをノックした。

「入れ」なかからよく響く低い声が聞こえてきた。

なかに入ると、平服姿の男が六人いた。その六人は、平均年齢が兵舎にいたグリーンベレーの隊員たちよりも一〇歳ほど上のように見え、全員がむさ苦しい顎鬚をたくわえ、それぞれちがうアドヴェンチャー用の服を着ていた。そして腰のホルスターに収めている拳銃がまた各人まちまちであることにコンウェイもペイジも気づいた。ということは、目の前にいる男たちはどうやらＪＳＯＣ——統合特殊作戦《ジョイント・スペシャル・オペレーションズ》コマンド——の戦闘員のようだな、と二人の若き陸軍准尉は思った。つまりＳＥＡＬｓ《シールズ》（米海軍特殊部隊）チーム6かデルタフォースということだ。だが、いずれにせよ、コンウェイにもペイジにも、そういう者たちがここで何をしているのか見当もつかなかった。

「さあ、こっちへ来てくれ、きみたち。立ち寄ってくれてありがとう」顎鬚の男たちのひとりが言った。

アメリカ陸軍では、兵士が司令官のもとに〝立ち寄る〟ということはない。兵士は司令官のもとに出頭するよう命じられるのだ。だが、ここにいる男たちがそうした点で形式張りたくないと思っているのなら、コンウェイもペイジも大歓迎だった。

明らかにチーム・リーダーと思われる男が自分と部下たちを紹介した。「わたしはミダス、こちらボイド、こっちはグレイハウンド、うしろはそれぞれアークティック、ビーヴィス、スマラー」みな、本名ではなくコールサインだ。

コンウェイとペイジは同時に同じことを思った。《うわっ、こりゃデルタフォースだ！》

ミダスはつづけた。「きみたちに会えて光栄に思う。エストニア東部での戦闘飛行についてのＡＡＲ報告を読ませてもらった」ＡＡＲはアフター・アクション・レヴュー（戦闘後再検討）。「きみたち二人は道路地図をひっつかみ、ロシア軍のレーダーがタクシーと判定するくらい超低空で紛争地域に突っ込んでいったそうじゃないか。で、Ｔ－90主力戦車六両を破壊した」

自分たちがエストニアで実行した戦闘作戦のＡＡＲ報告が陸軍の機密文書になっていることはコンウェイも知っていた。だが、この部屋にいる秘密作戦部隊員たちがそれを読んだとわかっても、彼は少しも驚きはしなかった。

コンウェイは誇らしげに顔を輝かせたが、謙虚に答えた。「ありがとうございます、サー。でも、正直なところ、われわれは運にもいくらか恵まれたのです」

ペイジが言い添えた。「アパッチも味方になってくれましたしね」

秀逸なジョークに部屋中が爆笑に包まれた。もちろんアパッチというのはAH－64Dアパッチ・ロングボウ攻撃ヘリコプターのことだ。

「面白い、気に入った」ミダスは言い、ペイジの胸のネーム・テープを読んだ。「ミスター・ペイジ、きみはどう思う？　ミスター・コンウェイはAAR報告にあるとおりの優秀なパイロットかね？」

〝ドレ〟・ペイジはうなずいた。「本人の前で言うのは小っ恥ずかしくて嫌なんですが、かれはすごいやつです、サー」

ミダスは応えた。「よし、わたしにはそれで充分だ。きみは彼の操縦するヘリに乗って飛びまわっているんだからね、彼の能力を知りたければ、きみに尋ねるのがいちばんだ」

コンウェイが言った。「ペイジはターゲット照準をすべてこなしますが、それ以外にヘリの操縦もいくらかやります」

ミダスは壁際《かべぎわ》のソファーを指さした。二人の准尉は指示された場所に腰を下ろした。ミダスはテーブルの上に載っているクーラーボックスまで歩き、ふたをあけ、瓶を二本とりだした。よく冷えたウクライナのビール、スラヴティチだった。ミダスはその栓をテーブルのエッジを使ってポンと抜くと、ビールを持って目を大きく見ひらく二人の若者のもとへ歩き戻った。

「ウクライナへようこそ」そう言ってミダスはビールをコンウェイとペイジに手わたし、

ふたたびクーラーボックスまで歩いていって、もう一本、自分のぶんを持ってきた。そしてビールをごくごくラッパ飲みした。そこでようやくヘリコプター乗りたちも司令官を真似《まね》てビールを喉《のど》に流しこんだ。コンウェイはなんとも奇妙なことになっているぞと思い、まさかＡＦＮ（米軍放送網）が新しくはじめた『どっきりカメラ』ではあるまいな、と疑いさえした。

ミダスは部下たちのそばの木製のテーブルの上に座った。部下たちは金属製の弾薬箱のなかの実包をせっせと小銃用弾倉《マガジン》に詰めこんでいる。コンウェイとペイジは壁に立てかけられて並べられている自動小銃に気づいた。ＨＫ４１６（ヘッケラー＆コッホ４１６カービン）だ。ＨＫ４１６は二人が持っているコルトＭ４カービンに形もよく似ていて、使用弾薬も同口径のものだったが、性能はそのデルタフォースのカービンのほうが遥《はる》かに勝っていた。

ミダスは言った。「きみたちはたぶん、なぜ自分らはここにいるのだろう、と思っているのではないか？」

二人のうちではコンウェイのほうが寡黙《かもく》だったので、ペイジが答えた。「イエス・サー」

ミダスはつづけた。「ワシントンにいるある将軍が、ウクライナにおける作戦の指揮権《コマンド・オーソリティ》をこのわたしに与えるのがいちばんよいと判断した。きみたちの中隊の到着で、わたしの指揮下に入った男は四二九人となった」ミダスは慌《あわ》てて片手を挙げた。「もとい、男が四〇八人、女が二一人だ。情報支援担当の女性が何人かいるし、航空管制担当の女性もいる。落下傘《らっかさん》救助隊のブラックホークのパイロットにも女性がひとりいる、と聞いている」落下傘救助隊は、パラシュートで敵地にもぐりこんで負傷者の捜索・救出活動を展開する部隊である。

「今朝、その女を見たが、えらいセクシーだったなあ」グレイハウンドというコールサインのデルタフォース・マンがぼそぼそ言った。

「ともかく、万が一きみたちがまだわかっていないと困るので念のため言っておくが、ロシア軍はかならず国境を越えて攻め入ってくる。それは今日かもしれないし、明日かもしれない。あるいは一週間はやって来ないかもしれない。が、ともかく、やつらはかならずやって来る。で、そうなった場合、われわれはＳＯＦチームをあちこち変幻自在に展開させる。国境にではなく、国境の五〇マイルほど内側にな」ＳＯＦは特殊作戦部隊《スペシャル・オペレーションズ・フォーシズ》。

「そしてＳＯＦチームが、携行しているレーザー目標照準器ＳＯＦＬＡＭでターゲットにマークをつけ、ウクライナ空軍機が空対地兵器でその目標を破壊できるようにする。ここまでいいか？」ＳＯＦＬＡＭは特殊作戦部隊レーザー・マーカーの頭字語。

コンウェイとペイジは声を合わせて答えた。「イエス・サー」

ミダスは溜息《ためいき》をついた。「オーケー、それはやめにしようや。頼む。その〝サー〟というやつをいますぐやめてくれ」

　コンウェイとペイジは通常の陸軍兵だったので、上官であるとはっきりしている男をミダスと呼ぶのはやはり気が引けた。

「はい……ミダス」コンウェイはどうにか応えた。

「そしていま、われわれはきみたちが所属するOH－58カイオワの中隊を得た。きみたち以外のカイオワにはSOF部隊と同じことをしてもらう。つまりウクライナ空軍機の目標破壊を支援するため、レーザー目標照射装置を使ってターゲットを発見・捕捉《ほそく》する、という任務についてもらう。それらのカイオワにはスティンガー・ミサイルを装備させ、最低限の防空自衛能力を持たせる」スティンガーと言えばふつうは携帯式防空ミサイル・システムのことだが、その空対空型（ATASすなわちAIM－92）もあるのだ。

「オーケー」とコンウェイは応えたが、話がどこへ向かうのかわからなくなってきた。

「だが、きみたち二人にはほかのことをしてもらいたい。きみたちにはヘルファイア・ミサイルを搭載してもらい、みずから目標破壊をあるていどできるようにしてほしい」AGM－114ヘルファイア空対地ミサイルのおもなターゲットは戦車だ。

「イエス・サー」ペイジが敬礼する代わりにビールを高く掲げて見せた。

　ミダスは一瞬、ペイジをにらみつけた。

「あっ……ええと、はい、ミダス」

「よし。われわれの最重要任務はウクライナ軍のためにレーザー目標照射するということだが、それだけでは充分ではない。極限状況では、ウクライナ軍とは無関係に単独で作戦行動できるようにしておきたい」

これでコンウェイもミダスが何を考えているのか理解できた。「わかりました」

「目標攻撃可能なヘルファイアを搭載したCIAのリーパー無人機《ドローン》も配下に入ったが、わたしの手中にある軍のヘリ——きみたち——にも、必要なときにはどこへでも迅速に飛んでいってターゲットを攻撃できるよう準備しておいてもらいたいのだ。やってくれるかね？」

「もちろんです」

「もうすでにわかっているとは思うが、わたしは通常の陸軍の兵士ではない。きみたちは通常の陸軍システムに所属する兵士だが、今回この戦場では、わたしは慣例にとらわれずに自由に思考できるパイロットが必要なんだ。きみたちがエストニアでやってのけた離れ業に関するAAR報告を読んで、きみたちこそわたしが必要とする完璧《かんぺき》な〝空の傭兵《ようへい》〟ではないかと思った」

コンウェイは返した。「必要と判断されたことは何でもやります」

「そりゃ嬉《うれ》しい言葉だ」

ペイジが言った。「ひとつ質問が、ミダス。わたしたちはどこへ行くことになるのでしょうか？」

「それは機密情報になる。クリミアではないことは確かだ。おそらくドネックでもないだろう。離陸直前に知らせるということが多くなると思う。だから、われわれからの要請に即座に応えられるよう常に準備しておいてほしい。われわれはまず、きみたちの指揮官に連絡する。次いで、きみたちを通常の整備・補給場《フライト・ライン》から離陸させる。あとは、きみたちが独自の作戦行動をとる」

　エリック・コンウェイとアンドレ・〝ドレ〟・ペイジはビールを飲み干すと、部屋のなかにいた男たち全員と握手し、ドアに向かって歩きはじめた。だが、途中でコンウェイが足をとめ、振り向いた。こんなことを訊いたら調子に乗りすぎではないかという不安もあったが、ここのところツキまくっているから大丈夫だろうと判断した。

「あのですね、ミダス……ウクライナはＮＡＴＯの加盟国ではありません。ですから、ちょっとわからないのです。わが国はほんとうに彼らのために戦争をするのですか？」

「わが国はしない」ミダスは肩をすくめた。「だが、われわれはする。戦争の秘密の暗部《ダーク・サイド》へようこそ」

57

三〇年前

CIA分析官ジャック・ライアンは断固たるノックの音で目を覚ました。ジャックはスイスのツーク市にあるホテルのベッドのなかにいた。ベッドサイドテーブルの時計に目をやった。午前四時ちょっと過ぎ。彼は素早く体を回転させてベッドから出ると、ドアのチェーンをはずした。そしてドアをしっかりあけてしまってから、迂闊《うかつ》なことをしてしまった、という思いに襲われた。自分は分析官で工作員ではないが、いまは現場で働いているのだから、こんなふうにドアを勢いよくあける前に、あの覗《のぞ》き穴というものでどんなやつが来たのか確認しておくべきだったのではないか、と思ったのだ。

《おいおい、ジャック。もうすこし気をつけて行動しろよ》

廊下にいたのはニック・イーストリングだった。彼がしばらく前から起きていたことは、ひと目でわかった。

何かよからぬことが起こったということもジャックにはわかった。

「どうしたんですか？」

イーストリングは言った。「なかに入れてくれ」

「どうぞ」

イーストリングは部屋のなかに入った。ジャックはドアを閉めた。二人は滑稽《こっけい》なほど狭いシッティング・エリアの椅子《いす》まで歩いた。

ジャックは言った。「隠れ家《セーフ・ハウス》から帰ってきたばかりなのですか？」

「そう。あそこの電話でS－S本部《センチュリー・ハウス》と話し合い、チューリッヒの領事館とも連絡をとった」

「だから、どうしたんですか？」

「今夜の『レストラーン・マイサー』での爆発。一四人が死亡した」

ジャックはイギリス人の表情を読めなかった。顔には興奮と同時に困惑の表情も浮かんでいるように思えたからだ。

イーストリングはつづけた。「マルクス・ヴェッツェルも死亡者のひとりだった」

ジャックは首をかしげた。「で、その人……何者ですか？」

イーストリングは盛大な溜息《ためいき》をついた。「どのみちすぐにわかることだろうから、いま明かしておくが、例の銀行内のわれわれの情報源だよ。〈明けの明星《モーニングスター》〉だった男だ」

ライアンは文字どおり頭を抱えこんだ。「なんてこった」

「まさにね。彼はある男とディナーをとっていた。その連れは助かり、ヴェッツェルの遺体を本人だと確認した」

ライアンは思わず立ち上がった。「あなたはまだ、すべて偶然だと思っているのですか？」

「わたしは……言うまでもなく……もちろんそうは思っていない。わたしはそんな大馬鹿《ばか》者《もの》じゃない、ライアン。〈明けの明星〉は殺されたのだ。犯人はトビーアス・ガプラーを殺《や》った者だと考えざるをえない。同一犯だ」

「よかった、あなたが考えを変えてくれて」

「いや、だから、二人の銀行家《バンカー》が殺されたという点については、そう思うようになったが、デイヴィッド・ペンライトの件は別だ」

「なんでそんなに確信が持てるんですか？」

「だって、ドイツの極左組織はデイヴィッド・ペンライトなんかにはあまり興味がないだろう」

「ドイツの極左組織？　いったい何を言っているんですか、あなたは？」

「ロートクロイツのレストランの爆発現場で見つかった遺体のひとつが、マルタ・ショイリングという名の二五歳のドイツ女のものだと確認されたのだ。彼女の遺体があった場所が興味深いところでね、それでスイス当局はやっていた通常の捜査を中断し、その女に重点的に取り組むことになった。彼女の遺体は厨房《ちゅうぼう》で見つかったんだ。それもガス管のそば。でも、彼女はレストランの従業員ではなかった。彼女は何らかの爆発物を持ちこんで適当な場所に置いたが、タイマーをセットしようとしたとき、起爆してしまい、顔をめちゃくちゃにされてしまった、とスイス当局は推理している」

ジャックはもうひとつ別の推理を披露した。「彼女はジョンを探していただけだったかもしれませんよ」

「ルーを探していたということかね？」〝ジョン〟はアメリカでトイレを意味する俗語で、イギリスでそれに相当する言葉は〝ルー〟。

「そうです」

「それはない。そのような理由で彼女が偶然、厨房にいたということはありえない。マルタ・ショイリングはRAF——ドイツ赤軍——の活動家だったんだからね。ドイツで破壊活動の容疑で二度逮捕されている。居住地はベルリン。『レストラーン・マイサー』の裏の路地で彼女のバックパックが見つかり、そのなかに住所やパスポートなど身分証もあった」

RAFのことならジャックもよく知っていた。彼らがふつうスイスでは活動しないことも知っていた。「なぜRAFがあのレストランを吹き飛ばさなければならないんです？」

イーストリングは肩をすくめた。「わからない。ただ、わたしはすぐにベルリンへ向かわなければならない、ということはわかっている。S—S本部《センチュリー・ハウス》がドイツの警察と連絡をとってね、ドイツ当局が彼女の住む部屋を手入れすることがわかり、わたしもその場に立ち会うことになったんだ」

「あの男はどうなったのでしょう？」

「あの男？」

「『レストラーン・マイサー』にいたということでスイスの警察が拘束した男。パトカーに乗せられて連行された男」

イーストリングは言った。「ああ、あの男ね。あいつなら逃亡したよ。手錠を巧みにはずし、格闘して警官のひとりから拳銃《けんじゅう》を奪いとったんだ。二人の警官に両手をうしろにまわさせ、いっしょに手錠をかけて、町の中心部の駅《バーンホーフ》近くの街灯のポールにくくりつけたそうだ。列車に乗って逃げたようだな」

「あの男も関与していたにちがいありません」

「かもしれない。おそらくあいつもRAFなのだろう。まあ、ベルリンに行けば、もっとわかるかもな。繰り返すが、わたしは数時間後には発《た》つ。きみがその気なら、ついてきてもかまわないが、わたしのほうからドイツ当局に掛け合うことはできない。CIA本部に交渉してもらい、向こうの許可を得るようにするといい」

ジャックは目をこすった。

「殺された二人のバンカーが係わっていた件を担当していたイギリスの工作員が、死ぬ直前にベルリンから来た女と飲んでいたということを、二日前に知った。そしていま、ＲＡＦと密接な関係があるドイツ女が、二人のバンカーの死にも関与していたことがわかった。あなたはほんとうに、デイヴィッド・ペンライトの死は単なる偶然、事故で、彼は殺されたのではないと思っているのですか？　ペンライトが死の直前に飲んだあの酒場に戻って、マルタ・ショイリングの写真をバーテンダーやウエイトレスに見せ、いっしょにいたのはこの女ではなかったかと訊《き》いてみたらどうでしょう？」

「それはスイス当局に伝える。彼らはいまきみが言ったとおりのことをしてくれると確信している。しかしね、ドイツの女なんてどこにでもいるんだ。もしペンライトがドイツ女に話しかけて口説いていなければ、オーストラリア女かニュージーランド《キーウィ》女かフランス《フレンチー》女かスウェーデン女に話しかけているよ。酒場の女なんて重要ではない」

　イーストリングはつづけた。「われわれはベルリンへ行って、そこにあるＲＡＦの証拠を調べ、もし万が一、デイヴィッド・ペンライトの死につながるようなものが出てくれば、それに沿った行動のしかたをする。だから、さしあたっては、わたしの仕事のやりかたに口出ししないでくれ、いいね！」

　ライアンは言った。「いいでしょう。では、ベルリンへ行きましょう。でも、ベルリンでは、そのＲＡＦのアジトで見つけた情報を有効利用する作業にわたしも係わらせてください。傍観するだけというのは嫌です」

「それはわたしに言ってもだめだ、ジャック。ドイツ人《フン》と交渉してくれ」

58

現在

新ロシア《ノヴァヤ》・テレビの午後六時のニュース番組がはじまると、タチアナ・モルチャノヴァはカメラに向かってにっこり微笑《ほほえ》んだ。ここロシアでも『夜のニュース』はふつう、世界中のそれと同様、その日のニュースを伝えることからはじめる。しかし今日は、放送直前にヴァレリ・ヴォローディンが突然あらわれ、ずかずかと歩いてセットに入り、自分のものだと勝手に判断した椅子《いす》に腰を下ろしてしまったのだ。

だからカメラがフェードインしてモルチャノヴァをアップでとらえると、彼女は大統領の紹介をすこしばかり引き延ばし、その間に音響エンジニアがニュースキャスターの左側に座るヴォローディンのスーツの襟《ラペル》にマイクをとめた。ヴォローディンの準備がととのうと、タチアナ・モルチャノヴァはあまり素人《しろうと》っぽくならないように注意しながらも顔を思い切りほころばせて大統領のほうを向き、挨拶《あいさつ》した。

　モルチャノヴァは質問をひとつも用意していなかった。ヴォローディンの来訪は文字どおり完全な不意討ちであり、彼女が耳にはめているイヤホンからは、どのようにインタヴューをはじめるかで言い争っているように思えるプロデューサーたちの尖《とが》った声が聞こえてきていた。

　モルチャノヴァはなんとか即興で乗り切らなければならなかった。もちろん彼女にはそれができた。プロだから。それに彼女は、今夜は大統領もこちらに即興の機会をあまり与えてはくれないと、ほぼ確信していた。

「大統領、わが国の西方の隣国としては最大のウクライナの国内で、ここのところ劇的な出来事がいくつか起こっております。ウクライナ国内でつづいた攻撃についてどのような見解をお持ちですか？　それらの攻撃は明らかにウクライナのロシア支持者たちを脅すことを意図したもののように思われます」

　ヴォローディンはバネが跳びはねたように言葉を勢いよくほとばしらせた。

「ロシア支持者だけではありません、タチアナ・ウラジミローヴナ。ウクライナ国内には何百万ものロシア国籍の市民が住んでいることを、いまいちど思い出していただきたいと思います。

　わが親友オクサーナ・ズエワの暗殺およびドネツクでの爆弾テロは、いずれも、欧米の情報機関に支援されたナショナリスト・ゲリラ部隊の仕業であることは火を見るよりも明らかであります。さらに、セヴァストポリでもアメリカのCIAによる攻撃がありました。こうしたことは挑発《プロヴォカッチ》以外の何ものでもありません！　ロシアの敵がわれわれを戦争に引きずりこもうとしているのです。われわれは異議があっても外交という領域で平和的にそれを伝えつづけてまいりました。ところが彼らは洗練された高度なレベルの対話というものへの対処のしかたを知らず、虐殺《ぎゃくさつ》という手段に訴えたのです」

モルチャノヴァは自分が言葉を差し挟むべきときであることを悟った。そこで「ウクライナにおけるこうした出来事が〝母なる祖国〟にどういう影響をおよぼすのでしょうか？」という、どのような答えかたも可能な問いを発した。

ヴォローディンは落ち着きはらって言った。

「ウクライナの人口は約五〇〇〇万人、その六分の一はロシア人です。そしてクリミア半島はロシアの国家安全保障にとってきわめて重要な地域です。それは国際・経済・軍事問題の初学者にとってさえ自明の理です。

クリミア半島には黒海艦隊が拠点をおく基地があります。ウクライナには、ロシアにとって重要きわまりない市場であるヨーロッパへ石油と天然ガスを供給するパイプラインがありますし、わが国の安全保障にとって重要な、軍用車両を西ヨーロッパへ移動させることのできる高速道路もあります」

ヴォローディンはつづけた。

「ウクライナという地域は、わが国の勢力範囲に属しているのです。わたしの見るところでは、わが国にとっての脅威は二つあります。たったの二つです。それはテロと、わが国に接する地域で繰り返される欧米による無法な犯罪行為です。

わが国の敵はロシアを分割しようとしています。われわれはそれを知っていますので、敵を国境の外に追いやってきましたが、それだけでは充分ではありません。東ヨーロッパ諸国が欧米の奴隷《どれい》に成り下がってしまったいま、われわれは欧米だけでなく、かつて仲間だった国々からも身を護《まも》らなければならなくなっています。われわれはどのような犠牲を払っても彼らに屈伏するわけにはいかないのです。

われわれはロシア国内のテロを大幅に減少させることに成功いたしました。国内の民族分裂もかなりのていどコントロールできるようになりましたし、ほとんどが少数民族である犯罪分子の抑えこみにも大きな成功を収めることができました。われわれはひきつづき、この方面でも奮闘する必要があり、国内では法執行機関と司法システムを強化し、海外では情報機関の活動範囲を広げなければなりません。ほかに生き延びる道などひとつもないのです。

ただいまウクライナで進行中のことをよく見てみますと、われわれは同じスラヴ系の隣人たちと利益のみならず脅威をも共有しているということがわかります。

現在ウクライナの首都キエフで権力の座にあるナショナリストたちは、まさにそのような脅威なのです」

ヴァレリ・ヴォローディンはカメラのレンズをまっすぐ見つめた。タチアナ・モルチャノヴァはそのそばに従順そうに座っている。大統領は、いま自分はインタヴューを受けているのだということを明らかに忘れてしまっていた。

「わが国と国境を接する地域に、ならず者政権をこのまま安穏と存在させておくわけにはいきません。ウクライナの現政権はまさに、わたしがこれまでずっと〝母なる祖国〟を護るために排除しつづけてきたものと同じものなのです。

いまウクライナは犯罪が蔓延《まんえん》して無法状態にあります。ですから、同国のロシア人は保護されなければなりません。それはしっかりと確実に実行されなければならないのです。地図上に新しい線を引くだけで終わりにするようなやりかたは、だれの利益にもなりません」

ヴォローディンはここでいったん言葉を切った。そこでタチアナ・モルチャノヴァがこの沈黙を自分の声で埋めなければならなくなった。「国境のすぐ向こうに存在する脅威を弱めるために、あなたの政権がどのようなことを準備しているのか、教えていただくことはできますか？」

「わたしはわれらが軍に、クリミアでのロシアの権益とウクライナ東部に住むロシア人を護るための、一連の小規模な防衛活動を準備するよう命じました。言うまでもありませんが、その作戦の具体的な詳細についてはお教えすることはできません」ヴォローディンはにっこり微笑んだ。「たとえあなたであってもね」

モルチャノヴァもにっこり微笑み返した。

「しかし、それが平和《ミラトヴォルトワ》を獲得する措置でしかないということを、国民のみなさん全員に覚えておいてほしいと思います」

タチアナ・モルチャノヴァは言った。「ウクライナはNATO加盟国ではありませんが、NATOの〈平和のためのパートナーシップ〉というプログラムの参加国です。ということは、NATO軍部隊と共同訓練をおこない、連携して行動することもあるということです。それによってわが国の防衛作戦が阻害される可能性があるとお考えですか？」

ヴァレリ・ヴォローディン大統領は答えた。

「一年前まで、わが国もNATOに加盟していました。しかし、それがいかに馬鹿《ばか》げたことか、わたしにはわかりましたので、わが国は脱退したのです。だってそうでしょう？ NATOというのはわれわれロシアを打ち倒すという明確な目的のもとに設立された機構なのです。そんな機構に加盟しつづけることなどできません。

NATOはたいした脅威ではありません。ヨーロッパ諸国の大半は分別があり、完全に理性的です。だが、アメリカは心配です。その理由をひとつ挙げましょう。彼らは弾道弾迎撃ミサイルの開発にとり憑《つ》かれているのです。それはロナルド・レーガンによってはじめられ、以後三〇年間つづいております。アメリカがそうしたミサイルを欲しがる理由はひとつしかありません。戦争は避けられないと考えているため、そのさいに弾道ミサイルを撃ちこまれても大丈夫なようにしておきたいのです。彼らは戦争をはじめることを計画しているわけです。

われわれはこの何年かライアン大統領の過剰な武力行使を容認してきましたが、それはひとえに、わが国の指導部が弱かったせいで、アメリカがあらゆることで自分たちに都合のよい条件で事を進展させることができたからです。われわれが言いなりになっているうちは、彼らもやさしく寛容です。何もせずにだらだらしている猫をかわいがる飼い主と同じです。

しかし、われわれはわが国に帰属する地域に特権的利益を有しているのです。われわれはそうした特権的利益を絶対に守るということを、アメリカも忘れないようにしたほうがいい」

「あなたの言うロシアの特権的利益とは具体的にどういうものでしょうか?」

「たとえば、旧ソ連邦構成共和国——ソ連崩壊後にロシアから離れた隣国——です。そうした国々にはロシア人が住んでいるのです。彼らをしっかり護るというのも、わたしの責務です」

ヴォローディンはふたたびカメラに視線を向けた。「そしてNATOの者たちに、とりわけアメリカ人に、わたしは言いたい。そうした隣国はわが国の裏庭であることを忘れぬように、と」ロシアの大統領はカメラをピシッと指さした。「あなたがたはわれわれの家の裏庭で遊んでいたのだ。そしてわれわれはそれをほうっておいた。だが、もうそういうわけにはいかない。わたしは警告する。われわれの裏庭から出ていき、今後近づくな、と」

モルチャノヴァはなんとか頑張って次の質問を思いついたが、結局、そんな努力をする必要などなかったのだと思い知った。ヴォローディンは指さしたその手を下ろすと、カメラをまっすぐ見つめたまま話しつづけたからだ。

「ウクライナ国民は理解すべきです。われわれがウクライナという国を愛していることを。われわれがあなたがたの最良の隣人であることを。ロシアはウクライナの国旗と国歌をなくしたいと思っているわけではありません。わたしはただ、ウクライナとの国境問題に取り組みたいと思っているだけです。クリミア半島は歴史的にロシアの領土です――それはだれもが知っている事実です。同じ権利、同じ法律、同じ輝かしい未来を持つことが、ウクライナ、ロシア双方にとって――われわれ両国の国民にとって――利益となるのです」

タチアナ・モルチャノヴァはいささか不安を覚えつつ次の質問をした。ヴォローディンがそこを問うてほしいと考えて話を進めてきたのかどうか、いまひとつ確信が持てなかったからだ。だが、大統領は明確にそこへと話を持ってきたのであり、モルチャノヴァはこう問わないわけにはいかなかった。「では、大統領、クリミアが防衛作戦の対象となるということでしょうか？」

ヴォローディンは即答しなかった。不意討ちを食らったような顔をした。「ひとつひとつ進めていくのです、ミス・モルチャノヴァ。まずは、われわれの平和維持軍がどのような扱いを受けるか見とどける必要があります。テロがなくなれば……言うまでもなく、われわれは去ります」ヴォローディンは両手を上げて言った。まるで、モルチャノヴァがウクライナ占領をけしかけていると視聴者に思わせようとしているかのような仕種《しぐさ》だった。

侵略の火蓋《ひぶた》は大統領がテレビで話している最中に切られた。戦端がひらかれたのは夕方で、国境付近のウクライナ軍部隊へのロシア軍の奇襲攻撃は望んだとおりの効果をあげた。ウクライナ軍は東からの攻撃を予測してはいたが、それが夕食時にはじまるとは思っていなかった。

長距離ミサイル部隊がウクライナの防衛陣地を壊滅させ、戦闘爆撃機がウクライナ国内に侵入してクリミア半島東部の飛行場を破壊した。そして、ロシア軍の戦車がエストニア侵攻のときと同様、国境を越えて西進したが、前回よりは強い抵抗に遭った。ウクライナ軍がT－64主力戦車で迎え撃ったからである。旧ソ連時代に開発された古いウクライナ軍の戦車は、性能はロシアの最新型のT－90主力戦車にとうてい及ばなかったが、なにしろたくさんあり、おまけにその大半は塹壕《ざんごう》のなかにしっかり隠されるか、地上掩蔽壕《バンカー》にいれられていた。

戦闘の最初の数時間、双方とも戦車とBM－21グラート122ミリ自走多連装ロケット砲を投入して熾烈《しれつ》な戦いを繰り広げた。ロシア軍の装甲車両がウクライナ領内に深く侵入すると、ウクライナ軍はおもに榴弾砲《りゅうだんほう》を用いて抵抗した。だが、制空権はロシアのミグとスホーイに奪われてしまい、それらの戦闘爆撃機は飛来するや真っ先に榴弾砲を破壊していった。

ウクライナ軍はかなりの数の152ミリ自走砲――その名をムスタ川から採られたロシア製2S19ムスタS自走榴弾砲――をも保有していて、それらは巧妙に隠されていたし機動性にも富んでいたので、戦闘に投入されれば、ロシア軍のT－90主力戦車にとっては厄介な存在になりえたが、ウクライナ軍の将軍たちはその貴重な兵器の大半を使い惜しみしてしまった。そのため、前方展開されていたムスタ部隊をロシア軍のカモフ攻撃ヘリコプターとMiG－29多目的戦闘機の餌食《えじき》になるよう、みすみす差し出したような結果となった。

午後九時までに、ロシアとの国境から数マイルしか離れていないスベルドロフスクとクラスノドンが、市街地での発砲はほぼゼロという状態で占領され、一〇時一五分にはアゾフ海沿岸のマリウポリが陥落した。

　そして午前零時、巨大なアントノフＡｎ－70軍用輸送機六機からなる編隊が、ロシア領空を離れてアゾフ海を越えはじめ、数分後にはウクライナ領空に入った。六機それぞれの機上には、二〇〇名から三〇〇名の兵士が搭乗していた。兵員のほとんどは第九八親衛空《くう》挺《てい》師団・第二一七親衛空挺連隊の隊員たちだったが、そのなかにはＧＲＵ（ロシア軍参謀本部情報総局）特殊任務部隊《スペツナズ》の兵士たちも数百名混ざっていた。

　この輸送機六機編隊はジェット戦闘機とレーダー妨害《ジャミング》装置に護られ、セヴァストポリ上空飛行時には、黒海に展開する友軍のロシア海軍艦船の艦対空ミサイルによってさらに防御が固められた。

　ウクライナ軍はＳｕ－27戦闘機の四機編隊を飛び立たせてロシア軍の輸送機編隊を迎撃したが、ウクライナ軍機は四機とも黒海上空で撃墜された。二機はロシアの戦闘機に、残りの二機は艦対空ミサイルに。

　ロシア側も五機の戦闘機を失ったが、Ａｎ－70は六機とも無事、降下地帯《ドロップ・ゾーン》に達した。空挺部隊員たちが次々にアントノフ輸送機から夜のなかに跳び出し、クリミア半島南端全域に着地した。

　午前一時三〇分には、軽装備だがよく訓練されたロシア兵一四三五名がセヴァストポリの地上にすでに降り立っていて、ウクライナ軍の二つの駐屯地を攻撃し、市中心部に数個散らばる小規模な対空砲部隊を殲滅《せんめつ》させた。

　ウクライナは、ロシアが今夜セヴァストポリに空挺部隊を降下させたほんとうの理由をまだ知らなかったが、すぐに知ることになる。黒海の東側の対岸には、グルジアが自国の自治共和国だと主張するが、ロシアが独立を承認したアブハジア共和国がある。その共和国のオチャムチレの小さな港は、現在ロシア小艦隊の間に合わせの基地になっていて、そこに係留されていた艦船上には数日前から五〇〇〇人ほどのロシアの海兵隊員が暮らしていた。そして、Ａｎ－70六機がロシアのイヴァノヴォにある基地を離陸するやいなや、オチャムチレの艦船群もセヴァストポリに向けて出港した。艦船のほうは翌日の正午過ぎにならないと到着しなかったが、それまでの時間があればパラシュート降下した空挺部隊とスペツナズはセヴァストポリ港の周辺地域を完全制圧することができるはずだった。

　ロシア軍の落下傘《らっかさん》部隊がクリミアの降下地帯から制圧地域を広げていくあいだに、ウクライナ東部では戦車と他の装甲車両が奥へ奥へと進攻しつづけていた。ロシア軍が装備する暗視装置はウクライナ軍のそれよりもはるかに性能がよく、そのおかげでロシア軍の戦車は夜を徹して進攻することが可能になり、盲目状態にある敵をパニックにおちいらせることができた。このロシア軍の攻撃自体は予測されていたことだったが、ウクライナ指導部は数時間後には、自国の将軍たちがその攻撃について完全な判断ミスをしたことに気づいた。ロシアが国境を越えて加えてくる攻撃のスピード、戦術、激烈さがこれほどのものになろうとは、ウクライナの将軍たちは思いもしなかったのだ。

59

ワシントンDCほどではないにしても、ここロンドンにも早朝にジョギングをする人はたくさんいる。しかし、この春のロンドンの天候のひどさを考えると、その多さにジャック・ライアン・ジュニアは驚かざるをえない。霧や雨にさらされながら夜明けの有酸素運動に励もうとジョギングシューズのひもを結んでいる男女を見かけることが、ここロンドンではなにしろ多いのである。

とはいえジャック・ジュニアの場合はふつう、他のジョガーを見るのはだいたい自分の朝の有酸素運動を終える直前になってからのことになる。かなり早い時間に、つまり他のジョガーが出てくる前に、家を出るのが好きだったからだ。早く走りに出ると、遅く出たときには決して得られない一種の達成感を味わうことができた。

だが、今朝はちがった。たしかに早起きし、早い時間に家を出た——まだ六時ちょっと過ぎだというのに、すでに何マイルか走っていた。しかし、ジョギングをするとふつう感じとれる横溢《おういつ》する心身の歓《よろこ》びというものが今朝はすこしも湧《わ》き起こってこない。濃霧が立ちこめていて寒く、疲れていたし、昨夜たっぷり飲んだエールのせいで軽い頭痛もおぼえていた。

昨日《きのう》は、かつて〈地底《ベッドロック》〉と呼ばれた男に会いにわざわざコービーまで出かけていったのに、何の成果も得られずにすごすご帰ってきて、アールズ・コートにある自分のフラットの近くのパブに入った。そして、フィッシュ・アンド・チップスを二皿たいらげ、エールを数パイント喉《のど》に流しこんだ。ありがたいことにパブでは、アメリカの大統領の息子だとはだれにも気づかれずに、話しかけてくる者さえひとりもいなかったが、レクサム・ガーデンズ通りの自分のフラットに戻るさいは、数ブロック遠回りし、やたらに道をまがったり同じ道を引き返したりして、一時間ほどSDR（サーヴェイランス・ディテクション・ラン＝尾行や監視の発見・回避のための遠回り）をし、自宅に帰りついたときは翌日の未明になっていた。そしてそのSDR中に、何のマークもない同じパネル・トラックが三度そばを通過した、とジャックはほぼ確信した。

ベッドに横になっても、自分を尾《つ》けていたのはいったい何者なのかと、何時間も考えつづけた。そしていま、六時三〇分、前夜の暴飲暴食やSDRや寝不足で体を酷使したのがたたり、ジョギングは不快な運動でしかなくなっていた。

三マイル走ってもなお、昨夜体内に摂《と》りこんだアルコールと揚げ物のいくらかでも汗にして体外に排出しようと、ホランド・パークに入った。濃霧に包まれた土が剝《む》き出しの茶色いサッカー場をぐるりとまわって、ノッティング・ヒル界隈《かいわい》へつながる長くて急な丘をのぼりはじめた。そのまま公園の縁にそって走る細い小道、ホランド・ウォークを駆け上がっていく。右側には、一列に長くならぶタウンハウスの庭の煉瓦《れんが》塀がつづいている。

女性のペアが高性能のベビーカーを押しながら丘を駆けおりてくる。すれちがうとき、二人ともにっこり微笑《ほほえ》んでくれた。

五〇ヤードほど前方に、さらに二人のジョガーがいた。ガタイのいい大男。ゆったりしたペースで、いま丘のてっぺんに達し、ジャックのほうへと小道をくだりはじめた。

ジャックはまたしても知らぬまにヴィクター・オックスリーのことを考えていた。イギリスの初老のスパイ。〈地底〉。ジャックは父に電話しなかった。オックスリーから情報を得ようとして完全な失敗に終わったことは、まだ父に伝えていない。あの風変わりな老人に話させる新たな戦術を考え出そうとはするのだが、いまのところまだ、妙案など何ひとつ思い浮かばない。もうすべてを忘れてしまいたいという気持ちになりかけるときもある。ダッドにCIAか他の情報機関をけしかけてもらい、プロのスパイたちをオックスリーに接触させ、〈天頂《スイーニス》〉と呼ばれた――もしかしたら実在しない――謎《なぞ》の暗殺者について〈地底〉が知っていることを引き出すようにしてもらえばいいのではないか、と思いたくもなる。

いや、もう一日、新たな戦術を考え出そうとしてみようじゃないか、とジャックは自分に言い聞かせた。それでもだめなら、これまでに得られた〈地底〉に関する情報をダッドに引きわたせばいい。

ウクライナで戦争がはじまったことをジャックは今朝のニュースで知った。ジョギングシューズのひもを結んでいるときのことだった。アメリカがウクライナ国内に交戦可能な部隊を有しているかどうかを知るすべはジャックにはなかったが、父がロシア政府の攻撃に対抗しようと外交と諜報《ちょうほう》の領域で努力していることは確実だったので、タラノフの過去に関する具体的なことを何かつかめれば、この危機の解決に役立つ可能性があるとわかっていた。

狭い小道を駆けのぼりながらジャック・ジュニアは、前方から駆けおりてくる図体《ずうたい》の大きい二人のジョガーの顔と手をちらっと見やった。彼は相手が攻撃を仕掛けてくる前兆――トラブルのかすかな予兆――を捉《とら》える訓練を受けてきたので、いまでは無意識のうちにそれができるようになっていた。自分の近くに筋骨たくましい壮健そうな若者を見たときはとくに。

二人の男は手に何も持っていなかった。顔にも脅威となるような表情はまったくない。ジャック・ライアン・ジュニアは自分の走りに注意を戻した。なんとか頑張って膝《ひざ》をもうすこし高く上げ、肩の力を抜くようにした。まだこたえるところまでもいっていなかったが、たとえ死ぬほど苦しくなろうとも、このまま尻込《しりご》みせずに無理してでも突き進み、五マイルは走ろうと決心した。

近づいてきた二人のジョガーが一五ヤードにまで迫ったとき、ジャックの目は反射的に男たちのほうへスッと戻った。自分がふたたび、攻撃を仕掛けてくる前兆を捉えようと二人をしっかり観察しているのがわかった。こうしてロンドンで新しい生活をはじめたいまも、〈ザ・キャンパス〉の分析員・工作員として活動していたときと同じくらい緊張している自分をジャックは叱《しか》りつけた。たしかにおれと上司のサンディ・ラモントはアンティグア島で危険な目に遭ったが、どこへ行っても脅威にさらされていると不安になることはないだろう、と彼は自分に言い聞かせた。これからずっと、通りすがりの人全員を危険人物として警戒しながら残りの人生を送っていかなければならないとしたら、それこそ気がふれてしまう——。

《おやっ、あれは何だ?》ジャックは右側を走る男のプルオーヴァーの下に何やら固いものがあることに気づいた。その男が右足を上げたとき、布地が引っぱられて形が浮かび上がり、それが細長いものであることがわかった。棒か棍棒《こんぼう》のようなものに見えた。その〝異常〟に気づいて二歩も進まないうちに、ジャックは男がプルオーヴァーの下に手を伸ばしはじめるのを見た。

その瞬間、ジャックの体は一気に警戒モードに突入し、筋肉は固く引き締まり、感覚は異様なほど鋭敏になった。

五歩目に二人の男の足どりが変化した。足への体重のかけかたがほんのすこし変わったのだ。そしてそれこそ、ジャックが見逃さないように訓練されてきた攻撃の兆候のひとつだった。即座に彼の脳が、こいつらは自分たちの体でおれの行く手をふさぐつもりなのだ、と判断した。ジャックは武器を持っていなかった。だから、こちらの攻撃のスピードと思いがけない反撃、それに突っ込んでくる男たちの勢いをも利用して事を有利に進める以外、この窮地から脱するチャンスはないとわかっていた。

右側の男が一フィートほどの長さの黒い棒を引っぱり出した。と同時に左側の男が両腕を上げた。ただタックルしてジャックを転倒させようとしているようにも見える動き。

ジャックは頭をスッと下げて低く前方へダイヴし、強く抱きしめようとするかのように突進してきた大男の両腕をかわし、濡《ぬ》れたコンクリートの小道の上で前転を決めた。そして、そのまままきれいに立ち上がってクルッと体を回転させると、襲撃者たちに逆に襲いかかっていった。ジャックは右の拳《こぶし》を棍棒《クラブ》の男に繰り出した。男はちょうど体の向きをジャックのほうへ戻しつつ、クラブを打ち下ろそうと高くかかげはじめたところだった。

ジャックの右のジャブが男の鼻づらをまともにとらえた。男は頭をうしろへ勢いよく弾《はじ》かれ、たまらず棒状の武器を小道に落とした。クラブはコンクリートにあたって鉄の棒であることがはっきりわかる音をたて、弾んで小道の外に出て、茂みのなかに入りこんだ。

タックルしようとした男はよろけたが、タウンハウスの庭の塀にあたって自分の体を押しもどし、ふたたび襲いかかってきた。ジャックは初め武器を目で確認できなかった。だが、右腕を前に突き出して近づいてきたので、何らかの刃物を持っているにちがいないとジャックは確信した。ジャックは片腕を外へ払うように動かし、四五度の角度で襲撃者の腕をブロックした。そしてそのとき初めてスチール製の刃がきらめくのを見た。それは刃が鉤《かぎ》状になった小型ナイフで、刃わたりは三インチしかなかったが、致命的な傷を負わせることは可能だった。

ジャックは何年にもわたってほぼ毎日訓練しつづけたおかげで獲得した格闘の技を駆使して闘った。攻撃してきた男に背中を激突させ、その瞬間、両手を使って武器を持つ敵の手の自由を奪った。そして、つかんだ腕を右へ強くひねり、同時に大男の鼻に激烈な頭突きを食わせた。男はコンクリートの小道に転がり、手からナイフが落ちた。ジャックは落ちたナイフを草むらのなかへ蹴《け》り入れた。

二人の敵は顔面から血を流していたが、まだ充分に闘える状態だとジャックにもわかった。

金属製のクラブを落とした暴漢が、ジャックの顔面をねらって拳を振ったが、ターゲットがスッと体をさげて片膝をついたので、空振りに終わった。ジャックは自分の上に敵がかぶさった瞬間、体を勢いよく跳ね上げ、男の胸に凄《すさ》まじい打撃を加えた。二人はそのまま、小道と塀のあいだの濡れた草むらに倒れこんだ。そのさいジャックは自分が上になるように巧みに加減した。そして自分が上になるや、すでに血だらけの男の顔にもう一発パンチを炸裂《さくれつ》させた。と、今度は、素早く体を回転させて男の上から離れ、跳ねるようにして立ち上がった。もうひとりの暴漢がすでに背後で立ち上がっているとわかっていたからだ。そいつはいま、ジャックの首に腕をまわして締めあげることも、胸郭に強烈な蹴りを入れることもできる位置にいるのである。ジャックは実に抜け目ない戦術を選んだ。その第二の襲撃者が蹴った瞬間、巧みに体をずらしたのだ。敵の足は空を切り、その大失策の勢いで男は仰向《あおむ》けに転がった。

ジャックは倒れた男に情け容赦なく襲いかかり、立ち上がろうとした暴漢の側頭部に猛烈な膝落《ニー・ドロップ》としをお見舞いした。膝に衝撃を感じた瞬間、ジャックは男が気を失ったことを知った。そして、自分の膝もグレープフルーツみたいに腫《は》れあがるだろうと覚悟した。

いまや立っているのはジャックだけで、暴漢は二人とも倒れていた。ひとりはまったく動かないし、もうひとりは背中を塀にもたせかけて尻をつき、ぼうっとしている。

ジャックの血中にはアドレナリンが大量に放出されたままだったが、彼は答えを得なければならないとわかっていた。いったいぜんたいこれはどういうことなのか？　おれを尾っけていたのはこいつらだったのか？

暴漢は二人とも若く、どちらも二五歳を超えているとは思えない。茶色の髪を短く刈りそろえ、筋骨隆々、という点も同じだ。だが、その他のことは何ひとつわからない。いったいこいつらは何者なのか？

ジャックは壁にもたれかかる男に近づいていった。男は尋問するのに最適な状態にあると思えたので、ジャックは男のそばに片膝をつき、拳を大きく振り上げた。

が、そのとき、鋭い笛の音がホランド・パークの向こう側から聞こえ、ジャックは振り向いた。

「そこにいるきみ！　何をしているんだ？」二人の警察官——男性と女性——が五〇ヤードほど離れたところにあるサッカー場を走って突っ切ろうとしていた。ひとりが笛を口にくわえ、もうひとりがふたたび叫んだ。

「その人から離れなさい！」

ジャックはそのときだれにも危害を加えていなかったが、立ち上がり、警官のほうを向いた。

だが、警官のほうに五フィートも歩かぬうちに、肩甲骨《けんこうこつ》のあいだに衝撃を感じた。どうやら、塀にもたれて尻をついていた男が跳び起き、全力をふりしぼってジャックを突き飛ばしたようだった。

ジャックは勢いよく小道の向こうまで突き飛ばされ、顔から濡れた草むらに倒れこんだ。怪我《けが》はなかったが、ついいままで闘っていた暴漢たちから注意をそらせてしまった自分に腹を立てた。

四《よ》つん這《ば》いになり、首をまわして肩越しにうしろを見やった。驚いたことに、二人ともすでに立っていて、武器を残したまま走って逃げていくところだった。

男たちは小道を数ヤード駆け上がると、煉瓦塀を乗り越え、反対側のタウンハウスの庭へ姿を消した。ジャックは驚愕《きょうがく》した。あそこまで打ちのめしたのに、二人とも立ち上がれたなんて！　いや、それどころか、逃げられるほど体を動かせるようになったのだ！

ジャックは男たちを追いはじめたが、二人の警官が次々に「とまれ、動くな」と叫んだ。警官たちはなお二五ヤード離れていたし、拳銃《けんじゅう》を携行してもいなかった。ジャックはその気なら、簡単に煉瓦塀を乗り越えてタウンハウスの裏庭に跳び下りることができたのであり、負傷した男たちを追跡して捕まえられる可能性は大いにあった。だが、警官たちに見られてしまったし、この近くに住んでもいるのだ。だから、警察が自分を見つけるのはそれほど難しいことではないだろう、とジャックは判断した。

ジャックは二人の襲撃者を逃がすことにし、両手を上げて自分が脅威ではないことを警官たちに示した。そして素早く自分のウォームアップスーツを見下ろした。泥だらけのうえ、二人の暴漢の鼻から噴き出した血が筋状についている。

警官がやって来て、ジャックはうしろを向かされ、塀に両手をつけさせられた。そのあいだに彼は深呼吸をして気持ちを落ち着かせた。ジャックはあとになってこのときのことを振り返り、警官に話す前にこうやって気持ちを落ち着かせる時間があって助かったと思った。力を抜いて心拍と呼吸を整えようとしたこのときに、重要なことに気づきもしたからだ。そして、その重要なこととは「もし草むらのなかに転がっている二つの武器のことを警察に話したら、暴漢たちはおれを殺すつもりだったにちがいないと父にもわかってしまうだろう」ということだった。

その場合ダッドは、シークレット・サーヴィス警護官を雨あられとおれに浴びせかけ、拳銃を持ったスーツ姿の人間によるダイヤモンド形の警護バリアをおれのまわりにしっかりつくってしまうにちがいない。そんなことになったら、イギリスでやろうとしていたことがすべておじゃんになり、おれの将来の計画は深刻な妨害を受けることになる。

そう、それは困る。

そこでジャックは二人の警官にこう言った。ジョギングをしていたら二人の男が急に飛びかかってきて、金を出せと言ったのです。ただ、路上強盗はここロンドンでは珍しくはなかったが、朝の六時三〇分に札入れ《ウォレット》も持たないジョガーを襲うというのはいささか珍しいと言わざるをえなかった。

二人の警官は早々と、アメリカ合衆国大統領の息子が自分たちの目の前で襲われたばかりなのだという事実をつかみ、ジャックはノッティング・ヒル署に連れていかれた。そして彼はセレブのように扱われた。今回の試練でジャックにとっていちばん厄介だったのは、「病院へ行く必要はありませんし、行きたくもありません」と一〇人以上もの人たちにそれぞれちがう場面で言わなければならなかったということだった。

膝がかなり痛みだしそうだったが、病院に行くほどではなかった。ただ家に帰りたかった。

ジャックは警察にこう諭された。あなたは人目を引く有名人なのですから、警護官に護《まも》られる資格があります。まあ、お許しいただければの話ですが、警護班を手配いたします。また同じように公園で二人の路上強盗に襲われるようなことがあっても、まわりに警護の者がいれば問題ないでしょう。

ジャック・ライアン・ジュニアは礼を言い、考えてみますと告げた。そして小型のパトカーに送ってもらい、午前八時三〇分に自分のフラットに帰り着いた。送ってきてくれたのは例の二人の警官で、ほかに何か問題が起こったら遠慮せずに電話してくださいね、と言ってくれた。ジャックはもういちど彼らの気遣いに感謝し、自分のフラットへといたる階段をのぼった。そして部屋のなかに入り、三重に錠をかけた。

バスルームへ入り、汚れた服を体から剝《は》がすように取り去ると、シャワーの湯を出し、バスタブの縁に腰かけた。湯気が立ちはじめたバスルームで、起こったばかりのことがどういうことなのか考えはじめた。

直属の上司のサンディ・ラモントに電話して、この件を知らせなければいけないということはわかっていた。おそらく「だから言ったじゃないか」という応《こた》えが返ってくるだろう。だが、今朝起こったことが仕事と何らかの関係があるとはどうしても思えない。

これが仮にキャスター・アンド・ボイル・リスク分析社での仕事に関連することだとしたら――イギリスで尾行されてきたのは仕事のせいだとしたら――単なる監視が襲撃に変わった理由はなんだ?

何も思い浮かばない。たしかにガルブレイスの件にはガスプロムや危険になりうる人物が何人かからんでいたが、その件は何カ月も前から担当していたことであり、しかも数日前にその仕事から外されてしまったのだ。百歩譲って、おれがマルコム・ガルブレイスの事件を調査していたために、だれかさんが危害を加えたくなったとしても、いったいぜんたい、なぜいまなのだ?

と、そのとき不意に、この数日のあいだにいつもとちがう行動をひとつとったことを思い出した。そう、昨日《きのう》の午後、車を運転してコービーまで出かけ、ヴィクター・オックスリーから話を聞こうとし、失敗したのだ。

ジャックはじっくり考えた。それが襲撃された理由となりうるだろうか? どこがどう関係してくるのかさっぱりわからない。しかし、理由となりうるものはほかに何ひとつないのだ。

キャスター・アンド・ボイル社の仕事とイギリスの元スパイ、ヴィクター・オックスリーとは、明らかに何の関係もない。そもそも、ヴィクター・オックスリーという名前を聞く前から、自分は監視されていたのである。

しかし、ほかに説明のしようがないではないか。いまロシアの情報機関の長におさまる人物の過去の謎を解く情報を知っているかもしれないイギリスの元スパイに会いにいった翌日に、二人の男がクラブとナイフを持って襲いかかってきたのだ。ジャック・ライアン・ジュニアは偶然というものを信じていなかった。自分には答えなどひとつもわからないとしても、答えを知っているのはだれなのかはわかっていた。

オックスリー自身が背後で糸を引いて今朝の襲撃を起こさせたのかどうかははっきりしないが、少なくとも彼は、なぜおれが襲われたのか、その理由を知っているのではないか、とジャックは推理した。ジャック・ジュニアは立ち上がってシャワーの熱い湯のなかに入っていった。これはもういちどコービーへ行かなければならない、あの無愛想な初老の野郎になんとか話させるのだ、とジャックは決心した。

三〇分後、ジャックはシャワーを終えて着替えをすませ、愛車のメルセデスの運転席におさまり、北へ向けて猛スピードで車を走らせていた。

60

〈赤熱炭カーペット《レッド・コール》〉作戦の直接行動段階は、ロシア軍が国境を越えた夜の翌々日の朝、午前四時ちょっと過ぎにはじまった。ロシア軍とウクライナ軍の空中戦――ほとんどは、高度な夜間飛行・攻撃能力を有するロシア軍のカモフKa－52攻撃ヘリコプターと、最新式の夜間飛行・攻撃能力は持たないものの、いちおう夜間飛行可能なウクライナ軍のMi－24攻撃ヘリとのあいだの戦闘――は、ドネックの東方に位置する森におおわれた丘陵地帯の上空でおこなわれ、夜を徹しての激戦となった。その下の地上には一二人の男からなる第五特殊部隊グループのAチーム（作戦分遣隊A《アルファ》＝特殊部隊の標準部隊《スタンダード・ユニット》）がいて、その正確な位置はズグレスという町の打ち捨てられたサッカー場の報道関係者席の屋根の上だった。彼らはそこから最先端・高性能の光学装置で二〇マイル東方を見ることができ、SOFLAM（特殊作戦部隊レーザー・マーカー）で一二マイル以上離れたターゲットをレーザー目標照射できた。

空気がとても澄んだ夜だった。アメリカ人たちは遠方の空を飛びまわるヘリコプターを見まもった。最初は針孔《はりあな》から洩《も》れる光のようにしか見えなかった。だが、戦闘がはじまると、その〝針孔の光〟のまわりに閃光《せんこう》や稲光のようなものが見えるようになり、まさに超モダンなライトショーを見物しているような感覚に襲われた。これが数時間つづいた。ときどきジェット戦闘機が凄《すさ》まじいスピードで頭上を通過していった。まれにウクライナ軍の地上部隊が西へ向けて大砲を撃ちだすこともあり、発砲炎だけでなく着弾のさいの閃光も地平線上に見ることができた。

午前四時ちょっと前、アメリカ軍のAチームがFLIR（赤外線前方監視装置）で州高速H21号線上を邪魔されることなく移動する車列を捉《とら》えた。彼らはBTR－80装甲兵員輸送車の車列と識別できたが、その装甲車両はロシア軍もウクライナ軍も使用しているものだった。そこでAチームはJOC（統合作戦センター）に無線で連絡し、「交戦地帯内にターゲットの可能性がある車列を見つけたが、敵軍《レッド・フォース》と確認できない」と報告した。JOCはウクライナ軍に問い合わせて確認しようとしたが、ウクライナ陸軍は全面的に交戦中で大混乱状態にあり、空軍でさえなかなか応答してくれなかった。

一五分後、BTR－80の車列は特殊部隊Aチームの八マイル以内にまで接近した。ミダスこと米英統合軍司令官ジャンコウスキー大佐は、その地域をパトロール中だったMQ－9リーパー無人機《ドローン》の一機に問題の車列上空を飛行させるよう命じた。リーパーはすぐにその上空に達し、JOCの情報担当要員に撮影した画像を送信しはじめた。

リーパーの撮った画像で、全車両がロシア国旗をつけていることがわかった。リーパー自体もヘルファイア・レーザー誘導対戦車ミサイル二発を搭載していたが、ミダスは通信士にターゲットを破壊するようウクライナ軍にいまいちど伝えるように命じた。

今度はウクライナ軍のMiG戦闘攻撃機二機が素早く現場に到着した。そして、アメリカ軍部隊がSOFLAMで照射したレーザーをしっかり捉えると、すぐさま、高速道路上を移動する敵軍の車列にKh－25空対地ミサイルを次々に浴びせた。

地上でレーザー目標照射をして支援していた第五特殊部隊グループ・Aチームは、初めこの攻撃のなりゆきに喜んだが、ウクライナ軍のMiGがターゲット・エリア上空にぐずぐずしすぎていることにすぐに気づいた。Aチームの指揮官はJOCを通じてウクライナ空軍に注意をうながした。案の定、ロシアの装甲車両がまだ半分しか破壊されていない段階で、東の地平線から複数のミサイルがあらわれ、猛然と接近してきた。第五特殊部隊グループの兵士たちは、ミサイルを発射した航空機を見なかったが、二〇マイル以上離れたところにいる戦闘機が反撃してきたのだろうと思った。

ウクライナの戦闘攻撃機の一機が爆発して火の玉と化し、もう一機は攻撃を中止して戦線を離脱した。

第五特殊部隊グループの男たちは残った四つのターゲットのうちの二つにレーザーを照射し、それに誘導されたリーパーのヘルファイア・ミサイルがその二つを破壊したが、残りの二両のBTR－80は生き延びた。

こうして〈赤熱炭カーペット〉作戦の初戦は非常に限定的な成功という結果に終わった。そう、たしかにウクライナ国内に深く入りこんだロシア軍装甲車両を六両、破壊できたのだが、ウクライナ軍の最も強力な空の兵器をひとつ犠牲にしなければならなかったからである。この損失率ではロシア側に有利に働く、とミダスにはわかっていた。

ジャック・ライアン大統領はオーヴァル・オフィス（大統領執務室）でダン・マリー司

法長官と会った。二人とも、働きすぎで疲れていたが、国家的危機のさいに極度の疲労を乗り越えてやるべきことをやりとおす経験と訓練を積んでもいた。

ライアンは午前中を軍事顧問たちとの話し合いに費やしたが、やむをえず通常のスケジュールをもこなしつづけていた。言うまでもなく、ロシア軍のウクライナ進攻はアメリカでも多大な懸念《けねん》の対象となりつつあったが、ホワイトハウスは制裁措置についての声明から、国連の安全保障理事会への提訴、ロシアでの次期冬季オリンピックをボイコットするとの脅しまで、ありとあらゆる外交的〝戦い〟をするのに忙しかった。こうしたことに大きな効果があるとはライアン政権のだれも思っていなかったが、ウクライナ情勢を心配して外交的措置をいろいろとっていることを見せておくことが、アメリカがロシアの進攻に反撃するのに用いている強硬手段――ウクライナ東部でのアメリカ軍地上部隊の極秘戦――を隠蔽《いんぺい》するのに必要なことだった。

ライアン大統領は現在、閣僚レベルでも軍および情報機関以外の者たちをオーヴァル・オフィスに迎える時間はあまりなかった。だが、このダン・マリー司法長官とは時間をつくって会った。二人は向かい合って座り、ライアンが自分とマリーのカップにコーヒーを注いだ。

「ダン」ライアンは言った。「きみが知らせにきたものが良いニュースであってほしいと心から思う」

マリー司法長官はただ単に、見つけたことをライアン大統領に伝え、二ページにまとめた現在までの捜査状況の要約をわたして帰ることもできたが、ボスが得られた情報の現物を自分の目で見たがる人間であることを知っていたので、数枚の写真をコーヒーテーブルの上にならべた。

ライアンは最初の一枚を手にとった。それはヒスパニックと思われる若い女がセブン－イレブンのような店に入っていくところを監視カメラが捉えたと思われるカラー写真だった。

ジャックは訊《き》いた。「セルゲイ・ゴロフコ毒殺の容疑者かね？」

「そのとおりです。フェリシア・ロドリゲス」

ジャックはうなずき、次の写真に目をやった。同じ場所で撮られたもののようだったが、別の人物がドアを通り抜けるところが捉えられていた。男性、短髪、壮健そうな体軀《たいく》。半ズボンに白いリネンシャツという恰好。驚くほど鮮明な写真だった。この二〇年間の監視カメラの普及と高性能化で防諜《ぼうちょう》と法執行の仕事が受けてきた恩恵はそりゃもう大変なものだな、とライアンは思わざるをえなかった。

「この男は？」

「本名はまだわかっていませんが、顔認識ソフトウェアの助けを借りて調べたところ、この男がロンドンから自家用ジェット機でアメリカ入りしたことがわかりました。パスポートはモルドヴァのもので、そこにあった名前はヴァシリー・カルーギン。素性については何もわかりません。ジェット機は登録書類上ではルクセンブルクのダミー会社の所有となっていますが、この会社の詳細についても何もわかりません」

ライアンはこうした細かな情報の総合が何を意味するのか理解した。「スパイか」

「間違いありません」

「ロシアのスパイ？」

「現時点ではまだそうだと言い切れません。顔写真と偽造パスポート情報を添えたＢＯＬＯを出したところです」ＢＯＬＯ（目を光らせていてほしい《ビー・オン・ザ・ルックアウト》）は他機関向けの捜索協力要請書だ。

ライアンは次の写真に手を伸ばした。

それはジャイメ・カルデロンという名の男のパスポートの写真とページを写したものだった。「この男もスパイ？」

「まさにそうなのです。彼はベネズエラの情報機関員です。本名はエステバン・オルテガ。われわれは以前からこの男を追跡していまして、彼がアメリカに入るのを確認しています。以後、監視していたのですが、いままでは確かな情報をひとつも押さえることができませんでした」

「いま見てきた写真からも確かな情報などひとつも得られないようにわたしには思えるが

……」ライアンは最後の写真を手にとった。それは極めて上質な写真で、写っていたのはフェンスに囲まれた前庭に椰子《やし》の木が一本植わっている小さな黄色い家だった。「この小さな家のなかで何がおこなわれていたのか教えてくれ」

マリー司法長官は説明した。

「エステバン・オルテガがマイアミに飛んで、ローダーデールバイザシーにあるこの家を借りたのです。彼はそこに二日間いました。

そして本名がまったくわからない例の謎《なぞ》のモルドヴァ人が、フォートローダーデール・エグゼクティヴ空港の税関・入国審査を通過した。いや、そればかりか、フォートローダーデールに降り立った九〇分後に、最初の写真に写っていたコンビニに立ち寄った。しかも、そこはなんと、ベネズエラ情報機関のこの小さな隠れ家《セーフ・ハウス》から九五フィートしか離れていない」

ジャックは顔を上げてダン・マリーを見つめた。「きっかり九五フィート?」

「ええ、きっかり。昨日《きのう》わたしも現場におもむきました」

ライアンはにやっと笑った。相変わらずダンはみずから足を使って調べるのが好きなのだ。「それで?」

「それで、その謎のモルドヴァ人とオルテガが着いた翌日、フェリシア・ロドリゲスが姿をあらわした。そして彼女は問題のコンビニに入った。それはまあ、価値があることとかどうかわかりませんが、重要なのは、ロドリゲスの携帯電話のGPS移動記録を調べたところ、彼女がベネズエラ情報機関の隠れ家《セーフ・ハウス》のなかに入ったことが判明したということです」

「すごいじゃないか！」ジャックは興奮をあらわにした。

マリーはつづけた。「彼女はそこに一時間しかおらず、そのあと近くのホテルにチェックインしました。で、翌朝、車を運転してカンザスに帰ったのです」

ライアンはもういちど、すべての写真を素早く見ていった。そして顔を上げてマリーを見つめた。

司法長官は言った。「訊かれる前に言っておきますが、その小さな黄色い家とフェリシア・ロドリゲスのホテルの部屋からは、ほんのかすかなポロニウム210の痕跡《こんせき》しか検出できませんでした。そのときどのような容器に入れられていたのかわかりませんが、ゴロフコがそれを盛られる直前の保管のされかたよりは遥《はる》かに良かったはずです。ロドリゲスが受け取ったとき、ポロニウム210は何らかの鉛張りの容器に収められていたが、彼女がカンザス大学のカフェテリアでそれをその容器からとりだした、と考えてまず間違いないでしょう」

ライアンは言った。「よし、ここまでの話をまとめると、こういうことでいいのかな？謎のモルドヴァ人はロシアの情報機関FSBの要員である可能性があり、自家用ジェット機でポロニウム210をアメリカに持ちこみ、それをベネズエラの情報機関員の助けを借りて実行犯に手わたした」

「われわれはそう考えております。その謎のモルドヴァ人も隠れ家《セーフ・ハウス》に入ったかどうかは、もはや確認のしようがありませんが、繰り返しますが、彼がそのすぐ近くにいたことは確かです。動かぬ証拠があるわけではないのですが――」

ジャックはマリーの言葉をさえぎって言った。「その男たち――オルテガともうひとり

――を見つける必要がある」

「実は、われわれが見つける必要があるのは〝もうひとり〟だけなんです」

「なぜベネズエラ人は見つけなくていいのかね?」

「なぜなら、ローダーデールバイザシーで二人が会った三日後、ゴロフコが放射性物質を盛られる前日、エステバン・オルテガはメキシコシティで殺されてしまったからです。タクシーに乗っていたときに、走ってきた車からの発砲で殺《や》られたのです。撃った者はオートバイの後部座席に乗っていたそうですが、確かな人相はまったくわかっていません。目撃者はタクシーの運転手だけで、彼はまるで役に立ちませんでした」

ライアンはソファーの背に上体をぐっとあずけた。「そうやって足跡を消したわけか」

いかにも不満げに溜息《ためいき》をついた。「やつらは自分たちの仕業だと知っている者はだれでも殺してしまう。国際逮捕状を得るのに必要なことは何でもしてくれ。その謎のモルドヴァ人の正体がわかれば、そいつを捕まえることができる」

「はい、そうします」

ライアンはいまいちどベネズエラの若い女の写真を見つめた。とても若そう。彼女の人生はまだまだこれからだったのに……。「彼女の動機は何だったのだろう？」

「その点はこれから調べてもわかるのかどうか、確信が持てませんね。故国のベネズエラに家族がいますから、彼らが脅された可能性もあります。彼女は自分が何を扱っているのかまったく知らなかったはずです。つまり、そのロシア人かベネズエラ人にだまされたのだと、われわれは考えています」

「なぜその二人のベネズエラ人が引きずりこまれたのか、その理由についての手がかりは何もない？」

「ええ、いまのところ。ですからね、ロドリゲスがゴロフコのスプライトに実際に入れることになるものが極めて危険な放射性物質であるということは、オルテガも彼女同様、まったく知らなかった、という可能性も大いにあるのです」

「ということはつまり」ジャックは言った。「ロシアの連中が、陰謀を手伝わせるために、同じ考えをもつ役立ちそうな間抜けどもをとりこみ、巧みにだまして、自分たちのたくらみを実行させた」

マリー司法長官はうなずいた。

「どうもロマン・タラノフが書いたシナリオの臭《にお》いがする」

「ああ、あのFSB長官？　ほんとうにそうお思いですか？　残念ながら、わたしは彼の過去についてよく知っているとは言えません」

「彼の過去を詳しく知っている者なんてひとりもいない。それだけは確かだ」ライアンは返した。「だが、わたしはいま、それを変えようとしている」

61

ジャック・ライアン・ジュニアは午前一一時にコービーに着いた。空はロンドンよりもさらにどんよりと曇っていた。ヴィクター・オックスリーが住む建物の真ん前の通りにメルセデスをとめて外に出ると、肌にふれる空気もロンドンよりもずっと冷たく感じられた。

二時間のドライヴのあいだにジャック・ジュニアは、これはやはり行き詰まって終わりになるな、と思わざるをえなくなってしまった。今朝の襲撃は偶然だったと思うことだけは一瞬も自分に許さなかったが、コービーにいる初老の元スパイがあの襲撃とどのように関連しうるのか、いくら考えてもわからなかった。だからハンティンドンで引き返したくなり、もうすこしでそれを実行に移すところだった。このままオックスリーに会いにいっても困ることは何もない、とジャックは自分に言い聞かせ、車を北西へと走らせつづけた。何も得られなくても、もう一度あのクソ爺《じい》さんを苛立《いらだ》たせることはできる。

ジャックは襲撃されたことをオックスリーに話し、そのときの反応を読むつもりだった。もし何らかの理由でオックスリーが裏で糸を操っていたというのなら、自分が彼の住むところに姿をあらわすだけで、彼はそれなりの反応をし、係わりを暴露してしまうはずだ、とジャックは確信していた。

ジャックはオックスリーのフラットがある二階へといたる階段をのぼった。そのとき、早朝に二人の暴漢と格闘したさいに打撲した膝《ひざ》が痛みを発した。この忌《い》まいましい膝を氷で冷やすべきだったな、と悔やんだ。ここまで来る二時間、何の手当もせずに車のシートにじっと座りっぱなしだったせいで、二、三日、足を引きずって歩くことになるのではないか、とジャックは覚悟した。

彼はその不愉快な思いを頭から追いはらい、差し当たってしなければならない〝ふたたびオックスリーと話す〟という厄介なことに注意を集中した。そして、あの男がまたダッドを蔑《さげす》むようなことを口にしたら、顎《あご》に一発パンチをお見舞いしてやれ、と自分を焚《た》きつけた。

むろん、ほんとうに殴るなんてことにはならないだろう。それはジャックにもわかっていた。ただ、そう思うだけでも気分がよくなった。

オックスリーの部屋のドアの前まで来ると、ジャックはノックしようと片手を上げた。が、実際にそうする前に、ラッチが外れていてドアがほんのすこし内側に動いてしまっていることに気づいた。彼はラッチを見下ろした。鍵穴《かぎあな》のすぐ下に黒い汚れがあるのがわかった。ごつい靴底の跡だ。そして錠のそばの側柱が割れ、その一部がとれていた。だれかがこのドアを蹴《け》り破ったのだ。しかも、それからたいして経《た》っていない。靴の跡の泥がまだほとんど乾いていない。

ジャック・ジュニアの心臓が暴れだし、心拍が速まった。今朝、襲撃されたときとちょうど同じように〝脅威測定器〟の針が危険範囲へと振れた。ジャックはクルッと体を回転させ、狭い廊下を階段まで見やった。人影はひとつもない。

最初に頭に浮かんだのは、引き返して階段をおり、車に戻るということだった。そして車から警察に電話すればいい。だが、オックスリーがまだ生きているのかどうかがまったくわからない。もし生きているのなら、わずかな遅延があの爺さんにとって命とりになりかねない。

できうるかぎりゆっくり、そして静かに、ジャックは手をラッチにあててドアを押しひらいた。

その瞬間ジャックは、ヴィクター・オックスリーが生きてぴんぴんしていることを知った。彼がすぐそこに座っていたのだ。ワンルーム・フラットの玄関ドアからわずか一〇フィートのところにある小さなキッチンテーブルのメタルチェアに。そして彼の前のテーブル上には紅茶の入ったマグカップがひとつ置かれている。髪が斜めになり、皺《しわ》が刻まれた広い額にすこし汗が光っていたが、具合の悪いところはまったくなく、落ち着きはらっているように見えた。自分のキッチンで朝の紅茶を楽しんでいる男、といった風情《ふぜい》だった。

ところが、彼の足もとの冷たい堅木張りの床には、二人の男が仰向《あおむ》けに転がっていた。二人とも、どう見ても死んでいる。体が不自然にねじ曲がっているのだ。ひとりの首が折れているのはジャックにもわかった。右へねじ曲げられた顔が、下半身の位置とまるで合わない方向を向いていたからである。

もうひとりの男は顔に盛大な打撲傷を負っていて血みどろになり、目を大きく剝《む》いたままだった。

オックスリーは顔を上げてジャック・ライアン・ジュニアを見た。昨日《きのう》来た若いアメリカ人だとわかり、ちょっと驚きの表情を浮かべたが、すぐに落ち着きをとりもどし、マグカップを上げて見せた。彼はマグを振って言った。「おや、お茶でも飲みに寄ったのか?」

ジャック・ジュニアはゆっくりと両手を上げた。ここでいったい何が起こったのか、さっぱりわからなかったが、大男のイギリス人が椅子《いす》から突然立ち上がって襲いかかってこないともかぎらず、そのときの準備をした。

ところが、オックスリーはゆったりとした動きでマグを口に運び、もうひとくち紅茶を飲んだだけだった。

ジャックは両手を下げた。「いったい……何が起こったんですか?」

「いま、ということかい？」

ジャックは信じられない光景に目を大きく見ひらいたまま、うなずいた。

「アメリカ合衆国大統領の息子がおれのキッチンに入ってきた」

オックスリーは〝完全なクソ馬鹿《ばか》野郎〟から〝利口ぶった生意気野郎〟に変わったようだ。それが〝成長〟であるのかどうかはジャックにもわからなかったが、少なくともこれでオックスリーに話させることができるようになった。ジャックはフラットのなかに入り、前を向いたままドアを閉めた。

「いや、ですから、そうじゃなくて、その前」

「ああ、こいつらか？　こいつらはおれの拳鍔《ナックルダスター》にぶつかってきたんだ。それで倒れたんだが、また起き上がって挑戦してきた。で、もういちど、おれが拳《こぶし》にはめていた金属にぶつかってきた。二度目は立ち上がれなかった」

ジャックはひざまずき、二人の脈をチェックした。すでに脈はなかった。ジャックがそうするのをオックスリーは黙って見まもっていた。ジャックの位置からでは、オックスリーの顔は紅茶の入ったマグに半分隠れてしまい、表情を読むことはできない。オックスリーはゆっくりとマグを膝まで下げ、言った。声の調子が不意に暗く沈んで尖《とが》り、敵意があらわになり、邪悪ささえ感じられた。

「おまえがトラブルを運んできたんだよな、小僧？」

「いえ、わたしではありません」

「だってそうだろう、おまえがあらわれた翌日にこいつらがあらわれた。おまえがこいつらの来る原因をつくったか、こいつらがおまえの来る原因をつくったか、そのどちらかだ。おれとしては、おまえが先に来たのだから、おまえの責任と考える」オックスリーはにやっと笑ったが、それは人を見下す横柄《おうへい》な笑みだった。苛立ち憤慨する男の蔑みの微笑。

「雨が街路を濡《ぬ》らすのであって、濡れた街路が雨を降らせるわけではあるまい」

ジャックはメタルチェアを引き寄せ、イギリス人の向かいに座った。「今朝、わたしは二人の男に襲われました。ロンドンで。この二人ではありません」

「へえ、どえらい偶然だな」

「この首を賭《か》けてもいい、それは偶然では絶対にありません」ジャックはがっしりした体《たい》躯《く》のイギリス人を見つめ、ついで床に転がる二つの死体をふたたび見やった。オックスリーがこの若くて壮健な男たちを始末してしまったというのは明白な事実なのだが、ジャックにはそれがまだどうしても理解できずにいた。「あなたが殺したのですか？」

「まあ、こいつらは自然死したわけではない。おまえも親父《おやじ》と同じで、そうとう鈍いな」

ジャックは歯ぎしりした。

オックスリーはマグをテーブルに戻した。「いや、いまは親のことにはこだわらず、ここはいちおう客をもてなし、お茶を一杯ごちそうするくらいしないといかんな」彼は立ち上がり、ガスレンジまで歩くと、紅茶《ティー》用ケトルをつかんでバーナーの上に置いた。そして、青いガスの炎がケトルの側面を舐《な》め上がるまで火力調節つまみをまわした。

ジャックは言った。「ちょっと待って！　お茶なんて欲しくない。欲しいのは答えです。どうしてこんなことになったのですか？　あなたはどのようにしてこの二人を――」

オックスリーは聴いていなかった。小さな戸棚からマグをひとつ引っぱり出し、フッと吹いて埃《ほこり》を飛ばすと、そのなかにティーバッグをほうりこんだ。すぐにケトルがピーと鳴りはじめ、白髪のイギリス人はマグに熱湯をそそいだ。そして、ボール紙の箱から角砂糖をふたつ指でつまんでマグのなかに落とし入れてから、肩越しにジャックのほうをチラッと見やった。

「見たところ、ミルクはいらんと思うが……おまえはそんなに洗練された人間ではないからな、だろう？」

ジャック・ライアン・ジュニアは答えなかった。いまや頭はこの状況が抱えるあらゆる意味を捉《とら》えようと高速回転していた。自分はアメリカの現職の大統領の息子で、いま、えらく狭いワンルーム・フラットのなかにいて、足もとの床には二つの死体が転がっている。そして、二人を殺した張本人の男が、さして心配するようすもなく悠然と部屋のなかを歩きまわっている。ところが、こちらの体のほぼすべての神経、筋肉が、いますぐここから逃げ出せと悲鳴をあげて訴えている。

ただジャックには、この世界にひとつだけ、この場から逃げ出すよりもしたいことがあった。

それは答えを得るということ。

だからジャックはそこに座ったまま、オックスリーが話しだすのを待った。

大柄のイギリス人はマグをジャックの前に置くと、もとどおり椅子に腰を下ろした。それからやっと口をひらいた。「さあ、急いで飲め。すぐにここから放り出されることになるからな。おまえをドアから蹴り出すか、窓から投げ出すか、おれが決める前に、今回のことに関しておまえが知っていることを話したほうがいいぞ」

ジャックは返した。「確信はできないのですが、これはあなたに関することである可能性が大きいです。イギリス政府のもとで働いていたあなたの経歴に係わることです」

イギリス人は首を振った。信じられない、という仕種《しぐさ》。

ジャックは言い添えた。「というか、〈地底《ベッドロック》〉に関することと言ったほうがわかりやすいでしょうか」

ヴィクター・オックスリーは自分の昔のコードネームを聞いても少しも驚いたようすを見せなかった。ただ軽くうなずき、自分のマグの紅茶をもうひとくち飲んだ。

ジャックはつづけた。「わたしが昨日《きのう》ここに来たのは、三〇年前に海の向こうの大陸で起こった出来事について、あなたに尋ねたいことがあったからです」

「〈地底〉はもうずいぶん昔に死んで埋葬されたんだ。いまやつの死体を墓から掘り出せば、死人がもっと増えるだけだ」オックスリーは手を振って、床に転がる二つの死体を示した。「死ぬのは、こいつらロシア人だけじゃない」

ジャックはハッとして首をまわし、二つの死体を見やった。「ロ、シ、ア、人？　なぜロシア人だとわかるんです？」

イギリス人はジャックを見つめるだけだったが、しばらくして苦しげに体を下げはじめた。床にひざまずこうとしているようだった。その動きがぎこちなく、椅子から腰を浮かして体を床に下げていくときにオックスリーは顔をしかめたが、痛みが発する場所が正確にどこなのかジャックにはわからなかった。ジャックはあわててマグを置き、跳びはねるように椅子から立ち上がり、初老の男に手を貸そうとした。うつ伏せに倒れてしまいそうに見えたからだ。

だが、オックスリーは倒れることなくひざまずき、床に横たわる一方の男のジャケットに手を伸ばした。そしてそれを荒っぽく剝《は》ぎとった。パスポートなど、身元がわかるようなものを探すつもりなのだろう、とジャックは思った。しかしオックスリーは剝ぎとったジャケットをかたわらに投げ棄《す》てると、ふたたび死体におおいかぶさるようにして、男のベルトを外しにかかった。

「えっ、いったい、何をするつもりなんですか？」

オックスリーは答えなかった。そしてベルトの前をひらくと、今度は死んだ男のシャツとアンダーシャツの裾《すそ》を引っぱり出した。さらにシャツ類を上へと引っぱりあげ、それらも死体から剝ぎとろうと奮闘しはじめた。

ジャックは気分が悪くなり、叫んだ。「オックスリー！　いったいぜんたい、あなたは――」

タトゥーが目に入り、ジャックは叫ぶのをやめた。

死んだ男の胸、腹、首、腕はすっかりタトゥーにおおわれていた。

肩には肩章《けんしょう》のようなタトゥーがあり、左の胸部には聖母子が、喉仏《のどぼとけ》の下には鉄十字が、首には突き刺さったように見える短剣の図柄があった。

ジャックにはそれらの図柄の意味などまったくわからなかったが、推測することはできた。「ロシア・マフィア？」

「まあな」オックスリーは返した。そして片手を男の腹にのせて横にすべらせた。そこには男の胴の横幅をすべて使って描かれた石柱群のような大きなタトゥーがあった。石柱はぜんぶで七本。

「こいつは〈七巨人〉の構成員だ」

オックスリーは手を振って、男の体に彫りこまれたタトゥーを示した。「首の短剣は、こいつが監獄で人を殺したことを意味する。肩章は〈七巨人〉内でこいつが有する――いや、有していた——階級を示すもの。たとえば少尉《しょうい》とか。鉄十字は他人のことなんてまったく意に介さない男であるということの印。そして聖母子は信仰心があるという意味。まあ、ロシア正教会の信徒ということだな。ただ、宗教心があると言ったって、ロシアの殺し屋だからな。ほんとうに敬虔《けいけん》とは言えんだろう」

　オックスリーはふたたび手を振って、もう一方の死体を示した。「今度はおまえがやれ」

　ジャックは顔をしかめたが、その別の死体まで移動し、ジャケットとシャツを剝ぎとった。この男の体もまた、第一の男のそれと同じくらいタトゥーで飾られていた。胴の下部には同じ〈七巨人〉のタトゥーがあった。

「なぜこいつら〈七巨人〉の構成員があなたを襲ったりするのでしょう?」ジャックは訊《き》いた。

「そりゃ、こいつらがおまえを襲うのと同じ理由からだろう」

「その理由とは?」

「いいか、おい、おれには手がかりなんてこれっぽっちもない。おれはロシア・マフィアともめたことなんてないんだ。いちどもな」

「今朝わたしに襲いかかってきたやつらも同じ組織の者たちだと、あなたは思っているわけですね?」

「そいつら、小型のバナナ・ナイフを持っていなかったか?」

「刃が鉤状《かぎ》になった小型ナイフをひとりが持っていました。バナナ・ナイフってそれのことですか？」

「そうだ。そいつも〈七巨人〉の一員だ」

ジャックには理解できなかった。「ここにも？　ここイギリスにも〈七巨人〉がいる？」

「もちろんいる。ロンドンはな、結局のところロンドングラードなんだ。いやはや、まいった、息子のおまえも親父と同じくらい鈍いときている」

ジャックは椅子に戻って腰を下ろした。「いったい何が気に入らないんですか？　なんでそうやって嫌味ばかり言うんですか？」

オックスリーは何も言わずに肩をすくめ、また紅茶をひとくち飲んだ。

ジャックはなおも、キャスター・アンド・ボイル・リスク分析社での仕事とヴィクター・オックスリーの過去とのあいだに存在しうる何らかのつながりを見つけようとしていた。なにしろ、父親から〈地底〉のことを聞く以前から、自分は監視されていたのである。それは自分の仕事とオックスリーの過去とがどこかでつながっていることを意味しているのではないか？　それともこれはまったくの偶然なのか？　ジャックはこの種のゲームにもうかなり携わってきたので、当然ながら偶然とは思えず、まだ見つけていない隠されたつながりがどこかにあるのではないかと考えざるをえなかった。不意にひとつの問いが頭に浮かんだ。「さっきタトゥーについて説明してくれましたが、ロシアの囚人が彫るそうしたタトゥーに関する知識をどうやって得たのですか?」

ヴィクター・オックスリーはジャック・ライアン・ジュニアをじっと見つめた。フラットは沈黙につつまれ、どこか見えないところにある時計が時を刻む音しか聞こえなくなった。数秒後、ようやく白髪のイギリス人は肩をすくめ、両手を腰に伸ばして着古したセーターの下のほうをつかむと、シャツごと一気に引きあげた。

ジャックは見た。胴に〈七巨人〉のタトゥーこそなかったが、ヴィクター・オックスリーの体は信じられないほど多くのタトゥーでおおわれていた。星、十字、短剣がいくつもあり、涙滴がついた髑髏《どくろ》、ドラゴンもある。それらがみな、大男のオックスリーがジャックに見せた胸と腹にまたがる狭い部分に集中している。

ジャックは言った。「あなたも収容所《グラーグ》にいたのですか?」

オックスリーはシャツとセーターを下げ、紅茶の入ったマグに手を伸ばした。「おまえはおれのことを礼儀知らずだと文句を言いつづけてきたが、いったいぜんたいおまえは、おれがそれをどこで身につけたと思っていたんだ?」

62

ヴィクター・オックスリーはロシア・マフィアの二人の殺し屋の死体のすぐそばで紅茶

を飲み終え、キッチンテーブルの椅子《いす》から立ち上がると、狭い部屋のなかをゆっくりと行ったり来たりしはじめた。そして、建物の表側の道が見える窓のそばへ行くたびに、カーテンの隙間《すきま》から外のようすをうかがった。テーブル上のジャックのすぐそばに置かれたマグのなかの紅茶はだいぶ冷めてしまったが、彼はそれに手をつけようとしなかった。

この数分間ジャックは、オックスリーからいろいろ聞き出そうと、問いつづけていたが、イギリス人は曖昧《あいまい》な答えを返してごまかそうとするばかりだった。

「いつSASを除隊したのですか？」

「八〇年代」

「で、MI5に入ったわけですね？」

「どこでそんな話を聞いたんだ？」

「収容所《グラーグ》に入れられたのはいつです？」

「遠い昔だ」

「イギリスに戻ったのはいつですか？」

「遠い昔」

ジャックは不満をあらわにしてうなった。初老の元スパイのほうがずっと冷静だった。

「過去の具体的なことを覚えていられないという記憶障害があるということですかね？」

「みんな大昔のことなんでね」

「ロシア・マフィアがドアを蹴破《けやぶ》って部屋に入ってくる前なら、大昔のことだということにもできたかもしれませんが、いまこうやって死体が二つ転がっているんですからね、あなたの過去は現在としっかりつながっているということになります」

死んだ男たちのひとりの携帯電話が鳴りだしたが、オックスリーは無視して言った。

「帰れ。ほっといてくれ」

「ほうっておくわけにはいきません。このままここにいたら危険です」

「へえ、おまえがおれを護《まも》ってくれるっていうのか？　いいかいおい、おれが見るところでは、こいつらがドアを蹴破って部屋に入ってきた原因をつくったのはおまえなんだぞ」

「次にやって来るやつらは拳銃《けんじゅう》を持っているかもしれませんよ」

「〈七巨人〉は拳銃を使わない。まあ、イギリスではな」

「それは今日わたしが初めて聞いた良いニュースです」

「やつらは拳銃なんて必要としない。ナイフとか金属製のクラブとか、そういったものがお気に入りなんだ。二人一組または三人かそれ以上のチームで仕事をする。やつらは凶暴な獣《けだもの》そのものだ」

ジャックは言った。「この死体、どうするつもりですか？」

オックスリーは肩をすくめた。「のこぎりとバスタブとごみ袋がある。それでその問題は解決できる」

「冗談でしょう?」

「冗談ではない。おれは警察に通報するつもりはない。やっと、だれにも邪魔されない静かな生活を送れるようになったんだ、わが政府にもすっかり忘れられてな。おれはこういう暮らしが好きなんだよ。ロシアのギャングどもがおれを殺そうとしていることをイギリス政府が知った瞬間、やつらはまたおれに興味を示すようになる」

「それのどこが悪いのですか?」

「どこもかしこも悪い。イギリス政府は結局おれに牙《きば》を剝《む》いた連中なんだ」

「牙を剝いた?」

オックスリーは部屋の中央で足をとめた。「そう、おれに牙を剝いた」彼は窓際《まどぎわ》まで戻り、カーテンの隙間からしばらく外をながめ、それからふたたび部屋を突っ切って狭いキッチンまで帰ってきた。そしてまた回れ右して、もと来た方向へ歩き戻っていった。

オックスリーはこれからどうしようか考えているのだ、とジャックは思った。ジャックのほうは死体のことを考えていた。これは自分にとってどういうことを意味するのか?これを隠蔽《いんぺい》するなんて絶対にできない。だが、これが父の知るところとなれば、ロンドンでの自由な生活は確実に終わる。自分は日が暮れる前に飛行機に乗せられるか、大使館から送りこまれたシークレット・サーヴィス警護班に四六時中つきまとわれることになる。

《くそっ》

そうやって自分の窮地について検討していてもジャックは、部屋のなかを行ったり来たりしていたオックスリーの足がとまったのに気づいた。オックスリーは表側の窓のそばに立って、外の通りのようすをうかがっていた。

ジャックは言った。「やはり、これはもう何か妙案を考え出さないといけません」

オックスリーは応《こた》えない。

「なんでわたしと話し合おうとしないんです？」

「おまえが嫌いだからだ」

「だって、わたしのことなんて何にも知らないじゃないですか――」

不意にオックスリーは窓から壁のほうへ一歩さがり、外から見えないように身を隠した。

「ああ、小僧、おれはおまえのことをよく知らない。だが、差し当たりおまえと停戦協定を結ぶことにする。すぐ前の通りの端にとまった車からいま降りたばかりの二人の野郎のこともよく知らないんでな。やつらはここに来るはずだ。仲間がどうなったのか調べにきたにちがいない」

「くそっ」ジャックは慌《あわ》てて立ち上がった。「またロシア人？」

オックスリーは肩をすくめた。「知らん。最近ほかのだれかを怒らせなかったか？　表の二人は速いぞ。すぐ来る。少なくとももうひとり、裏の階段をのぼってくるやつがいるはずだ。そうじゃなかったら逆に驚いてしまう。おまえも少しは役に立て。裏のチェックはまかせる」

ジャックは弾《はじ》かれたように動き、キッチンの引出しのなかにあった小さなナイフをつかみとった。オックスリーはズボンのポケットからナックルダスターを一組とりだし、手際よく手にはめた。

ジャックは廊下に出ると、全速力で小さな建物の裏へ向かって走った。廊下の端の窓から外に目をやった。裏庭はたいして広くなく、そこにはロープが何本か張られている物干し場と車四台分しかない駐車場があるだけだった。ジャックはちっぽけな駐車場とロープに干されている下着類を観察した。建物の裏側に近づいてくる者はひとりも見えない。通りに沿って立つほかの建物の裏庭もチェックし、脅威となりうるものを探したが、そのようなものは何も見えなかった。急いで体を回転させ、オックスリーの部屋まで廊下を走り戻ろうとした。が、踏み出してわずか二歩進んだところで、裏の階段をのぼってくる足音を聞いた。

表からオックスリーのフラットへ向かっているやつらも、すでに建物のなかに入っているにちがいない。足音からジャックは、裏から来るのも二人で、しかも図体《ずうたい》が大きいと判断した。そいつらは急いで階段をのぼってくる。

ジャックは階段の入口のそばの壁に背中をピタッとつけ、右手に肉切りナイフを持った。

ジャックの右の視界にひとりの男の姿が入った。びっくりするほどの大男だったが、そいつの注意は建物の表側にあるオックスリーのフラットにまっすぐ向けられていた。ジャックはこの状況をうまく利用して、男が自分のほうを向いた瞬間、勢いよく左のジャブを繰り出した。顎《あご》にパンチを食らった大男は、頭をうしろへ弾かれ、体を大きく揺らし、階段から出ようとしていたうしろの男にぶつかった。だが、ジャックは次の攻撃に移れなかった。それよりも早く二人が体勢を立てなおし、ふたたび前へと突進してきたからだ。

ジャックは瞬時に二人が持つナイフに気づいた。いまや二人のロシア人とも廊下に入り、刃の短いナイフを振ってジャックに襲いかかった。ジャックはスッと頭を左へ移動させて下げ、二人の攻撃をかわしつつ頭を上に戻すと、今度は自分がナイフを前に突き出して振った。刃先が前にいた男の右肩の外側を切る感触がジャックの手に伝わった。

男は傷口を押さえ、苦痛の叫びをあげた。だが、うしろにいた男が前に出てきて、ジャックのほうにナイフを突き出した。ジャックは左手でその突きを払ったが、同時に、もっと動けるスペースが必要だということを悟った。背中がオックスリーのフラットの隣の部屋のドアにはばまれ、それ以上うしろへ動けなくなっていたからだ。そこで、二人のロシア人がふたたびナイフを振りながら突進してきたとき、ロバさながらに足をうしろへ向けて思い切りドアを蹴った。

ドアは部屋のなかへと吹っ飛び、ジャックもいっしょに仰向《あおむ》けに倒れこみ、そのまま床に転がってナイフを落としてしまった。

いまや敵は上から襲いかかろうとしていた。ジャックは負傷した男の膝《ひざ》の内側を蹴った。たまらず男はガクッと膝を折り、床にすっ転んだ。

背後から高齢の女性の叫び声が聞こえた。恐怖の悲鳴ではない。侵入者たちに怒声を浴びせているのだ。ジャックは老婦人を見もしなかった。空を切りながら襲いかかってくる二本のナイフをよけることに注意のすべてを投入していて、うしろを振り向いている余裕などなかったからだ。ジャックは右に転がり、もうひとりの男がにぎる小型ナイフの鉤《かぎ》状の刃をなんとか躱《かわ》した。そして跳ね上がるようにして立ち上がったが、その瞬間またしてもナイフが勢いよく襲いかかってきて、体を回転させてよけなければならなかった。

ナイフはジャックを捉《とら》えることができず、敵は力をこめて腕を振ったのが災いし、勢いあまってほとんどうしろを向いてしまった。ジャックはこの機を逃さず、男の片脚のうしろを踏みつけるようにして蹴った。男は両膝をついた。

男はなんとか立ち上がろうともがいた。殺し屋はロシア語で怒りの叫びをあげた。ジャックの耳には老婦人の叫び声も相変わらず聞こえている。が、いまはいちばん近いところにいるナイフを持った敵に集中しなければならない。そしてそいつはいま、両膝をついて、顔をこちらに向けていない。ジャックは敵の背中にダイヴし、全体重をかけて男の顔を床にたたきつけた。さらに両手でロシア人の頭をつかみ、顔面を再度床にたたきつけた。その強烈な一撃で若いロシア人は意識を失った。

もうひとりの敵はそのときにはもう立ち上がっていた。ジャックはその男に背を向けていた。そいつから身を護る方法はひとつしかないとジャックにはわかっていた。跳ね上がって立ち、一目散にこの小さなフラットから走り出ることだ。だから彼はそうした。全速力で廊下に走り戻った。ピッタリうしろについて追いかけてくるナイフを持つ男の足音が聞こえた。ジャックは廊下に飛びこむや突然足をとめ、体をスッと下げて回転させると、片足を勢いよく振って、走ってくる男の両脚を払った。不意討ちを食らったロシア人は、ドアのすぐ外でジャックのほうに倒れこんだ。

ジャックとロシア人は組み合ったまま廊下の床に転がり、どちらも鉤状にまがったナイフをとろうと必死になった。

ヴィクター・オックスリーが自分のフラットへ突進してくる二人の男を迎え撃ったのは、彼らがまだ表の階段を駆け上がっているときだった。前の男が階段の踊り場までのぼってきた瞬間、オックスリーは拳鍔《ナックルダスター》をはめた拳を振って、そいつの顎にパンチを炸裂《さくれつ》させた。金属製のナックルダスターを顔面にまともに食らった男は、ぐにゃっとした塊《かたまり》になって、階段を一階の床まで一気に転げ落ち、ようやくとまって動かなくなった。

だが、うしろの男は、転落する相棒に巻きこまれないように素早く右へ跳びのくと、そのまま踊り場めざして駆けのぼり、ナイフを前に突き出し、五九歳になる図体の大きいイギリス人を突き刺すチャンスをつかむための動きをしはじめた。

「さあ、来い《ダヴァーイ》！　さあ、来い《ダヴァーイ》！」オックスリーは自分よりもずっと若いロシア・マフィアの殺し屋にロシア語で叫んだ。だが、ロシア人は慎重だった。拳に血まみれのナックルダスターをはめている自分よりも大きな男にナイフだけで突っ込んでいくのは、やはり怖いのだ。

　だが、ついに前進し、攻撃した。男はオックスリーをねらってナイフを振りながら踊り場に上がっていった。オックスリーの胸をねらったナイフの最初のひと振りは、ターゲットを捉えられずに空を切った。オックスリーはこの機会を見逃さず、パンチをはなった。が、この右のフックもターゲットを捉えられなかった。

　次に突き出されたロシア人のナイフが、オックスリーのセーターの腕のたるんだ部分を捉えて切り裂いたが、刃は肉まで達しはしなかった。オックスリーは危険なナイフが自分のほうに突き出されないように左手で敵の腕を遠ざけながら、相手の懐《ふところ》に飛びこんで体当たりし、胸と胸を合わせた。こうして一階と二階のあいだの踊り場で、二〇代前半のロシア人と六〇歳間近のイギリス人は、互いに相手の手の動きを封じようと激しく取っ組み合った。オックスリーは腕をロシア人に決められて上げた状態で動かせず、ナックルダスターで相手を打ちのめすことができなかったし、ロシア人は手首をイギリス人につかまれて下げられていたので、ナイフを使うことができなかった。

だが、オックスリーはなんとかロシア人を踊り場の角まで押しやると、あらんかぎりの気力をふりしぼって凄《すさ》まじい腕力を発揮し、男を壁に密着させたまま三フィートほど横へずらし、踊り場から通りを見わたせる厚板ガラスの窓に敵の背中を押しつけた。ロシア人は肩越しにチラッとうしろを見やり、自分が窮地におちいったことを知ったが、ヴィクター・オックスリーの万力のような左手にがっちりと摑《つか》まれているナイフを持つ手をなんとか自由にしようともがくことしかできなかった。

二人の男は、一瞬、目を合わせた。ロシア人は恐怖に呑《の》みこまれた。イギリス人は疲れ切っていたが気持ちは決然として揺るがなかった。

ヴィクター・オックスリーは自分の額をロシアの殺し屋の顔にたたきつけると、そのまま頭で敵の顔をぐいぐい押しやりつづけた。ついにロシア人の頭のうしろの窓ガラスが割れ、男の頭は押されていた勢いで窓の外まで飛び出した。割れてギザギザになったガラスが男の首に刺さり、皮膚と筋肉の奥までもぐりこんで、頸椎《けいつい》のあいだに入りこんだ。そしてその鋭く尖《とが》ったガラスは脊髄《せきずい》に突き刺さった。

男の手からナイフが落ちた。オックスリーは男の体を押しやって手をはなし、うしろへさがった。

ロシア人は、恐怖と苦痛で目を大きく見ひらいたまま、両腕を激しく振りまわしたが、すぐにおとなしくなって、割れたガラスからはなれて床に崩れ落ちた。男の体のまわりに血溜《ちだ》まりが広がりはじめ、窓が完全に砕けて内側に落下し、粉々に割れたガラスが瀕死《ひんし》のロシア人の上に雨のように降りかかった。

　オックスリーは手を伸ばし、片手で手すりをつかんで倒れこもうとする体を支えた。心臓が胸から飛び出さんばかりに大暴れしている。彼は深々と息を吸いこみ、肺を空気で満たしたが、まだそれを吐きもしないうちに、耳が下の一階からのぼってきた物音を捉えた。オックスリーは階段の下に目をやった。一分前に顔面パンチを食らわせた男がそこにいた。驚いたことに立っている。まだ少しふらついているが、ともかく立っている。しかも、体のどこかから何やらとりだして上げ、それを踊り場にいる大男のイギリス人に向けた。

　オックスリーは首をかしげた。そして、ゆっくりと両手を上げた。こちらに向けられたものが拳銃だとわかったからだ。

　拳銃《い》？

　オックスリーはロシア人の首の筋肉が固くなるのに気づいた。そいつが引き金《トリガー》をしぼりはじめたのだ。と、そのとき、拳銃を持った男の真上で突然何かが動き、オックスリーはハッとして目を上げた。

　ジャック・ライアン・ジュニアが二階の踊り場に姿をあらわしたかと思うと、手すりをひょいと乗り越えて中空に飛び出し、一〇フィート下の拳銃の男めがけてまっすぐ落ちていったのだ。ジャックの体が男に激突した瞬間、凄まじい発砲音が鳴り響いた。オックスリーは反射的に身をうしろにかたむけた。撃たれてしまった、と思った。階段の吹き抜けという閉じられた空間のせいで、銃声は轟《とどろ》き、反響した。

オックスリーは自分の体をさぐって血や銃創を探したが、どちらも見当たらず、安堵《あんど》した。

彼は階下の二人の男を見下ろした。二人は小さな拳銃をめぐって格闘していた。ジャックはロシア人の手から拳銃をもぎりとろうとしたが、相手に床へ投げ倒されて馬乗りになられてしまった。だが、拳銃からは手をはなさない。

もう一発、銃声が鳴り響いた。そのあとも格闘は数秒間つづいた。オックスリーは近づいてジャックに加勢しようと階段をおりはじめた。だが、一階までおりたときにはもう、まだしっかり生きているアメリカ合衆国大統領の息子の上にかぶさるロシア人の死体をどかすことしかやることはなくなっていた。

ジャック・ジュニアは自分を引っぱり上げるようにして上体を起こし、床に尻《しり》をついて階段の吹き抜けの壁にもたれかかった。オックスリーも、この何十年か経験したことがない激しい疲れに襲われて、崩れ落ちるようにしてジャックのそばに尻をついた。

そして数秒間、二人は何も言わずにそこに座っていた。彼らの過呼吸時に近い呼吸音が、狭い空間を満たした。

ようやくジャックが理解可能なセンテンスを口にできるほど呼吸を整えることができる

ようになった。「たしか、このクソ野郎たちは拳銃を使わないとか言ってましたよね？　話がちがうじゃないですか？」

　オックスリーはすぐには答えられなかった。まずは呼吸を鎮《しず》める必要があったからだ。

「いや、すまん。おれは〈七巨人〉の最新情報には通じていなかったということだな。情報がちょっと古すぎたのかも」

「ええ」

　オックスリーは自分の目の前に転がる死人をながめた。顎鬚《あごひげ》に厚くおおわれた顔がゆっくりと横に広がり、そこに笑みが浮かんだ。「いやあ、驚いたよ、ライアン。あんたも親《おや》父《じ》みたいによく闘うなあ」

　ジャック・ジュニアは怒りをあらわにしてオックスリーを見つめた。「それ、どういう意味ですか？」

「感心した、という意味だ。おれはあんたを〝だらけた金持ち坊や〟と思っていたんだ」

「その情報も不正確だったというわけです」ジャックは立ち上がった。そして苦労してオックスリーを引っぱり上げ、立たせた。ジャックは一階と二階のあいだの踊り場に横たわる男を指さした。「死んだのですか？」

「まあ、仕上がってる」

「死んだという意味ですか？」

オックスリーは答えた。「そう、死んだという意味だ。裏から来た連中はどうした?」

「ひとりは逃げ、もうひとりは気絶しました」

オックスリーはジャックをじっと見つめた。そして乱れる呼吸をどうにかコントロールして、なんとか上から目線の教官口調を採用した。「よし、では、その気を失った野郎は少しばかり役立つかもしれないと、あんたも思わないか。むろん、そいつがもう目を覚まして逃げていなければ、の話だが」

ジャック・ジュニアは床に転がっていた拳銃をつかみとると、階段を駆け上がった。

一分後、ジャックは廊下を引きずってきた男をオックスリーのフラットに入れた。男はすでに意識を回復していたが、まだ重度の脳震盪《のうしんとう》状態にあると目の表情からジャックにはわかった。

そのときにはもうオックスリーも二階に戻っていた。隣の部屋の老婦人が廊下に立って、彼とジャックに何やらわめいていたが、いっさい無視した。

大男のイギリス人が自分の部屋に入ろうとしたとき、老婦人は叫んだ。「警察を呼びます!」

オックスリーは返した。「構わんよ。好きなようにしてくれ」そう言って、ドアをたたき閉めた。

ドアが閉まるや、オックスリーはジャックのほうを向いた。「あんたはどうなんだか知らんが、おれはいますぐここから出ていかないとな」彼はドアの横のフックに掛かっていた半分ほど物が入ったダッフルバッグをとると、ベッドわきの小さなドレッサーへ走り、その引出しからいろいろ引っぱり出してバッグのなかに投げこみはじめた。

ジャックはロシア人に銃口を向けていた。「車がありますから、行きたいところへどこにでも連れていけます。好むと好まざるとにかかわらず、わたしたちはもう運命共同体のようなものになってしまいましたからね」

オックスリーにとっては〝好まざる〟のほうのようだったが、すでにそれを受け入れはじめていた。イギリス人は軽くうなずいて言った。「こいつを連れてどこかへ行き、こいつがおれたちとしゃべりたくなるかどうか見てみよう」オックスリーはロシア人のところまで歩いていき、平手で顔をひっぱたいた。「どうだ、ロシア野郎《イワン》？　しゃべる気があるか？」

ロシア人はまだ頭をぼうっとさせ、膝をぐらぐらさせていたが、ジャックにしっかり支えられていた。ジャックはロシア人の目をまっすぐのぞきこんで言った。「いいか、よく聞け。これから階段をおり、車に乗りこむ。だから、よおく覚えておけよ。もしおまえの友だちがまた姿を見せたら、真っ先におまえのクソ頭に弾丸をぶちこんでやる。いいな？」

男はただジャックを見返すだけだった。オックスリーがジャックが言ったことをすべてロシア語で繰り返した。それでようやく男はぼんやりうなずいた。

ジャック・ライアン・ジュニアとヴィクター・オックスリーは、目の焦点がまだ完全には定まらないロシア人をジャックのメルセデスのトランクに押しこみ、フラットの建物の庭にあったゴムホースで男の両手両足を縛った。〝捕虜〟が逃げられなくなったことを確認してから、オックスリーとジャックはトランクを閉めた。メルセデスはすぐに走りだし、コービーから脱出した。数台のパトカーがサイレンを鳴らしながらやって来て、元SAS隊員のフラットがある建物の前にとまったのは、その直後のことだった。

ジャックはロンドンへ行くことを提案し、オックスリーはそれに反対しなかった。ロシアのギャングどもの死体をあれだけ残してきたのだから、ただではすまないことくらい、ジャックにもわかっていた。だが、サンディ・ラモント、ダッド、警察、その他この事件に興味を示すかもしれない者たちに電話をするのは、ロンドンに戻ってからにしよう、と決めた。そしてロンドンに着くまでのあいだ、こうやって車のなかでオックスリーと二人きりになれるのだから、その機会を利用して元スパイのイギリス人からもっと話を引き出したいものだ、と思った。

しかし、その思惑どおりには事は進まなかった。オックスリーは、まずは何分か休ませてくれ、と言った。町から出て二マイルも走らないうちにジャックが左の助手席に目をやると、オックスリーはすでにぐっすり眠りこんでいた。ジャックはイギリス人の体を揺すった。それでオックスリーは目を覚ましたが、死んではいないとわかるくらいの時間しか起きていなかった。しばらくほっといてくれ、疲れを癒《いや》したい、大立ち回りでいささか疲れたんでな、とオックスリーはジャックに言った。ジャックは不満だったが、その言葉に従わざるをえなかった。

ジャック・ライアン・ジュニアは、イギリス人の鼻いびきと、手足を縛られた暗殺未遂犯がトランクのなかで激しく身をくねらせる音だけを友に、メルセデスを運転しつづけた。

63

三〇年前

西ベルリンは人口密度が高く、繁栄し、国際的で、住民の教育水準も高かった。だが、そこはひとつの都市というより「飛び地」だった。西ベルリンはドイツ連邦共和国《ブンデスレプブリーク・ドイチュラント》（西ドイツ）の一部ではあったが、ソ連の属国である社会主義国のドイツ民主共和国《ドイチェ・デモクラーティッシェ・レプブリーク》（東ドイツ）に完全に囲まれていて、二つの軍、二つの経済、二つの信念体系を分離するものは、西ベルリンを取り巻く七〇マイルの二重の壁と衛兵と銃砲だけだった。

東側ではかつて「〈ベルリンの壁〉は西ベルリンの住民がドイツ民主共和国というパラダイスに入りこむのを防ぐために建造された」という言説が流布《るふ》された。

だが、八〇年代半ばまでに、分別のある人間でそんな戯言《たわごと》を信じる者は世界にひとりもいなくなった。

〈ベルリンの壁〉から北へわずか五ブロックの、シュプレンゲル通《シュトラーセ》りとテーゲラー通《シュトラーセ》りが交わる人通りの多い角に、煉瓦《れんが》造りの四階建ての建物があって、その一階全体を自動車およびモペット（ペダル付きバイク）の修理工場が占めていた。そこはフランス占領地域のヴェディングで、修理工場はその界隈《かいわい》を毎日通行するＢＭＷ、メルセデス、オペル、フォードの修理を一手に引き受け、大きな商売をしていた。

一階の修理工場の上にはそこの事務所があり、その上の三階にあるほとんど何もないだだっ広いワンルームは、芸術家たちがシェアして利用する共同のアート・スタジオになっていた。つまり、画家、彫刻家、写真家、木工家がそこの作業台とスペースを借りて、昼間はずっと、そして夜になっても、作品創《づく》りに励んでいた。

いちばん遅くまで残る芸術家も午前零時になるずっと前に帰ることが多いが、そのあとも建物が空っぽになるということはない。三階の角に屋根裏部屋に通じる狭い小さな階段があり、階段のいちばん上にあるドアの向こう側は、質素な造りだが寝室が三つある広いアパルトメントになっていたからである。そこでは二一歳から三三歳までの男女六人が共同生活を送っていた。そのうちのひとりは画家で、彼女は建物の家主からただ同然でこのアパルトメントを借りることに成功した。というのも、その家主というのが、明らかに資本主義のここ西ベルリンで賃貸用の不動産を所有する金持ちであるにもかかわらず、六〇年代には過激派だったという男で、いまもなお、屋根裏のアパルトメントに住む六人の若者と理想を共有していたからである。

アパルトメントの住人たちは、一九六八年に西ドイツで結成されて一九七〇年にレーテ・アルメー・フラクツィオーン（RAF＝ドイツ赤軍）と改称された、マルクス・レーニン主義テロ組織のメンバーだった。RAFは西ドイツおよび近隣諸国で、攻撃の矛先を警察、裕福な資本家、NATOの軍人、企業や軍の施設などに向けてきた。

自動車修理工場とアート・スタジオの上に住む者たちのセキュリティ・システムは、何層にもなったものだったが、それほど優れたものとは言えなかった。日中、修理工場とアート・スタジオがひらいているときは、そこの従業員たちが通りに警察車両や見知らぬ車があらわれないか、たえず目を光らせていた。夜は、修理工場につながれている番犬が階上で眠る者たちに危険を知らせることになっていたが、毎晩、その犬はちょっとしたことでも吠《ほ》え、間違った警報を何度か発した。

階段には仕掛け線も張られ、その先には空気警音器《エア・ホーン》が取り付けられていて、アパルトメントの住人のひとり――男または女――が夜警をすることになっていた。そして夜警の基本的な義務は、共用の居間のソファーに座り、膝《ひざ》に古いワルサーMPL短機関銃をのせたまま、テレビを観《み》ていることだった。むろん、キッチンのレンジの上に置いたポットのなかのコーヒーを飲んで、居眠りをしないようにする。

ヨーロッパでこの一五年間ほどに活動した最も悪名高いテロ組織のひとつにしては、たいした保安対策とは言えないが、このアパルトメントに住む六人のRAFゲリラは組織の最高幹部というわけではなかったし、組織そのものがすでに全盛期を過ぎて下り坂にさしかかっていた。

実際、RAFはこの数年、ニュースになるような活動をしていなかった。そういうわけで、RAFのこの細胞も気を抜いて警備をゆるめてしまっていたのだ。ドイツ赤軍もすでに〝第三世代〟になっていて、殺人攻撃といったら、失敗に終わった一九八一年のラムシュタイン・アメリカ空軍基地司令部爆破、その前の一九七九年のアレクサンダー・ヘイグNATO軍司令官暗殺未遂が最後で、以後RAFの活動家たちはいかなる人殺し計画にも関与していなかった。メディアもすでに、RAFの士気低下、組織の結束の乱れ、目標のぶれ・混乱を指摘していた。ここヴェディングの屋根裏アパルトメントに住む六人の若者たちもたしかに、その指摘どおりの暮らしをしているように思われた。

金曜日になったばかりの午前一時ちょっと過ぎ、その細胞のメンバー、ウルリーケ・ルーベンスは共用の居間のソファーに座り、コーヒーとニコチンとテレビに接続した新しいVHSビデオデッキで眠気を追いやっていた。彼女はメリル・ストリープとシェールが主演した『シルクウッド』の海賊版ビデオテープを夢中で観ていた。暗がりのなかでひとり、画像粒子の粗いビデオを観ながら、ウルリーケ・ルーベンスは親指で短機関銃の射撃モード・セレクターレバーを上げ下げした。小さな動きではあったが、それはこの映画に描かれたアメリカ政府に対する激しい怒りの表出だった。核燃料製造過程で不正行為を働き、プロレタリアートの福祉をまったく考えようとしないアメリカ政府が、彼女には我慢できなかった。

　共用の居間の外の廊下の向こうには大きな寝室が二つあって、そこに数人の男女が寝ていた。いまそこで眠っている者たちのうちの四人はRAFのメンバーで、五人目のメンバーであるマルタ・ショイリングは数日前に突然ベルリンを離れていた。
ドイツ赤軍（RAF）のマークは「赤い星の上に描かれた黒いH《ヘッケラー》&K《コッホ》・MP5サブマシンガン」だが、実のところこのアパルトメントの住人はだれひとりMP5を持っていなかった。代わりに彼らはみな、古い五〇年代の機関拳銃《マシンピストル》や回転式拳銃《リヴォルヴァー》を持っていた。それらは最新式のMP5には遠く及ばない銃器だったが、少なくとも眠っているあいだに何かあった場合、すぐに摑《つか》むことができた。他の四人の住人は、今夜も恋人——女三人に男ひとり——といっしょに寝ていたが、そうした居候《いそうろう》は全員、〝都市ゲリラ〟のアジトにいるのだとわかってはいたものの、自分たちが危険にさらされているとはまったく思っていなかった。このＲＡＦ細胞は、もうずいぶん長いあいだ警察から何のちょっかいも出されずに平穏に暮らしてきたからである。

ウルリーケ・ルーベンスは『シルクウッド』のエンディング・クレジットまでしっかり観終えると、ソファーから離れてビデオデッキのところまで行き、もういちど観るために巻き戻しボタンを押した。映画再生がふたたび可能になるのを待つあいだに、彼女はキッチンまで歩いていって、カップにもう一杯コーヒーを注いだ。今夜は長い退屈な夜になるにちがいないと思いこんでいたからである。

ＣＩＡ分析官ジャック・ライアンはＲＡＦのアジトから六ブロック離れたオステンダー通《シュトラーセ》りにある休眠状態のコンサートホールに急遽《きゅうきょ》設置された間に合わせの司令本部のなかに立っていた。ニック・イーストリング率いるＭＩ６防諜《ぼうちょう》課・調査班も同じ部屋にいたし、軽く五〇人に達するドイツ人――警察官、捜査官、および西ドイツ情報機関員にちがいない者たち――もまわりにいたが、ライアンはスイスにいるときとほぼ同じ気分を味わっていた。つまり、まわりの人々に相手にされず、疎外感《そがいかん》をおぼえていた。

イーストリングは部下たちとともに大きな部屋の反対側に立っていた。ドイツ当局者たちはイギリス人たちとは話し合っていたが、ライアンは最初に挨拶《あいさつ》と自己紹介をかわしただけで、あとはドイツ人たちにはほとんど無視された。ジャックは邪魔にならないように舞台の縁《へり》に腰を下ろし、何かが起こるのを待った。

その日は長い一日になった。搭乗した旅客機は午前八時にスイスのチューリッヒを離陸し、わずか九〇分後には西ドイツのフランクフルトに着陸した。そしてそこから彼らはシャトル便で首都のボンへ飛んだ。そこのイギリス大使館でライアンは、盗聴される心配のない電話がある小さなオフィスを与えられ、ＣＩＡ本部《ラングレー》と連絡をとり、一方イーストリングらイギリスの調査班は、西ドイツの対内情報機関であるブンデスアムト・フューァ・フェアファッスングスシュッツ（ＢｆＶ＝連邦憲法擁護庁）と、連邦警察組織であるブンデスグレンツシュッツ（ＢＧＳ＝連邦国境警備隊）の担当官たちとのほぼ一日を費やす話し合いに入った。

午後四時までに、作戦の外交的問題に関する協議は終わり、うまく話がついた。つまり、イギリス側はドイツ当局にＲＡＦのベルリンのアジトを急襲させることに成功した。それは最初から最後まで完全にドイツの作戦になるが、現場が制圧され次第、イーストリング率いるイギリス情報機関の捜査班も、得られたどのような情報でも利用してよい、ということになった。

もちろん、ジャックのほうもボンで、安全な電話を使ってジム・グリーアＣＩＡ情報部長と話し合った。二人は、ＣＩＡ長官のアーサー・ムーア判事に頼んでＢｆＶ長官に連絡してもらうことにした。CIAの担当者、つまりライアンをオブザーヴァーおよびアドヴァイザーとして作戦に参加させてほしい、とドイツ側に正式に要請するよう長官に頼みこむことにしたのだ。ジャックはまた、イギリスの情報分析への疑念をもグリーアに伝えたが、現時点でジャックに——ということはCIAに——できることは、イギリスとドイツのやることに付き合うことだけだった。

　こちらがCIA本部《ラングレー》を使って西ドイツと直接交渉したことを知ったらイーストリングはむかつくだろう、とライアンにはわかっていた。だが、そんなことはどうでもよかった。スイスではニック・イーストリングはこちらを調査から排除しようとしたのだ。ここドイツでは同じことをさせない、とライアンは心に決めていた。

　午後七時には、六人のSISマンとライアンはリアジェットに乗りこみ、ベルリンへ向かった。そして午後一〇時には、彼らはドイツ当局との作戦実行の打ち合わせに入っていた。

　午前零時、彼らは休眠状態のコンサートホールに案内された。そこから何ブロックも離れていないところで、すでにドイツの警察がテロ容疑者たちのアジトのまわりに密《ひそ》かに注意深く非常線を張りはじめていた。

　作戦を支援するドイツの警察がコーヒーを用意してくれていたので、ジャックもそれを飲んだ。それがとんでもないコーヒーで、たちまち胃がむかむかしてきた。今日一日、何も食べていないというのも災いした。

舞台の縁に腰かけていると、大型の車が何台かとまる音が外から聞こえてきた。すぐにロビーが騒がしくなり、次いでロビーとのあいだのドアがひらいた。

ジャックは顔を上げ、到着した突入員《シューター》たちを見た。

ここ司令本部にいた制服姿の警官たちは、到着したばかりの特殊戦闘チームを敬意と畏《い》怖《ふ》の念をもって迎えた。スーツ姿のドイツ人たち——みなBfV要員かBGS捜査官だろうとライアンは思っていた——は、急襲の時が迫るにつれ、かなり活気づいてきた。

突入員《シューター》たちは西ドイツが誇る最精鋭準軍事部隊であるグレンツシュッツグルッペ９（GSG９＝第九国境警備群）に所属する者たちだった。ライアンは人数をかぞえた。二四人。みな黒ずくめで、重そうなケースを携えていた。彼らはそのケースを大きなメインステージに置いた。

GSG９は比較的新しい組織で、一九七二年に起きたあの痛ましいミュンヘン・オリンピック虐殺《ぎゃくさつ》事件のあとに創設された。あの悲劇で西ドイツは、自国には最近発生するようになった国際テロと戦うのに必要となる戦術も装備もないし戦闘員もいない、ということを思い知らされたのである。パレスチナ過激派組織〈黒い九月〉のテロリスト八人がミュンヘン・オリンピックの選手村でイスラエル選手団のメンバーを人質にしたとき、ドイツの警察はテロリストたちを人質とともにUH－１ヒューイ汎用《はんよう》ヘリコプター二機で近くのフュルステンフェルトブルック空軍基地へ運ばざるをえなくなった。そこでテロ実行犯たちはボーイング727に乗りこみ、カイロに向かうことになっていた――ともかく、それが彼らの要求だった。

基地の飛行場では、西ドイツの警察が何時間もかけて待ち伏せの準備をしていた。テロリストたちが人質とともにヘリからジェット旅客機に移動するさいに奇襲する計画だった。ところが、その任務遂行にあたって、ドイツ人たちは滑稽《こっけい》なほどの無能ぶりをさらしてしまった。五人の警察官が狙撃《そげき》を命じられたが、狙撃の訓練を受けたことがある者は皆無で、光学照準器《スコープ》が付いていない自動小銃しか持たされず、無線機さえ与えられずに飛行場に配置され、ただ、発砲する合図を待つよう指示された。

ボーイング727機内にも武装警官が六人配置され、入ってきたテロリストたちと決着がつくまで撃ち合うよう命じられていたが、二機のヘリコプターが着陸したまさにそのとき、命令にしたがうのが嫌になって抗命することに決め、本部に連絡もしないでその場から逃げだしてしまった。

テロリストと人質を乗せたヘリコプターが着陸すると、〈黒い九月〉のメンバーたちは駐機場のジェット旅客機に人気《ひとけ》がまったくないことにすぐに気づいた。ドイツ当局はおれたちをどこにも飛ばさせないつもりなのだ。これは罠《わな》だ。そう悟った八人のテロリストたちはすぐさま、ドイツ当局が彼らを照らすために設置した数少ない照明を撃ち消した。そのため、狙撃手とは言えない狙撃手たちは、人質がすぐそばにいる暗がりに乱射せざるをえなくなった。

　戦闘は何時間かつづき、それが終わったとき、大半のテロリストたちとともに、警官ひとり、人質九人も死亡するという惨事になっていた。

　この大失敗を教訓とし、西ドイツ政府は対テロに特化した連邦部隊の創設を命じた。そして、わずか二、三年のうちに、GSG9は世界でも一流の卓越した対テロ部隊のひとつになった。

　ミュンヘンでの大失敗からもう一〇年以上が経過していたが、ライアンは今夜の急襲についてもいささか不安を覚えずにはいられなかった。ただ、いま自分のそばで準備を進めている戦闘チームの評判はすこぶる良く、心配はいらないのだと頭では考えていたし、彼らが有する火力もまたなかなかのものだと思った。

　彼らが到着して何分もしないうちに舞台上のケースがあけられ空になり、黒装束の準軍事部隊の隊員たちは一五分ほどで必要な装備を装着し、戦闘準備をととのえた。主要武器は、接近戦闘に適した最新鋭器である、9ミリ口径のH《ヘッケラー》&K《コッホ》・MP5サブマシンガン。そして、腰のホルスターには、これまた西ドイツのヘッケラー&コッホ社が製造したP7自動拳銃《けんじゅう》。さらに、防弾チョッキには、破片手榴弾《しゅりゅうだん》、煙幕用の発煙弾、爆風などによる狭い範囲への殺傷効果しかない攻撃手榴弾といった多様な手榴弾が吊《つ》り下げられている。

　ジャックは一五分のあいだ、急襲の準備をするGSG9隊員たちを静かに観察していた。だから、イーストリングが肩のすぐそばにあらわれたとき、びっくりした。そして彼がネクタイを結んだワイシャツの上に防弾チョッキをつけているのを見て、もっと驚いた。イーストリングはジャックにウインクして見せた。「いいニュースだ。われわれも急襲に参加できることになった」

　ライアンは舞台から下りてそのわきに立った。それでようやくイギリス人が防弾チョッキをもうひとつ手にしているのがわかった。

　イーストリングは言った。「われわれは戦闘員《トリガー・マン》を送りこむヴァン型トラックのうしろについていく。捜査官たちといっしょだ。戦闘のあいだ下で待ち、制圧が完了したら、真っ先に乗りこむBfVのチームとともにアジトのなかに入る」

「そりゃいい」とジャックは応《こた》えたが、それがどれほどいいことなのかはよくわからなかった。

「残念ながら、われわれには銃は支給されない」イーストリングはふたたびウインクして見せた。急襲が差し迫っているせいでイギリス人の血流にはすでにアドレナリンがあふれていて、テンションが否応《いやおう》なく上がり、彼のいつものわざとらしさが一段と過剰になってしまっていることに、ライアンは気づいていた。「個人的には、わたしはああいうものが好きになれない。だが、きみがすごい拳銃使いだということはわたしも知っている。きみは去年、何人のテロリストを殺したんだね？」
「わたしは自分を撃った者に『銃撃戦はプロに任せろ』ということを教えられました」
「そう、そのとおりだ、ライアン。われわれは『作戦完了、危険なし』と言われてから階段をのぼる」

64

CIA分析官ジャック・ライアンは、ネクタイを結んだシャツの上に防弾チョッキをつけたあと、ヴィルヘルムという名の連邦国境警備隊捜査官から、背中にPOLIZEI《ポリツァイ》（警察）という金色の文字が付いたチャック式のジャケットとトランシーヴァーを手わたされた。

午前一時、ジャックとイーストリングはヴィルヘルムの覆面パトカーに乗りこみ、ターゲット現場《ロケーション》から二ブロックしか離れていない中間準備地まで行った。そこでGSG9マンたちは装甲をほどこされたヴァン型トラックから降り、車のそばでタバコを喫《す》った。救急車数台、さらなる警察車両も、その暗い地下駐車場に入って、全車両がとまった。そのなかには囚人護送車もあった。

無線連絡が入り、ヴィルヘルム、ライアン、イーストリングの三人——他のイギリス情報機関員たちはコンサートホールにとどまった――は、通りを歩きはじめ、その地区の通りを封鎖する地元の警察官たちの前を通りすぎた。武装した制服警官のあとについて、ヴィルヘルムはライアンとイーストリングをもうひとつ別の中間準備地まで導いた。そこはターゲットの建物とは通りひとつ隔てただけの向かいにあった。彼らがそこに着いたちょうどそのとき、GSG9の隊員たちが自分たちの車両に乗ってやって来た。彼らのヴァン型トラックはライトを消してシュプレンゲル通《シュトラーセ》りをゆっくりと進み、二四人のコマンドが車両のうしろから次々に飛び降り、一二人ずつに分かれて二つのチームをつくり、それぞれ隊列を組んだ。ひとつのチームが合い鍵《かぎ》で自動車修理工場のドアの錠をあけ、もうひとつのチームが携帯梯子《ばしご》を使って非常階段までのぼれるようにし、ゆっくりと屋上めざして移動しはじめた。修理工場内に入ったチームは、まず吠《ほ》える犬を麻酔銃でおとなしくさせ、次いで階段をのぼって二階の事務所へ向かった。

この時点で、ヴィルヘルム、ライアン、イーストリングの三人も、制服姿の州警察官数人とともに、通りをわたってターゲットの建物のなかに入った。そして階段をのぼって二階の事務所に達し、三階のアート・スタジオへといたる階段の近くの廊下に一塊《ひとかたまり》になって立った。すぐ前に、GSG9チームがいて、階段で一分ほど待ってから、ふたたび移動を開始し、三階へといたる階段をのぼって暗闇《くらやみ》のなかに姿を消した。

ライアンはイーストリングの耳に口を寄せて言った。「テロリストを逮捕しにきたということは彼らも知っているわけですよね。〝死体だらけの部屋〟という結末になったら、スイスの殺人事件とRAFを結びつけることは不可能になります」

イーストリングはささやき返した。「〝死体だらけの部屋〟というのも雄弁でね、いろいろわかるものなんだ。きみも驚くよ」またしてもウインクして見せた。「心配するな。突入員《シューター》たちだって、テロリストにも平和裏に投降する機会をできるだけ与えなければならないということを知っている」片手を上げた。「むろん、悪党どもが徹底的に抗戦することにすれば、彼らドイツのコマンドは動くものはすべて殺害する。それが彼らの仕事だからね」

GSG9チームは三階まで階段をのぼり、芸術家たちの共同作業スペースに入った。そこはあまり物がなく、広々としていた。仕切られた空間がばらばらに二つ三つあり、絵の具棚、画材のカート、制作中の絵が載っているイーゼルといったものが、そこここに散らばっている。四面どの壁にも大きな窓があいていて、そこから月光と下の通りの明かりが洩《も》れこんできていたので、ドイツの準軍事部隊員たちは懐中電灯を使わずに最上階へいたる狭い階段へ向かうことができた。窓のほとんどが開け放たれていて、風が入りこみ、部屋のなかは寒かった。

彼らが部屋の半ばにさしかかったとき、非常階段で屋上に向かったチームのリーダーから無線連絡が入った。「チーム１《マンシャフトアインス》、準備完了《フェルティヒ》」

アート・スタジオにいたチームのリーダーは声を押し殺して応答した。「了　解《フェアシュタンデン》」

最上階の屋根裏部屋へといたる階段の下まで来ると、チーム２のリーダーはその先の暗がりを見上げた。階段のいちばん上にあるドアはひらいたままで、そこからチラチラするほのかな明かりが洩れている。上のアパルトメントのどこかにあるテレビ画面の明かりのようだった。

リーダーは首をうしろへまわして部下たちのほうに顔を向け、手信号で「階段を駆け上がって突入する準備をせよ」と命じようとした。が、手を上げた瞬間、バシッという大きな音が部屋に反響し、チーム・リーダーは右へ体を回転させて倒れこみ、画材を満載したカートに勢いよく突っ込んだ。

激突音がほとんど空っぽの大きな部屋に響きわたった。まるで小型爆弾の爆発音のようだった。ＧＳＧ９の男たちは反射的に膝当て《ニーパッド》をはめた膝《ひざ》をつき、サブマシンガンの上部に取り付けた大きな懐中電灯で部屋のなかをくまなく調べた。

いちばん近くにいた男たちがリーダーに駆け寄り、被弾していることを確認した。リーダーは階段のいちばん下にうつ伏せに倒れていたので、部下たちは上のアパルトメントから撃たれたのだと思い、二人が脅威を抑えこむためにＭＰ５サブマシンガンの銃口をアパルトメントのほうに向けて発砲し、他の者たちがリーダーの体を引っぱって射線の外に出した。

ウルリーケ・ルーベンスは階下で何かがカートに激突する音を聞いて跳ねるようにソファーから立ち上がった。夜中にときどき鼠《ねずみ》がたてる物音でビクビクすることがあったが、いまの音は鼠ではない。音が大きすぎる。下のアート・スタジオを借りている者が今夜は遅くまで作業するなどという話もいっさい聞いていない。

ウルリーケがキッチンに達したとき、すぐ前の階段から凄《すさ》まじい発砲音が聞こえてきた。彼女はギョッとしてうしろに跳びのき、悲鳴をあげ、負い紐《スリング》で肩にかけていたワルサーMPL短機関銃をふるえる手で慌《あわ》ててつかもうとした。

階段の空気警音器《エア・ホーン》が鳴りはじめた。だれかが階段をのぼってきて仕掛け線に引っかかったのだ。彼女は短機関銃を上げ、銃口を前に向けた。その瞬間、強烈な白色光を浴びた。

ドアロから最初に突入した男が、目の前で銃を構える人影に発砲した。ウルリーケ・ルーベンスは9ミリNATO弾八発を撃ちこまれ、床に崩れ落ちた。彼女のMPLからは一発の弾丸も発射されなかった。

ジャック・ライアンは、RAFアジト制圧作戦は爆風などによる狭い範囲への殺傷効果しかない攻撃手榴弾《しゅりゅうだん》の爆発ではじまると予想していたので、最初に二階上からそのくぐもった爆発音が聞こえてくるものとばかり思っていた。ところが、ジャックが身をかがめて待っていた暗い廊下の静寂を破ったのは、すぐ上の階から聞こえてきた複数のサブマシンガンの連射音だった。即座に警察のトランシーヴァーが雑音を発し、男たちの叫び声がアート・スタジオから階段を突き抜けて響き下りてきた。

ライアンもまわりの男たちも反射的に頭を床まで下げた。ヴィルヘルムがライアンとイーストリングのほうに顔を向けた――二人を一階まで連れ戻すべきかどうか決めようとしているようだった。戦闘が予想していたよりも近いところではじまったからだ。

前方の階段は叫び声で満たされ、階上の銃声がいっそう激しくなった。無線で連絡をとりあう男たちもわめきはじめていた。イーストリングがヴィルヘルムの腕をつかんだ。

「どうしたんだ?」

ライアンとイーストリングに付いた連邦国境警備隊捜査官は答えた。「チーム・リーダーが三階で被弾したんです!」

「三階で?」

男たちの叫び声や足音で階段がずいぶん騒がしくなった。ライアンは階段を下りてくる強烈な白色光をいくつも見た。H&K・MP5の上部にマウントされている大きな懐中電灯の光だ。GSG9隊員数人が廊下に姿をあらわした。最初ライアンは部隊全体が退却するのかと思った。が、数秒のうちに、部隊の一部が何か重いものを運んでいるのだということがわかった。廊下がなにしろ狭く、彼らはたいへんな苦労をしてそれを引きずっていく。それぞれの銃や他の装備品が互いにガチャガチャとぶつかり合っている。ともかく、その何かを運び出そうと凄まじい奮闘をつづけていた。

運んでいるのは負傷したチーム・リーダーだろう、とライアンは思った。

近づいてきた男たちにドイツ語で何やら叫ばれ、ライアンとイーストリングは道をあけた。ライアンはやっと、三人の仲間に引きずられていく戦闘員の姿を一瞥《いちべつ》することができた。体が完全にぐにゃっとしていて、死んでいるように見えた。

男たちはなんとか廊下を突き抜けると、一階へといたる階段に入った。

と、またしても階上から大音響が落ちてきた。破片手榴弾の爆発音のようだった――ライアンは海兵隊にいたときにその音を嫌というほど聞いていたので、それとわかる。二階の廊下の天井の漆喰が、ライアン、イーストリング、ヴィルヘルム、それに三人と行動をともにしていた州警察《ランデスポリツァイ》の制服警察官たちの上に、雨のように降りそそいだ。

トランシーヴァーから飛び出す雑音まみれの叫び声や命令が、まわりのいたるところから聞こえてきた。ジャックには何を言っているのかまったくわからなかったが、何かとんでもないことが起こって、階上が大混乱におちいってしまっている、という印象を受けた。

数秒後、黒ずくめの戦闘員の別のグループが階段にあらわれ、またしても負傷者をひとり引きずってきた。いくつもの懐中電灯の光のおかげでライアンは、その男の上着が血で濡《ぬ》れているのを見ることができた。

ジャックは彼らが通れるよう自分の体を壁にきつく押しつけた。だが、GSG9隊員たちはずっしりと重くなってしまっている負傷者を運ぶのに難儀していて、よろめいた。ライアンは走り寄ると、身をかがめて手を下に伸ばし、負傷者を両腕に抱えこんだ。そして引き上げ、引っぱって廊下を進みはじめた。負傷したコマンドの戦闘靴《ブーツ》がリノリウムの床を引きずられていく。ライアンは西ドイツの準軍事部隊員とはちがって銃器も弾薬も装着していなかったので、ほかの者たちよりはすこし楽に、速く動けた。ジャックは男たちに叫び、階段に戻るように英語でうながした。

その言葉を理解できようとできまいと、彼らは階上の同僚たちがさらされている危険についてはよくわかっていた。だから、銃器の再装塡《そうてん》をおこないつつ、踵《きびす》を返して階段をのぼり、激烈な戦闘へと戻っていった。

「ニック!」ジャックは叫んだ。「手を貸して!」

ニック・イーストリングが駆け寄ってきて、負傷者の両脚を持ち上げ、ライアンとともに隊員を階段まで運んでいった。被弾した隊員はまだ生きていたが、顔面を撃たれたようだった。MP5サブマシンガンが負い紐《スリング》で首からぶら下がり、防弾チョッキの前面には弾倉《マガジン》がめいっぱい詰めこまれ、胸の部分には手榴弾がいくつも留められている。

ライアンとイーストリングがなんとか奮闘し、ぐったりして重くなっている戦闘員を階下の自動車修理工場までおろすと、そこに救急医療隊員二人のチームが担架を持ってあらわれた。四人で負傷した戦闘員を車輪付き担架にのせたが、それだけでも大変な作業だった。救急医療隊員のひとりがライアンに何やら言った。ジャックは何を言われたのかわからなかったが、ＭＰ５を取り去ってくれと言っているのだと思った。そこで負い紐《スリング》をはずしてサブマシンガンを取り去った。

ライアンは負傷者と救急医療隊員に付き添って外の救急車まで行ったが、イーストリングは二階に戻ろうと階段をのぼりはじめた。すると、腕に銃創を負った三人目の負傷者がひとりの制服警官の手を借りておりてくるのに出遭った。

救急車は走り去り、ジャックは通りに残された。頭上のアパルトメントから銃撃音が響いてくる。救急車がさらに何台もやって来てとまった。通りに立つ警察官たちはみな、引き抜いた銃を手にして、窓に映る閃光《せんこう》を見上げている。ジャックはサブマシンガンをだれに渡せばいいのかわからなかったので、そのまま肩から吊《つ》り下げていた。あとでヴィルヘルムに渡せばいいだろう、と思っていた。

建物の南側にある非常階段をのぼっていく制服警官が何人か見えた。彼らは、予想よりも遥《はる》かに長くつづいている銃撃戦を支援するよう命じられたにちがいない。

ライアンは修理工場の入口まで走り戻ったが、ちょうど別の救急医療チームが車輪付き担架を階段のいちばん下に寄せて、そこに肩を負傷した戦闘員をのせるところだった。ライアンは二階のもとの位置に戻りたかったので、建物のまわりを走って非常階段へ向かった。階段のひとつづき先《ワン・フライト》をのぼっている警官たちのあとについていき、二分前にいた二階の廊下へ戻ろう、と思ったのだ。

彼は非常階段をのぼろうと、まずそこへと掛けられた携帯梯子をのぼった。だが、非常階段に達して、二階の廊下の窓へ向かって階段をのぼりはじめたとき、空気を切り裂く甲高い通過音を聞き、すぐ前から顔にあたってきたかすかな風圧を感じた。とほぼ同時に、二フィート前にあった建物の煉瓦《れんが》に何かが凄まじい勢いであたり、破片が飛び散った。音と風圧にギョッとし、ライアンは濡れた金属の踊り場の上で足を滑らせ、倒れこんだ。

体が濡れた冷たい金属にあたるよりも前に、ライアンは銃撃されたのだと知った。音から、階上にいるだれかが下に向かって撃ったのでもないこともわかった。右に目をやった。通りの向こう側に五階建ての建物がある。明かりがついている部屋もあった。ジャックは濡れた非常階段の踊り場に身をぴったり押しつけながら、明かりのついた窓を観察し、どこから銃弾が飛んできたのか見つけようとした。

だが、その建物の隣にも別の建物があり、この現場はまさに十字路の角だったので、ジャックは自分がいまいる位置は通りの二ブロック先までの建物の窓という窓から丸見えになっているのだと悟った。

チェックしなければならない窓は大量にあり、銃撃がどこからおこなわれたのか見当もつかなかった。

ジャックは明かりのついた窓を調べるのをやめた。明かりのついた部屋から撃つ狙撃者《そげきしゃ》などいない、と不意に気づいたからだ。だから暗い窓を探しはじめた。その半秒後、あいている窓を探す必要があることにも気づいた。それでさらに狙撃者がいる可能性のある窓がしぼれる。

《あれはどうだ？》

そう思って見ていた窓のすぐ隣の窓に閃光が走り、ライアンはハッとした。五階の角から二番目の窓だ。二ブロック目にある建物の窓で、距離は少なくとも七五ヤードはある。発砲音が聞こえなかったということは、その窓にいる狙撃者が減音器《サプレッサー》付きの小銃を使っているということだ。さらに、ライアンにとっては重要なことに、弾丸の通過音も聞こえなかった。だれか別の者をねらって撃ったのだ。

ジャックは懸命になって上着からトランシーヴァーをとりだそうとした。まわりにいる警察官のなかに英語を解する者がどれだけいるか知らなかったが、そんなことはもうどうでもよかった。ジャックはトランシーヴァーに向かって英語で言った。

「狙撃者《スナイパー》がいる！　外だ！　通りに面した灰色の建物の五階！　角から二番目の窓！」

だれかが叫び返した。

「いったいだれが話しているんだ《ヴェーア・シュプリヒト・デーン》？」

ライアンはドイツ語の応答の意味がわからなかった。だから、もういちど同じことを繰り返してから、二階のひらいた窓まではい進み、廊下のなかへとダイヴした。自分をねらって発砲する音をふたたび聞き取ることはなかったが、階上から凄まじい戦闘音が聞こえてきていたので、自分への攻撃はやんだと確信することはできなかった。

65

最上階の三寝室アパルトメントの居間でなおも戦っていたＧＳＧ９の戦闘員たちもすでに、自分たちは南側の窓の外から攻撃されているのだ、という結論に達していた。ここで二人の隊員が被弾して倒れたとき、最初彼らは、奥の寝室にいるＲＡＦの活動家たちが撃った弾丸が漆喰の壁を突き抜けてきたのだと思った。たしかに、サブマシンガンにマウントした懐中電灯の光で壁に穴があくのを目で見ることができたし、弾丸が通過して漆喰の破片が飛び散るのを感じとることもできた。だからＧＳＧ９の隊員たちは、脅威が存在するはずの寝室に向けてフルオートで弾丸を撃ちこみつづけ、いくつもの弾倉《マガジン》を一気に空にしていった。

居間で右肩のうしろに弾丸を受けて部屋中央のテーブルの上に倒れこむ者——三人目の

負傷者――が出るにおよんでやっと、前からだけでなく、右後方からも攻撃されているのだということに彼らは気づいた。

「狙撃者《スナイパー》がいる！」とだれかが無線で叫び、そのあと英語で何やら言ったのは、まさにこのときだった。「スナイパー」という英語の単語は連邦国境警備隊に所属する準軍事部隊員たちもふつうに使っている言葉で、だれもがその意味を知っていた。だから、あとにつづいた英語は理解できなかったものの、数人の隊員が右へ目をやり、新たに外から居間に向かって飛んできた弾丸が窓ガラスをさらに粉々に打ち砕くのを見た。

ＧＳＧ９の隊員はいっせいに床に伏せた。

ライアンは廊下の向こう端にいた制服警官たちに叫び、窓のそばの自分がいるところまで呼び寄せようとした。だが、階上の銃撃音がいつまでもやまず、彼らはライアンの言葉を聞き取ることができなかった。しかたなく、ライアンは思い切ってふたたび窓の外に目をやった。と、そのとき、さっき発砲炎が見えた暗い部屋のなかで一瞬何かが動くのを目が捉《とら》えた。

近くに武装した男たちが何十人もいるという環境のなかで銃を撃つのは極めて危険な行為であったが、ライアンはそんなことさえ考えずに、ＭＰ５サブマシンガンを上げると、銃口をそのひらいた窓のほうへ向け、光学照準器ではない通常のアイアン・サイトでねらいを定めた。つまり、銃身の先端についている輪のなかの細長い突起物をターゲットに合わせ、それが銃の後方の覗《のぞ》き穴となるゴースト・リングの中央にくるようにした。ジャックはMP5を扱ったことはたいしてなかった——それは海兵隊にいたときに使っていたものではないのだ。だが、MP5を撃ったことはあり、サブマシンガンというものが七五ヤード離れたところにいる狙撃者と対決するにはひどく不利な武器である、というくらいの知識もあった。

ジャックは息をとめて姿勢を安定させ、引き金《トリガー》にかけていた指に力をこめた。

何事も起こらない。

慌《あわ》ててサブマシンガンに目をやる。安全装置でもあるセレクター・レバーがS（安全《ズイッヒャア》）をさしていた。ジャックはレバーを〝単射〟の位置に変えた。

そして、ふたたびねらいを定めた。だが、人差し指を引き金《トリガー》に戻した瞬間、七五ヤード離れたその部屋のなかに、またしても発砲炎が広がるのをジャックは見た。そのわずか四分の一秒の照明で、ライアンの目は捉えた。ベッドを、そしてそのうしろに身をかがめる男を。男は部屋の奥の壁際《かべぎわ》にいて、銃口をこちらの建物に向けていた。銃は二脚で固定され、光学照準器《スコープ》がついている。しかし、狙撃者とその銃についてわかったのはそれだけだった。部屋がふたたび暗闇《くらやみ》に包まれてしまったからである。

ジャックはいま目にした男がいた場所に弾丸が飛びこむように意識を集中してねらいを

調整し、ふたたび息をとめ、引き金《トリガー》をひいた。

小振りのＨ＆Ｋ《ヘッケラー・コッホ》・ＭＰ5サブマシンガンが跳ね上がろうとするのを肩で抑えこみ、ライアンは弾丸を一発、ターゲットに向けて発射した。そしてもう一発、さらに一発、合計三発を発射した。狙撃者に弾丸を命中させることができたかどうかはまるでわからなかったが、少なくともそいつに逃げようという気を起こさせることができたようにと祈った。三発撃つと、ライアンは窓のすぐ下の床にピタッと伏した。図に乗ってスコープのついた狙撃銃を持つ男と対決しようとするなんて馬鹿《ばか》げている、と思ったからだ。

二人の警官が駆け寄ってきた。ライアンは慌てて、伏せろ、と叫んだ。二人にはアメリカ人に言われたことをやる分別があった。警官たちは床に伏せると、拳銃《けんじゅう》を手にして何やらわめきながら、ライアンのいるところまで這い進んできた。

ひとりの警官が頭を上げて窓から外を見ようとした。ジャックは袖《そで》をつかんで乱暴にその男を引きおろした。狙撃者がなお戦闘状態にあるかどうかはまったくわからなかったが、万が一あるとしたら、そいつは間違いなく、弾丸を撃ちこんできた者がいるこの窓に注意を集中し、反撃しようとここにねらいを定めているはずだった。

アメリカ人の顔に浮かぶ確信の表情を見て、二人の州警察官も、これは別の窓まで移動してから外のようすをうかがうべきだろうと思ったようだった。二人はトランシーヴァーで地上の警官たちに連絡し、さきほどＣＩＡ要員のアメリカ人が特定した建物をチェックするよう指示し、通りを封鎖している警官たちにも、狙撃者が逃げようとする可能性があるので警戒せよと命じた。

そしてアメリカ人を〝武装解除〟した。そもそもアメリカ人がどこでサブマシンガンを手にいれたのか、二人の警官にはさっぱりわからなかった。


西ベルリンのヴェディング地区での銃撃戦は、開始から終息まで、わずか六分しかつづかなかったが、ライアンにはとてつもなく長く感じられた。GSG9部隊はついに「制圧完了、アパルトメントは安全」と宣言したが、警官たちが通りをすこし行ったところにある建物のなかに入り、狙撃者が身をひそめていた部屋をチェックして安全を確認するまで、だれもが数分のあいだ床に伏せたままだった。


数分後にヴィルヘルムが歩いてきて、「通りの向かい側に狙撃場所《スナイパー・ポジション》を見つけました」と言ったとき、ジャックはまだ廊下の床に伏せていた。

ジャックは素早く立ち上がった。

「カーペットに血痕《けっこん》がいくらかついていまして、石膏《せっこう》ボードの壁に三つ穴があいていました。あなたはその部屋にいただれかに弾丸を命中させたということになりますね。だが、そこにいた連中は銃器を片づけ、逃げることができたようです」

ヴィルヘルムは手を伸ばし、ライアンと握手した。「ダンケ・シェーン、ヘル・ライアン」

「いえいえ」ライアンは返したが、頭はまだ全体像をつかもうと回転しつづけていた。

「どうしてRAFは狙撃者を配置するようなことができたんでしょう？　われわれがアジトを襲撃することを彼らは知っていたんでしょうか？」

「さあ、どうでしょう」

「彼らがこういうことをしたことがこれまでにありましたか？」

「ナイン。こういうことは一度もしたことがありません。今夜、GSG9隊員二人、州警察官一人が死亡しました。ほかに、GSG9隊員三人、州警察官三人が負傷しています。RAFへの作戦でこれほどの損失を出したことはいまだかつてありません」

さらに数分待たされてやっと、イーストリングとライアンは四階のアパルトメントまでのぼることを許された。三階のアート・スタジオを横切って最上階へといたる階段へと向かったさい、二人は軽傷を負ったコマンドとすれちがった。彼はまだ仲間の隊員から応急手当を受けているところだった。スタジオには血痕、多数の弾痕があり、割れたガラスが部屋中に散らばっていた。

階上のアパルトメントでは、ドイツ人たちがサブマシンガンの上部にマウントされた大きな懐中電灯を用いて明かりのスイッチを探していた。彼らはドアのそばにひとつ見つけたが、その上の照明器具は戦闘中に銃弾で破壊されたか手榴弾《しゅりゅうだん》で吹き飛ばされたかして点《とも》らなかった。イーストリングが付属するキッチンの電灯をつけ、その光を居間のほうへ向けた。光を受けたあらゆるものが長い影をつくった。

ライアンは手を振って、なおもただよう煙を払った。そうやってやっと、部屋のなかをよく見ることができるようになった。

最初に出くわした死体は、若い女のものだった。彼女は階段に通じる入口から一〇フィートのところに仰向《あおむ》けに倒れていて、胴の上部と頭部のいたるところに受けた弾丸のせいで損傷が激しく、醜悪な姿と化していた。なおも残る煙に乗って拡散していくように見える電灯の光のもとでは、まるで幽霊のように見え、気味が悪かった。その死体から数フィート離れたところに短機関銃が一挺《ちょう》、転がっている。彼女の銃だったのだろう、とジャックは思った。GSG9のコマンドたちがこの部屋を制圧したとき、彼女の手がとどかないところまで蹴《け》られたのではないか。

ジャックは懐中電灯を持つ男たちのあとについて廊下を抜け、寝室へ入っていった。二つの寝室に合計八つの死体があった。四人は銃を手にしているか、その近いところに倒れていたが、ほかの四人は完全な丸腰だった。ひとつの寝室の壁は夥《おびただ》しい数の銃弾を浴びて穴だらけになっていて、隣の居間に手を突っ込めるところもいくつかあるほどだった。

ライアンの目には明らかだった――この戦闘の多くは、双方が互いに相手を見ることさえなく戦われたのだ。

ジャックはイーストリングを見やった。「死なずにすんだRAFのメンバーはゼロですか？」

イーストリングは落胆をあらわにして首を振った。「ひとりもいない」

「くそっ」

死者たちは死んだその場で写真におさめられてから、引きずられて居間に集められ、床に並べられた。この作業がおこなわれているうちに、早くも警察の捜査もはじまった。

ジャックとイーストリングもあたりを観察しはじめていたが、二、三分もするとトランシーヴァーが耳障《みみざわ》りな音をたてた。「ヘル・イーストリング？　ヘル・ライアン？　廊下のいちばん奥の寝室に来てくれませんか？」

イーストリングとライアンはこのアパルトメントの部屋のなかでもいちばん小さい奥の寝室まで歩いていった。そこには死体はひとつもなかった。だから二人とも、最初に見てまわったときにはこの部屋をほとんど無視したのだが、いまそこに入って懐中電灯が照らすものを見ていくと、なぜ自分とイーストリングが呼ばれたのか、ライアンにもわかった。

小さな化粧台がひとつあって、その上に写真が二枚、載っていた。その二枚とも破れ、一枚には銃弾による穴さえあいていたが、そこに写っている若い女は、明らかにマルタ・シヨイリングの身分証の写真の女性と同一人物だった。

「ショイリングの部屋です」ＢｆＶ（連邦憲法擁護庁）要員のひとりが言った。

一〇フィート四方しかない小部屋の捜索はすでにはじまっていた。調べるところはたいしてなかった。ベッド一台、テーブル二脚、隅のバスケットのなかに積み重ねられた衣類、それにコートなどが詰めこまれた小さなクロゼットだけだった。

ＢｆＶマンたちは即座に、ベッド下のゆるんだ床板数枚の下にある空洞を見つけた。ひとりのＢｆＶの捜査官がそこから銀色のアルミニウム製ブリーフケースを引っぱり出した。単純な三桁《けた》のダイヤル錠がかかっていたが、そのドイツ人はブリーフケースをベッドの上に置くと、肩越しにライアンとイーストリングの視線を受けながら、ダイヤル部分を手際よくいじって錠を難なくあけてしまった。

ブリーフケースのなかにあったのは数冊の手帳とファイルだった。捜査官はイギリス人とアメリカ人のために懐中電灯で中身を照らした。

「やあ、こんにちは」イーストリングはその中身に目をやり、思わず声を洩《も》らした。

ライアンはかがみこむようにして覗きこみ、捜査官の懐中電灯の光を写真がかたまっているところへ向けた。

ライアンの目に最初に飛びこんできたのは、ツークで殺された一人目の銀行家《バンカー》であるトビーアス・ガプラーのモノクロ写真だった。遠くから撮られたもののようだったが、ライアンがガプラー殺害を伝える新聞記事で見た写真の男と間違いなく同一人物だった。そしてその下にはマルクス・ヴェッツェルの写真。ライアンは〈明けの明星《モーニングスター》〉がどういう風貌《ふうぼう》の男であるかまったく知らなかったが、その写真にはご丁寧にも、マルクス・ヴェッツェルという名前がタイプされた白いステッカーが貼《は》られていた。

さらにその下には、スイスはツーク市の地図があった。

次に出てきたのは、白い一枚の紙にタイプされたメッセージ。その紙のいちばん上には「赤い星の上に黒いH&K・MP5サブマシンガンが描かれ、さらにその上にRAFという白文字が配されている」マークがあった。

ドイツ人が言った。「公式声明文。正式なもののようです。前に見たことがあります」

「翻訳してくれませんか？」イーストリングが頼んだ。

「ヤー。こう書いてあります。『こうした攻撃の目的は反響を呼び起こすことにある。われわれドイツ赤軍は、中央アメリカ人民およびアフリカ人民の自由かつ平和な生活を破壊する戦争を推進する非合法的資金を不正取引している者たちを決して許さない。われわれは世界中のゲリラへの連帯を表明し、すでに破綻《はたん》している資本主義体制の名のもとにおこなわれる不法な戦争から利益を得ているバンカーたちと戦う』」

BfVの捜査官はいったん口を休めてライアンとイーストリングのほうに向きなおり、最後の部分を説明した。「声明はさらにつづけて、トビーアス・ガプラーとマルクス・ヴェッツェルを殺害したのは、その二人が西ドイツの企業家たちの銀行口座をとりあつかう著名なバンカーだったからだ、と言っています」

ライアンは問うた。「で、あなたにはこれは本物のように見える？」

ドイツ人は肩をすくめた。「本物のようには見えますすね」

「でも？」

「でも、ヘル・ヴェッツェルが殺されてもう二四時間以上もたっていますし、ヘル・ガプラーにいたってはそれよりもさらに数日前に殺されています。通常、こうした声明はすでにメディア等にばらまかれていてしかるべきなんですがね。なぜこれがいまだに発表されていないのか、わたしにはわかりません」

イーストリングが言った。「たぶんショイリング自身が配布することになっていたのでしょう。ところが彼女はスイスで黒焦《くろこ》げになってしまい、そうすることができなかった」

BfVマンは首を振った。「もしこれが本物のRAFの作戦なら、こうした声明は宣伝活動部門のだれかが送ります。爆弾テロの実行犯ではなくね」

そう言うと、BfVの捜査官は同僚の何人かと声明について議論しはじめた。そこでジャックとイーストリングは部屋から廊下へ出ていった。

ライアンは言った。「なにもかもがきちんと一塊《ひとかたまり》になっていましたね」

イーストリングも同じことを考えていたにちがいなかった。なんとか適当な言葉を見つけようともがいたすえ、ようやく言った。「たしかに、怪しく見えるほどわれわれにとって都合がいい。その点はきみの言うとおりだ」

ライアンは返した。「これは〝引っ掛け〟です、間違いなく」

SIS防諜《ぼうちょう》課職員は疑念を振り払うことになんとか成功したようだった。彼は狭いうえに暗い廊下の途中で立ちどまり、ジャックに向き合った。「きみは〝引っ掛け〟を見つけたことがあるのかね？」

ライアンはないことを認めざるをえなかった。ただジャックは、犯罪現場の捜査をしたことはなかったが、優秀な分析官ではあり、敵の偽《にせ》情報作戦ならありとあらゆる種類に対処してきた。だから、ブリーフケースのなかの〝証拠〟はジャック・ライアンの鋭敏な嗅覚《きゅうかく》による〝臭《にお》いテスト〟に合格することはできなかった。

二人は居間に戻って、並べられている死体のすぐそばに立った。捜査官たちが死人の顔をRAFメンバーと判明している容疑者写真と照合しようとしていた。死者のうち、すでに五人の身元が割れたが、残りの四人については合致する記録がまったくなかった。捜査官のひとりが同僚たちに、寝室へ行ってハンドバッグや札入《ウォレット》れを探すよう指示した。そうしたものから身元を割り出すしかなかった。

ジャックとイーストリングは居間の床に横一列に並べられている死体を見わたした。ジャックが言った。「ここに横たわる者たちと、ニブロックほど離れたところにいたもうひとりで、警官とコマンドを九人も被弾させることができた？　そんなの、とても信じられません」

イーストリングは首を振った。「ドイツ当局は罠《わな》のようなものにはまったのだろう。ドイツの情報機関から情報が洩れたのかもしれない」

「もうひとつ、考えられることがあります」

「なんだ？」

ジャックは説明した。「いいですか、考えてみてください。すべてロシア人の仕業だったら？　ＲＡＦはスイスでの暗殺事件とは無関係で、ただハメられて罪をなすりつけられただけだとしたら？　当然ロシア人は、ここをアジトとする細胞に所属する者たちが当局に拘束されないようにしっかりと細工しなければならない。ひとりでも捕まれば、無実を訴えることになりますからね。だれにも警察に話させないようにする最良の方法は、徹底的な銃撃戦を引き起こし、逮捕など不可能にすることじゃないですか？　そして、それを実現するのに必要なのは、現場への照準線を確保した狙撃者ひとり。西ドイツのコマンドが被弾して倒れはじめた瞬間、生き残れるＲＡＦメンバーはひとりもいなくなりました。つまり、無実を訴えられる者がゼロになった」

イーストリングは溜息《ためいき》をついた。だがライアンは、ブリーフケースが発見される前にはイギリス人の顔に張りついていた確信の表情に明らかに亀裂《きれつ》が生じていることを見逃さなかった。イギリス人は言った。「きみの考えは憶測にすぎない。狙撃場所にいた者がだれだったのかもわかっていないのだ。銃を持つＲＡＦメンバーが銃撃音を聞いて、あそこから反撃することにしたのかもしれないじゃないか」

ジャックは首を振った。彼は何ひとつ証明することはできなかったが、自分とイーストリングがいま相手にしている敵は、西ドイツの極左テロ細胞よりもずっと大きな勢力なのだと、直感的に見抜いていた。

66

現在

ジャック・ライアン・ジュニアとヴィクター・オックスリーは午後五時近くにロンドンに着いた。もちろん、ジャックは自分のフラットに戻るほど愚かではなかった。結局、クロイドン・ロンドン特別区のウェルズリー通り《ロード》にあるモーテルに部屋をとることにした。オックスリーの薦めにしたがったのだ。彼は「自分はロンドンにときどき来るが、そのときは必ずそこに泊まる」と言い、「そこは賑《にぎ》やかな場所から離れた目立たないところにあり、〝何も訊《き》かれたくない〟旅人に適した宿だ」と請け合い、「いま必要なのはまさにそういう場所だろう」と指摘した。

途中、立ち寄ったところがひとつあった。オックスリーにうるさくねだられてうんざりしたこともあって、ジャックはあるスーパーマーケットの駐車場に車を乗り入れると、札入れ《ウォレット》から紙幣を数枚とりだして扇形に広げ、元スパイに手わたした。オックスリーは素早くスーパーに入り、一〇分後にショッピングバッグを二つさげて帰ってきた。

ジャックは車を道に戻してモーテルへ向かった。オックスリーが何を買ってきたのか知ったのはモーテルに着いてからだった。飲み物は、アイリッシュ・ウイスキーの五分の一ガロン（約九〇〇ミリリットル）瓶一本、コーラの一リットル・ボトル一本、それにビールの大瓶二本。食べものは、スナック・ケーキ少々にソーセージ一本。このソーセージがまた、皺《しわ》がたくさん寄っていて、ジャックにはオックスリーと同じくらい年取っているように見えた。

モーテルについては、オックスリーの説明を聞いたときにジャックが抱いた不安が的中した。ごみ捨て場そのままだったのだ。ペイントは剝《は》げかけ、カーペットには焼け焦《こ》げがあり、壁には黴《かび》が生えていた。だが、部屋はみな、車一台がやっと入る専用の小ガレージの上にあり、滞在している者の車を隠すという明確な目的がある造りになっていた。

専用のガレージに車を入れてドアを閉めると、ジャックとオックスリーはまず、マフィアの殺し屋をメルセデスのトランクから引き上げて出した。オックスリーがロシア人の上着をぐいと引っぱり上げて顔までおおい、男の視覚をふさいだ。そしてそのまま男に蛙《かえる》を思わせる歩きかたをさせてガレージの階段をのぼらせ、部屋のなかに入れた。

バスルームはとても小さく汚かったが、ロシア・マフィアの構成員をしばらくのあいだ監禁するのにちょうどよいところだった。配管が壁に剝《む》き出しになっていたので、オックスリーは巧みに男の両手をしばって、うしろの高いところにある管にくくりつけた。そうしておけば、男は二インチほど体を動かしただけで肩に凄《すさ》まじい痛みを覚えるはずだった。そう次いでオックスリーは、怪しげなシミがある枕《まくら》をベッドからとりあげると、枕カバーをとりさり、フードのように男の頭にすっぽりかぶせた。

二人でロシア人をバスルームに閉じこめたあと、ジャックは寝室のテレビの音量を上げた。そして、五九歳のイギリス人とともに、交通量の多い六車線の車道を見わたせる、ちっぽけなバルコニーに出た。

オックスリーはモーテルにグラス類がひとつも置かれていないことに腹を立てたが、それなしですます手を思いつき、二くち三くちコーラをがぶがぶラッパ飲みすると、その空いたところにアイリッシュ・ウイスキーを注ぎこみ、ボトルをふたたび首《ネック》まで満たした。二人はバルコニーにあった安物のアルミ製の椅子《いす》に腰かけ、ジャックは持てる忍耐力をすべてかき集めてオックスリーが飲み、食べるのを何も言わずに見ていた。このイギリスの元スパイの胃袋を食いものと酒で満たせば、それだけ彼は話す気になるのではないか、と自分に言い聞かせながら。

しばらくして、ジャックはもういいだろうと思い、口をひらいた。「さてと、オックスリー、そろそろバスルームにいる野郎を尋問したいと思うのですが、その前にあなたにいくつか答えてほしいことがあります。話す気になりましたか？」

白い顎鬚《あごひげ》をたくわえたイギリス人はリラックスしているようだった。ウイスキーのコーラ割りが効いたようだな、とジャックは思った。

ヴィクター・オックスリーは肩をすくめ、言った。「第一に、おれをオックスと呼んでくれ。第二に、これから言うことを頭にたたきこんでくれ。できればおれはあんたには何も話したくないのだが、武器を持ったロシアの殺し屋どもにこのまま死ぬまで追いかけられるというのも楽しいこととは思えないのでね、いちおうあんたと手を組んでこの件を解決しようと思う。それでも、話せることと話せないことがある。墓まで持っていかねばならないこともあるのだ」

ジャックはビールの瓶の栓を抜き、ひとくち飲んだ。「いいでしょう。では、簡単なことから。いつロシアから戻ったのですか？」

オックスリーはちょっと間をおいてから答えた。「〝母なるロシア〟から戻ったのは二〇年ほど前だ」

「帰ってきてからの二〇年間にあなたは何をしていたのですか？　話してもらえます

か？」

「動きまわっていた。あちこち。だいたい政府の手当を受けてな」

「働かずに？」

「失業手当を受けていたこともあるし、仕事をしていたときもある。できることをやった」オックスリーは肩をすくめた。「だが、いまはもう仕事はほとんどしない」

今度はオックスリーが質問した。「アメリカ合衆国大統領なんかの息子が、どうしておれのことを知っているんだ？」

ジャックは答えた。「父は〈地底《ベッドロック》〉に関する情報が必要になって、サー・バジル・チャールストン元SIS長官なら知っているだろうと考えたのです。息子のわたしがイギリスにいて仕事をしていましたので、わたしがサー・バジルに会いにいきました。で、ヴィクター・オックスリーという名の男が〈地底〉だったのだとサー・バジルに言われたのです。そこからはSASのコネクションを使ってあなたにたどり着きました」

「バジルか、懐《なつ》かしい名前だ」

「あなたはできればサー・バジルを殺したい。そう彼は思っています」

オックスリーは首をかしげた。「ほんとうか？　いまも？」笑いを洩《も》らしながら首を振った。「いや、それはない。チャールストンはおれが係わった汚い作戦には関与していなかった。バジルは助けるということもまったくしてくれなかったが、ひどいことをしたともおれは思っていない」

「あなたは〝鉄のカーテン〟の向こう側で活動していた、とサー・バジルから聞きました。現地人のように環境に溶けこんでいた、と」

「おれの母《マム》はシベリアのオムスクの出身だ。〝壁〟ができる前のベルリンで両親とともに亡命した。そして、西ベルリンでイギリスの陸軍将校と出遭い、いっしょにイギリスへ移った。落ち着き先はポーツマス。父《ダッド》は漁師になり、家にはあまりいなかった。それもあって、マムは地元のロシア移民コミュニティの一員になった。だから、おれは大人になるまで家では英語よりロシア語を話すことのほうが多かった」

オックスリーはふたたびボトルに口をつけ、ごくりとウイスキーのコーラ割りを飲んだ。

「そもそも、いったいぜんたいなぜあんたの親父《おやじ》は〈地底〉のような古い話に興味を持ったのかね?」

ジャックはスイス・ツーク州警察の報告書のコピーを持参していた。彼はそれを上着のポケットからとりだし、オックスリーに手わたした。

オックスリーはその書類に目をやると、ポケットに手を入れて何やら探した。そして読書用眼鏡を探し出し、それをかけてふたたび書類に目を落とした。

「なんだ、ドイツ語じゃないか」

「ええ。でも、だれかが消しゴムで消してしまって跡だけになっていますが、鉛筆で書かれたあなたのコードネームがそこにあります。それはスイスの警察の報告書で、内容は同国のロートクロイツという町のレストランで起こった爆弾事件の直後に拘束された男について。その文章の余白に、あなたのコードネームがあったのです」

オックスリーはゆっくりとうなずいた。あまりにもゆっくりとした動きで、ほとんどそれとわからないくらい、かすかなうなずきだった。

「覚えているということですね」

オックスリーは遠い過去のことを思い出そうとするかのように中空を見つめた。「おれはKGBが〈天頂〉《ズィーニス》と呼んでいた暗殺者の噂《うわさ》を東側で追跡するよう命じられたのだ」

ジャック・ジュニアは首をかしげた。〈地底〉は〈天頂〉には係わっていなかったとサー・バジル・チャールストンは言っていたが、彼は嘘《うそ》をついたのか、それとも単に忘れてしまっただけなのか？　ジャックは言った。「〈天頂〉は西ヨーロッパにいたんですよ。なぜあなたは東側へ行くよう命じられたのですか？」

「〈天頂〉に関する最初の噂が入ってきたのはチェコスロヴァキアからなのだ。プラハである事件を調べていたチェコの捜査官二人がヴルタヴァ川にうつ伏せになって浮かんでいるのが発見された、というのが発端だ。その近くのホテルに泊まっていたひとりのロシア人が、料金も払わずに急いで姿をくらました。その男の部屋を捜索してみると、いくらか荷物が見つかり、なかにKGBの暗号帳があって、カバーの袖《そで》の部分に何やら書かれていた。チェコスロヴァキア当局はKGBの暗号をあてど解くことができ、袖に書かれていた文字が〈天頂〉という単語であることを知った。それがロシアの暗号帳の持ち主のコードネームであるのかどうかは、だれにもわからなかったが、〈天頂〉は関係当局者の記憶に深く刻まれた。

チェコはKGBに問い合わせた。だが、〈天頂〉と呼ばれる者などまったく知らない、という答えが返ってきた。それにKGBは、プラハで活動するソ連の工作員などひとりもいないと言い張った」

ジャックは応《こた》えた。「なるほど、KGBは嘘ばかりついていましたからね」

「まさにな」オックスリーは返した。「プラハの警察も嘘だと思ったにちがいない。だが、突然、ヴァーツラフ広場の裏通りがKGBの集会のような様相を呈しはじめた。夥《おびただ》しい数のソ連スパイどもがプラハに投入され、その全員が〈天頂〉と呼ばれる男を狩りはじめたのだ」

「で、イギリスがプラハの情報源からそれを知った？」

「MI5が嗅《か》ぎつけたんだ。どうやってかは、訊かないでくれ。すべてが終わるまでに、やつはさらにチェコで二人、ハンガリーで四人、殺した」

「みな警官ですか？」

「いや。ブダペストではハンガリー国立銀行の行員を何人か、それに密輸業者《スマグラー》をひとり、殺している」

「密輸業者《スマグラー》？」ジャックは訊き返した。

「密出入国斡旋業者《ヒューマン・スマグラー》だ。亡命希望者に国境を越えさせて稼いでいた野郎。当時ハンガリーではそうした密出入国がよくおこなわれていた」オックスリーは言った。「ともかく、得られた諜報《ちょうほう》情報からわれわれは〈天頂〉はＫＧＢではないという感触をおぼえていた。やつは一種の〝一匹狼《おおかみ》〟ではないか、と思っていたんだ。ＫＧＢは『西側のある国に運営されるようになった元ＧＲＵマン』と考えていた。だからわれわれ——つまりイギリス——は、やつの活動に関与していると見なされることを心配した」

「なぜイギリスが〈天頂〉の活動に関与していると見なされる可能性があったのですか？」

ヴィクター・オックスリーはかすれ気味の低い笑いを洩らした。「それはだから、イギリスには〝鉄のカーテン〟の向こう側で運営していた〝資産《アセット》〟があって、そいつが同じタイプの仕事をしていたからだよ」

ジャックは両眉《まゆ》を上げた。謎《なぞ》が解けはじめた。「つまり、あなたですね？」

「あんたはおれが思いこんでいたほどアホではないようだな」オックスリーは読書用眼鏡を指でゆっくりと回してもてあそんだ。「そう。〈天頂〉がプラハで活動したとき、おれもそこにいたんだ。ロシア人という偽装を使ってひとりで行動していた。だから当然、チェコ当局に事情を聴かれた。そのときはうまく言い逃れができたが、やつがハンガリーで人殺しをつづけたもんで、ロンドンのあるうすのろが『おれがそうした殺しに関与していると見なされる可能性がある』と心配しだした。緊張緩和が望めそうだというときに、〈天頂〉という野郎のせいでそれが台無しになる恐れが出てきたというわけだ。当時は軍拡競争の絶頂期ではあったが、世界情勢は好ましい方向へ向かっているとわれわれは考えていた。ポーランドはしっかりと民主主義への道を歩んでいたし、レーガンとサッチャーはソ連の急所をすでにつかんでいた。なお戦闘で解決しなければならない紛争がたくさんあったが、新たな時代の幕開けが迫ってきていた。そういうときに〈天頂〉がすべてを引っくり返そうとしていたんだ」

「それで、〈天頂〉を殺せという命令があなたに下された？　理由は、いろんなところを駆けまわって人を殺しまくっている一匹狼の暗殺者は西側の工作員だと、ＫＧＢに非難されないようにするため？」

「そのとおり」

「で、そのあとどうなったのですか？」

「おれはくそ忌《い》まいましいことにそいつを見つけられなかった。ＫＧＢもな」

「しかし、なぜあなたはスイスに行ったのですか？」

「ブダペストで〈天頂〉を追っていたＫＧＢ野郎たちのあとを尾《つ》けていったんだ。そいつらが〈天頂〉のいるところへ導いてくれるかもしれないと期待してな。いやあ驚いたよ。

そいつらは西側へ旅し、スイスのツークへ行き、ある銀行を訪れたんだ」

「で、また、そこでも人殺しがはじまった」

「そう」

「〈天頂〉が殺したのですか？」

オックスリーは肩をすくめた。それは大きな体をゆっくりと動かす、疲れのにじむ仕種《しぐさ》で、鼻孔からは溜息《ためいき》が長く尾を引くように吐き出された。イギリス人はバルコニーの下の道路に目をやり、通り過ぎる車をながめた。「それはあんたがだれを信じるかによるな」

ジャック・ライアン・ジュニアはオックスリーを見つめた。「いかれていると言われても構わない。いまはもう、あなたを信じます」

ヴィクター・オックスリーはにやっと薄笑いを浮かべた。「よし、それなら言おう。そう、〈天頂〉は人をたくさん殺した」

次いでイギリス人は自分の飲みものから顔を上げて言った。「今度はあんたが話す番だ。あんたの親父はなぜいまごろこの件に興味を持ったんだね？　三〇年前の話だぞ。解決しなければならない問題なら、自分で創《つく》り出したものがほかにいくらでもあるだろう。こんな大昔のことはそっとしておけばいいじゃないか」

「あなたは父《ダッド》の政治が気に入らないようですね？」

「政治？　おれは政治そのものが我慢できないんだ。政治なんてどうだっていい」

「では、なぜあなたは父を憎むのですか？」

「個人的なことだ」

「個人的？　あなたは父を知っているのですか？」

「いや。知りたいとも思わない」オックスリーは片手を振って、この話題を払いのけるような仕種をした。「おれがあんたに訊いているんだ。なぜいまごろ？　あんたが敬愛するダディーはおれから何を引き出したいんだ？」

ジャックは肩をすくめた。「〝〈天頂〉事件〟関係のいくつかのファイルにあなたのコードネームがあったのです。長いあいだそれを見た者はいなかったのだろうと、わたしは思います。しかし、それとは別に、埃《ほこり》をかぶった昔のファイルのなかに、ロマン・タラノフが〈天頂〉であることを示唆《しさ》する古いメモがあることが判明したのです」

オックスリーはジャックをまっすぐ見つめた。「タラノフ？　そう。その名前だ。だから？　それもまた大昔のことじゃないか。いまそれにいったいどんな意味があるというのかね？」

ジャックはびっくりした。「ちょっと待って。あなたはタラノフが〈天頂〉であることを知っている？」

「そのファイルにそういう古いメモを加えたのは、このわたしじゃないかな。たしか一九九二年のことだったと思う。収容所《グラーグ》から出たあとだ。しかし、四半世紀も前の一匹狼のK

ＧＢ暗殺者の名前にどうしてそんなに関心を抱くのか、さっぱりわからない。そこのところをまだ説明してもらっていない」

ジャックはしばし考えた。「そういえば、あなたのフラットにはテレビがなかったですね」

「必要ないんでね。ラジオもない。フットボールの試合はときどきパブのテレビで観《み》るが、ニュースにはまったく関心がない」イギリスではサッカーはフットボールと呼ばれる。

「それでわかりました」

オックスリーは戸惑った。「何が言いたいんだ、ライアン？」

「問題は四半世紀前に起こったことではないんです。いま起こっていることが問題なんです。あなたはまったく知らないんですね、ロマン・タラノフが新生ＦＳＢの長官になったことを」

ヴィクター・オックスリーは大きく見開いた目を前方に向け、ウェルズリー通り《ロード》をかなりのスピードで次々に通過していく車をながめている。だいぶたってから言った。「そうか、知らなかった」イギリス人は思いにふけりながら飲みものをひとくち飲み、街を見わたした。「おおっ、くそっ、なんてこった」

67

三〇年前

ＣＩＡ情報分析官ジャック・ライアンは、シュプレンゲル通《シュトラーセ》りにあったＲＡＦ（ドイツ赤軍）アジトへの急襲のあとの最初の三時間を、西ベルリンのイギリス領事館の黴《かび》臭い無人のオフィスで過ごした。

盗聴される心配のない安全な電話を使えるようになるやジャックは、ＣＩＡ情報部長のジェームズ・グリーア提督に電話した。アメリカの東海岸は午後九時だったので、グリーアの自宅に電話し、この数時間に起こったことを報告した。提督は激しい銃撃戦があったことに——とりわけ部下もそれに参加したことに——驚いた。

ライアンはＲＡＦの単独犯行とされていることへの強い疑念をグリーアに伝えた。スイスの銀行家《バンカー》が連続して殺された今回の事件には他の正体不明の勢力が関与している、とジャックは確信していた。

グリーアはソ連が関与しているとのライアンの説に疑問を呈した。「しかし、ジャック、

〈ラビット〉は何も言っていないぞ。いまわれわれの手のなかに、KGBの作戦に通じている〝資産《アセット》〟があることは、きみもわたしと同じくらいよく知っている」〈ラビット〉というのは、つい数カ月前に亡命したKGB通信将校オレグ・ザイツェフのコードネームで、その男の亡命にはジャック・ライアンも深く係わった。〈ラビット〉はすでにローマ教皇暗殺に関する重要情報をもたらしてくれた。「〈ラビット〉の聴取をはじめてもう数カ月になる。彼が顎《あご》をかいて『あっ、そうだ、ヨーロッパで活動している暗殺者がひとりいることを教えるのを忘れていた』なんて言うとは、ちょっと考えられんな」

ジャックは返した。「でも、この件に関して彼に訊《き》いてみる必要はありますね。何か関連したことを思い出してくれるかもしれません」

グリーアは言った。「いいかね、ジャック、〈ラビット〉に訊いてはみるが、彼がこれまで隠し事をしなかったということは、きみもわたしも知っている。きみがいま言っていることに少しでも合うようなことが、もしも実際に行われているというのなら、彼はすでにわれわれに話していたはずじゃないか」

「ザイツェフはもう数カ月間、KGBの通信室に入っていません。これは彼が亡命したあとにはじまったことなのかもしれません」

「その可能性はないとは言えないが、ありそうもない。理由はきみにもわかるはずだ。そうした作戦は実行するのに時間がかかるということ。西ヨーロッパのバンカーたちの暗殺。

西ドイツのテロリストたちの取り込み——きみはたしか『濡《ぬ》れ衣《ぎぬ》を着せる』という言葉を使っていたね。となると、わずか数カ月で実行までサッと持っていける作戦とはとても思えないじゃないか」

「ええ、そうですね」ライアンは譲歩した。そしてすこし間をおいてから言った。「自分がやろうとしていることがどういうことなのかはわかっています」

「どうやらきみは〝藁《わら》にもすがろう〟としているようだ。これがほかの者なら、わたしはきっぱり拒否し、切り捨てる。だが、きみは〝ほかの者〟ではなく、最高の分析官だ。きみには、自分の直感にしたがって行動せよ、と言わざるをえない」

「ありがとうございます」

「だが、何をしようと、これからわたしが言うことを忘れないでほしい。まずは、イギリスはこの種の調査にとても長《た》けているということ。それに、彼らが終了宣言をすれば、きみは見知らぬ地で自分ひとりきりで動かなければならなくなる。もちろん、手を借りる必要のある地元の機関にはどこであれ接触して構わないが、気をつけること。すでにきみは危険に近づきすぎてしまった。今後、きみには不必要な危険をおかしてほしくない」

「それについてはわたしも同じ思いです」

二〇分後、ライアンは三階のオフィスでイーストリングとその部下たちに会い、RAF

（ドイツ赤軍）のアジトで見つけたものをもういちど全員で調べていった。ブリーフケースとその中身の押収《おうしゅう》・管理権は西ドイツのＢｆＶ（連邦憲法擁護庁）にあったので、このニ人の捜査官が、イーストリングとライアンにぴったり身を寄せるようにして肩越しにたえず目を光らせ、イギリス人とアメリカ人による証拠品の再点検作業を見まもった。

イーストリング率いるイギリスの調査班が最初に精査していった。そもそもこれはＳ－Ｓの作戦としてはじまったのだ。イーストリングの部下のひとりが指紋採取キットを持っていて、まずブリーフケースとその中身に粉末をかけていった。次いでイーストリング自身が、証拠品をひとつずつ手にとり、文字があればすべて読み、紙の透かし、バンカーたちの写真をプリントするのに用いられた現像テクニック、爆弾製造手引書および声明文に使われたタイプライターの文字の特徴などを調べていった。

ブリーフケースそのものも二重底やほかのタイプの隠し空間がないか調べられたが、そうしたものはひとつも見つからなかった。

ジャックはイーストリングの証拠品の扱いのうまさに魅せられた。といっても、ジャック自身がその種の捜査技術の訓練をまったく受けていない、という単純な理由による。彼は警官でも刑事でもなかった。ただ、父親がボルティモア市警の刑事だったので、子供のころからずっと警察の仕事には興味があった。それでも、それを天職と思ったことはいちどもない。

ジャック・ライアンは情報分析官だった。だから、ついに順番がきて証拠品を調べられるようになったとき、真っ先に文書に目を通した。言うまでもないが、ゴム手袋をはめ、そばに立っていたBfV要員のひとりに翻訳してもらった。

ジャックは、あのアパルトメントにいたRAFのメンバーだけでGSG9部隊に対してあれほど素人《しろうと》離れした抵抗ができたという点がひっかかっていて、彼らだけではそんなことは不可能だとBfVマンたちに認めさせようとしたが、それについてはドイツ人たちもライアン同様、確信できるところまでいけなかった。ともかく、シュプレンゲル通り《シュトラーセ》のアパルトメントで見つかった死体は九つあり、そのうち五体しかまだ身元が判明していないのだ。結局、今回の銃撃戦に参加したRAFの戦闘員たちの技量は、死体置き場の安置台に載っている全員の身元がわかるまでは判定することはできない、とBfVの捜査官たちは言った。

ライアンは文書に目を通してもほとんど何もわからなかった。彼はRAFの専門家ではまったくなかったが、声明文は極左テロ組織の基準からはずれたものではないように思えたし、トビーアス・ガプラーとマルクス・ヴェッツェルの暗殺に関する証拠品——写真、地図、爆弾製造法——もみな本物のように見えた。

結局のところ、全体を見わたしてはっきり変だと思える点はただひとつ、ブリーフケースとその中身をそのまま本物だと信じるとすると、マルタ・ショイリングの作戦行動テクニックは極左テロ集団史のなかでも最低最悪の部類に入ると言わざるをえないということだった。ＲＡＦもテロ組織の例に洩《も》れず、テロ行為をつねに自分たちの手柄とするが、メンバーであるドイツの若い女が犯行時に身分証を携行していたという事実は、なんとも信じがたいことだった。

ではどうしたらいいのかというと、ライアンには判断がつきかねた。マルタ・ショイリングは逮捕されたことが二度あったが、人殺しに係わったことは一度もなかった。それだけは確かなのだ。とはいえ、あのアパルトメントの住人のうちの二人が何年か前のＮＡＴＯ施設へのロケット弾攻撃で指名手配されていたのであり、そのときの攻撃では死者も重傷者も出なかったものの、死者が出てもかまわないと思って彼らが実行したこともまた確かなのである。

イーストリングは例によって調査を終了させる方向にかたむいていた。一方、ライアンは、こうしたしっかりお膳立《ぜんだ》てされたようなこれ見よがしの証拠は、疑惑を払拭《ふっしょく》するどころかいっそう増大させる、と思っていた。

ドイツ人たちが証拠品を持って早く立ち去りたがったということもあって、ライアンとイギリス人たちは一時間もしないうちに証拠の再点検を終えた。

ジャックはもう二四時間以上も眠っていなかったので、午前九時ごろ、使われていないオフィスのソファーを提供され、二時間ほど仮眠をとることになった。

午前一一時三〇分、イーストリングがドアの隙間《すきま》から上半身だけ出してライアンに声をかけた。ライアンは目をこすり、脚でウールの毛布を押しやると、体を起こしてソファーに座る姿勢をとった。

イーストリングはジャックの真ん前の椅子《いす》に腰を下ろした。イギリス人の目は充血し、服は皺《しわ》だらけだった。ジャックは自分もこんなに疲れ切ったようすをしているのだろうかと思った。

「どうなっていますか？」ジャックは尋ねた。

「すべてを複数回しっかりと調べた。ＲＡＦのアジトのマルタ・ショイリングの部屋で見つかった文書類は本物のようだ。ドイツ当局がついにアパルトメントのほかの死体の身元も割り出した。住んでいたＲＡＦメンバーのガールフレンドが三人にボーイフレンドが一人。いずれの者もＲＡＦのメンバーとは確認されていないが、むろん、さらなる調査がひきつづき行われる。

ドイツ当局は通りの向かい側の狙撃《そげき》場所に関しても調べを進めた。そこはワンルームのアパルトメントで、三日前にマルタ・ショイリングが借りたこともわかった」

ジャックは戸惑いをおぼえた。「住んでいる場所から二ブロックしか離れていないところにマルタが部屋を借りた？　なぜそんなことを？」

イーストリングは肩をすくめた。「それはわからない。ともかく彼女の名前が台帳にあったのだが、住人や管理人に写真を見せても、彼女に会ったと言う者はひとりもいなかった。安宿タイプの宿泊施設で、他人《ひと》の出入りにはだれも注意を払わない。そこを利用する者の大半は、トルコ、アイルランド、北アフリカからやって来る労働者なのだ。彼女の部屋と同じ階の二人が、昨夜だいぶ遅くなってからその部屋にひとりの男が入るのを見たと言っている」

「その二人は、どんな男だったと言っているのでしょうか？」

「二〇代か三〇代。白人。ドイツ人かもしれないし、ほかの国の者かもしれない。二人はそう言っている。その男がしゃべるのを聞いた者はいない。部屋から発砲音が飛び出すのを聞いた者もひとりもいない」

「いったいどうしてそんなことが可能なんですか？」

「減音器《サプレッサー》付きの狙撃銃を使ったんだ。それでもなお、発砲音は減じられるだけで消されるわけはないし、機械的な作動音もかなりするが、二ブロックしか離れていないところで小さな戦争が勃発《ぼっぱつ》し、二五人以上の戦闘員が互いに撃ち合い、手榴弾《しゅりゅうだん》まで投げていたんだから、減音されたタンタンという発砲音などあっさり聞き洩らされてしまったはずだ」

ジャックは溜息《ためいき》をついた。が、すぐに別のことを思いついた。「ツークに戻って、マルタ・ショイリングの写真をバーテンダーに見せるんです。ペンライトが死んだ夜にドイツの女と遭ったあの酒場のバーテンダーに」

イーストリングはライアンが言い終わりもしないうちから首を振りはじめていた。「それはもうすんでるよ。スイス当局が昨日《きのう》やった。彼女の免許証のコピーを使ってね」

「それで？」

「あの夜あの酒場で働いていた者たち全員が同じ意見だった。ペンライトが酒場で引っかけようとした女はマルタ・ショイリングではなかった」

ジャックは絶対にそうだと確信していたのだ。その確信が崩れ、どう言葉を返せばいいのかわからなかった。だから、ぼそぼそ言った。「これからどうするつもりですか？」

「実はそれについてきみに話しにきたのだ。きみがKGBの関与を疑っているのは知っている。わたしとしてもむろん、現時点ではまだ、どんな可能性も排除しないようにしないといけないという姿勢をとらざるをえない。しかしだ、スイスの二人の銀行家《バンカー》を殺したテロ行為はあのRAF細胞の仕業だと信じて疑わない」

「ペンライトの死については？」

イーストリングはほんのり巧みに皮肉をこめて答えた。「ペンライトを轢《ひ》き殺したバスを運転していたのはRAFでもKGBでもないというわたしの主張は、いまも変わっていない。冗談抜きで、ライアン、彼は押されたわけでもない。いいかね、彼は酔っぱらっていたと言っている証人が複数いるんだ。それに、薬物を投与されてもいないとわれわれは考えている。毒物検査の正式結果を得るにはなおしばらくかかるが、彼の遺体には毒とわかっている薬物を盛られた症状はいっさい見られなかった。共産主義者どもがわれわれの知らない新しい毒物を開発したというのなら、まあ、どうしようもない。わたしとしては、そこまで調査対象とするわけにはいかない」

「で、結局、どうするというのですか？」

「われわれは帰国する。今日の午後に。それをきみに伝えたかった」

ジャックは目をこすった。自分だって帰りたい。グライズデイル小路《クロース》の家に戻りたい。そして、妻のキャシーとソファーに座り、膝《ひざ》には息子のジャック・ジュニアをのせ、床では娘のサリーが塗り絵をしている――それは、いまのジャックにはまるで天国だった。

だがジャックはその夢想を頭からむりやり追い払った。《まだだ》

ジャックは言った。「では、よい旅を。わたしは残ります」

イーストリングはこの言葉を予測していたようだった。「では、わたしはむり強《じ》いしないといけないのかな？」

ライアンの目が細まり、表情が険しくなった。「そんなことをする必要はいっさいない。わたしはあなたの下で働いているわけではないのですから」

「何を言ってるんだ、ライアン、わたしたちは同じことをめざして共同作業をしているんだぞ」

「わたしに言わせれば、それはちがいます。あなたはデイヴィッド・ペンライトの死を事故として片づけたがっていますが、わたしは、実際に何が起こったのか、それを見つけたいと思っているのです。今回の事件には他の勢力が関与しています。では、デイヴィッドがよろけて路線バスの前に飛び出し、轢かれてしまった、という線はありえないかというと、それもありえます。しかし、われわれは何らかの勢力に手玉にとられているのだと、わたしは思います」

「どうすればきみを納得させることができるのかな?」

「そちらにある〈明けの明星《モーニングスター》〉に関する情報をすべて見せてください。ペンライトがスイスに飛ぶきっかけとなったファイルをすべて。それにツークの隠れ家《セーフ・ハウス》の金庫にあった書類も。そうしたものをわたしてください。そのすべてに目を通させてください。そうすれば、何が起こったのか、自分なりの結論を導き出すことができます」

「それはできない――」

「バジルがわたしをこの調査に引き入れたのは、役立つと思ったからです。わたしにはこの方面での専門技術があります――回りくどいやりかたをしますけどね。ペンライトが知っていたことをしっかりつかめれば、CIA本部《ラングレー》に話してリッツマン・プリヴァートバンキエーズに関する関連情報をもっと得るようにうながすこともできます。たぶんわたしは、ペンライトが死ぬ直前まで動きまわって得たいくつかの点をつなぐきっかけくらいはつくることができると思います」

イーストリングは返した。「いまのきみは猟犬《フォックスハウンド》みたいなものだな。臭《にお》いを嗅《か》ぎつけたと思いこみ、もう何が起ころうと歯止めがきかなくなっている」

ライアンは応《こた》えた。「そう、たしかにわたしはいま、ある臭いを追っている。それは自分でもよくわかっています」

これにはイーストリングも言葉を返さなかったので、ライアンは水を向けた。

「あなたはどう思います？」

イーストリングは答えた。「わたしはどう思うか？　きみは行儀よく振る舞うことを知らない独り善《よ》がりのアメリカ野郎だと、わたしは思う。去年はアイルランド共和軍の分派ＵＬＡのテロリストを何人か銃撃して、女王陛下から勲爵士《ナイト》という称号をいただいたが、今朝はＲＡＦの狙撃者を撃ったから、たぶんドイツ人《クラウト》から〝皇帝《カイザア》〟かそれと同じくらい滑《こっ》稽《けい》な称号をいただくことになるだろう。しかし、これまで幸運に乗って突き進んできたきみが、今後チームプレーの能力を発揮して成果を生み出すということはまずありえない。もしもわたしに決定権があるなら、きみはアメリカ領事館の真ん前に棄《す》てられ、スチーマートランクに入れられて故国アメリカへと送り返されることになる」イギリス人は大きく息を吸い、盛大な溜息をついた。「だが残念なことに、それを決めるのはわたしではない」

イーストリングはもういちど溜息をついた。「バジルに話してみる。きみに〈明けの明星〉ファイルをどこまで見せられるかを決めるのはバジルだからね――もっとも、見せてもいいものが少しでもあると彼が判断したらの話だけど」
「わたしがいまあなたにお願いしたいのはそれだけです」

68

現在

ヴィクター・オックスリーとジャック・ライアン・ジュニアは結局、一時間待ってから〈七巨人〉の殺し屋《ヒットマン》の尋問を開始した。ジャック・ジュニアは何度か、もうそろそろやりましょうとイギリス人をせっついたのだが、そのたびにオックスリーは、もうしばらくあの若造をバスルームで思い悩ませておきたい、と言いつづけた。ロシア人は不快な姿勢をとらされたまま、自分がいまどこにいて、これからどんな目に遭うのかわからないのであり、オックスリーの説明によると、そうやって現在の苦境についていろいろ考えさせるというのが、敵に対する尋問をはじめるにあたってのSOP（標準作業手順《スタンダード・オペレーティング・プロシージャー》）、すなわち決まり事だった。

オックスリーはできるだけ長いあいだぐずぐずとウイスキーを飲んでいたいので、こんなＳＯＰ話をやって時間稼ぎをしているのではないか、とジャックは怪しんだ。

ジャックはいちど我慢できなくなって立ち上がり、自分がこれから男にいくつか質問をして尋問の口火を切ると宣言したが、オックスリーはもうすこし待つように説得し、こう言った。

「いいか、おい、おれたちは『善い警官、悪い警官』という手法を用いる必要があるんじゃないかと思う。で、まずは〝悪い警官〟からはじめたい。その役はおれがやる」

しばらくすると、ついにヴィクター・オックスリーはウイスキーのコーラ割りが入ったボトルを狭いバルコニーのコンクリートの床におき、ひとことも発せずに立ち上がり、部屋のなかに戻っていった。ジャックもイギリス人のあとについて部屋に入り、初老の大男がセーターをぬぐのを見まもった。ジャックはこのとき初めてオックスリーの広い背中を見たが、そこにも前に見た胸と同じくらい多くのタトゥーが彫りこまれていた。オックスリーはセーターをベッドの上にほうり投げると、まるで遠い昔に立ち去った場所へ心のなかで戻ろうとするかのように、二、三回、大きくゆっくりと深呼吸した。そして、隅にある小さな木製のテーブルと椅子《いす》まで歩いた。五九歳のイギリス人は凄《すさ》まじい音を立てて驚くほど楽々と椅子の脚を一本へし折ると、ジャックのほうに向きなおった。

「知る必要があるのは、だれがこいつを何のために送りこんだか、ということだな。ほかには？」

「わたしはいっしょに入ってはだめ？」

「だめだ。おれひとりで入る」

ジャックはオックスリーが何をするつもりなのかわかっていた。「あのですね、わたしや父《ダッド》の立場を危うくしかねないようなことをわたしにさせたくないという気持ちはありがたいのですが、はっきり言って、わたしはもうすでにすっかり深入りしてしまっています」

オックスリーはしばしジャックの顔を凝視してから言った。「いいか、おれはな、あんたやあんたのクソ親父《おやじ》の立場が危うくなろうがなるまいが、どうだっていいんだ。ただ、トイレ《ルー》が狭すぎるってだけだ。おれが腕を振りはじめたら、二人が入っている余裕なんてとてもじゃないがないだろうが」

「あっ、なるほど」

「あんたはお利口さんになって、やつの携帯のなかを調べ、そこにおれが野郎から叩《たた》き出せない答えがあるかどうか見てみたらどうだ？　それから、テレビの音をさらに上げてくれ」

「オーケー。でも、オックス……あなたがあいつを震えあがらせるのはいっこうに構いませんが、殺さないでくださいよ」

オックスリーはうなずいた。セーターをぬぎ棄《す》てて、ロシアの収容所《グラーグ》にかつて収容されていたことをふたたび明かした瞬間から、彼の顔には何の表情も浮かばなくなっていた。

「おれは遠い昔あることを学んだ。あんたは絶対に学ばないほうがいいことだ。それはな、生き延びるのが死ぬよりもずっと辛《つら》くなるときもある、ということだ。心配するな、おれは簡単に首をへし折るような慈悲をあのクソ野郎に垂れることはしない」

そう言うと、ヴィクター・オックスリーはバスルームのなかに歩み入り、ドアを閉めた。

二〇分後、ヴィクター・オックスリーはバスルームから出てきた。

それまでの時間をジャック・ライアン・ジュニアはロシア人の携帯電話にある電話番号を書き写すことに費やした。通話記録の相手はすべて海外の番号になっていたが、それらを詳しく調べることはまだしていなかったし、そのどの番号にも電話していなかった。電話帳はキリル文字で書かれていて、ジャックはそれも難なく読めたが、ファーストネームばかりしかなく、そこからはほとんど何もわからなかった。

電話番号を書き取ったりメール履歴に目を通したりしていたときに、ジャック・ジュニアはバスルームから洩《も》れ出てくる低いうめき声を何度か聞き、鋭い悲鳴も二度耳にした。

そしていま、バスルームから出てきたヴィクター・オックスリーの額は汗でおおわれていた。イギリス人は太っていて、体重が優に六〇ポンドはオーヴァーしているが、肩も腕も胸も、厚い脂肪の層におおわれてはいるものの、かなりの筋肉量を保持している。そのことにジャックはいま初めて気づいた。パブのスツールに座りっぱなしの酔っ払いというより、身なりに構わなくなった老いつつあるボクサーといった感じだな、とジャックは思った。

「どうですか、あいつは？」ジャックは訊《き》いた。

オックスリーはすぐには答えなかった。何も言わずにバルコニーに出ると、冷気のなかでしばし深呼吸し、ウイスキーのコーラ割りが入ったボトルをすくい上げるようにしてとった。さらにビールの瓶もつかみ上げ、部屋のなかに戻り、バスルームのドアをあけて、持ってきたビールの瓶をなかへと転がした。

そしてふたたびドアを閉め、ベッドまで歩くと、ドーンと仰向《あおむ》けにマットレスの上に身を投げた。

それからようやくジャックの問いに答えた。「野郎は元気だ。すっかり仲良しになったよ。名前はオレグ」

「打ちのめさなくてもよかったんですか？」

「まあ、挨拶《あいさつ》ていどのことはした。そのあとは、ペラペラしゃべりだした」

「それで？」

「やつは〈七巨人〉だ。イギリスに来てまだ三日しかたっていない。キエフの〈七巨人〉

協力者《コンタクト》から得たウクライナのパスポートで入国した」

「キエフ？」

「そうだ。〈傷跡のグレーブ〉と呼ばれるロシア野郎に使われている。その〈グレーブ〉というやつは〝盗賊《ヴォル》〟だ」

「ロシア・マフィアの正式構成員《メイド・マン》、幹部ということですね？」

「そのとおり。キエフにいる〈グレーブ〉の手下どもが、他の者たちに命じてあんたを尾《つ》けさせた。尾行は何週間も前からつづけられていた、とオレグは言っている。キエフにいる連中、それから最初にあんたの尾行をやっていたやつらの名前も人相も、オレグは知らない。いちども会ったことがない、と言っている」オックスリーは肩をすくめ、またウイスキーのコーラ割りをがぶがぶ飲んだ。「おれはやつを信じる。オレグは我慢強いほうではなかったんでね。ともかく、今日おれたちがおれのフラットで遭ったオレグと他の三人は、あんたを尾けまわしていた別のチームの仕事を引き継ぐように命じられてロンドンにやって来た。それしか知らされなかったそうだ。だが、ロンドンに着く早々、あんたが車でコービーまで行ったのでびっくりした。それで、新たな尾行チームのひとりがそれをキエフまで伝わるように報告した。すると即、〈七巨人〉の下《した》っ端《ぱ》どもがさらにキエフから飛んできた。新たな命令を受けてな」

「どんな命令ですか？」ジャックは訊いた。

「あんたを袋叩きにし、顎《あご》の骨くらい折って、負け犬にしてすごすごアメリカへ帰らせる。それがひとつ。もうひとつは、おれへの対処だが、おれの場合はそう簡単にはいかないとやつらは考えた。で、ひと思いに殺すことにした」

「なぜ？」

オックスリーは上半身を揺すって笑いを洩らした。安物のマットレスのスプリングが揺れて軋《きし》み、ゴトゴト音をたてた。「やはり、説明しないとあんたにはわからんか。オレグが生きている世界には『なぜ』という言葉は存在しない。やつは写真一枚と住所ひとつをわたされると、そこへ行って、やるように命じられたことをやるだけだ。『なぜ？』などと訊いたりは絶対しない」

ジャックはちょっと考えこんだ。「ということは、わたしがあなたのことを知る前から、彼らはわたしをマークしていたということになりますね」

「やはりおれがにらんだとおりだな。あんたがこの災いを運んできたんだ」

「マルコム・ガルブレイスに関係があることにちがいない」

「だれだ、それ？」

「ロシアで一〇億ドルだまし盗《と》られた人です。わたしは彼の損失を取り戻す仕事をしていたのです。もっとも、いまはその仕事からはずされていますが」

オックスリーはベッド上で上半身を枕《まくら》で支えながら、何も言わずに飲みものを口に運んだ。

ジャックは尋ねた。「ガルブレイスのこと、これまでに聞いたことありませんか?」

イギリス人は首を振った。

「〈傷跡のグレーブ〉は?」

「いま初めて知った」

ジャックはしばし考えた。「では、ドミトリー・ネステロフという名の男、知りませんか?」

オックスリーはふたたび首を振った。「何者だ、そいつは?」

「マルコム・ガルブレイスから金をだまし盗った詐欺師《さぎし》なんですが、FSBの高官でもあるようです」

オックスリーはまたしても肩をすくめ、ウイスキーのコーラ割りをもうひとくち飲んだ。さすがの大男もほろ酔い状態になっているようだった。これだけ飲めば当然である。ジャックは絶対禁酒主義者ではなく、ビール以外の酒だって口にするが、自分ならこんなに酒を飲めば、もっとずっと前に酔いつぶれていたにちがいないと思った。

ジャックは言った。「父《ダッド》と話し合う必要があります。会社のボスとも。みんなでやれば、パズルのピースをもっと合わせることができるのではないでしょうか」

「親愛なるダディーは、あんたがロシア・マフィアと命がけで戦っていることを知ったら、何て言うかな？」

実はジャックはこの数時間ほとんどそのことばかり考えていた。たしかにそれが問題だった。ただ、事はすでに深刻な地点まで進行してしまっていて、もはや自分が原因で起こりうるスキャンダルから父を護《まも》ることはできなくなっていた。ジャックは言った。「これまでに起こったことを知るやいなや、すぐアメリカに帰ってこい、と父は言うに決まっています」ジャックはまたしても考えこんだ。「父に電話するのはもうすこしあとにします。この件についてもっとわかってからにします」

「親父は喜ばんぞ」

ジャックは肩をすくめた。最近は両親を心配させることばかりしていて、すまない気持ちでいっぱいだったが、むろん、そんな家族とのことまでこの初老のイギリス人に話すつもりはまったくなかった。ジャックは話題を変えた。「仲良しになったというオレグですけど、どうしましょうか？」

「解放する」

「解放する？　頭がいかれてしまったんですか？」

「かもな。しかし、考えてもみろ、あいつをどうできるというんだ？　今日おれたち二人はもう四人も片づけてしまったんだぞ」

ジャックは返す言葉がなかった。

オックスリーはつづけた。「いいか、あいつを警官に引きわたしたりしたら、あんたにとってもっとずっと面倒なことになるんだぞ。あいつを逃がせば、あんたはコービーに行ってたということを認める必要もなくなる」

「隣の部屋の老婦人は？　わたしは彼女に見られています」

「あの婆《ばあ》さんは、目がまったく見えないんだよ。おまけに耳もずいぶんと遠い。あんたの肌が白だったのか、黒だったのか、緑だったのか、はたまた青だったのかも識別できていない。ほんとうだ」

「しかし、逃がしたりしたら、オレグはまた戻ってきて、われわれをふたたび殺そうとするんじゃないですか？」

オックスリーは笑い声をあげた。「腕を二本ともへし折られた野郎がどうやっておれたちを殺そうとするのか見てみたいものだ」

ジャックはゆっくりと頭を下ろして両手で抱えこんだ。「腕を二本とも折ったんですか？」

「おれの頭はまだいかれちゃいないんだよ、ライアン。やつは危険な男だ。解放するといったって、体の全パーツがちゃんと動く状態でそうするわけにはいかない」

「じゃあ、いったいどうやってあいつは、あなたが与えたビールを飲めばいいんですか？」

これにもオックスリーは笑い声をあげた。「それはおれの問題じゃないだろう」

「オーケー」ジャックはゆっくりと言った。「では、オレグは逃がしてもいいです。でも、その〈傷跡のグレーブ〉とかいうやつが、わたしたちを襲撃させるために五、六人送ってよこしたんだったら、新たに五、六人送ってよこすかもしれません」

オックスリーはうなずいた。「そうだな、この都市《まち》は〈七巨人〉の殺し屋どもでいっぱいになると思っていたほうがいいな」

「あなたはわたしといっしょに行動したほうがいい。そのほうが安全です。サンディに話して、〈傷跡のグレーブ〉が何者なのか知る方法を思いつかないかどうか訊いてみます。そうだ、キャスターにも訊いてみよう。二人は仕事柄どこかでそいつの名前を耳にしている可能性も――」

不意にヴィクター・オックスリーがベッド上でがばっと上体を起こした。眼光がふたたびおそろしく鋭くなっている。ジャックが一瞬前まで感じとっていたアルコールによるイギリス人の感覚の鈍磨がきれいに消え去ってしまった。「いま何て言った？」

「サンディに話さないと、と言ったのです。サンディ・ラモント。わたしの直属の上司」

「もうひとりのほうだ」

「ああ……キャスター。ヒュー・キャスター。わたしが働いているコンサルティング会社、キャスター・アンド・ボイル・リスク分析社の社長です」

オックスリーはベッドから下り、ジャックのところまで歩いてきた。そして、座っているジャックのすぐそばに立ち、威嚇《いかく》する姿勢をとった。

「どうしたんですか？」

「おまえは、あいつを知らないか、こいつを知らないかと、おれに訊きまくったが、ヒュー・キャスターを知らないか、と問いはしなかったな」

「オーケー。では、あなたはヒュー・キャスターを知っているということですね？」

オックスリーは手にしていたボトルをギュッとにぎりしめた。「もう一度はっきり言ってみろ。おまえはどうしておれのことを知っているんだ？」

「だから言ったじゃないですか。あなたのコードネームです。〈地底《ベッドロック》〉という文字の跡が残っているファイルがあったからです。その文書のコピーも見せたじゃないですか」

「ああ、確かにな。だが、おまえがキャスターに送りこまれたのではないという証拠はどこにある？」

「キャスターがわたしを送りこむ？　なぜ？」ジャックがキャスターの名前を口にしたとたん、オックスリーが若いアメリカ人にゆっくりと抱きはじめていた信頼が一気に揺らいでしまったようだった。そのくらいのことはジャックにもわかった。「キャスターはあなたにとってどういう人間なんですか？」

「やつは〝5《ファイヴ》〟のおれの工作管理官《コントロール・オフィサー》だった」〝5〟はＭＩ５のこと。

ジャック・ライアン・ジュニアは思わず目を剝《む》いた。「おおっ、くそっ」

オックスリーはジャックを凝視した。初老の元スパイは〝だまそうとする者が顔に浮かべる微妙な表情〟を探しているのだとジャックにもわかった。

「知りませんでした」ジャックは立ち上がった。「あなたがた二人のあいだに何があったのか知りませんが、彼があなたの名前を口にしたことは一度もありません。わたしはキャスター・アンド・ボイル社での仕事とあなたとのつながりを見つけようとしてきましたが、どうやらそれが見つかったようです」短く刈った髪を手でなでつけた。「しかし、いったいそれにどういう意味があるのか、わたしにはわかりません」

オックスリーはようやくジャックから視線をそらし、体の向きを変えた。「おれにもわからん」

イギリス人が感情的になっていることはジャックにもわかった。顔も真っ赤になっている。ただ、それが怒りのせいなのか、それともアルコールのせいなのかは、はっきりわからない。

「あなたがた二人のあいだに何があったのですか、オックス？」

オックスリーは黙って首を振るだけだった。

いまは深追いするべきときではないな、とジャックは思った。「オーケー。わかりました。でも、わたしの言うことを聞いてください。わたしは、こうしたことはいったい何なのか解明したいのです。わたしは父にあなたについての情報を集めるよう頼まれました。

ロマン・タラノフと〈天頂《ズィーニス》〉の殺人とを結びつける手がかりを何か見つけられないものだろうか、と父は考えたのです。あなたは〈天頂〉に関する自分なりの考えを持っているし、耳にした噂《うわさ》を記憶してもいますが、そうしたものは残念ながら、重要な意思決定に必要となる諜報《ちょうほう》情報とは言えません。この件はもっと深く探らなければならないのです。そしてそれにはあなたの助けがどうしても必要なのです」

　ヴィクター・オックスリーはベッドに戻り、ふたたび酒を飲みはじめた。目が遠くを見るようにぼんやりとしていたが、それは遠い過去の記憶を呼び覚ましているためで、アルコールのせいではないのではないか、とジャックは思った。

　オックスリーは問うた。「どんな助けだ？」

　ジャックは答えた。「まずですね、あなたがタラノフの名前を最初に聞いたのはどこでだったのか、それを知る必要があります」

　オックスリーは目を瞬《しばた》かせた。ジャックはいま一度はっきりと知った――オックスリーの記憶のなかには途轍《とてつ》もない量の苦痛があるということを。

　オックスリーはゆっくりと話しはじめた。「一九八九年ころのことだったように思う。当時、時間や日付なんて、もうどうでもよくなっていた。おれはコミ共和国のスィクティフカルにいた。そこの収容所《グラーグ》にいたんだ。おれがイギリス人だということはだれも知らなかった。だから、むろん、おれがＭＩ５だということもだれも知らなかった。おれは〝もうひとりのゼク〟にすぎなかった」

「ゼク？」

「囚人を意味するロシア語の俗語だ。ともかく、おれはすでに数年そこにいて、独りぼっちで淋《さび》しいなんていう段階はもう、とうの昔に過ぎていた。いや、それどころか、おれは人気者だったのさ。〝戦場医療〟の知識がかなりあったんでね、ほかのゼクたちの病気や傷を治したりもできた。おれ自身は、いろいろ大変な目にも遭ったが、だれもが自分の班でいっしょに作業をしたいと思うほど元気だった。ああいうところでは、それが大いに物を言うんだ」

「でしょうね」

「でも、おれはなおもスパイの仕事をしていた。まあ、自分ではそのつもりだった。毎日、まわりの男たちから情報を引き出そうと努力していたんだ。いつかここを脱出してやると思っていてね、ほんとうにそうできると信じ切っていた。たぶん、そうやって頭がいかれてしまうのをふせいでいたんじゃないかな。希望がまったくなくなってしまったら、人間なんてすぐに気がふれてしまう。ともかく、おれは接触できるすべての囚人を情報源かスパイであるかのように思って、なんとか利用しようとしていた。囚人というのはいろいろ情報を持っているのさ、ライアン。そうやっておれは、何年もかけてソヴィエト連邦に存在する極秘軍事施設のほぼすべての名前と場所を知ることができた。まあ、結局のところ、ソ連が崩壊してしまったので、そうした情報でほんの少しでも役立ったものは皆無なんだけどな。それでも、繰り返すが、自分を工作員だと思って努力しようとするかぎり、そこが収容所《グラーグ》であろうと、希望が生まれ、なんとか生きていけるというわけだ」

ジャック・ジュニアはそのときのオックスリーの苦労に思いを馳《は》せて静かにうなずいた。

「わかります、ええ」

「ある日、夕食をとりながら、そばにいた二人のゼクの会話を盗み聞きしていると、一方がその日あったことを話しはじめた。診療所の床のモップ掛けをしていたら、別の独房棟から囚人がひとり運びこまれてきた、という。そしてその男は、鼻血、発熱、譫妄《せんもう》といった典型的な腸チフスの症状を呈していた。そいつは強靭《きょうじん》な男で、まだ消耗しきってはいず、病気と闘っていた。体にタトゥーがなかったので、収容所《グラーグ》に来てまだ間もないのだということもわかった」

「それで？」

「で、その話をしはじめた囚人は、腸チフスの男がKGBのことをあれこれわめきだした、と言ったんだ」

「KGBのことって、どんなことを言ったんですか？」

「自分はKGB将校だぞとわめき、医者に電話して確認しろとしつこく命じたんだ。そいつは名前も言ったが、それがカルテにあったその男の名前と一致しなかった」

「医者たちはその男の言うことを信じたんですか？」

「信じるわけないさ。おれだって、スィクティフカルにいるあいだに一度や二度、ＫＧＢにいたことがあるって、だれかに言ったことがあると思う。囚人というのは嘘《うそ》をつくんだ、ライアン。自分はユーリイ・ガガーリンだと言っているやつにもその収容所《グラーグ》で会ったことがある。もちろん、そいつの場合は、そう信じ切っていたんで、嘘というより妄想だったんだけどな」

「そのＫＧＢの男に話を戻しましょう、オックス」

「よし。で、その意識を朦朧《もうろう》とさせた男は、自分はＫＧＢで、ある作戦を実行するためにこの収容所《グラーグ》にいるのだ、と言った。みんな、ただ笑ったりして、相手にしなかった。するとそいつは、自分は空挺《くうてい》部隊員だったこともあり、アフガニスタン侵攻初日にカブールの大統領官邸の制圧にも参加した、などと口走りはじめた。さらに、その後ＧＲＵ——ロシア軍参謀本部情報総局——入りしてアフガニスタンで戦いつづけた、とも主張した。

言うまでもないが、おれはずっとスープを口に運びながら、その話を気楽に盗み聞きしていた。だが、その腸チフス野郎は医者にモスクワのある電話番号を伝え、そこに電話して『〈天頂〉が緊急救出を必要としている』と連絡してくれと言ったんだ。それを聞いた瞬間、おれはハッとし、いま自分はこれまでの工作員活動に大きく係わる重大情報を偶然耳にしているのだと、初めて気づいたんだ」

ジャックは驚きのあまり身動きできないほどだった。「で、その男、どうなったんですか?」

「さっきも言ったように、だれもそいつの話を信じなかった。だが、ついに看護婦のひとりが受話器をとった。男の話にそれくらいの説得力はあったわけだ。だってそうじゃないか。だれも信じはしなかったが、だれもがこう考えていたにちがいないんだ――『単に熱に浮かされてデタラメを言っているだけなのかもしれないが、男がほんとうのことを言っている可能性が一〇〇〇分の一でもあるのなら、いちおう電話をしておいたほうがいいんじゃないか』とね。というのも、男の話が真実で、だれも何もしなかったということがあとでわかったら、そのとき診療所で働いていた全員が銃殺刑に処せられることになるからね」

「なるほど」

「だから、看護婦は電話した。すると、電話線の向こう側で応答した男は、何の話だかさっぱりわからないと言い、電話を切ってしまった。だれもが〝それでおしまい〟と思った。自分の吐瀉物《としゃぶつ》、血、糞《くそ》にまみれて車輪付き担架に横たわるその男の生死は、もはや天に任せるしかないと、だれもが思い、男は同じ運命におちいったほかのゼクなら必ずそうされるように、担架ごと隅に押しやられた」

話がそこで終わるはずがないとジャックは気づいていた。オックスリーが〝つづき〟を話すのを待つあいだ、ジャックの心臓は高鳴りつづけた。

「五分後、おれは厨房《ちゅうぼう》で塩を湯にそそぎ入れ、それを一気に飲み干した。すると何秒もしないうちに、おれは食堂で吐きはじめた。で、車輪付きの担架で診療所へ運ばれた」

ジャックはオックスリーの機転に感心した。「そこで何を見たんですか？」

「残念ながら〈天頂〉を見ることはできなかった。おれはベッドに括《くく》りつけられていたんでね。だが、音を聞くことはできた。だから、何が起こっているのかわかった。真夜中ごろにトラックが何台かやって来た。通常の囚人移送で、来たのはKGBではなく刑務所管理当局の担当官たちだった。彼らは問題の囚人を連れ去るのに必要となる書類を持っていた。男が担架で運ばれていくときはかなり騒がしくなり、おれはその音をしっかり聞いた。

その夜、あとでモップ掛けの男がベッドのそばに来たとき、おれは、自分の独房に苦労してためこんでいた食いものをすべて進呈するから、その日見たこと聞いたことを教えてくれないか、と持ちかけた。

するとそいつは、腸チフスにかかったゼクはタラノフと名乗った、と言ったんだ」

「うわっ、すげえ」ジャック・ジュニアは思わずつぶやいた。

「あらわれた囚人移送トラックの後部には、やつの治療をすぐに開始できるように複数の医者が乗っていたそうだ。そんな囚人移送、おれはそれまで一度も聞いたことがなかった」オックスリーは肩をすくめた。「そのモップ掛けの男がおれにそういうことを話してくれたときにはすでに、自分は〈天頂〉と呼ばれるKGB将校だと言い張ったタラノフという名のゼクは、スィクティフカルの収容所《グラーグ》から姿を消していた」

ジャック・ライアン・ジュニアはこの話を信じた。少なくともジャックは、オックスリーがそれを信じているということを信じた。

ヴィクター・オックスリーは話を終えてジャックの顔をじっと見つめていた。その目の表情を見るかぎり、失われた信頼はまだ回復していないとジャックには思えたが、オックスリーはこちらを信頼して行動するしかない状況にあるのではないかという読みもできた。オックスリーは自分のフラットに帰ることはできないのだ。

ややあって、オックスリーが言葉を継いだ。「もうしばらくはいっしょに行動する、ライアン。だが、あんたのことは見張っているぞ。わかったな?」

「わかりました」

「では、これからどうする?」

「バスルームにいる野郎の手足を自由にし、そのままここに残して、わたしたちは車でどこか別の場所へ移動する。どこへ行けばいいのかはまだわかりませんが、なんとか考えて適当な場所を見つけましょう。で、そこに着いたら、オレグの携帯電話にあった番号についてわたしが知りたいことをすべて教えてくれる友だちに電話します。助けになると思います」

「えらく重宝な友だちだな」
「ええ、その方面の能力は抜群です」

69

現在

エリック・コンウェイ准尉《じゅんい》とアンドレ・ペイジ准尉は午前五時に自分たちのヘリコプターへ向かった。二人はすでに一時間前に起床し、コーヒーを飲み、飛行作戦センターで天気予報を入念に調べた。コンウェイが今朝、飛行作戦センターの天気デスクで過ごした時間は、いつもよりもすこし長かった。チェルカースィに濃霧が居座り、北のほうで嵐《あらし》がいくつか発生しつつあったからである。ふつうなら〝ようす見〟が必要となる状況だったが、いまは戦闘作戦行動が必要とされるときであり、予定されていた午前六時の出発に変更はなかった。

どこかで戦争が進行中であっても、ここチェルカースィの陸軍基地は静かで穏やかだった。基地に駐留していたウクライナの地上部隊の大半は、戦闘が開始されるや、前線へと展開し、あとにはアメリカの多目的・観測ヘリ中隊一個、レンジャー警備部隊、それにミダスの統合作戦センターしか基地に残っていないという状態だった。

B《ブラヴォー》中隊に所属する艶消し黒《マットブラック》に塗られたOH－58Dカイオワ・ウォリア八機のうち四機は、すでに飛び立っていて、その任務は、東への半時間ほどの飛行で到達できるチュグエフ空軍基地近くでロシア軍地上部隊を迎え撃つウクライナ軍Mi－24攻撃ヘリへの戦闘支援だった。

つまり、デルタフォース等の特殊部隊チームが支援できない場所でウクライナ軍のためにレーザー目標照射をおこなうというのが、そうしたOH－58Dヘリが与えられていた任務だった。それらのヘリへの仕事も、コンウェイとペイジの今朝のフライトに負けず劣らず危険なものではあったが、両者にはちがう点がひとつあった。それは、コンウェイとペイジはこれから防空ミサイルを一発も搭載せずに戦闘におもむくという点だった。

ブラック・ウルフ2－6というコールサインをもつ二人のOH－58Dは、左右のパイロンにヘルファイア空対地ミサイルを四発装着していたが、搭載ミサイルはそれだけだった。彼らは、一方のパイロンにスティンガー空対空ミサイルを二発、もう一方のパイロンにヘルファイアを二発、装着して戦場に向かうことも検討したが、結局コンウェイは自機が装備する自衛のための最先端装置およびレーダーを信頼し、空対地攻撃能力を二倍にするために空対空攻撃能力をあきらめることにした。

二人は機体外部の飛行前点検を終えると、それぞれOH－58Dの自分の席がある側まで歩いていった。そして、乗員用ドアのそばに立ち、ヘルメットをかぶり、通信用のヘッドセットをつけ、負い紐《スリング》で首から下げていたM4カービンをはずした。自動小銃を胸にぶら下げたまま飛行することはできないので、それを計器パネルの上のダッシュボードにおさめた。そうしておけば、必要なときにはいつでも、すぐさまカービン銃をつかみ出せ、軽ヘリコプターのあいたままの側面から発砲することができる。さらに二人は、数個の破片手榴弾《しゅりゅうだん》と発煙筒をベルクロで所定の場所にとめた。

二挺《ちょう》のカービン銃と数個の破片手榴弾では、機外装着ポイントに固定された装甲車両破壊用のミサイル四発と比べるといかにも貧弱だが、二人には自動小銃に大いに助けられた経験があった。二年前、アフガニスタンで、丘の斜面のタリバン部隊にやられそうになっていた国際治安支援部隊のオランダ歩兵部隊の近接航空支援をしたときのことだ。二人のOH－58Dカイオワ・ウォリアは搭載していたハイドラ70ロケット弾をすべて敵部隊に撃ちこんで、その脅威をきれいに取り除きはしたのだが、そのほぼ直後、携帯型ランチャーから発射されたRPGロケット弾が一発、ヘリの風防のすぐそばを猛然と通過していったのである。コンウェイは発射地点を見ていたので、大声でその地点を副操縦士のペイジに伝えてから、ヘリを九〇度回転させた。そして、ヘリの副操縦士側の側面が脅威に向いたところで、ペイジがM4カービンの弾倉《マガジン》が空になるまでロケット弾ランチャーを持つ敵に銃弾を撃ちこんだ。敵兵は二人とも即死し、二発目のロケット弾をヘリにも谷間のオランダ歩兵部隊にも撃つことができなかった。

二人の若き准尉は勝利をハイタッチで祝ってジャララバードの基地に帰投したが、ペイジは戦闘報告のためレディルーム（パイロットの会合・待機室）へおもむく途中、ある事実を知ってがっかりし、ほとんど意気消沈してしまった。その事実というのは、攻撃時のもようを撮影するカイオワ・ウォリアのガン・カメラが前方に設置されていて、横には向かず、自分のカービン銃による射撃は記録されなかったということだ。つまり、せっかくの自分の活躍を後世の人々に見せることはできないということ。

ここウクライナでの交戦はジャララバードあたりで体験した戦闘とはまるでちがうものになるということは、ふたりとも承知していた。なにしろ相手は、空軍も長距離ミサイルもあれば高性能の攻撃ヘリもT－90主力戦車もあるロシア軍なのだ。彼らにくらべればタリバンなど素人《しろうと》と言ってよいだろう。

二人は霧の立ちこめる朝に離陸するための準備を開始した。それぞれがチェックリストにそって点検していく。コンウェイはスペリー操縦システムと航空電子機器《アビオニクス》のテストに集中して取り組み、ペイジはカメラ、照準用コンピューター、主回転翼《メイン・ローター》マストにマウントされたレーザー目標照射装置およびそのバックアップ・システムを次々に点検していった。

そして二人とも、通信装置をテストし、身につけているＳＥＲＥ（生存《サヴァイヴァル》・逃避《イヴェイジョン》・

抵抗《レジスタンス》・逃亡《エスケイプ》）用の全装備をいちいち手でさわって確認していった。

午前六時ちょっと前、ヘリ発着場《パッド》上のクルー・チーフ（ヘリを円滑に運用するためのさまざまな仕事をこなす隊員）が両手の親指を立てて見せると、コンウェイはロールスロイス社のエンジン（アリソン）を始動させた。一〇秒ほど甲高いエンジン音が響いてからようやくメイン・ローターが回転しはじめ、アリソンが離陸可能なパワーをメインおよび尾部《テール》のローターに伝えることができるようになるまでにさらに一分以上がかかった。そこでさらに、リストにそったチェックがひととおり行われた。そしていま、ペイジは無線を通してクルー・チーフと話し合い、「戦闘が激しくてヘルファイア・ミサイルを撃ち尽くした場合、素早くヘリパッドに戻ってヘルファイアを再搭載できるかどうか」という点を確認していた。

クルー・チーフは「いつ戻ってきてもいいように準備しておく、四時間後でも四分後でもかまわない」と胸を張った。

午前六時、エリック・コンウェイは無線の通話ボタンを押した。「チェルカースィ地上管制《グラウンド》、こちらブラック・ウルフ2《ツー》－6《シックス》、どうぞ《オーヴァー》」

「ブラック・ウルフ2《ツー》－6《シックス》、こちらチェルカースィ地上管制《グラウンド》」

「ブラック・ウルフ2《ツー》－6《シックス》、離陸準備完了」

管制官は離陸と基地の南側からの出発をOH－58Dに許可した。〝黒 鳥《ブラック・バード》〟は朝霧のなかへゆっくりと上昇していった。

地上からまだ二、三百フィートしか離れていないときに、B《ブラヴォー》中隊飛行作戦センターではなくJOC（統合作戦センター）からの呼び出しの声がヘッドセットを通して聞こえてきた。

「ブラック・ウルフ2《ツー》－6《シックス》、こちら魔法使い《ウォーロック》0《ゼロ》－1《ワン》、聞こえるか？《ハウ・コピー》」

無線連絡してきたのはミダスだとコンウェイもペイジもわかった。ミダスはJOCを指揮するバリー・ジャンコウスキー大佐のデルタフォースのコールサインだが、今回のように陸軍の通常の部隊を指揮するときは別のコールサインを用いなければならない。陸軍というところはよくこうしたややこしいことをする。

「魔法使い《ウォーロック》0《ゼロ》－1《ワン》、聞こえます《コピー》。中継点A《ウェイポイントアルファ》へ向かいます。ETAは1《ワン》－9分《ナインマイク》後、どうぞ《オーヴァー》」ETAは到着予定時刻。

「了解《ラジャー》、2《ツー》－6《シックス》。さらに中継点G《ウェイポイントゴルフ》まで進み、連絡を待て。いまのところ、きみたちのターゲットはない。位置につき、しばらく待つことになると思う。いいかね？《ハウ・コピー》」

「ブラック・ウルフ2《ツー》－6《シックス》、すべて了解《コピーズ・オール》」

コンウェイは操縦桿《サイクリック》を前にかたむけて前進速度をつけ、コレクティブ・レバーを引き上げて揚力を増加させた。OH－58Dカイオワ・ウォリアは朝霧のなかを上昇し、クリミア半島の方向へ猛然と飛行しはじめた。

に言った。

「こんな濃霧《スープ》では木をかすめて飛ぶなんて気分にはなれないよね？」ペイジが冗談まじり

「だからさ、よく言うだろう。『スピードが命、高度は生命保険』って」

今日の二人の任務は状況に応じて変わりうるものだった。司令官のために戦場の情報収集をおこなうというのが、いちおう第一の任務だったが、いつそれが変更になるかわからないということをコンウェイは知っていた。いつミダス──いや、魔法使い《ウォーロック》０－１でも他のどんな名前でもいいのだが、ともかく司令官──から、〈赤熱炭《レッド・コール》カーペット〉作戦を展開する一二ほどのアメリカまたはイギリスの特殊部隊チームのひとつを支援せよ、という命令が下るかわからないのだ。

ヘリが霧の上へと抜け出ると、青空と遠方の緑の放牧地しか見えなくなった。そして、そうやって飛行するあいだも、他のＯＨ－58Ｄカイオワ・ウォリアたちの無線交信が次々に聞こえてきて、同じ中隊の僚機の活躍ぶりが手にとるようにわかった。チュグエフ空軍基地近くの二機のカイオワ・ウォリアが、二つの小さな町を結ぶ舗装道路を移動中のターゲットを捉《とら》えた。そして二機の僚機は、ウクライナ軍Ｍｉ－24攻撃ヘリ部隊のためにレーザー目標照射の作業を開始した。この交信を聞いていたブラック・ウルフ２－６の二人は、自分たちもその戦闘支援に加わりたかったと羨《うらや》ましがった。

これまでのところ、戦闘の大半はドネツク・オーブラスチとルハーンシク・オーブラスチ――オーブラスチは州に相当するウクライナの地方行政区――で行われていて、アメリカのヘリコプターはその地域に入らないように命じられていたが、いくつかのデルタフォース・チームはドネツクで活動していた。ただ、彼らの目的はロシア軍の侵攻スピードを鈍らせるということだけだった。

ブラック・ウルフ2－6はすでに一時間以上飛びつづけ、現在、大工業都市ドニプロペトローウシクの東側の欧州自動車道路E50号線にそって低空飛行していた。その自動車道路はドネツクを離れて東へ向かう市民の車でいっぱいという状態だった。しかも、車の多くは――〝大部分〟とまでは言えないにしても――大切な家財を満載しているように見えた。


エリック・コンウェイはインターコムを通してアンドレ・〝ドレ〟・ペイジに言った。

「おい、ドレ、このあたりの住民の八〇％以上は多かれ少なかれ親ロシアだと、おれはどっかで読んだことがある」

「たしかにそんなところらしい」

「じゃあ、どうしてみんな逃げ出しているのかな？　ロシア軍が来てくれたら嬉《うれ》しいはずじゃないか？」

「ロシア軍が解放しに来てくれるとかいうのは、そりゃ嬉しいのかもしれないが、それが起こっている真っただ中にはいたくない、ということじゃないのかね。事が落ち着くまでに戦闘が嫌というほどあるだろうから」

コンウェイが応《こた》えようとしたとき、ＪＯＣからの指示がヘッドセットを通して聞こえ、ブラック・ウルフ２－６は現在地点から東へわずか一五分のグリッド座標（地図上のマス番号によって示される区域）へ向かうよう命じられた。コンウェイは「了解《ラジャー》」と返すと、速度および高度を一気に上げ、車が連なる自動車道路の〝低空見物飛行〟をやめて、起伏する森林を飛び越えにかかった。

指示された区域への移動飛行中に、さらなる情報がミダスからもたらされた。

「ブラック・ウルフ２《ツー》－６《シックス》、こちら魔法使い《ウォーロック》０《ゼロ》－１《ワン》、すぐに状況報告する、待機せよ《スタンバイ》」

ややあって、ミダスは言葉を継いだ。「チーム・フリトーがメゾヴァの南東で設置用の壕《ごう》を掘って発射準備をしているＢＭ－30二基を見つけ、監視中。チーム・フリトーは攻撃を受け持つウクライナ軍〝資産《アセット》〟をいまだ出動させられず、敵軍《レッド・フォース》は一時間以内に人口密集地域にロケット弾を撃ちこめるようになる」

ＢＭ－30が大型八輪トラックと一体となった多連装ロケット・ランチャーで３００ミリ・ロケット弾一二発を五〇マイル（約八〇キロ）先まで連続発射できるということは、コンウェイもペイジも知っていた。そして、それぞれにその大型トラックよりは小さい支援車両が数台つく。ＢＭ－30多連装ロケット・ランチャーは強大な破壊力を有する強力な兵器で、それが二基、ドニプロペトローウシクを射程におさめられる場所に集合したという事実は、その市街地および周辺に展開するウクライナ軍部隊は今後危険にさらされるということだ。市街地のすぐ向こうにはウクライナ軍のヘリ部隊の前進基地とドニプロペトローウシク州《オーブラスチ》最大の軍事基地があり、それらは多連装ロケット・ランチャーの格好のターゲットとなる。

ペイジがターゲットに関する情報をもっと得ようと割りこんで無線を占領した。「ＢＭ－30設置場所の他の〝敵資産《レッド・アセット》〟を教えてください」自分たちはこれからカイオワ・ウォリアを撃ち落とせるどんな兵器と対戦することになるのか、ペイジは知りたかった。それは歩兵なのか、戦車なのか、ヘリコプターなのか、それとも？

「こちら魔法使い０－１《ウォーロックゼロワン》。ＡＷＡＣＳ《エイワックス》は周辺空域に敵機はいないと報告している」ＡＷＡＣＳは早期警戒管制機。「チーム・フリトーからの報告では、近くに複数の兵員輸送車が存在し、車両の外に出ている兵士が多数いるが、対空兵器は確認できていない」

「了解しました《ラジャー・ザット》」とペイジは応えたが、すぐに隣にいるコンウェイを見やった。「と言われてもなあ、おい、ロシア野郎たちが空からの攻撃をふせぐ手立てをまったく講じずに、のろまの大型ロケット・ランチャーを設置する可能性はどれくらいあると思う？」

「ゼロだな」エリック・コンウェイは断言した。「できるだけ離れたところから攻撃しないといけない。スタンドオフ距離を最大にし、露出を最小にする必要があるな」

「よし、それでいこう」アンドレ・ペイジは返し、来《きた》るべき戦闘に備えて多機能表示照準システムの準備を開始した。

BM－30設置場所から西へ五マイル離れたところにある目的地点に到着する前に、ブラック・ウルフ2－6はその地域にいる第一〇特殊部隊グループ・チームのリーダーであるフリトー・アクチュアルと無線で直接連絡をとった。ペイジのターゲット照準用コンピューターが友軍《ブルー・フォース》の位置を表示してくれ、フリトーは近辺に存在する脅威に関する最新情報を提供してくれた。

ターゲットから二〇マイルも離れたところを飛行していても、二人はムーヴィング・マップ・ディスプレイに目をやり、ペイジは主回転翼《メイン・ローター》マスト上に据え付けられた照準装置で前方に目を光らせ、いかなる異状をも見逃さないようにしていた。市街地から離れたところに小さな村や工場がいくつかあったが、その地域のほとんどは起伏する森林だった。ペイジが言った。「おれたちなら間違いなく攻撃に成功するとフリトーは言っているけど、低空飛行で接近したほうがいいと思う。そっと接近して光学装置で敵をのぞく。敵に見られる前に敵を見る」

コンウェイは返した。「了解した《ラジャー・ザット》」

コンウェイは森林の最上部の梢《こずえ》からわずか四〇フィート（約一二メートル）という高度までブラック・ウルフ2－6を降下させ、空き地や小川を横切るときはさらに高度を下げた。ペイジの胃は〝吐き気をもよおすジェットコースターに乗っているような超低空の地形追随飛行〟にはとうの昔に慣れてしまっていたが、彼はいまだに「コンウェイはおれの内臓をいかれさせるためだけに曲芸飛行をわざとやることもあるのではないかと疑ってもいた。

二人は大きいが人気《ひとけ》のない赤煉瓦《あかれんが》造りの工場を中心にしてつくられた小さな町まで達した。屋根から大煙突が三本も突き出しているのを見て、これは何らかの製錬工場ではないか、とコンウェイは思った。彼は工場のすぐうしろにある砂利道からたったの二五フィートという高度まで機体を降下させた。そうすることで、ほぼ五マイルの森林と農地の先にあるターゲット・エリアから見られないように、三階建ての煉瓦造りの工場の背後に身をひそめることができた。

ペイジは無線でチーム・フリトーとつながったままで、データのやりとりもでき、向こうから送られてくるターゲット・エリアの多数の画像を行きつ戻りつしながら次々に見ていった。そして言った。「自分はBM－30の専門家ではないが、あのクソ野郎たち、準備を終えて、もういつでも発射できるように見える」

一方、コンウェイは目でヘリの外を観察するということにも時間を使っていた。カイオワ・ウォリアにも装置や機器がたくさんあって、ホヴァリング時にパイロットがつい、まわりの状況以外の情報を取り込むのに時間をかけすぎてしまうことがあり、その場合、危険が生じる。

だが、コンウェイは経験豊富なパイロットだったので、そんな過《あやま》ちはおかさなかった。攻撃準備はペイジにまかせ、自分は農地、道路、建物、そしてそれらのまわりの森林との境目にも目をやりつづけていた。こうして比較的やわな機体のヘリに乗って、砂利道のすぐ上にホヴァリングしているということは、二人のロシア人が機関銃を搭載したジープに乗ってやって来ただけで、いまのところかなり良好なこの朝が台無しになってしまうということなのだ。コンウェイの頭にはそのことがしっかり入っていた。

コンウェイはペイジの表示装置にも目をやって、ロシア軍の多連装ロケット・ランチャーを背負うトラックの画像を見た。彼もまたBM－30の専門家ではなかったが、もういつでもロケット弾をウクライナに雨あられと撃ちこむことができそうに見えた。

ペイジは表示を自機のMMS（マスト・マウンテッド・サイト）に組みこまれたカメラの映像に切り換えた。MMSはその名のとおり、主回転翼《メイン・ローター》マスト上にマウントされた大きなポッド状の照準装置《サイト》で、球体の前方に目立つガラス製の〝目〟が二個ついているというその形状が有名な映画の愛嬌《あいきょう》のある宇宙人そっくりで、ペイジはそれをE．T．と呼んでいた。ただ、OH－58シリーズはいま新ヴァージョンがアメリカ国内でテスト飛行に入っており、そこにはさまざまな発展・進歩があるということでコンウェイはそれを操縦することを楽しみにしていたが、その新型の照準器の形状はOH－58Dカイオワ・ウォリアのものとはちがう。ニュー・モデルでは、レーザー距離測定装置とレーザー目標照射装置は、メイン・ローターのマスト上ではなくパイロットの足下のポッドのなかに収められているのだ。だから、見た目がだいぶ異なることになる。エリック・コンウェイはE．T．のついたOH－58Dを飛ばしはじめてもう四年近くになるので、新型を操縦するようになったときにはマスト上のMMSによるその独特の風貌《ふうぼう》に会えなくなって寂しい思いをするにちがいない。

現在、彼らのヘリは工場の建物の背後にいて、アンドレ・ペイジはE．T．のカメラを通してターゲットを見ることはできなかった。

ペイジは言った。「ようし、エリック、ちょいと見てみようか」

コンウェイが自分の左側にあるコレクティブ・レバーを引き上げると、ヘリコプターはホヴァリングしたままゆっくりと上昇した。機体が地面の五〇フィート上まで浮かんだところで、MMSがわずか四〇ヤード前方にある煉瓦造りの建物の屋根よりも上に出て、遠くのターゲットをのぞき見ることができるようになった。

ペイジは自分のモニター上に見る必要のあるものを見て、言った。「よっしゃ。しっかり見えた」

コンウェイは機体を空中に停止させた。

ペイジは二つのターゲットを見た。それは小川の両側の畑にひとつずつあって、その二つの場所は橋で結ばれている。そしてそれぞれに、空に向けられた一二本のロケット弾発射筒を背負う大型トラックが一台ずつあり、そのそばにさらに一〇台以上のトラックや兵員輸送車が散らばっている。

「防空〝資産《アセット》〟は？」コンウェイが訊《き》いた。

ペイジは現在の距離では対空兵器と断定できるものを見つけることはできなかったが、自機を撃墜できる何らかの兵器があそこにあるにちがいないとは思っていた。

だが、アンドレ・ペイジはやらねばならない仕事があるとわかっていたし、外国の戦場で命をかけて戦うのと引き換えにアメリカの納税者から年に三万八一二四ドルをもらっていた。だから、ぐずぐず居座ろうとする不安をできるだけ心から追い出し、言った。「地上には脅威となるものはないようだ。空はどうだ？　心配すべき敵機は相変わらずなしか？」

「ない。いちばん近い脅威は七〇マイル離れたクリミア上空。クリア、ブルー、アンド・22《トゥエンティツー》だ、兄弟《ブロ》」

最後のフレーズは〝絶好の飛行日和《びより》〟を意味するヘリコプター・パイロット用語だ。

「ターゲットまでの距離は？」コンウェイは問うた。

ペイジはレーザーで距離を測定した。「レーザー、照射。距離、七六八一メートル」

「それでも大丈夫か？」コンウェイは訊いた。有効射程ぎりぎりだったからだ。もしペイジが必要と判断すれば、ヘリをもっと近づけることはできる。

ペイジは答えた。「いや、だからさ、おれのなかの〝戦士《ファイター》〟はやつらの真上に行きたがっている。だが、おれのなかの〝生存者《サヴァイヴァー》〟がこのクソ馬鹿《ばか》でかい煉瓦造りの工場のうしろに隠れていたほうがいいかなあ、と思っている」

「よし、わかった、兄弟《ブラザー》。ここからうまくやらかすことにしよう」

ペイジはヘッドセットを通してJOC（統合作戦センター）のミダスを呼び出した。

「魔法使い0《ウォーロックゼロ》－1《ワン》、こちらブラック・ウルフ2《ツー》－6《シックス》。ヘルファイア発射許可を要請」

この無線連絡にミダスが即座に応答した。「ブラック・ウルフ2《ツー》－6《シックス》、こちら魔法使い《ウォーロック》0《ゼロ》－1《ワン》。そのあたりにウクライナ軍の航空〝資産《アセット》〟はない。ヘルファイア発射を許可する。どうぞ《オーヴァー》」

「了解《ラジャー》、発射する」

コンウェイは言った。「ようし、やるぞ」

ペイジはコンウェイを無視した。相棒があふれ出たアドレナリンで興奮しているのはわかっていたが、ペイジは冷静さを保っている自分が誇らしかった。「フリトー・アクチュアル、こちらブラック・ウルフ2《ツー》－6《シックス》。知らせる――いまから攻撃を開始」

「了解した《ラジャー・ザット》、ブラック・ウルフ。われわれは全員、安全な場所にいる。ターゲット・ポジションに友軍なし。敵のヘリがあんたらを狩りにくる前に、あのロケット・ランチャー・

トラックを破壊し、ここから消し去ってくれ」

「了解した《ラジャー・ザット》」

コンウェイは操縦桿《サイクリック》についている兵器発射ボタンをガードする安全装置の下に親指を滑りこませた。

そして言った。「発射する、3《スリー》、2《ツー》、1《ワン》」コンウェイは発射ボタンを押し、空対地ミサイルを一発、巨大な移動式多連装ロケット・ランチャー二基の一方へ向けて送り出した。

「ヘルファイア、放炎」コンウェイはミサイルが炎を放ちながら東へと猛然と飛翔《ひしょう》していくのを確認した。

「六万五〇〇〇ドルが飛んでいった」ペイジは穏やかな声で静かに言った。ペイジだから飛ばせたジョーク。コンウェイにはこういう冗談は言えない。戦闘時にはペイジのほうが落ち着いていられるのだ。

コンウェイはすこし待ってMFD（多機能表示装置）で着弾結果を見るということもせず、すぐさま二発目のミサイルを選択し、同じターゲットに向けて発射した。二発目はもうひとつのターゲットに撃ちこむということも可能だったが、同じ標的に二発連続発射したほうが、敵砲兵隊のミサイル防衛システムを打ち負かせる確率が高まる。

最初のヘルファイア・レーザー誘導対戦車ミサイルは、BM-30設置場所ですでに作動していたロシアのレーザー照射警報装置に捉えられ、防御のためのミサイルが空に撃ち出された。アメリカのミサイルは、ペイジもフリトーも発見できなかった敵の自動防護システムのミサイルによって着弾地点の七五ヤード手前で撃ち墜《お》とされてしまった。

だが、二発目のヘルファイアは防護の壁を突き抜け、その弾頭が多連装ロケット・ランチャーのすぐ上で爆発した。コンウェイはすでに三発目のヘルファイア発射のカウントダウンに入っていたにもかかわらず、突然MFDが真っ白になったので、発射作業を中断してしまった。

最初、システムのどこかがおかしくなったのではないかと思い、モニターを調整しはじめた。

ヘッドセットから命中の連絡がはいったのはそのときだった。「2《ツー》－6《シックス》、こちらフリトー・アクチュアル。命中、命中。二次爆発、複数あり。いやあ、すごいぜ、大当たりだ」

すぐ隣のペイジが声をあげた。「うおっ、あの煙」

コンウェイは顔をあげてターゲットのほうを見た。遠く、五マイル先で、黒いものが立ち昇り、ゆっくりとキノコ雲へと形を変えていく。数秒後、低い轟《とどろ》きが、頭上のローター音にも掻《か》き消されず、ヘッドセットをも突き抜けて聞こえてきた。

リセットするのにすこし時間がかかったが、コンウェイは三発目のヘルファイアを第二のターゲットに向けて発射した。

その瞬間だった、デジタル合成された男性の大声が彼とペイジのヘッドセットから飛び出したのは。「レーザー！　レーザー！　一一時の方向！」

ペイジが叫んだ。「ミサイルが来るぞ！」

「残り一発、速射！」コンウェイは最後の一発も第二のBM－30に向けて発射した。

そして即座に、操縦桿《サイクリック》を右へかたむけ、右のペダルを踏みこみ、ヘリコプターを九〇度旋回させた。機首が下を向き、ヘリは煉瓦造りの工場の建物の背後にある砂利道へ飛びこむように急降下した。

「自衛措置！」ペイジは言った。カイオワ・ウォリアは急降下しつつミサイルを欺瞞《ぎまん》するデコイを自動的に放出した。

地面まであとわずか数フィートというところでブラック・ウルフ2－6は機体を水平にもどし、猛然と畑を飛び越えはじめた。

ロシアの肩乗せ式ランチャーから発射されたミサイルは、逃げ去ろうとするOH－58Dから一五〇ヤードも離れていない工場の三本の大煙突のひとつに激突し、それを粉々に吹き飛ばして赤煉瓦の破片を四方八方に飛び散らせた。

コンウェイは高速を維持してヘリを飛ばしつづけた。二発目のミサイルも背後の工場に突っ込んでしまった。コンウェイが左肩越しにうしろへ目をやった瞬間、チーム・フリトーからの興奮した連絡が耳に響きわたった。

「すげえ、やったぜ！　第二ターゲット、破壊！　今度も中性子爆弾なみだったぞ！」

「了解した《ラジャー・ザット》」ペイジが冷静に返した。いまや彼は自分の側のあけっぱなしのドアの外に目をやっていた。警戒警報はやんだが、ペイジもコンウェイもなお脅威を探してあたりに目を光らせていた。

だが、やつらはきみたちがそこにいるのを知った。「ブラック・ウルフ、よくやった、見事だ。魔法使い《ウォーロック》0－1が無線で呼びかけてきた。「ブラック・ウルフ、よくやった、見事だ。帰投せよ」

コンウェイが応えた。「了解しました《ラジャー・ザット》。RTB」RTBはリターン・トゥー・ベース（帰投）。

OH－58Dカイオワ・ウォリアが北西へ向かって唐松《からまつ》の森の上を猛然と飛行するあいだも、二人の若者の心臓は防弾チョッキを突き破らんばかりに暴れていた。ふつうコンウェイとペイジは、戦闘でターゲット排除に成功したときは、ガッツポーズを何度もして喜びを表現するのだが、いまは二人とも、黙ってそれぞれ物思いにふけっていた。いままさに間一髪の命拾いをしたばかりなのだと、自分たちでもわかっていたからである。

70

ジョン・クラーク率いる〈ザ・キャンパス〉工作員チームは、セヴァストポリからキエフに戻ってきてからというもの、毎日、フェアモント・グランド・ホテルの九階を訪れる者たちの写真を撮って過ごしていた。

そのため彼らの〝悪党写真陳列室〟にはいろいろ面白そうな人物の顔写真がずらりと並んで、なかなかインパクトのあるコレクションが出来上がり、それぞれの顔写真に名前を入れる役目はギャヴィン・バイアリーが請け負った。バイアリーはCIAの低レベル秘密情報用のSIPRNetのデータベース、SBU（ウクライナ保安庁）のネットワークのファイル、その他の場所にある公開情報を利用しつつ、顔認識ソフトウェアを使って、写真に写っている者たちの名前を特定する作業を開始していた。

ただ、〈傷跡のグレーブ〉本人を目にした者は〈ザ・キャンパス〉チームのなかにはまだひとりもいなかった。〈傷跡のグレーブ〉が意図的に姿を見られないようにしているのは明らかだった。最上階まで行ける秘密の通路のようなものがあるといけないので、チームの面々はホテルのすべての出入り口に張り込んでみた。さらに一日を費やして監視の目を近隣まで広げ、従業員通用口、荷物搬出入口、屋上のヘリポートにも目を光らせてみたが、結局、グレーブは出入りしていないという結論に達した。そう、やつは最上階に閉じこもっているようなのだ。

クラークはマンションをもうひとつ確保し、作戦活動拠点をそこに移していた。新しい拠点はいままで使っていたところよりは小さいマンションで、フェアモント・グランド・ホテルから二ブロックしか離れていなかった。マンションの持ち主はイゴール・クリヴォフの友だちで、戦争がはじまると、その持ち主はロシア軍がキエフまで進攻してくるのではないかと恐れ、妻子を連れて首都から逃げ出してしまった。おかげでクラーク率いる一団は、居間の窓からフェアモント・グランド・ホテルがよく見える安全な隠れ家《セーフ・ハウス》を手に入れることができ、持参した写真機材を用いてホテルに出入りする者たちのかなり鮮明な写真を撮ることができるようになった。

ホテルの最上階である九階のバルコニーも見え、そこに武装した警備要員が二人、一日二四時間ずっと立ちつづけているのも、目でしっかり確認できた。しかも、その二人は光学照準器《スコープ》付きのドラグノフ狙撃銃《そげきじゅう》や双眼鏡も持っていた。彼らはホテルの近隣地区まで見わたし、監視の目や脅威があれば見つけようと警戒しつづけていたが、〈ザ・キャンパス〉の男たちはマンションの窓をすべて黒紙でおおい、そこにカメラ撮影用の小さなのぞき穴をあけていた。

むろん、クラークと配下の者たちは盗聴器探しもすませていて、マンションが安全であることも確認していた。FSB（ロシア連邦保安庁）といったって、キエフにあるすべてのマンション、アパートを監視下に置けるわけではない。それに、マンションの持ち主であるクリヴォフの友だちは、ウクライナ当局にもロシア当局にも治安上の要注意人物と見なされたことはない。

〈ザ・キャンパス〉の面々は新拠点では安全をしっかり確保できていると安心していたが、

キエフの街のほうはどんどん安全でなくなっていると実感していた。この三日のあいだにも、警察官や官僚が数人、そして、なんとSBUのスパイもひとり、キエフの街中《まちなか》で殺されてしまったのだ。さらに、親ナショナリストのテレビ局で、漂白剤爆弾が爆発し、スタジオ内に塩素ガスの刺激臭が立ちこめたため、放送が中断するという事件があり、ウクライナ東部へのロシア軍の進攻を非難していたラジオ局が放火され、放送中断に追いこまれたということもあった。

午後八時ちょっと前、バイアリーは新拠点の居間のソファーに座っていた。真ん前のコーヒーテーブルの上には、電池室の蓋《ふた》がひらいたままになっているスラップ・オンと呼ばれる磁石付きGPS発信装置が数個載っていた。バイアリーはクラークといっしょに電池交換をしているのである。それは退屈だが必要な仕事だった。ただ、クラークにはすこし難しかった。というのも、もう一年以上も前のことになるが、右手の骨のほとんどを拷問《ごうもん》で打ち砕かれてしまったことがあるからだ。

二人が黙々と交換作業をしていると、ギャヴィン・バイアリーの携帯電話が鳴った。彼は携帯のディスプレイを見もせずに応答した。「はい」

「やあ、ギャヴ、ジャックです」

「ライアン！　いやあ、久しぶり、嬉《うれ》しいねえ。〝楽《メ》しき《リー》イングランド〟での暮らしはどうだね？」

「それが、実はそれほど楽しくないんです」

「おや？　こっちはいろいろあって楽しいぞう。街での暴動、暗殺、爆弾事件、スパイ、マフィアの悪党、何でもありだ」

応《こた》えが返ってくるまでにやや間があった。「ジェリーはヘンドリー・アソシエイツ社をワシントンDC圏に移したんですか？」ジェリー・ヘンドリーがヘンドリー・アソシエイツ社（ザ・キャンパス）をメリーランド州ウェスト・オーデントンから別の場所に移さなければならないと判断して新社屋を探していることは、ジャック・ライアン・ジュニアも知っていた。

バイアリーは笑い声をあげた。「きみは蚊帳《かや》の外だったようだな。こちらはいまキエフにいるんだ」

「ほんとうですか？　ぜんぜん知りませんでした。で、キエフで何をしているんですか？」

「そんなのわかってるだろう。スパイだよ」

「なるほど。で、みんな別状ないんですか？」

「ない。ジョン、ドム、ディングの三人はこのあいだ危険な目に遭ったが、無事にもどり、いまは全員、元気だ」

「それで、ええと、ひとつお願いがあるのです。電話番号のリストがあるんですが、ちょっと調べてもらえるとありがたいのです」

「いいとも。送ってくれ」

数秒後、バイアリーの携帯電話がEメールを受信した。彼はそれをひらき、親指で画面を上下させて電話番号のリストに目を通していった。

「こりゃ面白い。キエフ地域の番号がほとんどじゃないか。どこでこんなものを手に入れたんだ?」

「今日わたしを殺そうとしたロンドンに滞在するギャングのひとりの携帯にあったんです」

バイアリーは目を剝《む》いてクラークを見つめた。クラークはその驚愕《きょうがく》の表情を見て、バイアリーの携帯に手を伸ばした。

バイアリーはすぐにはそれを手わたさなかった。「マジでか?」

「ええ、遺憾ながらね。で、わかったことを教えてもらえたら即、その情報を利用できると思うんです」

バイアリーは言った。「まあ、そういうことになるか。よし、ただちにとりかかる。この電話会社のシステムにはもう侵入して、いろいろ調べまわっている。リストにある番号の携帯の持ち主の名前と住所はすぐにわかるが、わたしはもうひとつステキな芸当もできる」

「どんな?」

「それらの番号とつながっているGPS自動位置記録装置のデータを逆にたどって移動経路を追跡することもできるということさ。要するに、それぞれの携帯電話がこの三〇日間に物理的に存在した場所をきみに教えることもできるというわけ。どういうルートをたどって現在の位置に至ったかを示す作業なので、ブレッドクラミングの一種と言ってもいい」

「それはすごいですね」

クラークが手を差し出して指をパチッと鳴らした。電話をよこせ、という仕種《しぐさ》。

バイアリーはジャックに言った。「きみと話したがっている人がそばにひとりいる」

ジャックは口籠《くちごも》り、ぼそぼそ言った。「まずいな。実はそれを恐れていたんです。こりゃこっぴどく叱《しか》られちゃう」

ギャヴィン・バイアリーは返した。「愛の鞭《むち》だよ、きみ」

ついに携帯はクラークの手にわたり、ジャック・ジュニアはその日起こったことをすべて包み隠さず話した。ジャックが話すあいだ、クラークは言葉を差し挟むこともせず、じっと聞き入っていた。だが、ジャックが話を終えても、クラークはしばらく何も言わなかった。その沈黙から、ロンドンの若きアメリカ人はキエフの初老の男が不機嫌であることを感じとった。

ジョン・クラークは言った。「いやはや、よくもまあそんなクソ窮地に平気ではまりこんでいったもんだな、まったく」

「ですから、そのう……突然降りかかってきたというか……」

「尾《つ》けられているかもしれないという気がほんの少しでもした瞬間、携帯をつかみあげ、おれに電話すべきだったな」

「でも、ジョン、いまギャヴから聞きましたが、そちらも手一杯という状況だったんでしょう?」

「今回はそれで逃げられると思ったら大間違いだぞ。いいか、おれはな、その気なら二時間以内に銃を持った男たちをきみのまわりに配置できたんだ。ロンドンだったら、知り合いの元SAS隊員がいくらでもいて、二〇分もあればそいつらにきみの警護を開始してもらえた」SASはイギリス陸軍特殊空挺《くうてい》部隊。「頼むから、そんなふうに単独でヤバい行動をとらないでくれ。きみは大統領の息子なんだぞ」

「わかっています。最初、ただの考えすぎだろうと思っていたんです。脅威レベルを正しく捉《とら》えられず、気づいたときにはもう手遅れでした」

「きみがいま言った〈傷跡のグレーブ〉だが、実はこちらにいるおれたちにもお馴染《なじ》みの男なんだ」

「ほんとうですか?」

「ああ。やつはサンクトペテルブルクの〈七巨人〉だ。野郎はそのマフィア組織のナンバー2《ツー》ではないかと、おれたちは踏んでいる」

「ナンバー1《ワン》はだれなんですか？」

「だれも知らん。だが〈グレープ〉はここウクライナでFSBの代理となってロシアを利する作戦を指揮している」

ジャックは言った。「そりゃ面白い。キエフでFSBのために活動している〈グレープ〉という男が、手下の男たちにわたしを襲撃させた。そして最近わたしが何をしたかというと、キャスター・アンド・ボイル社の仕事でクライアントのひとりがロシアでの不正計画によって金をだまし盗《と》られたことをあばき、さらにその事件を追跡して、ロシア政府そのものと言ってもよいガスプロムから大金を受け取った男を見つけ、そいつはFSBとつながるドミトリー・ネステロフという男だったという事実も見つけた」

クラークは「切らずに待て」とジャックに言って、ウクライナでもその名前に出くわしているかどうかチェックした。いまのところその名前が出てきたことはなかった。次いでクラークは、ウクライナやキエフのことに詳しい地元の人間、イゴール・クリヴォフに、その名前を聞いたことがあるかと尋ねた。が、それはクリヴォフにとっても初めて聞く名前だった。

クラークはいまやるべきことはこれしかないという確信のもとに早口でまくしたてた。

「ようし、そちらのクソ騒動の中心は間違いなくきみだ。だからこうする。ディング、ドム、サムをただちにそちらへ送りこむ。ガルフストリームで。今夜中にそちらに着く。で、三人が付き添い、きみをアメリカに連れもどす。きみの新しい友だちがパスポートを持っているのなら、いっしょに連れていける。パスポートを持っていなければ、なんとか別の方法でうまくやれるだろう」

ジャックはためらった。

クラークはその沈黙に気づき、言った。「ジャック、このままそこにいられないことくらいわかっているはずだ。だろう?」

「ジョン、ここにとどまれば、とんでもない危険に飛びこむことになるのかもしれません。それくらいのことはわかっています。でもね、今回のことはとても大事なことであり、もうしっかり係わってしまってもいて、途中で放棄するわけにはいかないのです。とてつもなく重要なことが賭《か》けられている一か八かの大勝負なんです。ここで降りるわけにはいきません。わたしの背後を見張ってくれる〝腕力〟を少々提供してくれるというのなら、ありがたく受けます。それでそちらが困らないというのなら」

「三〇分後には三人をそちらに向かわせる。で、いまは安全な場所にいるんだろうな?」

「いま移動中です。自分の車はショッピングモールの駐車場においてきて、タクシーでレンタカー会社の店舗まで行って車を借り、いまそれに乗って走っています。車はわたしの名前で借りましたから、理論的には追跡される可能性があるわけですが、わたしを襲撃した

〈七巨人〉の男たちがハイテク監視を利用している形跡はこれまでのところ見られません。念のため、ＳＤＲをしまして、尾行されていないことを確認しました」ＳＤＲ（サーヴェイランス・ディテクション・ラン）は尾行や監視の発見・回避のための遠回り。

クラークは応えた。「アメリカに帰ってくれたほうが、おれとしては安心できるんだが、ともかく、男どもを飛行機に乗せてロンドンへ向かわせる。それから、きみが送ってきた電話番号リストからギャヴィンが名前やらいろいろ割り出せたら、そちらに電話する」

「ありがとうございます、ジョン」

ジャック・ライアン・ジュニアとヴィクター・オックスリーはロンドンの北方に広がる田園地帯を車で走りながら、ギャヴィン・バイアリーから電話が入るのを待っていた。いまは二人ともおし黙り、会話をかわさずにいた。オックスリーはなにやら考えこんでいるようで、ジャックのほうは次にどう動こうか考えていた。

ジャックはサンディ・ラモントと話したいと思っていたが、彼をほんとうに信頼していいのか確信がもてなかった。おれがコービーに行くことをサンディがだれかにこっそり知らせた可能性は大いにあるのだ、とジャックは思った。サンディはキャスターとオックスリーの関係を知っていたのかもしれない。ただ、たとえそうであっても、二人の関係のせいでなぜ人が死ななければならないのかという点は、謎《なぞ》のままだ。

サンディ・ラモントのことを考えれば考えるほど、怪しく思えてくる。だって、あの物柔らかで愛想のいい直属の上司が、ガスプロムの取引をほじくるのはやめろと二度もおれに警告したのだ。そして結局、おれはあの件から外されてしまった。あの件には、サンディが言っていたことよりもさらにひどい極悪なことがからんでいたのだろうか？

そうしたことを確かめるにはやはり、サンディに直接会って厳しく問い質《ただ》し、そのときの反応を見て判断するしかない、とジャックは思った。

ジャックとオックスリーはファーストフード店に立ち寄り、テイクアウトの食べものを素早く買って、かなり出入りのあるモーテルの裏の駐車場に車をとめて腹を満たしはじめた。そうやって食事を終えた直後、ジャックの携帯電話が囀《さえず》りだした。

「どうも、ギャヴィン」

最初に話したのはジョン・クラークだった。「こちらはジョンとギャヴィンだ。スピーカーフォン・モードにしてある」

次にギャヴィン・バイアリーが話した。「ライアン、きみはやはりヤバいことになっているぞ」

「説明してください」

「きみを襲った男の携帯に残っていた電話番号のうち、問題がありそうなものは二四あったが、そこから徹底的に追跡すべきものを選び分け、最終的に六つに絞りこんだ。そして、その六つのうちの二つが、われわれがここキエフで出くわした者たちの携帯の番号だった」

「ええっ、冗談でしょう？」

「ほんとうだ」クラークが答えた。「おれたちはこの一週間のほとんどを、フェアモント・グランド・ホテルに滞在する〈傷跡のグレーブ〉に会いにきた男たちの正体をつかむことに費やした。きみを殺そうとした男の携帯にあった連絡先のうち二つは、そうした男たちのもので、そいつらは明らかにマフィアだ。地位としては〝隊長を補佐する副官〟といったところだと、おれは思う。その二人は、少なくともこの一カ月、きみを襲ったそのオレグと頻繁に連絡をとっていて、この二四時間にも、イギリスにいるオレグと話している」

バイアリーがあとを承《う》けた。「ほかの二つの電話番号は、どうやらきみたちが始末した者たちのうちの二人のものらしい。それらの番号の携帯は、今日の正午直後からコービーの町のなかにあって、そこから動かず、現在は警察署のなかから電波を発信している。わたしはそれらの携帯のイギリスおよびウクライナでのGPS移動軌跡情報を追跡していった。その結果自体はたいして興味深いものではなかったが、その二つの携帯が一昨日《おととい》は、リストにあった別の電話番号の携帯があった安ホテルにあったということがわかり、そのもうひとつの携帯というのが最も興味をそそるものであることが判明した」

「最も興味をそそるって、どういう理由で?」

今度はジョン・クラークが説明した。「それはだな、その携帯の持ち主がこの一カ月のある時期をモスクワ郊外の家で過ごしたからだ。その家の所有者はパヴェル・レチコフという男で、そいつはロシア人であることは確かなんだが、その他のことは一切わからないという野郎なんだ。おれたちはレチコフの写真を見つけようとしたが、見つけられなかった。ということは、情報機関員である可能性が高いということになるんじゃないかなと、おれは思う」クラークは言い添えた。「それだけじゃないぞ、ジャック」

「すごい話になってきましたね」

バイアリーが説明を引き継いだ。「そいつの携帯の移動位置情報を追っていったら、ロンドンの二つのホテルにたどり着いた。だが、金曜日の夜はイズリントン・ロンドン特別区にある個人の私宅を訪れた」

ジャックは不安を覚えながら問うた。「金曜日の夜といったら、わたしがオックスリーに会いにコービーに行ったあとです。レチコフはイズリントンのだれの家に行ったのですか?」

クラークが答えた。「やつはヒュー・キャスターの家に二五分間いたんだ」

「ええっ、ほんとうに?」思わずジャックは小声で訊《き》き返した。

クラークは言った。「ほんとうだ。そこでキャスター自身に会ったかどうかまでは、むろん、わからない。それでも、きみのロンドンの雇い主がきみへの襲撃に――少なくとも間接的には――関与したのかもしれないという疑いが出てきたと思わざるをえないな」

ジャックは言った。「これでヒュー・キャスターはツー・ストライクと追い込まれましたね。ヒュー・キャスターはヴィクター・オックスリーを昔から知っていたうえに、〈七巨人〉ともつながっていたことになりますから。どうやら、そのパヴェル・レチコフという男は、わたしがオックスリーに会いにいったあとでキャスターの家を訪れ、次いでオレグら〈七巨人〉のならず者たちに接触し、彼らにオックスリーを殺すよう命じた、ということになるようですね」

クラークはふたたび説得を試みた。「ジャック、やはりアメリカへ帰る潮時のようじゃないか。承知してくれないかな」

ジャック・ライアン・ジュニアは承知しなかった。「ここロンドンに、話を聞く必要のある人物がひとりいます。そして、その人と話したあと、マルコム・ガルブレイスと会いたい。彼はもっと多くの点を結びつけてくれるかもしれません」

クラークはおし黙り、何も言わなかった。

ジャックは自分の言い分を補強しようと言葉を継いだ。「ジョン、ガルフストリームが着陸するころには、わたしもロンドン・スタンステッド空港に行っています。そこからみんなでエディンバラへ飛びたいのです。スコットランドのエディンバラです。キエフでもモスクワでもありません。それにそばにはディング、サム、ドムがずっといてくれます。オックスリーは飛行機を護《まも》るアダーラが見張っていてくれるでしょう。わたしはただ、スコットランドの億万長者とお茶を飲みながら、彼の脳をつついて情報を引っぱり出したいだけです――それでどれほどのトラブルにはまりこむ可能性があるというのでしょうか？」

クラークは溜息《ためいき》をついた。「それはすぐにわかるだろうな」

71

三〇年前

CIA分析官ジャック・ライアンはMI6（SIS＝イギリス秘密情報局）防諜課《ぼうちょうか》・調査官ニック・イーストリングとの激論を終えると、イギリス領事館をあとにし、タクシーを拾って西ベルリン郊外のツェーレンドルフへ向かった。そのクライ並木通り《アレー》に〈クレイ本部〉として知られるアメリカの大きな施設があったからだ。フェンスで囲まれた数ブロックの敷地のなかにいくつもの建物が散らばるその施設には、アメリカ軍ベルリン駐留部隊――通称〈ベルリン旅団《ブリゲイド》〉――本部のほか、アメリカ西ドイツ占領軍司令官ベルリン事務所、ミッション・ベルリン（アメリカ西ベルリン担当外交施設）もあった。

ミッション・ベルリンは西ベルリンにおけるアメリカ国務省の〝足場〟と言ってもよい施設だった。当時、西ベルリンにはアメリカの大使館がなかったからである。

当然ながらCIAは西ベルリンにも秘密の場所をたくさん保有していたが、ミッション・ベルリンの背後にあった建物は、そうした場所のなかでも必要な機器が充分にととのった最も安全なところのひとつだった。

ライアンはそこならCIA本部《ラングレー》やSIS本部《センチュリー・ハウス》と安全に話し合えると考えたのだ。

クライ並木通り《アレー》に面するメインゲートに立つアメリカ陸軍警備兵たちがジャックのボディーチェックをしてから、電話を何本かかけ、彼の身元を確認した。すぐにライアンはひとりでその並木通りをすこしだけ歩いて、ミッション・ベルリンの横の通用口からなかに入った。デスクの向こうに座っていた者に名前を告げると、ふたたびボディーチェックを受け、国務省の施設の背後にある独立した建物まで案内された。

そこはCIA西ベルリン支局だった。間違いなくそこに入る資格のあるCIA分析官であると確認されるのにもたいして時間はかからず、ジャックはすぐさま自分専用の小部屋を与えられ、盗聴される心配のない安全な電話も一台提供された。

電話を使える状態にするのに数分かかった。発信音が聞こえるようになるや、この時間にはハマースミス病院にいるはずの妻のキャシーに電話した。応答した受付の者に「ただいまライアン先生は手術中です」と言われ、がっかりしたが、「すべて順調、今夜また電話する」と伝えるように頼んだ。

次にジャックはS－S本部《センチュリー・ハウス》のサー・バジル・チャールストン長官に電話した。が、今度もお目当ての相手と話すことはできなかった。チャールストンの秘書に「サー・バジルはいまアメリカと電話中でして、折り返し電話するとのことです」と言われてしまった。

ジャックはS－S長官からの電話を待つことになり、午後の一時間ほどを小さなオフィスの椅子《いす》に座って過ごした。午後四時になってやっと、サー・バジル・チャールストンから電話がかかってきた。

「ニックからすべて聞いたよ」チャールストンS－S長官は言った。

「この件に関しましてはイーストリングとわたしでは見解の相違があります。いや、彼とは、この件にかぎらず、どんなことでも意見が分かれるかもしれません」

「そうなるだろうとは思っていた。だがね、きみにもひとつだけ理解しないといけないことがあるぞ、ジャック。防諜という仕事の性質上、彼らのやりかたはわれわれのそれとはいささかちがうということだ。フットボールを例にとって説明しようと思う。理解してもらえるといいんだが」

ライアンは返した。「フットボールはサッカーのことでしたね」

「そう。アメリカではサッカーと言うんだったね。ともかく、われわれ――諜報員――は攻撃を受け持つプレイヤーだ。われわれは敵陣のゴールだけ見ていて、そこを攻撃することに専念し、自陣のゴールを守るのはほかの者たちにまかせる。一方、防諜員というのは守備を受け持つプレイヤーで、自陣のゴールを守るよう訓練されている。彼らにとってわれわれは、自陣に残る自分たちに敵を探り出すという仕事を押しつけてフィールドを敵陣まで走りあがっていってしまう者たちだからね、彼らはなにかにつけてわれわれに異議をとなえたくなる。彼らの目にはわれわれは危険要素としか映らない。

諜報活動をするチームには両方のタイプのプレイヤーが必要だが、ときどきわれわれ攻撃プレイヤーは守備プレイヤーの戦術を評価することができず、意見が衝突する」

ライアンは言った。「わたしとしては、攻撃プレーのほうをすこしさせていただけたらと思うのです。まあ、〈明けの明星《モーニングスター》〉は死んでしまったわけですが、リッツマン・プリヴァートバンキエーズの口座についてもうすこし知るべきことがあると思います」

「この午後に、わたしはムーア判事、グリーア提督と話をした」ムーア判事は元判事のアーサー・ムーアCIA長官、グリーア提督は退役海軍中将のジェームズ・グリーアCIA情報部長。「二人と話し合って、〈明けの明星〉関係書類とペンライト調査・予備ファイルをきみに見せることに同意した。ただし、条件がひとつある――きみが見つけたものはすべて、ただちにわれわれにも知らせること」

ライアンはどっと押し寄せてきた安堵《あんど》の波に呑《の》みこまれた。「もちろん、そうします」

「ロンドンに戻ってくるかね？」

「こちらにとどまりたいと思います。何か見つかって、こちらにいるほうが都合がよい、ということもありえますから」

「そう言うんじゃないかと思っていたよ。では、すべてをベルリンのわが国の領事館からきみのところへ届くように手配する。ここは書類を持っていく特使《クーリエ》は、きみがそれに目を通すあいだ、近くに待機する。そうした手順の詳細はそのクーリエが説明する」

「ここですぐに仕事にかかります。何か見つけたら即、あなたに電話します」


一時間後ライアンは、S－S西ベルリン支局からやってきた特使《クーリエ》にミッション・ベルリンのロビーで会った。その男はミスター・マイルズと名乗った。ジャックはひと目で、軍からS－Sに移ってまだ一〇分ほどにしかならないにちがいないと判断した。彼はすでに中年に達していたが、顎《あご》が角張って精悍《せいかん》な面構《つらがま》えだし、筋骨もたくましく、背筋もピンと伸びていた。ブリーフケースをひとつ持っている。書類やファイルはそこに入っているのだろうとジャックは思った。ジャックがそれを受け取ろうと手を伸ばすと、ミスター・マイルズはコートの袖《そで》を二、三インチ引き上げて、ブリーフケースと自分の手首が手錠でさりげなくつながれているのを見せた。

「これをあなたに手わたす前に、二人でちょっと話さなければならないことがあるのですが、よろしいですかな、サー？」

「ええ、いいですとも」ジャックは言った。ここでようやくアメリカの分析官にもわかった――秘密文書を外部の活動現場で手わたすときには、同じものをS－S本部《センチュリー・ハウス》内のだれかの机に載せるときとはちがう手続きが必要になる、ということが。

ジャックとマイルズはいっしょにカフェテリアまで歩いた。二人がそこのテーブルにつくやいなや、イギリス人は数枚の紙からなる書類をとりだし、そこにサインするようアメリカ人に求めた。それは誓約書で、おおよそ次のようなことが書かれていた。これから目を通す書類は一枚たりとも盗まない。コピーも一切しない。破損や損傷を与えることも絶対にしない。さらに、イギリス秘密情報局クーリエに椅子で頭をなぐられても仕方がないようなこともまったくしない。

この人物は今回ヨーロッパで会ったなかでは最高に真面目《まじめ》なイギリス人のひとりだな、とライアンは思った。ただ、書類やファイルを持たせてミスター・マイルズを送りこむことにした者が意図した効果はそれなりにあったと認めざるをえなかった。ここは充分に注意して文書に染《し》みひとつつけないようにしないといけないぞ、とライアンは自分に言い聞かせた。こういう男にとやかく言われて煩《わずら》わされるのは真っ平だ。

すぐにクーリエはカフェテリアのテーブルでタバコを喫《す》いながらコーヒーを飲みはじめ、

ジャックは〈明けの明星《モーニングスター》〉関連のファイルや文書を徹底的に調べられるように、自分にあてがわれた小部屋に戻っていった。

ざっと見ただけで、文書の多くがデイヴィッド・ペンライトの手書きのメモであることがわかった。そして、ペンライトの死に関する文書はすべて、ニック・イーストリングと彼が率いる調査班のメンバーが手で書いたものだった。

提供されたすべての文書のなかで、ジャックの好奇心を最もそそったものは、ドットマトリクス・プリンターで打ち出されたプリントアウト——RPB（リッツマン・プリヴァートバンキエーズ）行内・口座間の資金移転記録——だった。一見したところ、調べるところはあまりないとも思えた。なにしろ、番号口座《ナンバード・アカウント》が縦に並んでいて、その隣に別の番号口座の列があり、その右にスイスフランによる金額とジャックにも断定できる数字の列があるだけのもので、文字はほとんどない。

そして、そのファイルには、ページ上にある数少ない単語の英訳を記した紙が書類用のクリップでとめられていた。

今回の事件の謎《なぞ》を解くのに役立つ重要な情報と一見してわかるようなものは、そのプリントアウトにはまったくなかった。KGBか他のロシア人たちが資金を保管するのにRPBを利用していたというのなら、ロシアがからんでいると疑われるRPBの口座への外部からの送金記録はとてつもなく重要だろうし、逆にその口座から世界の他の銀行への送金記録も同様にきわめて重要になる。そうした取引記録は、SISやCIAが金《マネー》の流れを追うさいに役立つ情報になりうるのだ。

だが、同一銀行内の口座から口座への資金移転の記録となると、ライアンにもあまり役立ちそうには思えなかった。ライアンは銀行取引にもあるていど通じていたので、多くの口座保有者が同じ銀行にいくつもの口座を持ち、自分の金を頻繁に同一行内のそうした口座から口座へ移動させていることを知っていた。これは投資ポートフォーリオ用、こちらは事業の支払い用、といったように彼らは複数の口座を使い分けているのである。

この文書の束はライアンにも単なる事務上の記録でしかないように思えた。

さらにもうひとつ、このプリントアウトには問題があった。それはライアンには解読できないということ。つまり、ライアンはペンライトからRPBの顧客リストを受け取っていたにもかかわらず、そのリストには口座番号がなかったので、プリントアウトにある口座がどの顧客のものかまったくわからないのである。

そう、だから、このプリントアウトからいますぐ価値のある情報を引き出すことは不可能のことのように思えた。ただ、銀行のある重役が内部文書をイギリスのスパイに手ずからわたし、そのイギリスのスパイは同夜殺され、銀行の重役のほうも二日後に殺害されたということは、だれもが事実だと断定できることで、このプリントアウトがスパイに手わたされた問題の内部文書であることは確かなのだ。

それだけでも、このドットマトリクス・プリンターで印字され折り重ねられた長い文書をいちおう詳細に調べないといけない理由になる。

ライアンはまず記録された取引の日付を調べはじめた。プリントアウトはぜんぶで一二ページあり、そこにあるのは過去三〇日間の行内資金移転の全記録であろうとジャックは判断した。

これまでのことを振り返った。RPBの行員トビーアス・ガプラーが殺されたのは五日前。ライアンは縦にならぶ日付にそって人差し指を上から下へ走らせ、次々にページを繰っていった。そしてガプラーが殺された日付を見つけた。

そこで次に、番号口座の列に目をやり、行内資金移転を調べはじめ、まずは同一口座から複数の資金移転がおこなわれたケースを探した。そうしたケースは数十あったので、今度は多額の移転記録と、同一口座が別の同一口座に何度も繰り返し資金移転をしているケースを見つけようとした。

ライアンは事務用箋《リーガルパッド》を使って、それぞれの口座から移転された資金総額を計算した。それは労力と時間を要する退屈な作業だったが、一時間半ほど頑張ると、詳しく調べるべき口座をどうにか二つに絞りこむことができた。トビーアス・ガプラーが殺される前日から三日間に、番号口座627775.001.から番号口座48235.003.へ多額の移転が数回おこなわれているのである。

やるべきことをやり終えるのに、さらに二時間かかった。トビーアス・ガプラーが殺される前日から銀行内でおこなわれた資金移転はぜんぶで七〇四回あり、そのうちの一二回が62775.001.から48235.003.へのもので、移転総額は四億六一〇〇万スイスフランにのぼった。ジャックは机の上にあった経済新聞で為替レートをチェックし、計算機を引き寄せて数字を打ちこみはじめた。

移転総額はアメリカドルに換算すると二億四〇〇万だった。ペンライトの話では、KGBとの疑いが強い男たちが調べていたと思われる口座に入っていた金額もちょうど二億四〇〇万ドルだった。プリントアウトにある七〇四回の取引を見わたしても、他の番号口座で、移転金額が62775.001.から48235.003.へ移された金額の一〇分の一に達しているものはひとつもない。

62775.001.こそが問題の口座であり、そこに預けられていた金は全額、同じ銀行内の別の口座に移されたのだ、とジャックは確信した。ただ、それが62775.001.に入っていた資金を隠すための下手な細工にすぎないのか、それともRPBに口座をもつ他の組織への支払いのようなものなのか、という点については、ジャックにはまったくわからなかった。

だが、それがどのようなことであれ、重要なことであるということはジャックにもわかっていたし、また、二億四〇〇万ドルを受け取った番号口座48235.003.を所有する者がだれなのかを見つける必要があるということもわかっていた。

　ジャックはドットマトリクス・プリンターで印字された文書をわきにのけると、それから一時間かけて、自分に提供された〈明けの明星〉とペンライト死亡調査に関する残りの書類すべてに目を通した。そこにはどうということない平凡な情報が嫌というほどあった。たとえば〈明けの明星〉ことマルクス・ヴェッツェルとデイヴィッド・ペンライトが会った場所と時間、連絡情報の隠し場所《デッド・ドロップ》設置の手順、近隣で見かけた車の車種・型式……。こうした情報から得るものはあまりなかった。

　ただ、興味深い情報をひとつ見つけた。それは、トビーアス・ガプラーが殺害される三日前に、ペンライトが二億四〇〇〇万ドルの口座の持ち主に関する情報をもっと得るようにとマルクス・ヴェッツェルをせっついた、という情報だった。そして、その書類によると、〈明けの明星〉は言われたことを実行するために、ツーク湖の近くの公園でトビーアス・ガプラーと二人きりで会い、彼と直接話し合った、というのである。

　この話し合いが三人の男たちに死をもたらすことになったのだろうか、とジャックは思った。ヴェッツェルが例の口座に関する情報をあさっていることを知ったガプラーが、これは大変とばかり、すぐにロシア人たちに連絡し、銀行の重役から口座のことをいろいろ訊《き》かれたと注意をうながした可能性は大いにある。

　ライアンはそのあとに起こりえたことも考えた。ロシア人たちは、資金を安全なところに移すとともに、口座について問うたヴェッツェルだけでなく、答えを知っているガプラーをも殺すことに決めたのではないか。そして、ここからはいささか強引な推測になるが、ロシア人たちは自分たちに都合の悪い作戦を運営していたイギリスのスパイをも消すことにした、という線もありうるのではないか。

ライアンは目をこすった。根を詰めたせいで目がかなり疲れている。

午後九時をまわったところで、ジャックはロンドンのベルグレイヴィアの自宅にいるサー・バジル・チャールストンSIS長官に電話した。「自分が発見したものが何であるかまだよくはわからないのですが、少なくとも出発点だけは見つけました」

「どんな出発点かね？」

「まずは、ファイルや文書を見せていただき、ありがとうございました」

「いや、当然のことだ」

ジャックはまず、チャールストンにこう説明した――わたしは銀行内資金移転記録の分析に取り組みまして、〈明けの明星〉が怪しいとにらんだ口座の預金が全額、別の口座へ移されたと、ほぼ確信しました。

そしてジャックはこうつづけた。「資金が移されたその番号口座をしっかり調べる必要があります。その口座の所有者がだれだかわかれば、資金の動きをひきつづき監視できます」

チャールストンは言った。「相変わらず、見事な仕事ぶりじゃないか、ジャック。だが、残念ながら、きみの要求は叶《かな》えられることはないと言わざるをえない。資金が移されたというその口座に関する情報を得るとなると、同じ銀行の内部にまた新たな情報提供者を見つけなければならない。そんなことはまず無理というものだ。〈明けの明星〉のような者がもうひとりいるなんて、とても思えない」

「銀行と掛け合うのです。S－SかC－A《ラングレー》が。銀行に圧力をかけるのです」

「スイスの法制度を突破できなければ、スイスの銀行に圧力をかけるという方法が成功することはない。たとえそれに成功して、問題の口座に関する情報を得る許可をもらえたとしても、そこまでたどり着くのに何カ月もかかる。その口座を利用・運営している者は、だれであろうと、数時間のうちにというのは無理にしても、数日のうちには預金をきれいによそへ移動させることができる。

だから、ジャック、残念だが仕方ない。われわれは銀行内情報源《インサイド・マン》をひとり有していたが、いまは失ってしまい、彼が提供してくれていたような情報を入手することはもうできなくなってしまったのだ」

チャールストンの言うとおりだとジャックは思った。そもそも〈明けの明星〉がS－Sの〝資産《アセット》〟として活動するようになったのは、彼のほうから自発的にイギリスの諜報機関に接触してきたからである。〈明けの明星〉はいわゆる〝飛びこみ〟だったのだ。口座情報を求めてRPBに圧力をかけても、その努力が結実するころには、もうとうの昔にロシア人たちの資金はよそへ移されているということになる。

自分がこの数時間にやった仕事は、時間の無駄だったとまでは言えないにしても、近い将来に重要な意思決定をうながす情報へと発展するようなものではまったくなかったのだ、とライアンは思わざるをえなかった。

ジャックは意気消沈し、明日の便でイギリスに戻ります、では、お休みなさい、とチャールストンに言った。そして、ファイルと文書をすべてかき集め、それを抱えて小部屋から出ていった。

ミスター・マイルズと名乗るSISのクーリエは、ジャックが別室で仕事をしているあいだずっとカフェテリアで待っていた。そしていま、全文書の全ページをチェックする作業を開始し、戻されたファイルをいちいち、手にしているプリントアウトのリストと突き合わせて調べていった。作業を終えるとミスター・マイルズは、ファイルと文書をもとどおりブリーフケースにおさめ、それをふたたび手錠で自分の手首につなぎ、さようなら《グッド・イヴニング》とひとことジャックに投げ、自分の車へと向かった。

CIA支局の建物に残っていた職員が、CIA要員のための陸軍兵舎の一角にあるベッドを提供すると申し出たが、今夜はお湯のシャワーは使えず、カフェテリアも夜間は閉まる、と注意をうながした。

ジャックはもう海兵隊員ではなかったので、わざわざ苦行を求める気はなく、食事と熱いシャワーで頭をすっきりさせたかった。だから、スーツケースをつかむと、〈クレイ本部〉のメインゲートから外の通りに出て、手を上げてタクシーをとめた。運転手は英語が得意ではなかったが、「ホテルへ行きたい」というジャックの言葉は理解できた。

「どのホテル?」運転手は尋ねた。

当然の質問だったが、ライアンは答えられなかった。ベルリンをほとんど知らなかったからだ。昨夜いた地区のことが頭に浮かんだ。そこでこう答えた。「ヴェディング? ヴェディングにホテルはありますか?」

運転手は顔を上げてルームミラーで客を確認し、肩をすくめた。「はい、了解《アレス・クラール》」

一五分後、ライアンはルクセンブルガー通り《シュトラーセ》でタクシーから降りた。レオポルト広場《プラッツ》――第二次世界大戦の爆撃で地域一帯が瓦礫《がれき》と化したあとに建てられた建物にかこまれたコンクリートの広場――を見わたせるチェーン・ホテルの真ん前だった。ジャックは一晩泊まることにしてチェックインし、部屋へ上がった。妻のキャシーに電話したかったが、突然、空腹感にさいなまれた。コートもマフラーもとらぬままロビーに引き返すと、フロント係に地図をもらい、ドアマンから傘を借りて、冷たい雨のなかに飛び出し、ビールを飲みながら素早く食事ができる場所を探した。

72

現在

サンディ・ラモントの住まいはロンドンのタワー・ヒル地区にある九階のフラットで、そこからはテムズ川の景観のみならずロンドン塔の雄姿をも楽しむことができる。その住居はまた、ロンドンの最良の夜遊び場がいくつか集まっている地域の真ん中にあり、独身のラモントは夜毎《よごと》パブに繰り出し、仲間たちと大いに楽しんでいた。今夜も例外ではなく、いつものようにラモントは夜の最後を女性とともに過ごしてしめくくりたいと思った。

だが、大半の夜が結局そうなってしまうように、今夜もまたラモントは女性の口説き落としに完全に失敗してしまった。そこで仕方なく、午前零時ごろ、自分のフラットがある建物の玄関の階段をのぼってロビーに入り、空っぽのエレベーターに乗りこんだ。

一分後、彼は自分の部屋に入ると、鍵《かぎ》の束を玄関口のテーブルの上にほうり、上着をドアのそばのラックにかけた。そしてテレビをつけ、スポーツ専門局にチャンネルを合わせ、ソファーに身をあずけた。

だが、サッカーの試合結果をチェックしはじめた瞬間、居間のいちばん奥の隅にあった電灯が不意に点灯し、ラモントはギョッとしてソファーから一フィートほど跳び上がった。明かりがともったところに男がひとりいた。通りに面する窓のそばの椅子《いす》に座っている。椅子はキッチンから持ってきたにちがいない。

「うわっ、びっくりした！」ラモントは思わず叫んだ。

イギリス人は暴れる心臓を静めようと片手を胸においたまま、上体を前にかたむけ、男の姿をよく見ようとした。「ライアンか？」

ジャック・ライアン・ジュニアはしばらく何も言わずに窓の外をながめ、それからようやく口をひらいた。「わたしは誤りをおかしているのかもしれません」

ラモントは部屋に侵入されたショックから立ち直るのにもうちょっと時間が必要だった。しばらくしてようやく応《こた》えた。「きみはいま間違いなく誤りをおかしている！　それだけは保証する。わたしのフラットできみは何をしているんだ？」

「そうじゃなくて、わたしはあなたを信用するという誤りをおかしているのかもしれない、と言っているんです」

「これは信用ごっこなのか？　いったいぜんたい、どうやってなかに入ったんだ？　錠破り《ピッキング》までやったのか、きみは？」

「ちがう。やったのは彼です」ジャック・ジュニアは顎《あご》をしゃくって部屋の反対側の隅を示した。その暗がりのなかに人影がひとつあるのをラモントはなんとか見分けることができた。それはがっしりした体軀《たいく》の男のようだった。退屈しているかのように壁にもたれかかっている。

「だれだ？……いったいぜんたい、だれなんだ、あれは？」

ジャックは何も聞こえなかったかのようにつづけた。「アンティグア島のセントジョンズでのことがなければ、あなたを信じるなんてもうとっくの昔にできなくなっていたところです。セントジョンズでは、われわれが危険にさらされているとは、あなたはこれっぽっちも思っていなかった。あなたの顔を見ただけでそれはわかりました」

「いったい何が言いたいんだ、きみは？」

「追ってきてわたしに危害を加えようとした男たちのことを知っていたら、あなたはあのような反応を見せはしなかったはずです。それに、あなたはたしかにガスプロムの取引を調査するのをやめろとわたしに圧力をかけてきましたが、それはキャスターから口やかましく文句を言われたあとのことでした。最初はあなたもわたしと同じくらいロシア人の不正行為を暴《あば》くことに熱心だったのではないでしょうか」

「気味が悪くてしかたがないぞ、ジャック。これはどういうことなのかきちんと説明してくれ。さもないと警察を呼ぶ」

隅の暗がりのなかにいる大男がしゃがれた声を出した。「無駄だ、電話のそばには行かせない」

ジャックが歩いてきて、ソファーに座っているラモントの隣に腰を下ろした。「わたしはあなたを信用します」ジャックはほとんど自分に言い聞かせるように言った。「キャスターがしていることにあなたも加担しているとはとても思えない」

「ヒュー・キャスター？　キャスターが何をしているというんだ？」

「キャスターはロシア人たちの手先になって動いている」

サンディ・ラモントは笑い声をあげた。ちょっと引きつっている感じはあるな、とジャックは思ったが、その笑いにだまそうとする気配はないと判断した。当惑、不可解といった気持ちなら見てとれる。

「馬鹿《ばか》な！　くだらん！」

「キャスター・アンド・ボイル社がやっていることを全体的にながめて考えてみてください。われわれ社員はロシア政府《クレムリン》が敵を殴りつけるのに利用するシステムの一部だということがわかります。わが社が成功した事案はみな、ヴォローディンに敵対する新興財閥《オリガルヒ》に打撃を与えるものばかりです。そして、ガルブレイス・ロシア・エネルギー社の件のような〈シロヴィキ〉の所有財産を切り崩す可能性がある調査は、遅々として進まないか、中途半端《はんぱ》なまま放っておかれます」〈シロヴィキ〉は、情報・治安機関か国防機関の出身で、いまは高位にある有力な政治指導者たち。

「馬鹿ばかしい。わが社は〈シロヴィキ〉を相手にして勝ったこともある」

「それについてはわたしも自分で調べてみました。われわれが扱っているクライアントの利益になるような解決を勝ちとれた対〈シロヴィキ〉事案は、ヴォローディンやその取り巻きからなる政権最上層部と仲たがいしてしまった〈シロヴィキ〉に対するものだけです」

ラモントはしばし考えてみた。そして、ゆっくりと首を振った。「きみは頭がおかしくなってしまったんだ」とは言ったものの、自信なげで、不安そうだった。

ジャック・ジュニアは窓の外に目をやり、テムズ川の真っ黒な川面《かわも》をながめた。「キャスターは自宅で、あるロシア人に会いました。パヴェル・レチコフという名の男です」

「へえ。それで？　彼はロシア人をたくさん知っているからね」

「あなたはレチコフを知っていますか？」

「いや、知らん。何者だね？」

「〈七巨人〉の工作要員だと、われわれは考えています。そいつはギャングたちを何人か送りこんで、わたしを打ちのめそうとし、この人を殺そうとしました」

ラモントは心底びっくりしたようだった。「なんでまた？」

「この人はオックスリーといって、かつてＭＩ５要員として活動していました。そしてキャスターがそのときの彼の工作管理官《ハンドラー》だったのです。わたしがコービーに住むオックスリーに会いにいくと、たちまちすべてが変化しました。それまではただ尾《つ》けてきていただけだったロシア人たちが、突然わたしに襲いかかってきたのです。さらにオックスリーをも襲撃した」

ラモントは二人を交互に何度も見やった。「そうか。ニュースでやっていた。コービーで人殺しがあった」

ジャック・ジュニアは簡潔に返した。「人殺しじゃない。正当防衛だ」

サンディ・ラモントが前かがみになった。吐くのだろう、とジャックは思った。結局、ラモントは吐かずに何やらもぐもぐ言った。ジャックには聞き取れなかった。

「えっ？」

ラモントは繰り返した。声をもっと大きくして。「ネステロフ」

「ネステロフがどうしたんです？」

「ヒュー・キャスターは、きみがドミトリー・ネステロフに調査の的を絞っていると知ったとき、気が変になったかのように怒りだした。ヒューはきみを馘《くび》にしたかった。わたしが二度警告してやめさせようとしたのに、きみはまだガスプロムの取引を調べつづけていたんでね。なぜもっと強く言ってやめさせなかったんだと、わたしにもえらい剣幕で、おまえも馘にしてやる、とさえ言った」

「なぜだろう？」

「わからない。キャスターはSISに問い合わせて初めてネステロフがFSBだとわかったと言ったが、あれは嘘《うそ》だ――ドミトリー・ネステロフという名前を聞いた瞬間、顔色が変わった、間違いない。そのときにはもう、ネステロフについてあるていどは知っていたのだと、わたしは思う。そしてそのあと行動がいささかおかしくなった。わたしはそれにすぐ気づいたのだが、どういうことなのかわからなかった」

ジャックは言った。「つまり、キャスターはなんらかの理由でネステロフを知っている。クレムリンから一〇億ドルをはるかに超える大金を受け取った男を？　なぜ知っているのだろう？」

ラモントは答えた。「わからない」

部屋は沈黙に包みこまれた。しばらくしてジャックが口をひらいた。「キャスターに会って、直接訊《き》く必要があります」

「警察に通報するだけでいいんじゃないか？」

「わたしが必要なのは、彼の逮捕ではありません。答えです」

ラモントは言った。「キャスターは今日の午後、ロンドンを発《た》った」

「どこへ行ったんですか？」

「見当もつかない。彼は世界中に家を持っているからね。どこにでも行ける」

《くそっ》とジャックは思った。自分とオックスリーが逃げたことを知ってからキャスターがロンドンを発ったというのなら、逃亡を図ったということになるのではないか？

ジャック・ライアン・ジュニアとヴィクター・オックスリーは動揺しまくっているサンディ・ラモントをひとりフラットに残して、ロンドン・スタンステッド空港へ車を走らせた。そして空港に着くや、ＦＢＯ（運行支援事業所）の駐機スペースで翼を休めているヘンドリー・アソシエイツ社のガルフストリームＧ５５０の近くまで行った。ビジネス・ジェット機のドアがひらき、ステップが下りると、機内からアダーラ・シャーマンが駐機場のほうに目をやり、車のそばに立つ二人の男に気づき、じっと注視した。彼女の手がほんのすこし背中のほうに動くのをジャックは見逃さなかった。

アダーラの背中のくぼみのホルスターにＳＩＧザウエル拳銃《けんじゅう》が収まっていることをジャックは知っていた。

ジャック・ジュニアは両手を上げた。「アダーラ。わたしだ。ジャック」

彼女は小首をかしげ、すぐに緊張をといた。「ごめんなさい、ジャック。なんだかずいぶん変わってしまったんで」

ジャックは思わずにやりとした。変装の努力が実を結んでいると知って嬉《うれ》しかった。

ドミンゴ・〝ディング〟・シャベス、ドミニク・カルーソー、サム・ドリスコルがステップを下りて機外に出てきて、一人ひとり、ジャックの短い髪を掻《か》きむしり、長い顎鬚《あごひげ》を引っぱり、この数カ月のあいだに一段と大きく逞《たくま》しくなった体についてそれぞれ感想を述べた。

G550の機内に入るとジャック・ジュニアは力強い大きな安堵感《あんどかん》に包みこまれた。仲間の何人かとこうして機内にいるというだけで、新たなエネルギーをもらうことができる。ディング、ドム、サム、そしてアダーラと、次々にハグをしていくあいだにジャックは、そもそも自分はいったい何でまた、ひとりでイギリスなんかに来てしまったのだろうか、と思わずにはいられなかった。

〈ザ・キャンパス〉の面々はオックスリーに自己紹介したが、目の前のイギリス人の素性についてはまだあまり知らなかった。一方、オックスリーのほうは、自分が特殊作戦チームと思《おぼ》しきアメリカ人の一団とともに二五〇〇万ドルもするガルフストリームのシートに座っているというのがなんとも信じられず、呆然《ぼうぜん》としていたが、アメリカ合衆国大統領の息子とは長いあいだ音信不通だった昔の仲間であるかのようにやりとりしていた。

アダーラがどこへ行きたいのかとジャックに訊いた。そして次のように説明して参考情報を伝えた。フランスやベルギーなら給油しなくても飛んでいけますが、もっと遠方へ行きたいというのなら給油の必要があり、このままアメリカへ帰ってもよいというのなら、出国許可を得る必要があります。

スコットランドのエディンバラへ行きたい、とジャックはアダーラに答えた。ヒュー・

キャスターが逃亡したとあっては、別の線から答えを見つけなければならない。だからマルコム・ガルブレイスに会う必要があった。

一五分もしないうちにガルフストリームG550は離陸した。

73

敵の損失だけから判断するかぎり、〈赤熱炭カーペット《レッド・コール》〉作戦の最初の四八時間は成功だった。アメリカとイギリスの一二の特殊作戦チームと八機の観測ヘリコプターが、それぞれウクライナ空軍機とリンク可能なレーザー目標照射装置を装備して戦闘地域に展開した。そして、そうしたウクライナ軍と連携するレーザー目標照射部隊に加えて、みずから武装し攻撃するOH－58Dカイオワ・ウォリア一機、および武装UAV（無人航空機）MQ－9リーパー四機が、一〇九にものぼる敵の装甲車両および兵器の破壊を記録した。そして破壊したもののなかには、三〇両近いロシア軍のT－90主力戦車と巨大なBM－30・MLRS（多連装ロケット・システム）車両二両も含まれていた。

一〇九という破壊数は、ウクライナ軍が破壊した全ターゲット数の五〇％近くにもなり、アメリカ軍が投入しているのは戦闘中の全部隊の一％にも満たないということを考えると、見事な成果と言ってよい。

　ロシア軍は侵攻の二日目にはもうクリミア半島全域を完全に占領してしまったが、ロシアと国境を接するウクライナ東部のオーブラスチ（州）であるルハーンシク、ドネツク両州を奪取したあとの西進では、損失を増大させ、さらに二日目の終わりには天気が崩れて、事実上、立ち往生という状態におちいった。荒天のためロシアのヘリコプターの大半が飛び立てなくなり、垂れこめる雲はまたロシアのジェット機にも問題をつきつけた。ロシアの戦闘攻撃機が使っていた攻撃弾の大部分が、自由落下式の汎用《はんよう》爆弾や無誘導ロケット弾で、その双方とも効果をあげるためには良好な視界を必要としたからである。

　だが、アメリカ軍・イギリス軍側も、かなりの損害をこうむった。地上チームの輸送に使われていたMH－6リトルバード汎用ヘリ四機が、損傷を受けるか撃墜され、UH－60ブラックホーク多目的ヘリ一機、カイオワ・ウォリア一機も被弾した。さらに、さまざまなタイプのヘリ五機が駐機中に破壊された。

　兵員の死傷もあり、アメリカ兵九名、イギリスのSAS（特殊空挺《くうてい》部隊）隊員二名が戦死し、負傷者は二〇名にのぼった。

　チェルカースィ陸軍基地のJOC（統合作戦センター）は、戦端がひらかれて以来、一日二四時間、無休で稼働《かどう》していた。基地にもロシア軍の爆弾が投下されたが、アメリカ人たちは厚いコンクリートをも突き抜ける最大級の地中貫通爆弾《バンカー・バスター》か核爆弾以外なら殺《や》られる心配のない頑丈な掩蔽壕《バンカー》のなかにいたし、基地内の着弾地点からかなり離れていたということもあって、ミダスは空爆ということに関してはあまり心配していなかった。

今夜は敵も進攻できないとしても、明日からの三日間は良い天気になるとの予報であり、〈赤熱炭カーペット〉作戦に参加している者たちはみな、かならずロシア軍が西への進攻を再開するとわかっていた。

クリミア奪取後にロシアの戦意が衰えることを期待した者たちもいたが、いまのところアメリカ軍および情報機関コミュニティに所属する人間で、その確かな証拠をわずかでも目にした者はひとりもいなかった。

ロシア軍はかならずやって来る、とだれもが思っていた。ロシアはキエフまで攻め進む計画であるように見えた。

そう長くはここチェルカースィ基地で指揮しつづけることはできないとミダスにもわかっていた。いますぐJOCを西方に移動させようと言いだす者もすでにいたが、ミダスはその提案をすぐにしりぞけた。前線作戦活動チームがひとつ残らず、なおも戦闘地域にあって、この二日間に何度も後退を繰り返しはしたものの、まだ数十マイル東にいたからである。ミダスはJOCを移動させるのはぎりぎりの状況になってからにしようと決心していた。そしてそのぎりぎりの状況とは、諜報《ちょうほう》・防諜活動の失敗で秘密が洩《も》れ、JOCが危険にさらされるようになった場合、あるいは、前線に展開している〝資産《アセット》〟が進撃するロシア軍に追いつかれまいと後退をつづけて、自分たちを飛び越えていってしまう危険性がほんとうに生じた場合だ。

　自分が指揮する〈赤熱炭カーペット〉作戦がロシア軍の進攻スピードを遅らせたことは確かだったが、ミダスことバリー・ジャンコウスキー大佐はうまくいっているという感触を得ていなかったので、今日の日没後に戦術を変えることに決めた。セヴァストポリから北上したロシア軍部隊がクリミア半島を一気に突き抜けてキエフへの進攻を強行し、その他の方向からの部隊とひとつにまとまって強固な軍団となる前に、米英合同軍としてはどうしても、もっと広い範囲をカヴァーする必要があった。だからミダスは一つひとつのチームのサイズを小さくすることに決めた。具体的には、予備のデルタフォース偵察部隊《レッキ・トゥループ》員数名を新たにベラルーシとの国境地域の二箇所に送りこむとともに、Aチーム（作戦分遣隊A《アルファ》＝一二人からなる特殊部隊の標準部隊《スタンダード・ユニット》）のいくつかを、五人、六人、ないしは七人のより小規模なチームに再編しなおすことで、現在、戦域に散らばる一二のチームを一八に増やしたのだ。

　それで攻撃の火力が弱まるということはまったくなかった。戦闘地域に展開するそうした男たちは、そもそも小銃、手榴弾《しゅりゅうだん》、拳銃《けんじゅう》を使って敵と交戦するわけではないのだ。だが、万が一、敵に攻撃された場合、当然ながら、人数が減ればそれだけチームの自衛能力は弱まる。それはミダスも充分に承知していた。

　だから彼は最初に無線で各チームにこう言った。きみたちはこれまでよりも小規模になり素早く動けるようになる。それを弱点と考えずに、利点として活用する必要がある。

　ミダスはＪＯＣに近い二段ベッドで四五分間の仮眠をとることを自分に許した。そしていま、ふたたび職務にもどり、コンピューターに向かう男たちの列のうしろに立っている。男たちの向こうの壁にかかっているモニターは、アメリカの家庭にある平均的な薄型テレビほどの大きさしかなかったが、デジタル・マップ一枚を表示すればいいだけだったので、それで充分だった。そして、コンピューターを前にした作戦センター要員はみな、それぞれのワークステーションにレーザー・ポインターを置いていて、それで自分の席からモニター上のどの地点も指し示すことができた。

　第五特殊作戦グループの観測・偵察チーム――コールサインはコチーズ（アパッチ族の酋長《しゅうちょう》）――と交信中の作戦センター要員が、手振りでミダスを自分のラップトップ・コンピューターまで呼び寄せた。「ちょっと、ボス、コチーズから連絡が入っていまして、彼らの作戦区域でロシアのＴ－90部隊がウクライナのＴ－72部隊の防衛線を突破し、現在、長い縦列をなして西進しているとのことです。ロシアの戦車部隊はコチーズの現在位置を飛び越えつつあり、欧州自動車道路Ｅ50号線からすこし離れた連絡道路を前進中です。現時点で交戦可能なウクライナ地上〝資産《アセット》〟は近辺には皆無、とコチーズは言っています」

「コチーズの現在位置を示してくれ」

　作戦センター要員はレーザー・ポインターを使ってモニター上の地図の一点をさし、観測・偵察チームの現在位置を示した。

　ミダスは言った。「この戦車部隊がチェルカースィにいちばん近い敵部隊ということだな？」

「はい。それにやつらは、歩兵部隊と、CAP《キャップ》をつづける士気の高い空軍の支援を受けています」CAPは戦闘空中哨戒《しょうかい》。「夜間は、とりわけ荒天の今夜は、さすがに航空支援は受けられないでしょうが、明朝にはJOCまでもう二〇マイルもない地点に達しているはずだと、コチーズは注意をうながしています」

「敵戦車部隊の兵力は？」

「ウクライナのT－72戦車部隊との交戦後の兵力を、コチーズ・アクチュアルは『T－90主力戦車一五両、APC、MLRS車両、その他の支援車両ひっくるめて四〇台以上』と報告してきています」コチーズ・アクチュアルはコチーズのリーダーのコールサインであり、APCは装甲兵員輸送車、MLRSは多連装ロケット・システム。

「コチーズは昨日《きのう》、兵員二名の損害を出したんだったな」ミダスは思ったことをつい声に出してしまっただけだったが、作戦センター要員はそれを質問と受け取った。

「イエス・サー。指揮をとっていた大尉《たいい》がKIAとなり、もう一名、最初の潜入時にヘリの硬着陸《ハードランディング》で負傷しました」KIAはキルド・イン・アクション（戦死）。「なお総員四名で戦闘地域に展開し、現在のリーダーは中尉です」

「まだＳＯＦＬＡＭは使えるんだろう？」ＳＯＦＬＡＭは特殊作戦部隊レーザー・マーカーと呼ばれるレーザー目標照射装置。

「はい、使えます。ただ、その新たな敵戦車部隊にレーザー目標照射するとなると、現在の隠れ場所から出て、南西へ向かわなければなりません。ということはコチーズをＥ50号線から遠ざけるということになります。その自動車道路をほかのどんな敵部隊が進んでくるのかまったくわからないという状況です。もしほかの敵部隊がＥ50号線に乗って西進した場合、コチーズはそれを見逃すことになります」

　むろんミダスもその問題には気づいていた。北はベラルーシとの国境地帯から南はクリミア半島までの広大な地域にはロシア軍が利用しうる攻撃経路《アタック・ヴェクター》が三五ほども存在し、そのすべてをたったの一八のチームでカヴァーしなければならないのだ。そのすべてに兵員を配置するのは不可能だった。むろん、ウクライナ陸軍部隊も地上に展開してはいたが、その能力水準と標準以下の訓練を考えると、技術的にはあるていど進んだ装備を有していても、この戦いで必要になるパンチ力を発揮することはできなかった。

　いまミダスが必要としているのは、レーザー目標照射できる、もうひとつのチームだった。彼は作戦センター要員を見下ろした。「ウクライナのＳＦに頼めないか？」ＳＦはスペシャル・フォーシズ（特殊部隊）。「やりかたを知っている者がいるだろう？」

「いません。装備がちがいますから。それに、彼らはみな展開中です」

チェルカースィ基地内の警備を受け持つレンジャー隊員たちを前線の作線に投入しないように、とミダスははっきりと言われていた。要するに、隊員数がわずかで、彼らにはアメリカのヘリコプターとJOCを護《まも》り、なおかつ前線でSOFLAMを操作するなんて真似《まね》はできないということだ。

ミダスは考えこんだ。「オーケー。カイオワ・ウォリアを送りこめ。ブラック・ウルフ2《ツー》－6《シックス》だ。それから、近辺にいるリーパーもすべて」

「その程度のヘルファイア・ミサイルでは、敵部隊の進攻をとめられません」

「わかっている。攻撃《ヒット》してすぐ退く《・エンド・ラン》奇襲をさせるんだ。そうやって今夜は敵に前進スピードを落とさせて時間を稼ぎ、そのあいだにウクライナ軍になんとか頑張ってもらって、明朝までに急いで戦車部隊をそこへ差し向けてもらうんだ」

「わかりました、ボス」作戦センター要員は応《こた》え、自分のトランシーヴァーに手を伸ばした。

74

マルコム・ガルブレイスは感じのいい男ではなかった。

ジャック・ライアン・ジュニアは、この数カ月のあいだに、マルコム・ガルブレイスという名の七〇歳になるスコットランドの億万長者についていろいろと情報を仕入れていた。だから、ガルブレイスがロシアで自分の会社を盗みとられて一〇〇億アメリカドルを失うという不幸に見舞われたにもかかわらず、なお五〇億ドルを超える個人純資産を保有しているということも、ジャックは知っていた。

ガルブレイス・ロシア・エネルギー社強奪事件《スキャンダル》で彼は住む家を失うということもなかった。スコットランドのジュニパー・グリーン村にある修復された一八世紀の城がいまもガルブレイスがおもに居住する館《やかた》で、ほかにも彼はヨーロッパ中に邸宅を所有していたし、複数のヨットや自家用ジェット機、さらにユーロコプター社の最新型ヘリコプターも二機保有していた。

だが、富は幸せまでもたらしてはくれなかった——ジュニパー・グリーン城のプライヴェート・オフィスでガルブレイスと直接顔を合わせた瞬間、ジャックにもそれがはっきりとわかった。

ジャックは億万長者の物腰に不機嫌さと不信感しか見てとれなかった。まだ悪いニュースをひとつも伝えていない段階でそうなのだ。

ジャック・ジュニアは今朝、突然マルコム・ガルブレイスに連絡し、すぐに会いたいと申し入れた。ジャックがこのことをだれにも口外しないよう要求し、二人だけで話をすることを求めたにもかかわらず、ガルブレイスは即座にアメリカ人の願いを受け入れた。ジャックはひとりでやって来た――サム・ドリスコルとドミニク・カルーソーにレンタカーで送ってもらい、城のフロントゲートで車から降りた。ドリスコルとドミニクはそのまま道をすこし走って、ゲートが見える位置に車をとめ、エンジンを切らずにおいた。

堅固な警護体制が敷かれて億万長者はさぞしっかりと護《まも》られているのだろうとジャックは思っていた――なにしろマルコム・ガルブレイスの財産は小国のGDP（国内総生産）よりも多いのだ。ところが、ゲートにいたのは制服警備員二名のみで、建物の外の敷地を見まわっていたのはゴルフカートに乗った警備員ひとりだけだった。ジャックはそのゴルフカートに乗せてもらい、庭内路《ドライヴウエー》をたどって館の玄関まで行った。そしていま、館のなかに入っても、警備の者の姿は見えず、身なりをきちんと整えたひとりの男にガルブレイスの書斎へ案内されただけだった。ただ、その男がスーツの下に拳銃《けんじゅう》を携行しているのかどうかまではわからない。

それだけだった。飼い犬さえコーギーだった。ロットワイラーでもドーベルマンでもジャーマンシェパードでもなかった。

ロシア政府に対して法的手段をとることを考えている者は、身の安全を守る措置をもうすこしとったほうがいいのではないか、とジャックは思わずにはいられなかった。

ガルブレイスにはジャックが奇妙だと思うところがたくさんあった。まず、ジャックはコーヒーも紅茶も出されなかった。こんな立派な城のなかでビジネス・ミーティングをするというのに、飲み物ひとつ出さないというのは、重大な不作法と言えるのではないか、とジャックは思った。それに、部屋に入ってきたガルブレイスを見て、ジャックはびっくりした。色あせたブルージーンズに白い無地のTシャツという姿だったからだ。しかも、そのTシャツというのが、手についた車軸のグリースを拭《ぬぐ》いとったとしか思えないほど汚れていた。

マルコム・ガルブレイスは手を差し出したジャック・ジュニアの前を素通りして、自分の机の向こう側に座ると、机に両肘《ひじ》をつき、尋ねた。「さて、どんな話かね?」

彼はジャックがアメリカ合衆国大統領の息子であることを知らないか、そんなことはどうでもよいと思っているか、そのどちらかなのだろう。ただ、ジャックには握手せずにすんでよかったという気持ちもあった。自分だって身なりにそう神経質になるほうではなかったが、ガルブレイスの体臭は凄《すさ》まじかったのだ。

ジャックはふたたび椅子《いす》に腰を下ろした。「ミスター・ガルブレイス、あなたの秘書にすでに説明したように、わたしはこの数カ月キャスター・アンド・ボイル・リスク分析社であなたの事案を担当し、調査を進めてまいりました」

何の言葉も返ってこなかったのでジャックはつづけた。「非常に難しい迷宮のような事案でして、ロシア政府があなたに対して違法な奇襲戦術を用いたために、民間セクターで容疑者を特定するのがほとんど不可能になってしまっています」

「ヒュー・キャスターが半年近くもそう言いつづけている」

「ええ。でも、わたしは別の方面にも少々探りを入れましてね、あなたの会社の資産の競売に係わった会社のいくつかがおこなった別の取引も調べてみたのです。そしてその過程で、ガルブレイス・ロシア・エネルギー社の資産の競売および同社の買収から利益を得た会社をひとつ見つけました」

七〇歳のスコットランド人は苛立《いらだ》ちをあらわにして不満げに低くうなった。「それなら、わたしも見つけたよ。ガスプロムだろう。なんでわたしは、自分がすでに知っていることを告げるだけのきみに金を払わなければいけないのだ？　まったく」

ジャックは深呼吸をひとつした。「ちがいます。別の会社です。ガルブレイス・ロシア・エネルギー社の競売・買収からあがった利益の一部――分け前――を受け取るためだけに設立されたように思える小さな会社です」

「ダミー会社かね？」

「ええ。でも、その会社の重役をひとりつきとめました。ドミトリー・ネステロフという名の男、ご存じではありませんか？」

ガルブレイスは首を横に振った。「知らん。何者だ？」

「ＦＳＢに所属している、という情報もあります」

ガルブレイスは、さもありなん、という感じで肩をすくめた。「それで、そいつはいくらもらったのかね？」

「わたしが見るところでは、ミスター・ガルブレイス、そのダミー会社が受け取った金額ぜんぶです。つまり一二億アメリカドル」

ガルブレイスはいまや重厚な造りの机におおいかぶさるように身を乗り出していた。

「ヒュー・キャスターはそんなこと、ひとことも言わなかったぞ。きみはどうやってそこまで知ることができたのかね？」

「複雑な操作がおこなわれていまして、それを解明するのには、ええとですね……キャスター・アンド・ボイル社が全面的には賛成できない戦術を用いる必要もありました」

「だから、きみのボスではなく、きみがいまここにいるというわけかね？」

ジャックはうなずいた。「アンティグア島を本拠とするネステロフの銀行がヨーロッパで資金洗浄《マネーロンダリング》したさいに利用した銀行も、わたしは特定しました」

「どこにある銀行かね？」

「スイスのツークにある銀行です」

ガルブレイスは即座に返した。「当てようか？　ＲＰＢ――リッツマン・プリヴァートバンキエーズだろう？」

ジャックは驚愕《きょうがく》した。ツークには銀行が一〇以上あるはずなのだ。「お見事、すごいですね」

ガルブレイスは褒め言葉を払うように手を振った。「ＲＰＢには汚い金《ダーティー・マネー》がたくさんあるんだ。古いダーティー・マネーが。古いロシアのダーティー・マネーがね」

ジャックは小首をかしげた。「教えてください。なぜそれを知っているのですか？」

肩をすくめてスコットランド人は言った。「その銀行には古いスコットランドのマネーも少しあるんだ」

「あなたもＲＰＢに口座をお持ちなのですか？」

「そういうことはいっさい話したくない。ボスに内緒でこそこそやって来て、わたしから分け前を巻き上げようとしている小僧にもな」

「分け前？　何の分け前です？」

「わたしはきみのようなタイプをよく知っている。きみみたいな人間には一〇〇人は会っているからね。わたしは……ええと、きみの名前、何といったっけ？」

やっぱりこの人は自分のことを知らないのだ、とジャックは思った。驚きはしたものの、むしろ嬉《うれ》しかった。だから「ジャック」とだけ答えておいた。

ガルブレイスは笑いを洩《も》らしたが、怒りのからんだ笑いだった。「オーケー、ジャック、ではきみの目論《もくろ》みを説明してみようか。きみのボスがわたしの望みを叶《かな》えてくれないので、若くてハングリーなきみは、自分はわたしの会社とわたし自身の損益にとって最良となる結果を望んでいるだけなのだという作り話を携えてやって来た。要するに、ほんのすこし分け前をもらえれば、ボスと会社を迂回《うかい》して、財産を取り戻してみせますよ、というわけだ。セールスポイントは？　コンピューター・ハッキングかね？　きみをひとめ見て、わたしはコンピューター・ハッキングだと思ったよ。きみは自分でハッキングしてわたしの金を盗み返せるか、わたしとロシア・マフィアのあいだを取り持てる、ということなんだろう。むろんこれには裏がある。きみのねらいはただひとつ、取り戻した金の一〇％をいただくということ。結局わたしはその一〇％を、イギリス領ヴァージン諸島かルクセンブルクかシンガポールの銀行のきみの口座にひそかに振り込まなければならない。当たったかね？　どうだ？　図星だろう？」マルコム・ガルブレイスはこの話し合いを終えようと立ち上がった。

「ちょっと待って、マルコム」城の主《あるじ》が立ち上がったのに、ジャックは座ったままだった。こうなっては敬意をもって礼儀正しく振る舞うなんてできやしない。「わたしはあなたのくそマネーなんて一ペニーたりとも欲しくない。いいですか、昨日《きのう》わたしは、ロシア・マフィアの一団に殺されそうになったんですよ。わたしがあなたのくそビジネスについていろいろ知ってしまったことが原因です。だから、わたしはその答えを見つけようとしているんです」

「殺されそうになった？　ほんとうなのか？」ガルブレイスはアメリカ人の言ったことが信じられなかった。

「あなたはニュースを見ないのですか？　コービー。ロンドンから車で二時間のところにある町。そこで四人のロシア人が死んだ」

マルコム・ガルブレイスはふたたび椅子に腰を下ろした。

ジャックはつづけた。「そうなんですよ。もとはといえば、すべてあなたのことからはじまったのです」

「いったいどういうことなんだ？」

「わたしはあなたの案件にこだわり、あまりにも深く調べすぎたんです。で、そのドミトリー・ネステロフという男が関与していたことを見つけてしまった。すると突然、〈七巨人〉の殺し屋集団がウクライナから飛んできて、わたしをたたきのめして調査をやめさせようとし、わたしの協力者《コンタクト》のひとりを殺そうとしたのです」

石油業界の大立て者であるスコットランド人は、刺々《とげとげ》しかった口調を和らげた。「みな、ほんとうのことなのか？」

「ええ、ほんとうのことです、残念ながら」

「なぜキャスターはそういうことについて何もわたしに言わないのだろう？」

ジャックは腹を割って話をすることに決めた。「ミスター・ガルブレイス、ミスター・キャスターはどうも……ミスター・ネステロフに取り込まれている可能性が非常に高いと、わたしは思います」

マルコム・ガルブレイスは気詰まりな雰囲気になるほど長いあいだジャックを凝視しつづけた。これは反論されるな、とジャックは思ったが、その予想ははずれた。

ガルブレイスは言った。「キャスターはな、とんでもない悪党なんだ」

ジャックは両手を上げ、自分の発言を和らげようとした。「わたしはまだ確信というところまで行けたわけではありませんので――」

スコットランド人はジャックの言葉をさえぎって言った。「キャスターがロシアの怪しげな有力者たちと協力し合っていることは知っていた。だが、あいつらがわたしの金を奪ったロシアのいかがわしい有力者たちと手を組んでいたとは知らなかった。やつらが殺したいきみの協力者《コンタクト》とは、だれのことかね？」

「だいぶ前に活動していたイギリスのスパイです。今回のことに彼がどう関係しているのかはまだわかりません。それを解明するのにも、あなたのお力をお借りできたらと思っているのです」

「名前は？」

「オックスリー、ヴィクター・オックスリー」

「聞いたことないな」ガルブレイスは失望をあらわにした。

「彼は一九八〇年代にスイスで起こったある事件に巻きこまれました。そしてその事件には、なんと、ＲＰＢも係わっているのです」

〈天頂《スイーニス》〉に銀行家《バンカー》が殺されたという事件だな」

「そのとおり。確かなことは何もわかっていません」

「ああ、覚えている。当時わたしはRPBで取引していた」

「その昔の殺人事件と今回のあなたの資産が奪われた事件がどうつながっているのか、あなたの助けを借りればわかるのではないかと期待して、わたしは今日ここにやって来たのです。オックスリーとキャスターのつながりはわかっています。しかし、オックスリーを殺そうとした〈七巨人〉の手下どもが、あなたの案件を調査していたわたしをも尾《つ》けていたのはなぜなのか、その理由がまだわからないのです」

「そうした点をつなぐのは、きみ、ロシア人だよ」

「どういう意味でしょう?」

マルコム・ガルブレイスが机上のボタンを押すと、インターコムのスピーカーから女性の声が飛び出した。

「はい、何でございましょうか?」

「わたしに紅茶《ティー》、新しい友人にコーヒーを」

「すぐにお持ちいたします、サー」

マルコム・ガルブレイスとジャック・ライアン・ジュニアは応接間に移った。いまや二人の前には紅茶《ティー》セットとコーヒーセットがおかれ、ジャックはコーヒーを有効に利用していた。というのも、この二四時間、ジャックはほとんど眠っていなかったからだ。それにこの先も、いつ休息する機会が訪れるのかわからない。

ガルブレイスの機嫌は、ジャックが商売上の提案をしにきたのではないとわかった瞬間、一八〇度変化した。老スコットランド人はラフすぎる服装について謝りさえし、こう言い訳した。実はガレージでクラシックカーをいじっていたところでね、下っ端《したっぱ》の悪徳分析員が金をせびりにくるのだから、着替えることもなかろうと思ったのだ。

二人はそれぞれの飲みものを口に運びながら話をつづけ、ガルブレイスがRPBに自分がどのように係わってきたのかを語りはじめた。ジャックはメモをとりたかったが、紙とペンを求めて話の腰を折りたくなかったので、注意深く耳をかたむけるだけにした。

ガルブレイスは言った。「トビー——トビーアス・ガプラー——は死ぬことになった二人のバンカーのうち先に死んだ男だが、死ぬ少し前にそのガプラーが、RPBにかなりの資産を預けていたわたしの友人にある取引をもちかけた。『あなたが貸金庫に保管している実物資産を買い取りたがっている顧客がいるのですが』と言ったのだ」

「どんな実物資産ですか?」

「金《ゴールド》だ。金額にしてどれくらいだったのかはわたしも知らないが、その友人は市場で稼いだ金《マネー》をすべて金の延べ棒に換えていた。ともかく、理由は覚えていないが、この取引は成立しなかった。が、その直後——翌日とか、それくらい早く——ガプラーはわたしに同じ話をもってきた。『ある顧客が問題を抱えていまして』と彼は言い、こうつづけた。『その顧客は資金を番号口座《ナンバード・アカウント》に預けているのですが、突然、銀行のシステムを信用できなくなったのです。で、急いで資金を銀行から出さなければならなくなりました。ところが、社内のもめごとのようなことのために資金をすぐにはよその銀行に移すわけにはいきません』その顧客は東欧の者たちであるようなことをガプラーは言っていたような気がする。ソ連の者たちとは言わなかった。ガプラーがそう言っていれば、わたしは覚えているはずだからね。

当時わたしは、北海で石油掘削事業をいくつも手がけていた。七〇年代に石油価格の高《こう》騰《とう》で大儲《おおもう》けしたこともあり、事業を中東まで拡大するためにサウジアラビアの若い王子のひとりと取引をすることにもなっていた。そして、その取引のために、かなりの実物資産を準備していた」

「どういう実物資産ですか？」

ガルブレイスは肩をすくめた。「その王子は金《ゴールド》が大好きでね。いい投資になることは間違いなかった。王子は頭がおかしいんじゃないかと思えるほど金が好きだった。とにかく、わたしは取引を成功させるために金をせっせと集めた。そして、RPBの貸金庫をいくつか借りて、そこを金の延べ棒でいっぱいにしていった。トビーアス・ガプラーが例の話をもってきたときには、数個借りていた貸金庫は金で満杯という状態だった」

「なるほど」ジャックは相槌《あいづち》を打った。いまのは王子にリベートのようなものを差し出す話だとジャックにもわかったが、ガルブレイスの口調に恥じているようなところはまったくなかった。「それで、ガプラーは何と言ったのですか?」

「ある顧客の代理として交渉にあたっている、と言った。そして、貸金庫のなかにあるわたしの金を相場の最高額よりもずっと高い値で買い取る、と言ったんだ。総額で一億ドル以上にもなったよ、きみ。そういう取引をもちかけられて断ったら、愚か者と言わざるをえないな」

「で、どうなったんですか?」

マルコム・ガルブレイスは乾杯するかのようにティーカップを掲げて見せ、笑い声をあげた。「わたしは愚か者になってしまった。その話に乗らなかったんだ。サウジアラビアとの契約がとれれば、その後何十年も儲けられる可能性があったので、その有利な取引を蹴《け》って、金を手放そうとはしなかったんだ。残念ながら、その後、王子は兄弟たちに逮捕されてね、結局わたしは一シリングも儲けられなかったけどな」

「そしてそのあとトビーアス・ガプラーは殺された?」

「そう。次いで、同じ銀行の副頭取のヴェッツェルもね。この副頭取とは面識がなかった。ともかく、きみも知っていると思うが、ドイツの過激派がやったということになり、それでこの事件は一件落着とされた。その後、この事件について新たな情報を得るということはまったくなくなったが、九〇年代初めに、わたしはあるロシア人グループの訪問を受けてね、新たな事実を知ることになる」

「ＫＧＢ？」

「いや、ちがう。ＫＧＢとはほど遠い連中。やって来たのは単なる会計士さ。当時ロシアは、ソ連崩壊でガタガタになっていて、そのまま国として立ち行かなくなりそうになっていた。そういう状況のなかで会計士たちが、ソ連の国庫からかすめとられたＫＧＢマネーでつくられた謎《なぞ》の秘密資金を探しはじめた。彼らはざっくばらんというか実に率直でね、わたしのところに来た理由を包み隠さず明かしてくれた。わたしがＲＰＢを舞台にした例の金の延べ棒買い取り騒ぎをカクテル・パーティーとかそういう機会に何度か話したもので、その噂《うわさ》が流れ流れて会計士たちの耳にまで達した、というんだ」ガルブレイスは笑い声をあげた。「そのときわたしは、もうロシアもおしまいだなと思ったことを覚えている。だって、ＫＧＢがこんなに友好的な質問をする友好的な会計士たちに取って代わられてしまったんだからね。すぐＫＧＢがこうした連中をこてんぱんにやっつけ、ふたたび実権をにぎるなんて、そのときは夢想だにしなかった」

「その秘密資金について彼らからほかに得られた情報はないのですか？」

ガルブレイスは身を乗り出した。「ない。取り立てて言うほどのものは何もない。ただ、八〇年代にスイスの二人のバンカーを殺したのはＲＡＦ――ドイツ赤軍――ではないと彼らが考えていることだけは、はっきりとわかった。KGBのだれかが組織の公金を盗み、それをRPBの番号口座に入れて保管していたが、KGBが何らかの経緯《いきさつ》でその資金のありかを見つけた、というのが彼らの見立てであることは、わたしにもわかった」

「KGBがどのようにして見つけたか、心当たりはありますか？」

「ない。だが、推測はできる。すでにRPB内部にKGBの協力者がいたにちがいないと、わたしは思う。KGBマネーを盗んでRPBに預けた者は、そのことを知らなかったか、知っていても、自分たちのほうが賢いから大丈夫だと思いこんでいたのだろう。ともかく、素性のわからないロシア人たちが多額の金を西側に移動させているという噂がKGBの耳にも入った。そこでKGBはこの件を解明しようとRPBに乗りこんだ。これを知って、問題の番号口座の持ち主はあわて、ガプラーに同じ銀行内に実物資産を保有している者を捜すよう指示し、彼はそれを実行しようと懸命に走りまわった。要するに、秘密資金をつくった者は、それを実物資産に換えて銀行の外に物理的に持ち出して逃げようとしたのだ」

　ジャックは言った。「でも、その秘密資金の持ち主とガプラーが実際に適当な人物を見つけて取引をしたのかどうかは、わかっていない」

「うん、わかっていない」ガルブレイスはにやっと笑った。「だが、あいつなら知っているんじゃないかと思える人物がひとりいる」

「だれです？」

「ヒュー・キャスターだよ。ヒューとわたしはイートン校時代からの知り合いでね、親友というわけではなかったが、彼が情報機関にいるということくらいはわたしも知っていた。ロシアの会計士たちがやって来て、いろいろ訊《き》かれたとき、わたしはその情報をすべてキャスターに流してやった。ＫＧＢの財宝が行方不明になっているということではないかとキャスターはとても興奮したよ。彼はＲＰＢの頭取に紹介しろとせがみさえし、わたしはその望みを叶えてやった。

その後、キャスター自身もＲＰＢの顧客になったことをわたしは知った。あいつは数年のあいだに大金持ちになっていた――九〇年代のことだ。キャスターは新生ロシアとのコネを築き上げ、ＭＩ５を去り、民間セクターでの情報収集・分析の仕事をはじめた。あいつが情報を売る商売をしていることはわたしも知っていた。だから、去年、会社を奪われたとき、迷わずあいつに相談したんだ。キャスターがロシア国内に持つコネを活用すれば、こんな問題は解決できると、わたしは思ったんでね」

マルコム・ガルブレイスはジャック・ジュニアをまっすぐ見つめ、溜息《ためいき》をついた。「ところがあの野郎は、わたしに調査費用を払わせて、ロシアの有力な友人たちを護った、ということだろう？」

ジャックはうなずいた。「どうやら、まさにそういうことのようですね」

ガルブレイスは言った。「あいつはツークに家を買いさえした。自分の金の近くにいたいんだろうな」

「キャスターはツークに別荘を持っているんですか？」

「ああ、持っている。ツーク湖畔の山荘《シャレー》だ。わたしはそこでディナーをいっしょにとったことが何度かある」マルコム・ガルブレイスの顎《あご》の筋肉が怒りでピクピク動くのをジャックは見逃さなかった。「親しく付き合ってやったのに、あいつはくそ忌《い》まいましいガスプロムのためにわたしをだましたんだ。あいつがやつらから受け取っている見返りは何だときみは思うかね？」

ジャックは見当もつかず、そう正直に認めるしかなかった。

ジャックはつづけた。「ミスター・ガルブレイス、ほんとうに正直に申し上げますが、いま起こっていることがどういうことなのか、わたしにはまだよくわかりません。でも、結局のところ、FSBが非を認めて、あなたに一二億ドルの小切手を切るなんてことはまずないと、わたしは思います」

ガルブレイスは返した。「このフレーズを最後に使ったのはいつだったか思い出せないが、ここまできたらもう『金の問題ではない』」

ジャック・ジュニアはガルブレイスにわかってもらえて嬉しかった。

ガルブレイスは言った。「きみは分析員にしては勇敢な若者だ」

ジャックは微笑《ほほえ》んだ。一瞬、父《ダッド》を思った。「いっしょに行動してくれる者が何人かいるのです」

「どういう者たちかね？」

「またロシア人たちが襲いかかってくるといけないと、目を光らせてくれている男たちです」

「その連中、キャスターの会社の者たちではないんだろうね？」ガルブレイスは訊いた。

「いえ、ちがいます。でも、なぜそんなことを訊くんです？」

スコットランドの億万長者は居心地悪そうに座ったまま体の位置を変えた。「なぜなら、ひとつ厄介な問題があるからさ」

ジャックは小首をかしげた。「どんな問題です？」

「わたしは今朝ヒュー・キャスターに電話してしまったんだ。『会社の〝下っ端分析員〟がエディンバラまで飛んできて話し合いたいと言ってきたが、どういうことなんだ？』と、あいつに訊いてしまったんだよ」

ジャックは不満げにうめいた。「わたしが、だれにも口外せずに二人だけで話せるようにしてください、とお願いしたのは、まさにキャスターのことを心配したからなんです」

ガルブレイスは、まあまあと宥《なだ》めるように、両手を上げて見せた。「それがわかったのはいまなんでね。電話をしたときはまだわかっていなかった」

ガルブレイスに会うことをキャスターに知られたということで、どういうことが起こりうるのだろうか、とジャックは考えた。ただ、いますぐここから立ち去らなければならないということだけは、即座にわかった。

ジャックは言った。「あとひとつだけ。あなたが今朝キャスターに電話したときの番号を教えてくれませんか？」

スコットランド人はポケットから携帯電話をとりだした。そして、しばらく画面をスクロールしてから、携帯をジャックに手わたした。「あいつに電話するつもりかね？」

「いいえ。電話番号から居所をつきとめるのがとてもうまい友だちがいるんです。今回もそれに成功するかもしれません」ジャック・ジュニアはマルコム・ガルブレイスをじっと見つめた。「ゲームがここまで進行してしまったらやはり、ヒュー・キャスターに直接会って話を聞くしかないでしょうね」

75

三〇年前

思い切ってベルリンのホテルから雨のなかに飛び出したＣＩＡ分析官ジャック・ライアンは、午後一一時になってもまだあいている小さなレストランを見つけ、フライポテトが添えられたブラートヴルスト（焼きソーセージ）とピルスナー（ピルゼン・ビール）の大ジョッキを注文した。そして表側の窓際《まどぎわ》の席に座り、もの悲しげに降りつづける雨をながめながら食事を楽しんだ。数分もするとジャックは、現在位置を確認しようと地図をひらいた。そして、自分がいまいるレストランが、今日の未明にシュプレンゲル通り《シュトラーセ》で起こった銃撃戦の現場から数ブロックしか離れていないところにあることを知った。

レストランを出たときにはもう一一時三〇分をまわっていたが、五ブロック歩いてＲＡＦ（ドイツ赤軍）のアジトがあった建物の前を通ってみることにした。

一〇分も歩かないうちにその建物がある角を見つけたが、その瞬間、すでにあたりが死んだようになっているのに気づき、びっくりしてしまった。昨夜は警察が非常線を張って交差点には車が入れないようになっていたはずなのだが、今夜はもう警察の進入禁止テープも警官もまったく見えず、そのあたりの車や人の活動レベルはいつもとほぼ変わらないところまで落ちていた。ときどきタクシーがゆっくりと通りすぎ、年金生活者がひとりふたり、傘をさして犬に深夜の散歩をさせているだけ。ほかにシュプレンゲル通り《シュトラーセ》に人影はひとつもなかった。

勢いを増しはじめた冷たい雨のなかをライアンは交差点に近づいていった。例の建物の真ん前にパトロールカーが一台、逆の方向を向いてとまっているのに気づいた。車のなかにいる者を見ることまではできなかったが、エンジンはかかったままだった。物見高い者たちを事件現場から遠ざけるために、警察はいちおう見張りを立てているようではある。

ジャックはシュプレンゲル通り《シュトラーセ》とテーゲラー通り《シュトラーセ》の北東の角にある暗い戸口のなかに身を引いた。そこからなら現場の建物全体をしっかり観察できる。

一階の自動車修理工場のガレージ・タイプのドアは閉まっていた。これはジャックにも当然と思えた。大きな煉瓦《れんが》造りの建物から洩《も》れてくる明かりはまったくない。ほぼ二四時間前に起こった銃撃戦で撃ち抜かれた上の階の窓はみな、光沢のある黒いものでおおわれている。

暗い戸口にそうやって立っていたときライアンは、できればもういちどRAFのアジトだったアパルトメントのなかを調べてみたい、という思いに襲われた。ひと目で諜報《ちょうほう》的価値があるとわかるものはすべてBfV（ドイツ連邦憲法擁護庁）が持っていってしまったにちがいないと思いはしたものの、彼らが何かはずみで小さなものを見落としてしまったということだってないわけではないのではないか、とジャックは思った。そうしたごく小さなものが、スイスのテロ現場で死んだマルタ・ショイリングとロシア人たちのつながりを証明しうるということもあるのではないか。

そういうものがあるとしたら、どんなものだろうか、とライアンは思った。父《ダッド》は刑事だったが、ジャックはそうではなく、犯罪現場の捜査は得意ではなかった。だから、自分が捜している動かぬ証拠を見つけたと納得するためには、モスクワの赤の広場に立つマルタ・ショイリングの写真のような一目瞭然《いちもくりょうぜん》のものを見つける必要がある、と思いこんでいた。

《無理だ、見つかるはずがない》ジャックは心のなかでつぶやいた。

そのまま暗い戸口のなかに立っていると、パトカーがもう一台やって来て、すでに通りに駐車していた警察車両の近くにとまった。双方の運転席の窓が下ろされて、二人の警官が話しはじめた。ジャックは一〇〇フィートほど離れたところにいたが、くぐもった話し声を聞くことができた。小さな火が燃えあがるのが見えた。警官のひとりがタバコに火をつけたのだ。

ジャックは戸口から出ると、テーゲラー通り《シュトラーセ》をわたり、建物の側面にそって歩きはじめた。そして、昨夜のぼった非常階段と地上とを結ぶ梯子《はしご》が完全には引き上げられていないのに気づき、びっくりした。本当にそうしたければ、傘を逆に持って腕を伸ばし、柄を引っかけて梯子を下ろすこともできるな、とジャックは思った。

角を曲がったところにとまっている二台のパトカーからは、いまいる場所は見えないはずだ。それに、警官たちはいま、話していて注意力が散漫になっている。だからジャックは、事前に計画を練るということを一切せず、非常階段をのぼって建物のなかに潜入することに決めた。ある時点で警官が角をまがって見まわりにくるとは思ったが、これからの数秒のあいだに警官たちが雨に濡《ぬ》れずにぬくぬくしていられるパトカーのなかから出てくるとはとても思えなかった。

それでもジャックはすぐには梯子に手を伸ばさず、そのまま歩きつづけた。防水のコートに身を包み、傘をさしていたので、雨に濡れる心配はなかったが、これからまたRAFがアジトにしていた四階のアパルトメントのなかを調べるのだと思うと、汗が噴き出してきた。二度、こんなことを強行するのはやめろと心のなかで自分に警告したが、そのたびにこう推論し、自分を説得した——警官たちに見つかる心配はまずないし、たとえ見つかっても深刻なことにはならないだろう。この一日のあいだに接触したBfV職員の名前をいくつか出すということもできる。ドイツ人に厳しく叱《しか》られ、不快な思いをすることにはなるだろうが、ふたたびアパルトメント内をのぞけば好奇心を満足させられる可能性があると思うと、それくらいの苦痛はもう気にならなくなる。

次にどう動こうか考えながら歩いているうちに、通りを半ブロックほど進んでしまった。ジャックは足をとめ、回れ右をして非常階段のほうへ戻りはじめた。そしてそうしつつ、近くの建物すべてに目をやって、自分がこれからやることを見てしまうかもしれない者がいないか調べていった。

ひとりもいない。

非常階段まで戻ると、傘を使って梯子をゆっくりと引き下ろしていった。音もあまり立てずにすんだ。建物のそばに葉が落ちてほとんど裸になってしまった低木が並んでいたので、そのあいだに傘を投げやり、梯子をのぼりはじめた。

非常階段に面する二階の窓は、昨夜銃弾を受けて粉々に割れてしまっている。シュプレンゲル通り《シュトラーセ》を東へ二ブロック行ったところにいた狙撃者《そげきしゃ》をライアンが銃撃したのは、この窓からだった。割れてしまったガラスの代わりに、いまは黒い防水シートで包まれたボール紙が嵌《は》めこまれている。ライアンは難なくボール紙を押しやって建物のなかに入ることができた。振り返って、雨に打たれる通りのようすをうかがってから、防水シートに包まれたボール紙をもとどおり嵌めた。

そのように、なかに入るのはいとも簡単だった。なかは予想したとおり静かで暗かった。昨夜も廊下は暗くはあったが、今夜は前夜とはくらべものにならないほど一段と暗い。光源がひとつもないのだ。

暗闇《くらやみ》を恐れるのは人間のごく自然な反応であり、それ以上にこの場所を恐れる理由はジャックにはまったくなかった。建物は無人なうえに警察に護《まも》られてもいるとわかっていたからだ。にもかかわらず、手探りで三階へといたる階段のほうへと進みはじめると、心臓が暴れだして胸を激しくたたいた。

真っ暗闇の二階の廊下と階段にくらべると、三階はどの方向の壁にもある大きな窓のせいで比較的明るかった。銃弾に撃ち抜かれて、階下の壁と同じように防水シートに包まれたボール紙が嵌めこまれている窓もいくつかあったが、割れずに残った窓もいくらかあり、そこから外の明かりが差しこんでおり、何の問題もなくアート・スタジオを通り抜けて、四階のアパルトメントへいたる階段まで進めた。

ジャックは一か八かの勝負をする気持ちでＲＡＦのアジトのなかに入った。二階下の廊下と同様、自分の手さえ顔の真ん前に近づけてやっとかすかに見えるという暗闇状態だった。ただ、幸運なことに昨夜の記憶がよみがえり、アパルトメントの窓はすべて銃弾か攻撃手榴弾《しゅりゅうだん》で破壊されてしまったことを思い出し、階下の窓をボール紙と防水シートでおおった者がここの窓も同じようにふさいでしまったのだろうと考えた。だから明かりを見つけて点灯しても、外に光が洩れる心配はない。手探りで前進し、サイドテーブルに載っていた小さな電気スタンドをなんとか見つけた。だが、コードを引っぱってスイッチを入れても、案の定、点灯しなかった。

そのあと数秒、あたりを手で探って、別のコードを見つけた。たどっていくと、電灯につながっていて、その電球は前夜の凄《すさ》まじい戦闘のなかでも割れなかった。

壁際の椅子《いす》に置かれていた毛布をとりあげ、それで電灯の光のかなりの部分をおおい、自分のすぐまわりを見るのに必要な光だけが洩れるようにした。

こうしてひとりで居間に立っていると、そこが昨夜よりも小さくなったように感じられた。昨夜は捜査官やコマンドやイギリスの情報機関員が一〇人以上もいたせいで、もっと広く感じられたのだろう。いまや居間は、銃弾を受けて破壊されたものが大半の安物家具がありすぎる、わずか一五フィート四方の狭い部屋にすぎず、おまけに壁は弾痕《だんこん》でボコボコになっている。玄関に近い床には、横向きに倒れた死体の輪郭が描かれていたが、その人型は両腕と脚の下半分が逆の方向を向いていて、生きている人間ではありえないS字型をしていた。玄関につながる部屋で殺された女の最期《さいご》の形。午後に読んだ報告書のなかに彼女の名前があったことをジャックは思い出した。ウルリーケなんとか。銃弾で蜂《はち》の巣にされた彼女の死体を昨夜ここで見たことも思い出した。そういえば死体のそばには短機関銃が一挺《ちょう》、転がっていた。

女の死体と短機関銃はもうないが、遺体の輪郭と幅四フィートの血痕はまだ残っている。ジャックはしばらく居間のなかに立ちつくし、昨夜の光景を頭によみがえらせた。まだ煙の臭《にお》いを嗅《か》ぎとることができる。死の臭いを嗅ぎ分けられるような気さえする。

　一分後、ジャックは電灯を消し、手探りで廊下へ向かい、さらに奥の寝室へと進んでいった。

　マルタ・ショイリングの小さな部屋は廊下よりもさらに暗いように思えた。しばらく手で壁をさわりまわって明かりのスイッチを探したが、見つからなかった。仕方なく、ひざまずいて四方八方に手を伸ばした。手が細いコードにふれた。コードをたどっていくと、床に倒れている電気スタンドのようなものがあった。そこについていたスイッチを弾《はじ》いた。それはブルーのラバライト――液体のなかの浮遊物がゆっくりと形を変えていくインテリア・ライト――だった。マルタ・ショイリングがサイドテーブルとして使っていた軽飲食用の折りたたみ式TVトレーテーブルに載っていたもののようだった。そのトレーテーブルもラバライトのそばの床に倒れている。

　ジャックはラバライトを手にとった。ほのかな明かりでしかなかったが、懐中電灯のように使った。そうやってあたりを観察し、壊された家具や壁の弾痕を見ていった。そして、クロゼットのなかの衣類、小さな化粧台の粉々に砕かれた鏡にも目をやった。

　静かだった。聞こえるのは、窓をふさぐボール紙と防水シートに雨があたる音だけ。

　ジャックはほのかな青い光に浮かびあがる自分のまわりをさらに目で調べていった。この部屋ではだれも死んでいない。床にも壁にも血痕はまったくついていない。だが、死の気配は感じとれる。この小さな空間に暮らしていた若い女が、二日前の夜にここから数百マイル南のスイスのある町で死んだからである。ただ、遺体の損傷が激しく、女がそこで死んだことを証明するものは現場近くに残されていた彼女のわずかな所持品だけだった。部屋の隅のバスケットに洗濯物が入っていた。擦り切れたタオル、ブルージーンズ、黒いセーター。そしていちばん上に質素な黄褐色のブラジャー＆パンティ・セットが載っている。

突然ジャックはここにいるのは間違っているという思いに襲われた。

ＢｆＶがすべてを調査し、調べ残しなど何もないはずだと頭ではわかっていたが、ジャックは自分でもういちど現場をのぞいてみたくなり、いまこうして潜入したものの、マルタ・ショイリングの洗濯物にはふれたくなかったし、タンスやクロゼットのなかを引っかきまわしたくもなかった。

自分は過《あやま》ちを犯したのだとジャックは悟った。自分ひとりでこの事件を調査しつづけるのはもうやめにしよう。気持ちを優先させて冷静な判断力をそのうしろへ退けてしまった。

ジャックは盛大に溜息《ためいき》をついた。どうにか頭が切り換わった。深夜に許可も得ないで勝手に事件現場を訪れたことを上司や同僚が知ったら、どう思うだろうか、と考えざるをえなかった。サー・バジル・チャールストンＳＩＳ長官やジェームズ・グリーアＣＩＡ情報部長には、今夜こうしてこそこそ現場を歩きまわったことを、いちおう報告しておくべきだろうか？　いや、しないほうがいいだろう、と彼は自分に言い聞かせた。衝動的、向こう見ず、無軌道と思われかねない。

妻のキャシーにだって言えない。でも、だれにも言わないほうが、だれにとってもいちばんいいのではないか。よし、すぐにここから去り、このことはだれにもひとことも言わずに――。

物音が聞こえた。どこか遠くで床板がきしむ音だ。上体だけ前に突き出して廊下をのぞきこんだ。音はやまず、つづいている。だが、すぐに気づいた。これはアパルトメントへといたる木の階段をだれかがのぼってくる足音だと。

ジャックはすぐさまラバライトのスイッチを弾き、明かりを消した。そして、ラバライトを床に置くと、クロゼットまでもどり、なかのラックにかかる服のあいだに自分の体を押しこんだ。

《まずいぞ、ジャック》ライアンは心のなかで叫んだ。警官にちがいない。だが、ここまで上がってくるのを見られてはいないし、音もいっさい立てていない。アパルトメントのなかでつけた明かりが、忌《い》まいましいことに壁にあいた銃弾の穴から外に洩れ、それに警官たちが気づいたのではないか、とジャックは推測した。

足音は階段をのぼりきり、ゆっくりと近づいてきて、ついに廊下を移動しはじめた。クロゼットの扉はひらいたままだったが、ジャックはそれを閉めたいとは思わなかった。蝶《ちょう》番《つがい》がキーキーいうかもしれず、それが怖かったのだ。だから、ゆっくりと細心の注意を払って、マルタ・ショイリングがクロゼットにかけたままにしておいたドレスやコートの奥へとさらに自分の体を押しこんでいった。警官が懐中電灯の光で部屋のなかを軽くのぞきこみ、そのまま通りすぎてくれれば、見つからずにすむ可能性はある、とジャックは判断した。部屋のなかに足を踏み入れなければ、クロゼットのなかを見ることはできないからだ。

が、次の瞬間、あれっ、と思った。懐中電灯が使われていないようなのだ。だれかが懐中電灯を持って廊下を近づいてくるのなら、放散した光がわずかなりとも見えていいはずなのだが、まったく見えず、あたりは真っ暗闇のままなのだ。

光がまったく見えないという事実に、ジャックは動揺し、不安になった。これで、いま自分といっしょにアパルトメントにいる者がだれだか見当もつかなくなった。だが、その人物が自分と同じくらいここにいる権利のない者であるということだけは察しがついた。

その者が一歩進むごとに、廊下の堅木張りの床がきしむ。防水シートにくるまれたボール紙を激しくたたく雨の音はいっこうに衰えないが、近づいてくる足音はしっかり聞き取ることができる。

足音はマルタ・ショイリングの部屋のドアロでとまった。ジャックはそのもうひとりの訪問者からいまや六フィートしか離れていない。クロゼットのなかに身を隠してはいるが、その扉はひらいたままだ。

人の気配がそっと部屋のなかに入りこんできて、距離がさらに縮まった。真っ暗で何も見えないが、人の気配はしっかり感じとれる。いま飛び出し、不意討ちを食わせようか、とも思った。心拍が一気に高まった。もしかしたら、二四時間前に自分とGSG９（第九国境警備群）隊員たちを狙撃した者？　その可能性もあるのだろうか？

こちらには武器などまったくない。このまま隠れているしかないということか。ジャックは身じろぎもしなかった。ついに息さえとめ、なんとか優位に立とうと、強引に目をさらに大きくひらいて、あたりに存在するかすかな光をも取り込もうとした。

足が床の上をすべる音がした。そして何かが床をこすり引っかく音。ラバライトが引きずられる音だ、とジャックは気づいた。

《くそっ》明かりがともったら躍り出ようと身構えた。

突然、ほのかな青い光が部屋に満ちた。大きな黒いフード付きコートに包まれた人影が床にひざまずいている。人影は立ち上がり、ジャックに背を向けた。ライアンは右手をにぎりしめて拳《こぶし》をつくった。二歩、素早く進むだけで、パンチを浴びせられる位置に達することができる。だが、人影が自分から遠ざかってベッドへ向かっていくのにジャックはすぐに気づいた。

その者はまたひざまずき、ベッドの下に手を伸ばした。床板がはずされる音をジャックは聞き分けることができた。何が行われているのかわかった。

その者は床板数枚の下に手を入れて空洞のなかを探っていたが、数秒もするとあきらめたのか、手を引きもどし、頭を垂れてベッドの上に載せてしまった。その正体不明の者は明らかにあの銀色のアルミニウム製ブリーフケースを探していたのだ。そしていま、当局に押収《おうしゅう》されてしまったことに気づいたのである。

見知らぬ相手が背を向けてひざまずき、ベッドに顔を伏せているあいだに、主導権をにぎってしまわなければならない、とジャックにはわかっていた。

ジャックはそっとクロゼットから出て、狭い部屋を横切りはじめた。だが、わずか半分ほど進んだところで、踏んだ床板がきしみ、相手に気取《けど》られてしまった。

正体不明の者は弾けるように立ち上がってクルッと振り向いた。ほのかな青い光のおかげでジャックは相手の手がコートのポケットに滑りこむのを見ることができた。すぐさまポケットから飛び出した手には、黒い小さなものがにぎられていた。拳銃《けんじゅう》なのかナイフなのかジャックにはわからなかったが、そんなことはもうどうでもよかった。相手の武器から目を離さずに、前進していた勢いをそのまま利用して一気に突っ込んだ。そして手をしっかりとにぎりしめ、つくった拳をうしろへ引いた。

飛び出しナイフの刃がひらくカチッという音が聞こえた。と同時に、ジャックは尖《とが》ったスチールの刃を見た。謎《なぞ》の人物がナイフで切りつけてきた。が、そのときにはもうライアンも右のジャブを繰り出していた。拳は相手の顎《あご》をほぼ完璧《かんぺき》にとらえ、パンチを炸裂《さくれつ》させた。相手の頭が勢いよくうしろへ弾かれた。

ナイフが宙に舞い、謎の人物は仰向《あおむ》けに倒れこみ、失神してベッドの上に横たわった。

ジャックは前腕に痛みを感じた。飛び出しナイフで切られたのだとわかった。この薄明かりのなかでは、どれほどの傷だか目で確認するのは難しく、手探りで上着の切り口から指をなかに入れ、指先で前腕をさわって出血の具合を調べた。深刻な傷ではないと思ったが、痛みは凄まじかった。

「ええい、畜生め！」ジャックは思わず叫び、マフラーをとって腕の傷の部分に巻きつけた。

しっかり結んでとめるのにすこし時間がかかった。そうするあいだも、目の前のベッドに横たわる人物から目を離さなかった。フードで顔が見えなかったので、前に進んで上体をかたむけ、意識を失っている者におおいかぶさるようにした。さらに屈《かが》みこみ、手を伸ばしてコートのフードを押しやり、顔にかかる濡れた髪を払いのけた。

ぎょっとして、屈めていた背をピンと伸ばした。

女だったのだ。

ジャック・ライアンはおのれの拳をじっと見つめた。まだずきずき痛む。女の顔に凶暴なパンチを食らわせたせいだ。「くそっ、なんてことだ」

女が意識をとりもどすのに五分かかった。そのあいだにジャックは、隅の洗濯かごにあったブラジャーで女の両手をしばり、床に座る姿勢をとらせて背中をベッドの側面によりかからせておいた。ボディーチェックも徹底的にやらせてもらった。武器はほかになかった。身分証の類《たぐい》もまったくなし。携帯していたのは、鍵《かぎ》が二、三個ついているキーホルダーと、二つ折りにした紙幣の小さな束が二つだけだった。西ドイツのドイツマルクと東ドイツのオストマルクの両方を持っていることにライアンは興味を抱いたが、そんなことより遥《はる》かに興味深いことが目の前の女にはあった。

ジャックはラバライトを二人のあいだに置いて、目の前の床にぺたんと座る姿勢をとらせた女の顔を仔細《しさい》に調べはじめた。明かりが充分ではないうえに、首を垂れているせいで金髪の前髪が目にかかり、おまけに顎にはライアンの拳がつくった赤紫色の打撲傷がある。だから、女の顔を見定めるのは難しいのだが、早くもライアンはこの女がだれだか知っているぞと思いはじめていた。

女が意識をとりもどし、目をひらいて、部屋のなかをゆっくりと見まわしはじめたとき、ジャックは間違いないと確信した。

ジャックは言った。「猿轡《さるぐつわ》をかませることもできる。叫んだりしたら即、そうする。わかったか？」

女の呼吸が速まるのをジャックの耳はとらえた。女はジャックを凝視した。恐怖で大きく剝《む》かれた目から涙がこぼれ、頰を伝わった。

「英語、話せるんだろう？」

ややあって女は訊《き》いた。「あなたはだれなの？」ドイツ訛《なま》りの強い英語だったが、ライアンは難なく理解できた。

ソフトな青い光のなかで、ジャックは女の目をじっとのぞきこんだ。そこには恐怖の表情があったが、極度に消耗している表情も見てとれた。濡れた髪がまだ額に垂れたままになっている。

ジャックは言った。「ジョンと呼んでくれ。わたしのほうはマルタと呼ばせてもらおうか。マルタ・ショイリングと」

76

どういうカラクリなのかジャックにはまだ見当もつかなかったが、いま自分の目の前に座っている女は、スイスのロートクロイツで起こった爆弾事件の現場で遺体として見つかったことになっていたＲＡＦ（ドイツ赤軍）のメンバーだった。

「それはわたしの名前ではないわ」女は言った。

いまニック・イーストリングがここにいてくれたら、とジャックは思わざるをえなかった。あのSIS防諜課《ぼうちょう》職員は、欠点はいろいろあるものの、他人《ひと》に話をさせる才覚はある。

「否定しても無駄だ」そう言いながらジャックは、部屋のなかを見まわして彼女の写真を探したが、一枚も見つけられなかった。やはりBfV（ドイツ連邦憲法擁護庁）の捜査官たちがぜんぶ証拠として持っていってしまったのか。

「くそ豚野郎」女は言い返し、目をそむけて奥の壁を見つめた。「アメリカ人ね？」女は訊《き》いた。

「そうだ」

「FBI？　CIA？」

「質問するのはわたしだ」

彼女は首を振った。「くだらん質問なんて聞きたくもない。おまえは馬鹿《ばか》だ。おまえらはみんな馬鹿者だ。われわれがスイスにいたと思いこんでいる。われわれがあの攻撃に関与したと信じている。だが、やったのはわれわれではない。われわれのひとりも係わっていない。それなのに、おまえら豚野郎はここにいた友を皆殺しにした。そうする理由など何もないのに」

今度はジャックが首を振った。「何もないわけではない。きみの友人たちが殺されたのはきみがRAFだからさ。一四人が焼き殺された現場のすぐそばで、きみの身分証が見つかったんだ。それにＧＳＧ９がここを急襲したとき、きみが借りていた二ブロックほど先の宿泊施設の部屋から狙撃《そげき》をはじめた者がいた」

彼女はふたたび首を振った。目まで垂れ下がった濡《ぬ》れた前髪を吹き払い、思わずドイツ語で訊き返した。「ヴァス・マインスト・ドゥー・デン？」〝いったい何の話よ、それ？〟という意味。「宿泊施設の部屋って？」

「シュプレンゲル通《シュトラーセ》りを二ブロック行ったところにある出稼ぎ外国人労働者用の宿泊施設の部屋を借りなかったか？」

「何でわたしがそんなところの部屋を借りなければいけないのよ？」声に愚弄《ぐろう》する気配が混ざったが、揺らぐことのないきっぱりとした口調で、ジャックには彼女が嘘《うそ》をついているとは思えなかった。

そんなことだろうとジャックは思っていた。「きみがどういう人間なのかはまったく知らないけど、マルタ、自分ははめられたのだと気づくほど、きみが賢いようにと、わたしはきみのためにも願っている。きみたちの組織全体がまんまとはめられたのだ」

ドイツの女は首をかしげた。またしても前髪が垂れ下がった。今度はそのままにして言った。「わたしを信じるというの？　わたしはだれも殺していないということを、あなたは信じるというの？」

「ああ、わたしはきみを信じる。しかし、いまのところまだ、この件ではＲＡＦは捨て駒《ごま》にすぎないと確信しているのはわたしひとりだ。きみが生きていることをBfVに知られたら、たちまちきみはドイツ一のお尋ね者になってしまう」

　女の表情がくずれ、ジャックはまた泣きだすのではないかと思った。が、彼女はぼそぼそ悪態をついた。「くそ忌《い》まいましいブルジョア豚野郎どもめ。おまえら、みんな、そうだ」

「スイスで死んだのはだれ？　きみの身分証を持っていた女性はだれ？」

　彼女は答えなかった。

「マルタ、わたしがいまここにいることを知っている者は世界中にひとりもいない。お望みなら、わたしはいますぐ一階まで下りて、建物の前で見張っている警官たちにきみがここにいることを告げることもできる。そうしてほしくないなら、すこしわたしに話してくれないか。そうすれば、二人とも無事にここから抜け出せる」

　マルタ・ショイリングはもぐもぐ口を動かして何やら言った。

「何だって？」

「イングリット・ブレッツ。彼女の名前はイングリット・ブレッツ」

「彼女もドイツ赤軍？」

　マルタは勢いよく首を振った。「東ベルリンのアレクサンダー広場《プラッツ》の酒場のウエイトレス」

「東ベルリン？　彼女は東の人間なのか？」

「ヤー」

「彼女はどうやってきみの身分証を手に入れ、それで何をしていたのかね？」

「わたしが渡したの。一週間前、わたしは東ベルリンへ行った。そのとき、数日間どうしても西側へ行ってきたいの、とイングリットに言われた。それで彼女はアォスヴァイス――身分証――が必要だった。わたしたちは風貌《ふうぼう》が似ていたので、わたしは自分の身分証を貸すことにした」

「きみたちは友だちだった？」

マルタはちょっとためらった。「そう。でも、お金をもらったわ。わたしは東ベルリンへ潜入し、自分のアォスヴァイスを貸し、数日間イングリットの帰りを待たなければならなかったので、それに対する手間賃をもらった」

「段取りをつけ、手配したのはだれ？」

「だれも。これはイングリットのアイディア、わたしたちだけでやったこと」

そんな話、ジャックは一瞬たりとも信じなかった。「きみは身分証がなかったのに、どうやって西ベルリンに戻ってきたの？」

マルタは肩をすくめた。「いろいろ方法があるの」

「どんな方法？　トンネルとか？」

「えっ、トンネル？　馬鹿ばかしい」

ジャックは深追いせず、別の方向から攻めた。「イングリットもきみのようにこっそり行き来すればよかったんじゃないか？」

マルタはライアンをねめつけた。左翼テロリストがＣＩＡ職員を見つめたらこんな表情を浮かべるのではないかと思えるような目だった。そこには、自分を高潔な理想を掲げる聖人だと思いこんでいる自惚《うぬぼ》れと、知的優越感が満ちあふれていた。「イングリットはスイスに行こうとしていたのよ。スイスまで行けるトンネルなんてないわ」

それでジャックにもマルタの話が呑《の》みこめた。イングリットは東ベルリンから出て西ドイツに入り、そこからスイスへ渡ろうとしていたのであり、そのために西ドイツ人の身分証が必要だったのだ。

「きみは彼女がスイスに行こうとしていた理由を知っているのか？」

「あっちへ移住したボーイフレンドがいる、とイングリットは言っていた」

「で、きみはそれを信じた？」

「なぜ信じちゃいけないのよ。彼から贈られたというネックレスをイングリットは見せてくれたわ。大きなダイヤモンド。ただ、彼女はそれを身につけたことは一度もなかった。ダイヤモンドのネックレスを光らせている東ドイツの女なんて、そうたくさんはいないから」

「ボーイフレンドの名前は教えてもらった？」

「いえ」

「でも、きみたちは友だちだったんだろう？」〝信じられない〟という気持ちがあらわになった問いかたになってしまった。ジャックは尋問の仕方を学ぶ訓練を受けていなかった。自分の尋問の進めかたは性急すぎるのではないかと彼は思った。なんとかもっとゆったりソフトな問いかたができないものかと考えはじめたとき、マルタが自分から話しだした。

「イングリットはスイスに一度も行ったことがなかったのよ。だから、ひとりでどうやってそこまで行って、人々に向けて自動小銃をぶっぱなし、爆弾で建物を吹き飛ばしたというの？　ダス・イスト・フェアリュックト」マルタは自分で翻訳した。「そんなのクレージーだわ」

「単独でやったのではない、と捜査当局は言うだろう。ＲＡＦの他のメンバーといっしょにやったのだ、と。きみもそのひとりだったりして？」

マルタは首を振った。「だから、イングリットはＲＡＦではなかったのよ。それに、そもそも、われわれにとってはスイスの銀行家《バンカー》なんてどうだっていい。ここドイツにもバンカーはいる。企業家も、ＮＡＴＯ野郎もいるのよ」マルタは顔を上げてジャックを見つめた。ジャックは相変わらずマルタの小さなベッドに腰かけたまま、上から彼女を見下ろしていた。マルタは言葉を継いだ。「資本主義者のスパイもいるしね……ここには」

「例のブリーフケースはどういう経緯でベッドの下に隠されたのかね？」

マルタは黙して語らなかった。今度はジャックが代わりに自分で答えた。

「わたしの考えを披露しよう。きみがわずかな東ドイツマルクのためにそのウエイトレスに自分の身分証を貸したとは、わたしにはどうしても思えない。きみは彼女に身分証を渡すように命じられたのだ、証拠となるものをわざとベッドの下に置いた人物に」

マルタは笑い声をあげたが、それはごまかすための見せかけの笑いのように思えた。

「それって、だれ？」

ジャックは肩をすくめた。「東ドイツの国家保安省《シュタージ》かもしれないし、KGBかもしれない。それはわたしにはわからない。ただ、きみたちの組織がその両方と連携して活動していることはわたしも知っている。だれであろうと、その人物――組織――はこの部屋に何かを隠す必要があった。ベッドの下の床板を剝《は》がせば物を隠せる空洞があるということを、きみはそいつらに話したにちがいない。アジトが急襲されたことを知って、やっときみは気づいた、はめられたのだということにね」

マルタはふたたび首を振った。「典型的なCIAの嘘ね」

ライアンは切られた前腕に巻いたマフラーをきつく縛りなおした。滲《にじ》み出してきた血で腕が濡れてきたのがわかったからだ。

ジャックは言った。

「よく聞いてくれ、マルタ。だれであろうと、そうしたことをした者たちは、本物のRAFの活動家をスイスに送りこんで爆弾を仕掛けさせることができなかったから、イングリットを利用したんだ。そいつらがきみから身分証を受け取り、それをイングリットに与えたんだ。きみたちの組織に殺人の濡《ぬ》れ衣《ぎぬ》を着せるためにね。きみの友人たちはそのために死んだんだ。

きみは明らかに自分がはめられたことを知っている。だから、わざわざここに戻ってきたのだ。証拠がまだベッドの下に残っていて、それをなんとかここから持ち出せるかもしれない、というかすかな希望を捨てきれずに、ここに戻ってきた。きみたち極左の負け犬グループがやばい事件にさらに深く係わってしまうのをせめて防ぎたかった」

「あなたにはもう何も言わない」

「ドイツ赤軍はスイスの無辜《むこ》の人々を殺害したテロ事件にはまったく関与していないということを、ぎみは世界に知ってほしくないのか？　このままにしておいたら、きみたちの組織に起こりうる最悪の事態となるぞ」

マルタは何も言わなかった。ただ首を振っただけだった。

「話さないというのなら、しばらくわたしの話を聞いてもらおうか。きみは知らないということもありうるので、念のため言っておくが、きみの友人たちは金《マネー》のせいで死んだんだ。今回のことはすべて、あるひとつの銀行口座をめぐることなのさ。二億ドルもの資金が入っていたスイス銀行の口座がそもそもの発端なのだ。その資金を隠すために、ある者たちを殺す必要が生じ、ロシア人たちはきみときみの友人たちを利用することにした。殺人の罪を着せるためにね」

ライアンはにやっとマルタに笑いかけた。「問題は金だけ、それだけのことなんだよ、きみ。きみたちの社会主義的理想とか労働者の権利を勝ち取るための闘争とか、そういった類《たぐい》の戯言《たわごと》はどれもこれも、今回のことにはまるで関係ない。ロシア人たちはただ、自分たちの金を隠しつづけたかっただけなんだ。で、ＲＡＦがいいカモにされ、利用されたというわけさ」

ジャックはつづけた。「みんな死んでしまったんだ、マルタ。きみの友人は全員ね。きみが護《まも》れる者はもう、きみにこうしたことをやらせた男以外ひとりもいない。きみがその男を護るつもりなら……」ジャックは手を振って自分のまわりのアパルトメントを示した。

「きみは友人全員を死亡させることになった企《たくら》みにさらに深く加担することになる」

マルタはいまやおおっぴらに泣きだした。首を垂れて泣いているので、涙が床にぽたぽた落ちている。それでも彼女は何も言わなかった。

「やはりどうしても話したくないのか。それならそれでいい。きみの気持ちを尊重する。では、こうしよう。あともうひとつだけ質問に答えてくれたら、縛った手を自由にし、きみを解放する」

　マルタは顔を上げた。希望のかすかな光が彼女の目のなかに浮かび上がった。「どんな質問？」

「ひとつだけ教えてくれ、マルタ。それだけでいい。約束する」

　マルタは鼻水を垂らしていたが、両手をうしろで縛られていては拭《ぬぐ》えず、盛大に音を立てて鼻をすすることしかできなかった。「オーケー、どんなこと？」

「きみはなぜ生きているのか？」

　マルタは首をゆっくりとかしげた。「ヴァス・マインスト・ドゥー？」〝それ、どういう意味？〟とドイツ語で訊いた。

「今回のことを仕組んだ者たちはこれまでのところ、自分たちの足跡を消すということに関しては見事な仕事をしてきた。やつらはイングリットを殺した。彼女はＲＡＦとは無関係の東ドイツの女性だから、いなくなってもこのアジトの者たちが怪しむこともない。そしてその連中は、銀行に隠しておいた資金のことを知っていた二人のバンカーを殺した。さらにそいつらは、この密謀を暴《あば》こうとしたわたしの友人をも殺したのだと、わたしはほぼ確信している。そのうえやつらは、このアパルトメントにいた者たち全員が確実に死亡するように細工した。そうやってスイスでの殺人にＲＡＦが関与していないことを証明できる者がひとりも残らないようにしたのだ」

　ジャックは前かがみになって自分の顔をマルタの顔に寄せた。脅迫ではなく懇願の仕種《しぐさ》だった。

「だが、きみは、マルタ、きみはまだ生きている。つまり、きみはそいつらにとって唯一《ゆいいつ》の〝やり残し〟だ。きみがこんなふうに西ベルリンを歩きまわっていたら、そいつらの陰謀全体が崩壊しかねない。その連中が何もせずに自分たちの陰謀が崩れ去るのを黙って見ているとでも、きみは思っているのか？」

　マルタの首の筋肉がこわばった。顔の表情がたちまち変化して、たったいま信念体系の基本理念を失った人そのままの形相と化した。

　自分が正しいと思いこんでいた大義が、実は嘘の上に構築されたものでしかなく、そのうえ非情な人殺し組織に支えられていた、と知って愕然《がくぜん》とするテロリストの不幸をながめるというのなら、ジャックにとっても〝他人《ひと》の不幸は蜜《みつ》の味〟となりえたし、彼はそれを味わいたいと思っていたが、今夜のマルタ・ショイリングという女性に対してはかわいそうという思いしか湧《わ》いてこなかった。

　涙に濡れたマルタの目には遠くを見ているような表情が浮かび、彼女はまるで緊張病《カタトニア》の硬直症状を呈しているようにも見えた。マルタは言った。「わたしがここにいるとはだれも思っていない。わたしは東ベルリンにいた。いまもそこにいることになっている。ここで起こったことを耳にし、今朝早くこちら側に来たの」

「こちら側に来た？　どうやって？」

「トンネルがあるの。東ドイツの情報機関が使っているもの。わたしがそれを知っているのは、われわれがときどき物を運ぶ手伝いをしていたから」

「きみがここにいることはだれも知らない？」

マルタはうなずいた。

ジャックはさらに上体をかたむけ、自分の顔をあと数インチというところまで彼女の顔に近づけた。そして一か八か、こう水を向けた。「きみのＫＧＢの工作管理官《コントロール・オフィサー》も知らない？」

マルタ・ショイリングはゆっくりとうなずいた。涙が新たにあふれだした。「わたしには工作管理官はついていないわ。わたしとイングリットを結びつけたロシア人は、まったく知らない人だった。ただ、初めて会う人だったけど、向こうはわが組織の他のメンバーを知っていた。そしてわたしは他のメンバーたちに言われた、彼は信用できる人間だと。あの男はＫＧＢだったのだとわたしは思う。だって……ＫＧＢじゃなかったら、われわれのことを知っているはずがない。言うとおりのことをしてくれたら、きみたちを支援する、と男はわたしに言った。われわれには支援が必要なの」仲間の〝都市ゲリラ〟全員が死んだことをいま思いだしたかのように、マルタはあたりを見まわして言い添えた。「われわれは支援が必要だった」

「その男の名前は？」

彼女はふたたび首を振った。「名前は教えてくれなかった。教えてくれたのはコードネームだけ」

「どういう？」

「〈ツェニート〉」〝天頂〟を意味するドイツ語。

ライアンは英語で言いなおした。「〈天頂《スィーニス》〉？」

「その男のこと、知ってるの？」マルタは訊いた。

「いや。だが、そいつがやったことは知っている、と思う」

マルタの目からまたしても涙があふれだし、鼻水もしたたり落ちた。体が震えだした。

「あの男、わたしを殺すつもりなのよね」

ジャックは返した。「やつらの指示どおりに東ベルリンにとどまっていたら、きみはもう死んでいる。その〈天頂〉とそいつの同類は、いまごろ必死できみを捜している。われわれにきみを護らせてくれないか」

「でも、あなたはひとりじゃないの」

「いまここではね。だが、きみを〈クレイ本部〉に連れていける。あそこに逃げこめば、〈ベルリン旅団《ブリゲイド》〉全部隊がきみを護ってくれる。そのあと、われわれはきみを西ベルリンから脱出させ、どこか安全な場所を見つける」

「その見返りにわたしは何を要求されるの？」

このドイツの女性を心配する自分の気持ちは本物だとライアンは気づいた。彼女は明らかに間違った方向へ導かれてしまっているし、たぶん危険なテロリストでもあるのだろう。しかし、ライアンは本能的に弱い者を護らずにはいられない人間で、それは自分で意識的にどうこうできることではなかった。

いまは見返りのことなどほんとうに考えていなかった。ジャックは、ただ、目の前にいる二五歳の女性を生かしつづけるということだけを考えていた。

ということはやはり、自分は甘すぎて現場での本物の諜報活動には向いていないということか、とジャックは思った。

ジャックはその思いを頭から追い出し、立ち上がった。「わたしはそれに答えられる立場にない。まずは、ここから出て、きみを護ることができるところへ行こう。ほかのことを心配するのはそれからだ」

「あなたは嘘をついている。アメリカ政府がわたしを護ってくれるわけがない」

「いや、だから、とにかくわれわれはきみを殺しはしない。こう考えたらどうだろう、マルタ。われわれは資本主義者だ。きみがわれわれに何かをくれれば、われわれはきみに何かをあげる。要するに商取引と同じ。きみがわれわれに情報をくれれば、われわれはきみが必要としている保護を提供する。いたって単純な関係だ。この関係をそれ以上複雑にする必要はない」

「わたしのような者がどうしてアメリカを信用できるというの？」

ジャックは口の片側をほんのすこし上げて、にやっと笑った。「それはだね、アメリカはこれまでもずっと、嫌いな連中とも協力し合ってきたからさ」

これでようやくマルタも納得したようだった。自分が恐ろしい窮地に落ちこんでしまったことは、もうマルタもよくわかっている。その点はジャックも確信できていた。それでも彼女はまだ、いまにもパニックにおちいりそうなようすで、口に出してはっきり同意することはできず、ただうなずいただけだった。

ライアンは彼女の手の拘束を解きながら、訊いた。「なぜＲＡＦは〝これには関与していない〟という声明を出さないのかね？」

彼女は答えた。「わたしはＲＡＦのリーダーじゃない。ただＫＧＢがわれわれをだまし、スイスで起こったことの責任をわたしにとらせようとしたことがわかっても、ＲＡＦが公然とソ連を非難することはないわ。そんなことをしたら、ＲＡＦは完全にとどめを刺されてしまう。ソ連にたてついたらもう、世界中のどんな共産党組織からも支援をうけられなくなる」

なるほど、とライアンは思った。ＲＡＦはソ連の情報機関の臣下のようなものなのだろう。今度のことに関しても仲間内では不満をぶちまけるかもしれないが、ＫＧＢに利用されたのだと公然と認めることはできないのだ。

ライアンは手を貸してマルタを立ち上がらせた。「きみが先に行け。わたしはきみのうしろから歩いていく」

「なぜ？」

「だって、きみには背中を向けられないからさ。すでにいちどナイフで刺されている」

77

マルタとジャックは暗い建物のなかを一緒にゆっくりと移動していった。二階まで下り、ジャックが非常階段のほうへ向かおうとすると、マルタが言った。「そっちじゃない。ついてきて」

　ジャックはマルタのあとについて階段をもうひとつ下り、一階の自動車修理工場に入った。そこには電球が二つ三つ点《とも》っていて、薄暗くはあったが足もとを照らす光は充分にあり、二人は建物の北西にある洗濯・乾燥室《ユーティリティルーム》まで難なく歩いていけた。そこには地下室へ通じる狭い木の階段があった。マルタが部屋の中央に垂れていたひもを引っぱると、裸電球がひとつ点り、洗濯機と乾燥機が暗闇《くらやみ》から姿をあらわした。それらのそばの壁には金属製のハッチがある。

「あれは何？」ジャックは訊《き》いた。

「戦前まで使われていた、石炭を滑り落とすためのコールシュート。万が一、警官が建物の前を見張っている場合、出入りに使うことになっていた」

マルタはコールシュートのハッチをあけ、なかに入りこみ、前進しはじめた。金属の板を引っかくこもった音がしたが、建物の反対側にいる警官たちにはまったく聞こえないはずだとジャックにはわかっていた。マルタが先に這い出て、ジャックもあとにつづいた。

自分がいま立っているのは建物と建物のあいだの舗装された空間だとジャックは知った。人がかろうじて歩けるほどの幅しかない。

マルタは言った。「われわれが暮らしていた建物は戦前からあったもの。でもこっちの左側の建物は戦後になってから建てられたの。あんまり寄せて建てたものだから、地図ではくっついているようにしか見えない。だから愚かな豚どもはこの路地が存在することさえ知らない」

二人はアパルトメントの建物のあいだの暗くて狭い空間を一分で通り抜け、シュパー通り《シュトラーセ》のそばの細い遊歩道に出た。

シュパー通り《シュトラーセ》に達すると、ジャックは言った。「タクシーを拾わないと」

マルタは返した。「タクシー？　あなた、車ないの？」

「ない。歩いてきたんだ」

「どういうスパイなの、あなたって？」

「スパイだなんて言わなかったぞ」

マルタはふたたび恐怖に呑《の》みこまれたようだった。彼女は通りに出ていることが怖いのだとライアンにもはっきりわかった。マルタは言った。「もう午前一時。この時間、ヴェディングでタクシーを拾えるのは、フェン通り《シュトラーセ》だけ。三、四ブロック歩かないと」

「よし、行こう」

マルタはためらった。彼女の手がぶるぶる震えているのにライアンは気づいた。が、マルタはなんとか言った。「こっち」

二人はだれもいない小さな広場にそって一緒に歩きはじめた。ジャックは痛みを発する右の前腕を左手でつかんでいた。そうやって、右側に並ぶアパルトメントの建物と、左側を歩くマルタとを交互に見つづけた。公衆電話があるのに気づいたので、ミッション・ベルリン（アメリカ西ベルリン担当外交施設）に電話してだれかに迎えにきてもらおうかとも思ったが、結局やめることにした。タクシーを拾ったほうが早く〈クレイ本部〉に行けると考えたからだ。それに、迎えの車が来るのをこのあたりで待っていたくなかった。

二人は氷雨《ひさめ》のなかをシュパー広場《プラッツ》にそって歩いていった。樹木が植わる一ブロックの細長いスペースである広場は真っ暗闇だったので、荒れほうだいのバスケットボール・コートのそばの木立のなかから独りで二人をじっと見つめる男がいることに、ジャックもマルタも気づけなかった。二人がリュナー通り《シュトラーセ》につきあたり、右に折れて見えなくなるまで、男はじっと立ちつくし、物音ひとつ立てなかった。だが、二人が見えなくなるとすぐ、男は広場から出てきて、街灯の光からしっかり離れたところを選びつつ、二人が三〇秒前に通った舗道を歩いていった。

男は革のボマー・ジャケット（フライト・ジャケット）に身を包み、乗馬用の帽子《ライディング・キャップ》をかぶり、革の手袋をはめていた。この男を同じ通りから見まもる者がもしいたとしたら、傘をさすのがあたりまえの大雨だというのに男が傘をさしていないことに気づいたかもしれない。だが、男はほかの点ではまったく目立たず、何者であるのかもわからなかった。

男も二人がついさっきしたようにリュナー通り《シュトラーセ》につきあたって右に折れた。ちょうどそのとき、すこし先を行くジャック・ライアンとマルタ・ショイリングは次の交差点を左にまがってテーゲラー通り《シュトラーセ》に入るところだった。

男は足を速め、雨と寒さを避けようとボマー・ジャケットのなかへさらに首を引っこめた。

ジャックはマルタのことが心配になりはじめていた。彼女の神経が参りそうになっているのだ。二人だけで雨のなかを歩いていると、街灯のあいだの暗闇にさえ彼女はいちいち怯《おび》えてしまうようなのである。そして、車が通りすぎるたびに、彼女はギョッとして跳びのき〝早く安全な場所へ連れてって〟という、すがる目でジャックを見る。

ようやく二人はフェン通り《シュトラーセ》に達して、通りがかったタクシーを一台見つけた。二人で手を振ってとめようとしたが、遅すぎてタイミングが合わず、タクシーはすぐそばを通りすぎていってしまった。二台目のタクシーは、すでに深夜の客を乗せていて、同じように通りすぎていった。ジャックは焦《あせ》りはじめていた。人も車もほとんど通らない街をこのまま歩きつづけたくなかった。自分の安全がおびやかされるのではないかと心配になったわけではぜんぜんない。さらされている危険からマルタを早く救い出したかったのである。

マルタは近づいてくる車のヘッドライトにジャックよりも早く気づいた。理由は単純で、そのときジャックはマルタを観察することに忙しく、四ブロック先の車道に目をやる余裕がなかったからだ。

自分でもヘッドライトに気づいたとき、ジャックはそれがどんな車であるのかわからなかった。「タクシーだろうか？」と言って、マルタのほうへ視線を戻すと、彼女は足をとめ、動けなくなっていた。

「ダス・ヴァイス・イヒ・ニヒト」〝わからない〟と言ったマルタの目は、ヘッドライトに釘《くぎ》づけになり、恐怖で大きくひらかれていた。

「マルタ、落ち着け」とジャックは言い、歩道のふちまで歩いて、車をとめようと身構えた。

だが、その車はタクシーではなかった。白い大きなヴァンだった。

そしてそれはだいぶ近づいたところでスピードを落としはじめ、ブロックの真ん中あたりで歩道に寄ってとまった。二人までもう五〇フィートもなかった。

サイドドアが大きな音を立てて横にスライドしてひらいた。

「あいつだわ！」マルタはパニック状態になって声を上ずらせた。

マルタ・ショイリングはヴァンに背を向け、走り出した。

ジャックも同じようにしてマルタのあとを追いはじめたが、そうしつつも首をうしろへまわして肩越しにヴァンを見やった。透明のビニールに包まれ、ひもでしっかり縛られた新聞の大きな束がひとつ、ヴァンのひらいたドアから放り投げられるのが見えた。その束は終夜営業マーケットの表のドアのそばの路上にドサッと落ちた。

すぐに店から男がひとり出てきて、ヴァンに向かって素早く手をひと振りすると、新聞の束を持ち上げ、寒さにも雨にも煩《わずら》わされない自分の店へと戻っていった。

ヴァンは通りを走り去っていった。

ジャックはマルタに呼びかけた。「大丈夫だ！」彼は安堵《あんど》の溜息《ためいき》をついた。が、マルタ・ショイリングがいなくなっていることに気づき、あわてた。

数ヤードしか離れていないアパルトメントの建物のドアが閉まろうとしているのが見えた。ジャックはそこに駆け寄り、なかに入ってマルタのあとを追おうとした。だが、閉まってしまったドアはもうひらかなかった。

マルタがドアをロックしてしまったのだ。

ライアンは走って建物の外をまわり、ほかに入口はないか探した。だが、角をまわったとき、建物の側面の通用口からすでに外に出てしまっているマルタを見つけた。いまや彼女は通りの向かい側を走っていた。

「マルタ！」ライアンは雨のなかを懸命に走るマルタに叫んだ。が、彼女は振り向きもせず、ただ走りつづけた。

ジャックがふたたびマルタを追いかけはじめたとき、彼女はアム・ノルトハーフェンと呼ばれる暗い道に飛びこみ、姿を消してしまった。マルタまでの距離は少なくとも五〇ヤードはある。彼女が行こうとしているところに着く前に追いつくのは無理なんじゃないかという気がジャックはしていた。

〈ベルリンの壁〉までもう二ブロックしかない。

ジャックはもういちどマルタに叫んだ。彼女を追いかけて、ベルリン－シュパンダウ船舶運河《シフファーツカナール》にそって全力で走っていたときだった。そのコンクリート製の幅の狭い船舶用水路は右手にあり、ライアンは〈ベルリンの壁〉にどんどん近づいていた。

マルタは左手の建物のあいだに勢いよく駆けこんだ。ジャックもその暗闇のなかに飛びこみ、空き地を横切りはじめた。だが、金属製のフェンスのあいたところを通り抜けようと方向を転じた瞬間、たっぷり水を含んだ泥に足をとられて転んでしまった。立ち上がるのにちょっともたつき、ふたたび走れるようになったときには、ドイツ人女性の姿はもうどこにもなかった。空き地にそっていくつかの建物が並んでいたが、そのいずれにも明かりは点っていず、人気《ひとけ》もなかった。一〇以上はある一階の窓もみな暗く、マルタがそのいずれかから建物のなかに入りこんだ可能性があった。

ライアンはふたたび彼女に呼びかけ、その声は建物の壁にあたって反響した。「マルタ！　こんなことしないでくれ。どうかわたしを信じてくれ。われわれはきみを助けられるんだ」

応《こた》えはない。ライアンは窓のひとつに駆け寄り、暗い部屋のなかをのぞきこんだ。おがくずや乾いていない漆喰のような臭《にお》いがした。だが、ドイツ人女性がそこに入りこんだ痕《こん》跡《せき》はまったく見つけられない。

マルタはトンネルを使って東ベルリンとのあいだを行き来していると言っていた。それがこの近くのどこかにあるのかどうかはまるでわからない。だが、あるとしても、こんな闇夜にそれを見つけるなんて、とても無理だ。そうライアンは思わざるをえなかった。

最初ライアンは認めたくなかったが、ゆっくりと現状を理解していき、マルタ・ショイリングという名のドイツ人女性はもう自分の手のとどかないところまで行ってしまったのだ、という結論に達した。

ジャックはまるまる一分のあいだ空き地に立ちつくし、やっと、髪がすっかり濡《ぬ》れていることに、ズボンが泥だらけになっていることに、そして空気のあまりの冷たさに、気づいた。彼はゼラー通《シュトラーセ》りまで歩いてもどると、さらに角まで歩いて、そこにあった街灯の光の下に立った。

〈ベルリンの壁〉はわずか一ブロック先のボイエン通《シュトラーセ》りにそって立っている。それは西ベルリン側に立つ〝外壁〟で、その向こうには〝死の帯《デス・ストリップ》〟を明るく照らす煌々《こうこう》たるライトが見える。〝死の帯《デス・ストリップ》〟というのは、〝外壁〟と東ベルリン側の〝内壁〟とのあいだの帯状の無人地帯のことで、そこの〝内壁〟のそばには機関銃とサーチライトが設置され、銃を持ち番犬を連れた兵士が待機している。

ジャックはその場に立っているあいだに、〈明けの明星《モーニングスター》〉事件についての自分の推理の正しさを証明する証拠をいま失ったのだということにも気づいた。と、そのとき、ゼラー通《シュトラーセ》りを走ってくる一台の車が視界に入った。その一瞬後、もう一台の車のヘッドライトがアム・ノルトハーフェンにあらわれた。そしてさらに三台目の車のヘッドライトが右手の運河にかかる橋をわたってくる。

この一〇分間に車をたったの三台しか見なかったという記憶はまだジャックの頭のなかに残っていた。それなのに、突然、新たに三台の車が同時に、自分が立っている通りの角という一点に向かって集まってくるように思えた。

ライアンは後ずさりして街灯の光の外に出ると、急いで空き地のなかへと駆けもどった。アム・ノルトハーフェンを南へと疾走してきたのはヴァンで、ゼラー通り《シュトラーセ》につきあたると、横滑りしながら左折した。橋をわたってきた二台目の車はセダンで、何秒か前までライアンが立っていた角を猛然と通りすぎた。そのセダンが街灯の光の下を通過した瞬間、ジャックは車内を一瞥《いちべつ》することができた。なかには四人の男がいた。何者であるかはわからなかったが、どちらの車もマルタ・ショイリングを追ってここに集まってきたにちがいないとしか思えなかった。

ライアンはふたたび引き返してアム・ノルトハーフェンに入り、北へ戻ろうとした。ところが、七五ヤードほど前方の歩道に立つ人影がひとつ見えた。その男——ボマー・ジャケット（フライト・ジャケット）に乗馬用の帽子《ライディング・キャップ》という出で立《いた》ちだったのでジャックは男だと思った——は、金属加工工場のそばに立っていた。身動きひとつせず、じっとジャックのほうを見つめている。

ジャックは通りの反対側にわたった。北港《ノルトハーフェン》——荷船の碇泊《ていはく》や方向転換ができるように、ほかのところよりも幅が広くなっているベルリン＝シュパンダウ船舶運河《シファーツカナール》の一区画——の岸辺の、あるていど人目を避けられる樹木におおわれたところへ入りこむつもりだった。ところが、木立のなかに入る直前にうしろをチラッと見やると、男の姿はもうなかった。金属加工工場に入ったのかもしれない、とジャックは思った。ただ、こんな夜更《よふ》けに工場があいているはずはなかった。

どこに行ったにせよ、男も通りをわたったということはない。それだけは確かだ、とジャックは思った。

右は樹木、左は水路という細い小道をジャックは北へ向かって歩きはじめた。これからどうするか決めた。まず、この近辺ではいちばん大きな通りであるフェン通り《シュトラーセ》までもどり、タクシーを見つける。そして、〈クレイ本部〉に直行し、ミッション・ベルリンの裏にあるCIA西ベルリン支局に飛びこみ、COS（支局長）に事の次第を説明する。あとは、COSが街の〝資産《アセット》〟を動員して問題の地域に投入し、ロシア人なのか東ドイツ人なのかも定かではない追跡者たちよりも早くマルタを見つけてくれることを祈るしかない。

時間が勝負だとわかり、ジャックは駆けだした。

だが、わずかしか進めなかった。トレンチコートを着た男が二人、木立のなかから姿をあらわし、ジャックの行く手をふさいだからだ。

ライアンは即座に足をとめた。

暗かった。が、ライアンは男たちが三〇代であることを見てとった。二人とも、髪を短く刈り、口髭《くちひげ》をたくわえている。ひとりが言った。「おまえは何者だ？」

きついドイツ訛《なま》りがあったが、ともかく英語だった。一分前に自分が英語でマルタに呼びかけたのを男たちが耳にした可能性はあるとわかっていても、相手がいきなり英語で訊いてきたのがライアンには奇妙に思えた。

「きみたちこそ何者だ？」ジャックは訊き返した。

「ポリツァイ」〝警察〟だと、ひとりが答えたが、二人とも制服を着ていなかったし、警察バッジを見せもしなかった。

「そうか、なるほど」ジャックは応えつつ、あたりを見まわした。ここは人目が届かないところだし、こちらはひとり。背後に金属製の手すりがあり、その向こうの六フィート下に凍らんばかりの冷たい運河。

いつのまにか運河のほうに追い詰められる格好になっていた。もう走って逃げるわけにはいかない。立ちはだかるこの二人の壁を突破しなければならない。

「身分証を見せろ」話すのはいつも同じ男だ。

《何だって？》ここは東ベルリンではなく西ベルリンだぞ！　ライアンは男たちに何も見せるつもりはなかったが、指示にしたがうかのようにコートのポケットに手を滑りこませた。

手が四インチの飛び出しナイフを包みこみ、ジャックはボタンを押して刃をひらいた。

だが、ジャックがナイフをコートのポケットから引き出しにかかったときにはもう、男たちは二人とも突進してきていた。先に飛びかかってきた男がナイフをたたき落とし、二番目の男がうしろにまわってジャックを羽交い絞めにしようとした。

ライアンは強烈な肘鉄《ひじてつ》をくわせて後ろの男を転倒させると、前の男めがけて足を蹴《け》り出した。足は空を切っただけだったが、前にすこしばかり空間をつくることには成功し、ライアンは体を回転させて真ん前にきた男に全身の力をこめて勢いよくぶつかっていった。二人は一塊《ひとかたまり》になって運河沿いの手すりに激突した。ジャックが繰り出したパンチはドイツ人の顎《あご》をかすっただけで、ほとんどダメージを与えなかったが、男をいったん引かせることはできた。そのすきにジャックは突進し、男を手すりに押しつけ、動きの自由を奪った。そしてまたしてもパンチをはなった。今度のパンチは男の鼻をまともにとらえ、口髭をたくわえたドイツ人はドサッと小道に倒れこんだ。

透かさずライアンはクルッと体を回転させた。背後のどこかにもうひとり襲撃者が残っているとわかっていたからだ。頭を上げた瞬間、小道に立つその男が見えた。距離はせいぜい一〇フィート。黒い小型拳銃《けんじゅう》の銃口をライアンの頭部にまっすぐ向けていた。ライアンはドイツ人の冷たい目をのぞきこんで凍りついた。そこには殺意が剝《む》き出しになっていた。

ジャックは家族のことを思った。

撃たれると確信して身をこわばらせたとき、ジャックは銃を持つ男の左側で何かが動くのに気づいた――黒い人影がひとつ、木立のなかから飛び出したかと思うと、小道を凄《すさ》まじいスピードで横切った。銃を持つドイツ人はその動きを目の端でとらえ、銃口をその人影のほうへ向けはじめたが、それよりも突進してきた脅威のスピードのほうがはるかに勝っていた。

ボマー・ジャケットにライディング・キャップという格好の男がドイツ人襲撃者に激烈な体当たりをくわせた。銃を持つ手が横に吹っ飛び、発砲音が一発響きわたり、閃光《せんこう》が暗闇を切り裂いた。ジャック・ライアンは銃撃を避けようと後ろへ跳びのいたが、そのとき気を失って倒れていた男の脚につまずき、そのまま仰向《あおむ》けに倒れこんでしまった。腰が小道の手すりにあたり、その弾みで体が回転し、手すりを越えて逆さまになり、頭が運河の水のほうに向いた。

真っ逆さまに落ちはじめたとき、ジャックは悲鳴をあげ、下までのあいだにある何かにしがみつこうと必死になって手を伸ばした。だが、その努力もむなしく、数フィート下の運河に落ちてしまった。水面を割って水中に入った瞬間、寒さに包みこまれた。真っ黒の水のなかで手足をばたつかせた。あまりの寒さに体がショック状態におちいり、方向感覚も失われ、自分の浮き沈みもわからなくなった。

やっと顔が水面から出た。ジャックは口いっぱいの水を吐き出し、冷え切った空気を吸いこんだ。銃撃を避けようと、ふたたび水中に潜りこもうとしながら、上に目をやると、手すりに人の姿はなかった。

だが、そのあと、ほんの一瞬だったが、ボマー・ジャケットの男を見た。帽子がなくなっていたが、顎鬚《あごひげ》と口髭をたくわえた白人男性ということしかジャックにはわからなかった。男は片足を手すりのいちばん下の横棒にのせた。ジャックにつづいて手すりを跳び越えて運河に飛びこもうとしているようだった。

が、そのとき、二発目の銃声が響きわたった。男は手すりの上で動きをとめると、両手を上げて背を向け、ジャックの視界から消えた。

手足の感覚が失われつつあるのがわかった。ライアンは運河の岸まで泳ぎ着こうと、猛然と両足で水を蹴り、両腕を振った。すぐに、南へ流されているのに気づいた。運河にも流れがあるのだ。ほんの数秒のあいだにすでに一〇ヤードほど流されている。ライアンは自分が流れゆく方向へ目をやった。わずか五〇ヤードほど先に橋が見えた。そしてその一方の端の基部が橋台のあたりまで水のなかに突き出ている。このまま流れに乗って移動すれば、その基部にどうにか上がることができるはずだ。だからライアンは溺《おぼ》れないように頑張りながら運河の流れに身をまかせた。

ふたたび通りにまで上がるのに五分近くかかった。そのときにはもうアム・ノルトハーフェンのいたるところに西ベルリン市警のパトカーがとまっていた。近くのアパルトメントに住む人々が銃声を耳にして警察に通報したのだ。当然ながら、だれかが〈ベルリンの壁〉の〝死の帯《デス・ストリップ》〟を渡っているときに見つかり、東ドイツの国境警備隊員に撃たれたのだと、ほとんどの者が思った。だがすぐに、発砲音は〈ベルリンの壁〉から二ブロックも離れた西ベルリン側で発生したことが明らかになった。

ライアンは橋のそばのいちばん近いところにとまっていたパトカーまでよろよろと歩いていった。そして寒さで歯をカチカチ鳴らしながら、警官たちにこう言った――わたしはアメリカの外交官で、二人の男に襲われ、そのひとりは拳銃を持っていました。

自分が〝善きサマリア人〟(親切な人)のおかげで命拾いしたことはジャックにもわかっていたが、そのボマー・ジャケットを着た男がその後どうなったかについては、まったくわからなかった。

ジャックは毛布を与えられ、病院に連れていくと言われたが、自分が襲撃された現場まで車で連れていってほしいと言って譲らなかった。

だが、現場まで行っても、〝善きサマリア人〟も襲撃者たちも跡形もなく消えており、警官たちはすぐに、医療の専門家に傷のチェックと手当をしてもらえるように手配すると強い口調で宣告するように言った。それでもライアンは警官たちをなんとか説得して、〈クレイ本部〉にまっすぐ連れていってもらうことにした。〈クレイ本部〉に行けば、アメリカの医療施設があって、前腕の深い切り傷も手当してもらえる、というのが警官たちに言った理由だったが、実はできるだけ早く、この一時間に起こったすべてのことをCIAに知らせたかったのだ。

ジャックは、マルタと自分の命を救ってくれた男を助けるためにCIA西ベルリン支局にできるかぎりのことをしてもらいたかった。いまはもう二人とも東ドイツの手に落ちてしまったのではないかと案じていたからである。

78

現在

ジャック・ライアン・ジュニアにとってこの日は長い一日となった。マルコム・ガルブレイス邸をあとにするや、ヘンドリー・アソシエイツ社のガルフストリームへまっすぐもどり、ヴィクター・オックスリー、〈ザ・キャンパス〉の仲間とともにフランスへ飛んだ。このフライトの目的は、できるだけ早くスコットランドから離れるということだけだった。ジャックがガルブレイスの城を訪れていることはヒュー・キャスターに知られていたので、ロシアの殺し屋がさらに送りこまれてくる恐れがあったからである。

ガルフストリームG550はフランスのリール近郊の飛行場に着陸し、そこで彼らはいったん待機することになった。一方、ギャヴィン・バイアリーはキエフのマンションにとどまったまま、ヒュー・キャスターがマルコム・ガルブレイスと話したさいに使用した携帯電話の位置情報を得ようと、イギリスの携帯電話会社のシステムに侵入し、すでに数時間、調べまわっていた。長時間にわたる調査の結果、キャスターが携帯電話基地局との交信情報を隠すために強力な暗号化を自分の携帯にほどこしていることが判明した。したがってギャヴィンは、その携帯の現在の位置を特定することも、過去のGPS自動位置記録装置データを逆にたどって移動経路を追跡することもできずにいた。

しかしながら、これではどうにもならないと、彼らが敗北を認めようとしたちょうどそのとき、ジャック・ジュニアの頭に新たなアイディアがひらめいた。ジャックはサンディ・ラモントに電話し、キャスターの直属の職員でほかに会社に出てきていない者はいないか、いるならそれはだれか、と尋ねた。ラモントはいざこざに巻きこまれたくないようで、ためらったが、結局はすぐに調べ、キャスターの二人の警護員のうちのひとり――キャスター同様、元MI5――も出社していない、とジャックに告げた。ジャックはソーシャルメディア・サーチによってその男の携帯電話番号を割り出し、短時間のうちにバイアリーがその携帯の基地局との交信シグナルを捉《とら》えた。

現在その携帯が電波のやりとりをしている基地局は、スイスのシュヴィーツ州キュスナハトにあった。キュスナハトはツークの南西に位置する行政区で、そこのバウムガルテンと呼ばれるツーク湖畔にキャスターの山荘《シャレー》はあった。

ジャック・ジュニアはドミンゴ・〝ディング〟・シャベスはじめ〈ザ・キャンパス〉の面々と話し合い、午後の中ごろにはもうガルフストリームは空にもどり、フランス上空を南東に向かって飛行していた。

チューリッヒの空港に着陸するまであと一時間という機上、アダーラ・シャーマンは操縦席のすぐうしろのシートに座り、その後方の客室ではドミニク・カルーソー、ドミンゴ・シャベス、サム・ドリスコルがリクライニングさせたシートに身をあずけて仮眠をとっていた。オックスリーとジャックは最後尾の席に座っていた。目を覚まして会話をかわしているのはその二人だけだった。

ジャックがいま向かっている目的地に関する情報を得ようと、尋ねた。「あなたがツーク近辺で活動していたとき、キャスターはすでにその家を所有していたのですか？」

ヴィクター・オックスリーは首を振った。「おれの知るかぎり、まだ所有していなかった。ただ、おれたちは友だちではなかった。わかるだろう。やつはおれの工作管理官《ハンドラー》だったんだ。やつはロンドンにいて、おれは現場――つまり、だいたい東側――にいた。おれがツークに行ったとき、キャスターは『その〈天頂《ズィーニス》〉騒動の調べがついたら、わたしの湖畔の家に寄れよ、いっしょにお茶でも飲もうじゃないか』なんてことはいちども言わなかったな」

ジャックは笑い声をあげた。そして言った。「そもそもKGBはどうやって問題の秘密資金に気づいたのか、その点についてはガルブレイスも知りませんでした。あなたはハンガリーで〈天頂〉を追っていたKGB要員を尾《つ》けてツークのRPB——リッツマン・プリヴァートバンキエーズ——まで行きましたが、彼らがたどっていた手がかりについて何か知りませんでしたか？」

「まったく、何も、知らなかった。おれは内情には通じていなかったんだ。現場での尾行・監視がおもな仕事だったんでね。ただ、指示を受け、それを実行する——いや、実行しようとする——だけだった。そういうことについては、おれなんかよりもあんたの親父《おやじ》のほうがまだ知っているんじゃないか」

ジャックは最後の部分を正確に聞き取れなかったのではないかと思い、訊《き》き返した。

「わたしの父？」

白い顎鬚《あごひげ》をたくわえた大柄のイギリス人は、アメリカの若者のほうに顔をまっすぐ向けた。「そうだ、あんたの父親だ。彼も現場にいたんだ。むろん、そのことはあんたも知っているよな？」

ジャックは首を振った。「スイスにですか？」

「そう。それにベルリンにもな」

「ベルリン？」

オックスリーは〝まったく信じられん〟という顔をして首を振った。「あんたらは会話というものをまったくかわさない親子なのか？」

「オックス、父はＣＩＡだったんです。長い年月のあいだには、わたしが小耳に挟んだことも、まあたくさんありますが、そのほとんどは他人《ひと》を通して知ったことです。父はいまだに、当時自分がしたことについては息子のわたしにも多くを語れないのです」いちおうそう説明してからジャックは肝心なことを尋ねた。「確かなことなのですか？　こうしたことが起こっているときに父が現場にいたというのは、ほんとうに間違いないことなのですか？」

「もちろん、絶対に間違いない」

「なぜそんなふうに言い切れるんですか？」

「なぜって、おれはあんたの親父を絶対に忘れられないからさ」オックスリーはしばし間をおいてから言い添えた。「あんたの親父の顔は、おれの世界が暗黒に呑《の》みこまれる前におれが見た最後の人間の顔だったのさ」

ホワイトハウスはちょうど正午だった。ジャック・ライアン大統領はこの日、執務時間の最初の半分を使ってウクライナ情勢に関するいくつもの会合をこなした。そしていま、ワシントンＤＣ内でひらかれる昼食会に遅れそうになっていた。執務机に向かっていくつかの書類にサインしていたとき、インターコムから秘書の声が飛び出した。

「大統領」

ライアンは顔を上げず応《こた》えた。「そう焦《あせ》らずに落ち着いて待つようにと、アーニーに言ってくれ。すぐ出ていく」

「申し訳ありません、大統領、ジャック・ジュニアから1番《ライン・ワン》に電話が入っています」

ライアンはペンをおいた。「よし、わかった、つないでくれ」

ジャック・シニアは手をサッと伸ばし、受話器をつかみとった。そして、いつものように、息子を心配する気持ちを隠そうと、めいっぱい頑張って軽やかな明るい声を出すようにした。いまはジャック・ジュニアが危険にさらされていると考える理由など何もないと思っていても、息子から電話がかかってくることなどめったにないので、つい想像をたくましくしてしまい、心配せずにはいられなくなってしまう。

「よう、どうだ、うまくやっているか？」

「やあ、ダッド……こちらはスピーカーフォン・モードにしないといけないので、そうしています」

ジャック・シニアは息子がひとりでないのを知ってがっかりした。一緒にいるその見知らぬ者にもいちおう挨拶《あいさつ》しなければならないのかなと思った。挨拶をするくらい何でもなかったが、どうせ電話で話すなら、ジュニアの生活ぶりについて心おきなく聞きたい。そこでこう言った。「実は、いまちょっとバタバタしていて、折り返し電話するよ。外交問題に関するスピーチをしにワシントン・ヒルトンへ急がないといけないんだ。想像がつくと思うが、今日は朝からスケジュールが押していてね」

応えが返らず、しばらく沈黙が流れた。

「いま一緒にいるのはどなたかね？」

「ヴィクター・オックスリーという人です」

ライアン・シニアに応える間も与えず、ジュニアは言葉を継いだ。「〈地底《ベッドロック》〉です、ダッド。彼はものすごい話を聞かせてくれました。そしてそれにはダッドも関係している」

「わたしも関係している？」

突然、低いしゃがれ声が受話器から飛び出し、イギリス訛《なま》りの英語でライアン・シニアに語りかけた。「あの水はさぞかし冷たかっただろう、ライアン？」

「えっ、何ですって？」

「剃刀《かみそり》の刃に切られるように冷たかったにちがいない。おれもあそこにいたんだ。ベルリンにな。あんたは深夜のスイミングを楽しんだじゃないか。おれもあんたと一緒にひと泳ぎしたかったんだが、まさにそうしようとした瞬間、ほかの野郎たちにとめられ、おとなしく連行されたほうが身のためだということを教えられた」

ジャック・ライアン大統領は何も言わなかった。

「どうだ、これで記憶が呼び覚まされたか?」

ライアンは静かにそっと答えた。「ああ、思いだした」

アーニー・ヴァン・ダム大統領首席補佐官が、もう急いでジャックをリムジンに乗せないといけないと、決然とした足どりでオーヴァル・オフィス(大統領執務室)のなかに入ってきた。ジャックはドアを指さした。その緊迫した仕種《しぐさ》と、焦点の定まらない友の目を見て、ヴァン・ダムはあわてて部屋から出ていった。数秒後、首席補佐官は電話で、大統領は昼食会の約束の時間にすこし遅れると連絡していた。

79

三〇年前

ボマー・ジャケット(フライト・ジャケット)の男は冷たい雨に打たれる木立のなかに立ち、事のなりゆきを見まもっていた。背後にはアム・ノルトハーフェンと呼ばれる暗い道、前には小道、その向こうに運河がある。小道でCIAマンが二人の男たちに行く手をふさがれて誰何《すいか》されるのを見た瞬間、ボマー・ジャケットの男はそいつらはシュタージ

〈東ドイツ国家保安省〉の荒くれどもだと直感した。

厄介なことになりそうだった。最初、やつらはこのアメリカ野郎をたたきのめそうとしているだけだろう、とボマー・ジャケットの男は思った。ところが、男たちがまわりに目をやって、岸辺に人目がないことを確認しだしたので、こいつらはアメリカ人を襲撃して、できれば東側へ拉致《らち》しようとしているのだと〈地底《ベッドロック》〉は気づいた。

このいささかマッチョで大胆なCIAの〝背広組《スーツ》〟の命を救うのは〈地底〉の任務ではなかった。だから彼は初め、何もしないで木立のなかからながめていた。こんなことは工作管理官《コントロール・オフィサー》のキャスターに事後報告するだけでいいのではないか、と早くも考えていた。

今日は暗くなってからずっと〈地底〉は、だれにも気取《けど》られないように注意しながらRAF（ドイツ赤軍）のアジトのそばにいた。本物のマルタ・ショイリングがあらわれるのではないかと期待していたのだ。テロリストがレストランの裏の路地に身分証を残したまま爆弾をあやまって爆発させて死んでしまった、という筋書きを彼は信じていなかった。身分証は現場にあった遺体のものではないと〈地底〉は確信していた。だからマルタ・ショイリングはまだ生きていると思っていた。そのとおりなら、当然、彼女はアジトのようすを見にくるくらいのことはするのではないか。

ところが、マルタを待っていると、ペンライト死亡の経緯を調べていたMI6チームといっしょにツークにいたCIA職員のアメリカ人がやって来た。アメリカ人がベルリンに来たのは前夜のアジト急襲のためと推測できたが、そいつがなぜ雨のなか、ひとりでやってきて、アジトのあった建物にこっそり入りこんだのかということについては、〈地底〉にもさっぱりわからなかった。そのアメリカ人が建物に侵入するのを目撃したとき〈地底〉は、こいつはきちんと計画を立ててやって来たわけではないのではないかと思った。非常階段をのぼりはじめる前、数分のあいだ、決心がつかないかのようにあたりをぶらぶら歩きまわっていたからである。

だから最初は〈地底〉も、このアメリカ野郎はドジな間抜けにすぎないと勘違いしてしまった。彼は傍観を決めこみ、そのアメリカ人スパイが地元の警官に住居侵入罪で現行犯逮捕されるのを見物して楽しもうと思っていた。

次いでマルタがやって来た。そして、通りを歩いてくるマルタを観察していると、突然、彼女は二つの建物のあいだに姿を消してしまった。秘密の出入り口からこっそり忍びこんだのだと〈地底〉にはわかっていた。

CIAマンとRAFの女闘志は四階のアパルトメントのなかで闘うことになるのだろうか、と〈地底〉は思った。それから二人はうんざりするほど長いあいだ建物のなかにとどまっていたので、まさか二人で子づくりに励んでいるわけではあるまいな、とさえ〈地底〉は思ってしまった。

ようやく外に出てきた二人はやはり、〈地底〉が数分かけて建物のまわりを偵察したときに発見していた秘密の出入り口を使った。彼は二人のあとを尾《つ》けた。〈天頂《ズィーニス》〉本人がマルタの〝地獄行きの片道切符〟を切るために姿をあらわすことを期待して。〈地底〉の任務は、〈天頂〉と自称するロシア人を見つけて殺すことだった。ドイツ人テロリストは〈地底〉にとっては獲物をおびき寄せる餌《えさ》でしかなかった。〈地底〉はツークで起こった一連の出来事と〈天頂〉と呼ばれるロシア人の行動についてはだれよりもよく知っていた。なにしろ、もう一カ月以上もこの〈天頂〉排除作戦に従事しているのだ。彼は工作管理官のヒュー・キャスターにはどうやら、自分の行動を逐一、報告していた。そしてそのキャスターは忠実で、得られた情報を細心の注意をはらって独り占めにし、ほんのひとかけらの情報さえM―6にわたしていないようだ、と〈地底〉は思っていた。

この推測は正しかった。

〈地底〉は思いもよらない組み合わせの二人を尾《つ》けはじめた。二人は雨の降りしきる西ベルリン・フランス占領地域の街を歩いていった。しばらくして、ドイツ人の女が走って逃げるのを、そしてアメリカ人がたちまち彼女を見失うのを、〈地底〉は目撃した。そのときにはもう、近辺をあちこちコソコソと忍び歩く二人の男たちにも気づいていた。そして、そのハンサムなアメリカ野郎がふらふら歩きまわって男たちと鉢合わせするのを見た。

その瞬間、男たちはシュタージだと〈地底〉は見破った。ということは、近くに東ベルリンに通じるトンネルがあるということだ。それで、マルタ・ショイリングが忽然《こつぜん》と消えてしまった謎《なぞ》も完全に解ける。

CIAマンが二人のシュタージ要員と闘いはじめたとき、〈地底〉は二五ヤードも離れていない木立のなかに立っていた。アメリカ人があんがい闘える野郎だとわかり、イギリス人はびっくりした。アメリカ野郎はまあまあのジャブを鼻づらにまともに浴びせてシュタージ要員のひとりをノックアウトしたが、そのとき背後にいたもうひとりが、FEG・PA－63セミオートマチック拳銃《けんじゅう》を引き抜いた。アメリカ人がなかなかできる男だったので、これには〈地底〉も気の毒だと思った。それでつい介入する気になってしまった。〈地底〉は任務の枠を超えて隠れていた場所から飛び出し、凄《すさ》まじいスピードで小道を突っ切った。拉致または殺人を阻止できる可能性は一〇〇万分の一しかないと判断した勝負に出てしまったのだ。

もうひとりのドイツ人を打ちのめすことはできた。だが、くそ忌《い》まいましいアメリカ野郎は運河に落ちてしまった。〈地底〉は舗装された小道から起き上がり、だれにも見られていないことを確かめようと近くのアパルトメントの窓に目をやった。が、ちょうどそのとき、さらに四人の男が木立から姿をあらわした。

いつのまにかそのあたりは東ドイツ人だらけになっていた。新たに飛び出してきた四人もシュタージだろう。これではさすがの〈地底〉もかなわない。

彼は反射的に背中を向け、片足を手すりのいちばん下の横棒にのせた。頭から運河に飛びこもうとしたのだ。逃げる方法はそれしかない。

「ハルト!」〝とまれ〟という叫び声が背中に突き刺さった。こいつらもトンネルを抜けてきたというのなら、検問所の類《たぐい》を通過する必要などなかったわけだから、当然、ワルサーPPK、PA-63といった拳銃を携行しているはずだ。

一発の銃声が響きわたって、その推測が正しいことが証明された。そしてその銃声は即座に〈地底〉の動きをもとめた。彼が振り向くと、三人の男が自分に拳銃の銃口を向けていた。残りのもうひとりが銃身を上に向けて拳銃を高くかかげ、銃口から吐き出された煙が幾筋かに分かれて雨模様の夜のなかにただよっていた。

運河に飛びこむことはもうできないと〈地底〉はあきらめた。

フードを頭からすっぽりかぶせられた。荒々しく押しやられて通りを移動させられた。ずっとドイツ語の話し声が聞こえていた。すぐにボイエン通り《シュトラーセ》の〈ベルリンの壁〉から一ブロックしか離れていない建物のドアの内側へと押しやられた。

導かれるままに狭い階段をくだり、金属の籠《かご》のようなものに乗せられ、さらに地下の深いところへ下ろされた。

目隠しをされ縛られた男に一〇〇メートルのトンネルを通過させるのに彼らは一五分を要した。〈地底〉は両手をうしろで縛られていたので最初、両膝《ひざ》で進んでいったが、しばらくすると膝の皮が剝《む》けて血だらけになってしまい、その方法で進むことに耐えられなくなり、仰向《あおむ》けになって足で土や石を蹴《け》り、今度は肘《ひじ》、頭、背中を擦り剝きながら前進した。

四人の男たちとともに〈ベルリンの壁〉の反対側になんとか達すると、〈地底〉はふたたび通りへと引き上げられ、ヴァンに乗せられた。そして、車が走っているあいだ、男たちは冗談半分に数分にわたって〈地底〉を蹴りつづけた。次いで突然、ヴァンはとまった。〈地底〉というコードネームを与えられた二九歳になるヴィクター・オックスリーは、さらにもう一発、頑丈な靴で頭を蹴られた——これで五発目か六発目にちがいなかったが、もう彼は数えてなんていられなかった。この一発で、これまでの蹴りよりもさらに強く顔をヴァンの金属の床にたたきつけられた。唇が切れ、鼻から血が流れ出すのがわかった。

凄まじい痛みに襲われたが、これは始まりにすぎないとわかっていた。いまや自分は東ドイツにいるのであり、敵はそれこそ好きなことを何でも好きなだけ自分にすることができるのだ。

ヴァンのドアがひらいた。〈地底〉は目的地に着いたのだと思った。だが、彼は降ろされず、逆にだれかが乗りこんできた。ヴァンはふたたび走りだした。

ドイツ語による会話が長くつづき、激しく言い争う場面もあった。ドイツ語はまったくわからなかったが、〈地底〉は囚人である自分をどちらが連れていくかを決める話し合いであるような気がしていた。ドイツ人たちが優位に立ちつつあるように思えた。ほんの一瞬だが、横たわる自分の上で議論する男たちは殴り合うのではないかとさえ〈地底〉は思った。しかし結局はそうならずに話がついた。

ひとりの男が屈《かが》みこんで自分の顔をぐっと近づけてきた。イギリス人はタバコと汗の臭《にお》いを嗅《か》ぎとることができた。男は話しはじめた。英語で話したが、間違いなくロシア人だった。

「おまえが何者であるかは知らない。だが、おまえはおれとおれの仲間をひどく困らせてきた連中のひとりなのだと、おれは思う。できることなら、おれはおまえをここから連れ出し、ただちに撃ち殺したい」男はしばし間をおいた。「シュタージがおまえに対してやるべきことをやり終えたとき、おまえはおれに撃ち殺されたほうがまだましだったと思うかもしれんな」

それだけだった。

ヴァンはすぐにまたとまり、ドアがひらき、だれかが何も言わずに降りた。〈地底〉は砂利道を遠ざかっていく足音を聞いた。その足音のリズムが一様でないのに気づき、〈地底〉は驚いた。歩き去って行く者は負傷しているのか、足をかなり引きずっているようだった。

数秒後、ヴァンはまたしても走りだした。降りて歩き去ったのはロシア人だったのだとイギリスのスパイは思った。とたんに車内のドイツ人たちがいっせいにしゃべりだしたからである。オックスリーはドイツ語を解さなかったが、シュタージの男たちの声に安堵《あんど》の響きが混ざるのを感じとった。

ただ、オックスリー自身は安堵しているどころではなかった。いかつい靴がさらにきつい蹴りをやたらに浴びせてきたからである。

ヴァンはそのまま二時間以上走りつづけたが、オックスリーはシュタージのやりかたにはあるていど通じていて、円を描いて同じところをぐるぐる回っているだけの可能性があることを知っていた。どこに連れていかれるのだろうと、たえずこちらに考えさせて、頭を混乱させるという、ちょっとした芝居。

ヴァンはようやくとまり、オックスリーは車外へ引きずり出された。そして、うしろにまわされて手首のところで縛られている両腕をぐいと高く上げられ、腰の高さまで前かがみになるという苦しい姿勢をとらされたまま、男たちに両側から挟まれ、前へと押しやられた。そうやって前進させられ、階段を上らされ下ろされ、エレベーターにも乗せられて、いま自分は核ミサイルの地下サイロの底にいるのか、それともテレビ塔のてっぺんにいるのかさえもわからないくらい方向感覚を麻痺《まひ》させられてしまった。

だが、ついに部屋に入れられ、目隠しのフードをとられ、手錠をかけられてテーブルの留め金につながれた。

まだひとことたりとも話していなかった。だから、ここでひとつの決断をした。それは、自分の命を守りはするが、同時にこれからの人生を耐えがたい地獄にもする決断だった。

ロシア語を話すことにしたのだ。

身分証の類は何ひとつ持っていない。所持品はすべてホテルに置いてきた。だから、言いたいことをどんなことでも言えた。何を言っても、それを嘘《うそ》だとはっきり証明する証拠などないのだ。

むろん、自分でつくりあげた偽装を最後まで死守しないといけない。

三日のあいだオックスリーは冷たい水と電気ショックを浴びせられ、眠ることを許されなかった。そうやってシュタージは彼を落とそうとした。だが、彼はロシア語しかしゃべらず、ドイツ人たちにこう言いつづけた——どういうことなのかさっぱりわからない、あなたがたにはソ連国民にこんなことをする権利はない。

シュタージ要員が捕えた者たちを追跡・監視するためになんとも邪悪な方法を用いているという話はオックスリーも耳にしていた。シュタージは捕えた者たちを大型カメラのように見えるものの前に座らせ、フィルムを交換するから待て、と言うのだそうだ。

実はそれはカメラではない。それはX線照射装置で、不運にもその前に座らされた者はそこにいるあいだじゅう放射線を浴びつづける。

そしてこの被曝《ひばく》によって、シュタージに捕えられたことのある者たちは、西ドイツとのどのような検問所を通過するさいも拘束の前歴があることを即座に見破られてしまう。すべての検問所に放射線検出装置が装備されているからである。

被曝による癌《がん》のため、彼らの寿命が何十年か縮まることもあるが、そんなことはシュタージにはどうでもよかった。便利でありさえすればいいのだから。

だが、ヴィクター・オックスリーは放射線を浴びせられなかった。彼は西側へ戻されるわけではなかったからだ。

そう、彼はさらに東へと送られた。

東ドイツは彼をKGBに引き渡したのである。

80

現在

イギリス人がしゃがれた耳障《みみざわ》りな声で語る物語に耳をかたむけていたアメリカ合衆国大統領ジャック・ライアンは、自分がいつのまにか受話器を持たない方の手で執務机の横の縁をぎゅっとつかんでいるのに気づいた。その物語のいちおうの結末は、ライアンにとってはとても良いものだったが、イギリス人にとってはとてつもなく悪いものだった。

イギリス人が話すのをやめたとき、物語はまだまだつづくにちがいないとジャックは思ったが、相手がこちらからの言葉を待っていることに気づいた。相手はただ、話をちゃんと最後まで聞いてもらえたか確認したいのだ。

ジャックは言った。「言うべき言葉が見つからない」

「あんたは通報したのか？　起こったことを報告したのか？」

「通報したか、だって？　わたしは五分後にはドイツの警察とあなたを捜していた。一時間後には、西ベルリンにいたアメリカの情報機関の〝資産《アセット》〟全員にあなたたちを捜させた。そして翌日にはロンドンにもどり、ＳＩＳ長官執務室で報告した。だから、言うまでもなく、あなたを捜したんだ。あなたがイギリスの工作員であることは知らなかったが、それでもわたしは、自分に動かせるすべての者を動かして、あなたとマルタを捜したんだ」

オックスリーは応《こた》えた。「そうか、わかった、ライアン。ここにいるあんたの息子のおかげで、いまはあんたの言うことを信じられる。でもな、おれは三〇年ものあいだ、あんたはあのくそ忌《い》まいましい出来事について口を閉ざしつづけていると思いこんで生きてきたんだ。正直なところ、ちょいと恨みも抱いていたよ。当時はあんたのことなんてまったく知らなかった。ところが何十年もたって、パブで飲んでいたら、あんたの顔がテレビに映った。なんと、アメリカ合衆国大統領というじゃないか」

ジャック・ジュニアが声をあげた。「ダッド、ロマン・タラノフが〈天頂《ズィーニス》〉だという情報をＳＩＳに流したのはこのオックスだったのです。彼が収容所《グラーグ》にいたとき、タラノフもそこにいたのだそうです。ただ、直接タラノフに会ってはいません。そういう話を耳にしたということなのです」

「信憑《しんぴょう》性のある話なのかね？」

オックスリーは答えた。「おれはそう思う。しかし、大昔の話だからな。記憶は当時のままではない」

「まあ、そうでしょうな、ミスター・オックスリー」

ジャック・ジュニアが言った。「もう電話を切らないと。〈天頂〉に関する答えは得られます。まだ見つけていませんが、これからダッドのために見つけてきます」

「危険なことをするわけではないんだろうね」父親の声に心配する気持ちが混ざるのをジャック・ジュニアは感じとった。だが、ジャック・シニアはいまや過去に完全に囚《とら》われてしまっていて、息子が現在どんなことに巻きこまれ、これからどんなことをしようとしているのか見当もつかなかった。

「ディング、ドム、サムもいっしょで、いまヘンドリーのジェット機のなかです」

「ヘンドリーのジェット機？　ロンドンにいるんじゃないのか？」

「手がかりがひとつふたつありまして、それをチェックしに大陸へ向かっているのです。何かわかったら、すぐ連絡します。いまはウクライナ問題への対処で、やるべきことがたくさんあるのでしょう」

「うん、難しい状況なんだ」ジャック・ライアン・シニアは言った。「だが、ともかく、きみがその紛争のまっただ中にいるわけではないので、すこしは安心できる」

ジャック・ジュニアは返した。「ええ、わたしはいまウクライナからずいぶん遠いところにいます、ダッド」

ジャック・ライアン・ジュニア、ドミンゴ・〝ディング〟・シャベス、ドミニク・カルーソー、ヴィクター・オックスリー、サム・ドリスコルは、夕方にチューリッヒに到着し、メルセデスのＳＵＶを二台借りると、ツーク湖めざして南下した。土砂降りの雨だけでなく濃霧にも苦しめられたが、それがむしろ自分たちには有利に働くのではないかとジャック・ジュニアは期待した。どういう者たちが自分たちを捜しているのかわかったものではなかったからだ。

いまや四人のアメリカ人の手には武器があった。ガルフストリームＧ５５０から降りる前に、アダーラ・シャーマンが客室の点検パネルの下の秘密コンパートメントに隠されていた拳銃《けんじゅう》を手わたしてくれたのだ。ジャックとシャベスはグロック19を、ドリスコルとドミニクはＳＩＧザウエルＰ２２９を、選んだ。ヒュー・キャスターが相当な戦闘力を有する警備チームに護《まも》られている場合は、拳銃だけで効力のある攻撃を開始するなんてとてもできないと彼らにもわかっていたが、上着の内側に拳銃を隠し持っていれば、ほとんどの脅威から自分の身を護ることくらいはできるはずだった。

キャスターの山荘《シャレー》の物理的な構造や配置については、ガルブレイスがジャック・ジュニアのために書いたメモがいくつかあるだけで、ほとんど何もわかっていなかった。だが、そのガルブレイスのメモを参考にするとともに、インターネット上の地図を入念に精査した結果、〈ザ・キャンパス〉の男たちは、気づかれずに侵入できる確率がいちばん高いのは敷地の裏の湖から接近する方法だと判断した。

そこで彼らはマリーナでボート一艘《そう》とスキューバダイビングの装備を借り、午後七時にはキャスターの湖畔の邸宅から四分の一マイル離れた湖上にいて、二エーカーもある敷地を双眼鏡で偵察していた。床から天井まである巨大な窓を通して、彼らは家のなかの動きをいくらか見ることができたし、サブマシンガンを持った私服の警備員たちが建物のまわりだけでなく、湖に突き出した桟橋とボートハウスまで下る敷地の裏の斜面までをもパトロールしているのがわかった。

警備の男たちはどう見てもプロ集団のようだったのでジャックは、キャスターは間違いなく敷地内にいるとの確信を深めた。

〝ディング〟・シャベスが言った。「八人から一〇人いる。気づかれずに侵入するのは無理だな。それに、スイスの警備員を相手に決着がつくまで撃ち合うわけにもいかない」

ジャックも同意見だった。「ほかの入りかたを考えないといけませんね」

アメリカ人たちはボートのなかに座って、警備員たちに見つからずにキャスターのところまでひそかに達する方法を考え出そうと話し合った。

オックスリーは船首にひとりで座って黙っていたが、ついに口をひらいた。「おい、みなさん、おれはあんたらがやることに口出ししたくはないのだが、ひとつ提案してもいいかな」

シャベスが答えた。「どうぞどうぞ」

「ただ、くそ庭内路《ドライヴウェー》を歩いていって、やつと話し合えばいいんじゃないか」

「話し合う?」ジャックは訊《き》き返した。

「そうさ。自分は生き残れるとキャスターは信じている。二股《ふたまた》をかけて上手に振る舞い、生き延びることができると、あいつは信じている。やつは狂人ではない。アメリカの大統領の息子を殺そうとはしない。あんたがやつに会いにいったことをほかの者たちが知っているんだからな。ただ、おれたちが望んでいるとおりの展開になるという保証はないから、仲間にできるだけ近くにいてもらわないといけないが、ともかく、あんたとおれがあの野郎と直接会って対決し、野郎が何と言って自己弁護するか見てみる、という手がこのさい良策じゃないかとおれは思う」

ジャックはシャベスのほうを見た。シャベスは言った。「きみが決めろ、キッド」

ジャックは肩をすくめた。「それよりもいい案は思い浮かばない」

ドリスコルが言った。「よし、きみたちをここからすこし離れた岸に降ろす。そのあとおれたちはキャスターの山荘まで半マイルほどのところに錨《いかり》を下ろし、スキューバダイビングの装備を着けて秘密裏に敷地の裏へ侵入する。きみたちの到着で警備員たちの注意が表のほうに集中して裏からそらされる可能性があるから、おれたちはそれを利用して、さらにもうすこし母屋《おもや》に近づけるかもしれない」

シャベスが言った。「よし、気に入った、そうしよう。だが、ジャック、これだけは忘れるな。やつらはきみをキャスターに会わせる前にかならずボディーチェックする。きみは拳銃もいかなる通信機器も持っていってはいけない。通信機器なんか持っていたら仲間がいるとわかってしまうからな」

「わかりました」

実はオックスリーにはボートにいてほしいというのがジャックの本心だった。五九歳になる元スパイがヒュー・キャスターと対決したいと思うのは至極当然のことで、それはジャックにもよく理解できる。二人のあいだにはオックスリーが明かした以上のことがあるのだとジャックは感づいていたが、それを口に出しはしなかった。ともかく、現時点でオックスリーがキャスターと対決することには何の利点も見出《みいだ》せない。オックスリーを無防備のまま敵陣であるキャスターの山荘の敷地内に入れてしまうよりも、彼を外においてキャスターへの脅し——キャスターがロシアのスパイであることを暴露できる証人——として利用したほうが、事をずっと有利に進められるのではないか、とジャックは考えていた。

だが、ヴィクター・オックスリーにはそんなことを受け入れる気はまったくなかった。

おれもいっしょにキャスターに会いにいく、どうしてもやめさせるというのなら、おれをボートの索具に縛りつけろ、とまで言った。


ロシア人たちはロシア製のMi－8輸送ヘリに乗ってツークに到着した。それは珍しい出来事ではまったくなかった。スイスではいまなおオフショア銀行取引がさかんに行われていて、最近それにいちばん勤《いそ》しんでいるのはロシア人だったからである。

それでも、そのヘリコプターから降りてきた男たちを観察した者がいたとしたら、買ったばかりの既製服を身につけている者が大半であるうえに、平均年齢もたったの三〇歳前後と、ロシアの投資銀行家やホワイトカラー犯罪者にしては若すぎるということに気づいたかもしれない。

男たちは〈七巨人〉の雑兵《ぞうひょう》ではなかった。彼らはFSB（ロシア連邦保安庁）の特殊任務部隊《スペツナズ》の隊員たちで、そのチーム・リーダーは二つの組織をまたいで活動している人物だった。彼は名をパヴェル・レチコフといい、〈七巨人〉でもありFSBでもあって、配下の者たちと同様、コートの下の肩ホルスターには銃床《ストック》を折りたためるブリュッガー＆

トーメMP9小型サブマシンガンを、そして背中のくぼみの鞘《さや》には鉤《かぎ》状になったナイフを、おさめていた。

ロシア人たちはヒュー・キャスターの湖畔の山荘の略図を持っていたし、ツークに着く前にヘリでその上を飛んでもいた。だから、ツークでヘリから降りてヴァンに乗りこんだときにはもう、各人の頭のなかにはすぐにはじまる作戦での自分の役割がしっかり入っていた。

森の縁にある小屋ほどの大きさしかない湖畔の別荘で、男たちは擬装のために着ていたビジネススーツをぬぎ、夜の闇《やみ》にうまく紛れこめるように黒い綿のズボンと上着を身につけた。

彼らは総勢八名で、自分たちよりもやや人数の多い一団を相手にすることになるのだろうと予想していたが、パヴェル・レチコフは問題ないと考えていた。戦闘能力は自分たちのほうが勝っているし、奇襲の利もある、と思っていたからだ。

彼らは湖岸まで移動した。そこに八人乗りのゾディアック・ボート（硬式ゴムボート）が待っていた。

午後一一時ちょっと過ぎ、ジャック・ライアン・ジュニアとヴィクター・オックスリーは曲がりくねる未舗装の道を並んで歩いていた。あたりはほぼ完全な静寂に包まれていて、聞こえるものといったら、道の両側から耳に達する夜露が樹木の葉からしたたり落ちる音と、数分ごとに通過する車――ほとんどがポルシェかBMWかアウディ――の音だけだった。

〝ディング〟・シャベスがボートから陸に上がれるところのなかではキャスターの山荘にいちばん近い場所を選んでくれたが、そこから目的地まで二人は一マイル近く歩かなければならなかった。だから、キャスターに肝心なことを話させる方法を話し合う時間はたっぷりあった。自分がいまここに来ていることを知っている者がたくさんいるという事実を、ただちに明確にキャスターに知らせる、というのが最善の策だとジャックにはわかっていた。キャスターが自分を護るために話さざるをえなくなるほど必死になることをジャックは期待していた。だが、必死になりすぎてもらっても困る、とジャックは思った。自暴自棄になって、おれとオックスリーの頭に弾丸を撃ちこみ、アメリカやイギリスとの犯罪者引渡条約を結んでいない国への逃亡を試みられては、元も子もなくなる。

今回の作戦はまさに勝つ見込みの少ない大博打《ばくち》のように思えたが、湖畔の家の外の暗闇のなかに戦闘力抜群の三人の男たちが潜んでいるという事実にはジャックもすこしは勇気づけられた。

歩きながらジャック・ライアン・ジュニアは、東ベルリンから出されたあとのことを聞かせてほしいとオックスリーに頼んだ。オックスリーは話しはじめた――車両のなかで警備兵に見張られながら何日も過ごした。外の景色は、東ドイツ、ポーランド、ベラルーシと変化していき、通り過ぎていった。そして列車はソ連に入り、さらに走りつづけて、ついにモスクワのレニングラーツキー駅に達した。そこで今度はトラックの荷台に乗せられた。トラックはモスクワの市街地の外縁を走った。荷台の壁の隙間《すきま》から外のようすをしっかり見ることができた。その隙間からある通り名標識が見えたとき、意気消沈した。そこにエネルゲチチェスカヤ通りとあったのだ。それでレフォルトヴォ刑務所に入れられるのだとわかった。

ヴィクター・オックスリーはレフォルトヴォ刑務所の小さな独房で何週間か過ごした。床はアスファルトで、明かりは昼も夜も点《つ》いたままの二五ワットの電球がひとつだけ。毎日、尋問を受けた。彼はこう言い張った。自分は単なる西側への亡命者にすぎず、私服の男たちの闘いに出くわし、巻きこまれてしまったのだ。西ドイツの私服警官にやられている男がいると思いこみ、ついそいつに加勢する気になってしまった。というのも、ただ西ドイツ政府が嫌いだったからだ。

KGBはこの話を信じなかった。だが、尻尾《しっぽ》をつかんで、まったくの作り話と断定することもできなかった。何週間にもわたって、眠りを奪い、苦しい姿勢をとらせ、拷問《ごうもん》を加え、処刑すると脅しても、オックスリーに単純だが疑わしいストーリーを変えさせることができなかったからだ。

結局、ＫＧＢはオックスリーを落とせなかった。

ふつうＫＧＢは、家族にも危害がおよぶ可能性を示唆《しさ》するなど、家族がらみの露骨な脅しもしたものだが、オックスリーに対してはこの手を使うことはできなかった。家族をひとりもつきとめることができなかったからである。

ソ連から不正に脱出した二九歳の男を屋外の処刑場に出して銃殺するのは簡単だったが、八〇年代半ばの事情というものもあった。たしかにＫＧＢは当時もなお人を殺していたし、一九九一年に組織が解体される直前まで囚人の処刑をやめなかったが、八〇年代までには処刑には書類、署名、事後検討報告というものが必要になっていた。

そんな煩《わずら》わしいペーパーワークをするよりは、そのまま囚人を収監して自然の成り行きに任せたほうがずっと簡単だったし、手も汚さずにすんだ。

オックスリーは収容所《グラーグ》システムのほうへ移され、列車でコミ共和国のウラル山脈に送りこまれた。

ジャック・ジュニアはもっと話を聞きたかった。どうやって収容所《グラーグ》から出てイギリスに帰り着いたのか、そこのところの説明をまだ聞かせてもらっていない。残念ながら、ジャックとオックスリーはすでにヒュー・キャスターの湖畔の家の前まで来てしまっていた。

二人は長い庭内路《ドライヴウェー》へ入り、母屋に向かって歩きはじめた。だが、母屋までの道程《みちのり》の三分の一も進まぬうちに、ひとりの男が暗闇から歩み出て、懐中電灯の光を浴びせてきた。「ハルト！」とまれ！

ジャックは眩《まぶ》しくて目の前に手をかざした。「キャスターに会いにきた」

「名前は？」

「ライアンとオックスリー」

「ヤー。待っていた」

これはジャックも予想していなかった。不意の訪問でキャスターを驚かし、一気に優位に立ちたいと思っていたのだが、これでは明らかにそうはならない。

警備員がトランシーヴァーで連絡すると、SUVが一台、母屋のほうから庭内路《ドライヴウェー》を走ってきた。男たちが降りてきて、二人の訪問者を車のボンネットに向かせて手をつかせ、ボディーチェックを徹底的にやった。そして、二人をとりかこんで一塊《ひとかたまり》になり、そのまま全員で母屋の玄関ドアまで歩いていった。

サム・ドリスコルは、保温のためのウエットスーツについた水が湖面にしたたり落ちて音を立てないように、ゆっくり、じわじわと、ツーク湖の冷え切った真っ黒な水のなかから頭を上げていった。足ひれとタンクはすでに取り去って片方の手で体に引き寄せるようにして持ち、もう一方の手には拳銃をにぎって、桟橋の北側の暗闇に目を凝らした。

すぐに〝ディング〟・シャベスが桟橋の南側の黒々とした湖面から同じように姿をあら

わした。彼もまたスキューバダイビングの装備をすでに手に持っていた。シャベスは水から出ると、敷地の土を止め支えている低い擁壁に装備を立てかけるようにして隠した。そうやっておけば母屋からの視線にさらされることは絶対にない。タンクやマスクが懐中電灯の光を反射してしまっては具合が悪いのだ。

ドミニク・カルーソーは桟橋の真下の水面《みなも》から顔を出し、装備を柱に結びつけると、木造のボートハウスの裏の岩場に上がった。

ドミニクが位置について一分もしないうちに、二人一組でパトロールする警備員たちが通りかかった。彼は体を転がして高床のボートハウスの下にもぐりこみ、腕立て伏せをするときのような姿勢をとって岩の尖《とが》ったところを避けつつ警備員たちをやりすごした。

それから一分もすると、男たちは敷地の裏のパトロールを終え、丘の上の母屋の側面をまわって姿を消した。シャベス、ドミニク、ドリスコルはそれぞれ、防水ボックスからブルートゥース・ヘッドセットをとりだして耳に装着した。それで三人は互いに交信できるようになり、さらに全員が防水容器から双眼鏡をとりだして、母屋の窓を丹念に調べはじめた。ジャック・ジュニアの姿を探すためだった。

ヒュー・キャスターは湖畔の家の居間の燃えさかる火のそばに立っていた。ジャックとオックスリーが警備員たちに付き添われて入ってくると、キャスターは振り向いて二人を迎えた。六八歳になるイギリス人は黒のセーターに黒のコールテンのズボンという服装だった。眼鏡と短く刈られた銀色の髪が、暖炉の火を受けて輝いていた。

オックスリーとキャスターは目と目を合わせて多少は火花を散らせはしたものの、意味のある言葉をひとこともかわさなかったので、ジャックはびっくりした。オックスはキャスターを目にしたとたん、部屋を突っ切って飛びかかり、喉元《のどもと》をつかんで締めつけるのではないかと、ジャックは思いこみかけていたのだが、そのようなことはいっさい起こらなかった。

ジャックの予想は見事にはずれ、キャスターは穏やかに手を振って二人の来訪者にソファーを勧め、自分はその真向かいのウィングバック・チェアに腰を下ろした。

それまで居間にいた二人のスイス人警備員は、ジャックとオックスリーがソファーに身をあずけるや、隣接するキッチンへ退いた。ジャックは警備員たちがすぐ近くで立てる物音を聞くことができた。彼らはわざと音を立てて自分たちの存在を知らせようとしているのではないかとジャックは疑わざるをえなかった。

赤ワインがすでに注がれたグラスが三つ、彼らの前のテーブルに載っていて、客と家の主《あるじ》の口に運ばれるのを待っていた。キャスターが自分のグラスを手にとり、ゆっくりとワインをひとくち飲んだ。オックスリーとジャックはグラスに手をふれさえしなかった。

ジャックもオックスリーもいまはまだ、手錠をかけられもせず、縛られもしていないが、これがまたジャックには大きな驚きだった。これまでのところ、ジャックの予想はことごとく裏切られつづけていた。キャスターは二人の訪問を受けて嬉《うれ》しがっているようにさえ見えた。

キャスターは言った。「ジャック、まあ、きみは信じてくれないかもしれないが、わたしは今朝サンディ・ラモントから事の次第を聞かされるまで、コービーで起こったことについては何ひとつ知らなかった。むろん、それを報じるテレビのニュースは見た。で、わたしが達した結論はただひとつ、わたしはわが仲間の何人かに明らかに一杯食わされた、ということ。つまり、わたしもきみが彼らから受けた仕打ちと同じようなことをされたというわけさ」

「わたしが昨日《きのう》彼に会いに行ったことはサンディから聞いていたんでしょう？」

「聞いていた」キャスターは肩をすくめた。「いや、でも、ちがうんだ。きみが考えていることとはちがう。サンディはこうしたことにはまったく気づいていない。彼は単なる善良な会社人間にすぎん。もうずいぶん長いこと忠義な社員としてやってきた。そりゃ彼だって、見えないところで何かが行われていることは知っている。でもね、彼の場合、わたしがキャスター・アンド・ボイル社から離れたところでロシアの有力者たちと個人的にやっている取引について知りたがりはしない」

キャスターはワイングラスをジャックのほうにぐっと突き出した。「ところが、きみはちがう、ヤング・ライアン。きみは知りたがり屋だ。いやあ、正直なところ、きみの仕事ぶりにはいちいち感心し、感嘆したよ。わたしは間違いなく、きみの能力を過小評価してしまった」

「おれはおまえの人格を過大評価してしまった」

キャスターは両眉《まゆ》を上げ、オックスリーをにらみつけた。「おまえはべらべらしゃべっているというわけか、なるほど」

オックスリーは言い返した。「敵にべらべらしゃべってきたのはお、ま、え、のほうだろうが、このくそ野郎。おれはおまえから恩を受けたことなどただの一度もない」

「その気ならわたしは、おまえをロシアで朽ち果てさせることもできたんだぞ、この間抜けめ！　わたしはな、おまえを彼らに銃殺させることもできたんだ！」

「おまえはまさにそうすべきだったな、この老い耄《おいぼ》れくそ野郎」

「まだ遅すぎはしないぞ、〈地底《ベッドロック》〉。そのうち彼らもおまえを仕留められるんじゃないかな」

このやりとりにジャックはすっかり戸惑ってしまった。

キャスターはジャックを見つめ、それからオックスリーに視線をもどした。「彼はどこまで知っているんだ？」

「彼が知っているのは、おれが彼の父親を助けようとしてシュタージに拉致《らち》されたこと。

そのあとソ連に移送されたこと。収容所《グラーグ》に送りこまれたこと、そして、数年後にそこから出たこと」

「で、どうやらすべてはわたしの責任のようだと彼は思っている」

オックスリーは何も言わなかった。

キャスターは脚を組んだ。ジャックには、わざと余裕のあるところを見せようとする仕《し》種《ぐさ》に見えた。キャスターはリラックスしているように見せたがっているが、実際はそうではない。オックスリーとの短い痛烈な言い争いで、それがはっきりした。

キャスターは言った。「ジャック、われらが友のヴィクターがベルリンで東ドイツ人たちに拉致された件には、わたしはいっさい関係がない。あれは不運、ただそれだけのことなんだ。わたしはね、何年も——文字どおり何年ものあいだ——ヴィクターに何が起こったのか知ろうとした」

ジャック・ジュニアはオックスリーのほうを見た。オックスリーは軽くうなずいてキャスターの言葉を認めた。

オックスリーは言った。「キャスターも当時はまだ卑劣な野郎ではなかった。こいつが汚い野郎になったのは、〝鉄のカーテン〟が崩壊して、莫大《ばくだい》な金《マネー》がロシアからどっと逃げだすようになってからだ。こいつがやつらの一員になったのはそのときだ」

キャスターは激しく首を振った。「わたしは彼らの一員になったわけではないんだよ、ジャック。いいかね、わたしは単なる便宜主義者、〝機を見て敏〟だったにすぎない。わたしは何年もかけて行方不明になったオックスリーを捜しつづけた。やらないといけない個人的任務と思ってやっていた。当時すでにＭＩ５は〈地底〉死亡ということで片づけてしまっていたからね。そしてわたしは、このオックスリー捜しをすることで、〈地底〉が活動してきた地域全域にいろいろとコネをつくりあげた。ハンガリーにも、チェコスロヴァキアにも、ロシアにも、さらにはここツークにも、コネができた。で、〝鉄のカーテン〟が崩れ落ちたとき、わたしはそれらの地域の一部の有力者への影響力を活用できるようになっていた。だからその影響力を活用した。ただそれだけのことだ」

ジャックは言った。「〈天頂《ズィーニス》〉が係わっていた盗まれたＫＧＢマネーのことをマルコム・ガルブレイスから聞きましたね？」

「といっても、こまごまとした断片的なことしか聞かなかった。わたしはほかの者たちからも情報を仕入れた。ガルブレイスからロシア人の口座について聞いたときにはもう、そこに入っていた資金はとうの昔にＲＰＢ——リッツマン・プリヴァートバンキエーズ——から持ち出されていた。〈天頂〉がダイヤモンドに換えて持ち出したんだ」

「ダイヤモンド？」

「そう。まず〈天頂〉の工作管理官《コントロール・オフィサー》がその口座に入っていた二億四〇〇万ドル全額を同じ銀行の別口座に移した。その別口座は、アントワープのダイヤモンド商、フィリップ・

アルジャンスが所有するものだった。アルジャンスはツークで〈天頂〉に会い、二億ドルの価値がある未カットのダイヤモンドを手わたし、〈天頂〉はそれを持ってソ連に帰った」

「ダイヤモンドはその後どうなったのですか?」

「秘密資金をつくりあげて保持していたロシア人たちが、一九九一年のソ連崩壊まで隠し持っていたが、その後アルジャンスに売り戻した。ゆっくりと、すこしずつ、現金化していった。ここで二、三百万ドル、あそこで二、三百万ドル、といったふうにね。それは売るほう買うほう双方にとって都合がよかった。アルジャンスは取引を隠すことができたので、そうやって何年もかけて上手に資金洗浄《マネーロンダリング》したことになった。そしてロシア人たちのほうは、国有企業を買収するのに必要となる資金を手にした。時まさに、新生ロシアがすべてを民営化してしまおうと、国営企業をはした金で売りわたすいかさま競売をやっていたときだ」

「二億ドル以上あれば安い会社なんていくらでも買えますね」ジャック・ライアン・ジュニアもそのあたりの事情は知っていた。「そもそも金を盗んでその秘密資金をつくりあげたのはだれなんですか?」

キャスターはにやっと笑った。「そこから先は取引ということにしたいんだよ、きみ」

「取引? どんな?」

「こちらの要求はすぐ教える。だが、その前に、もうすこしきみの興味を掻《か》き立ててあげよう」キャスターはまたワインをひとくち飲み、ワイングラスのなかをじっとのぞきこんだ。「フランスものだ。スイス・ワインではない。だからとてもおいしい」

ジャックもオックスリーもワインにはまったく興味がなかった。

キャスターは肩をすくめ、語りだした。

「ゴルバチョフが権力の座について民主化を開始する以前から、すでにKGBはソ連には大きな問題があると気づいていた。KGBの対外諜報《ちょうほう》を担当する第一総局の幹部たちが、共産主義体制はどうみても長くはつづかないということを悟り、秘密会議をひらいて、この件を話し合った。

彼らは代替システムを欲した。八〇年代にはすでに、共産主義というシステムが完全崩壊することを見越していたのだ。そこで彼らは、中南米の共産主義革命を支援するための口座や、すでに権力の座にある共産主義独裁者に資金提供するための口座から、金を引き抜きはじめた。

そのグループに属するわたしの協力者《コンタクト》からのちに聞いた話では、ロシア政府《クレムリン》が二年間にキューバとアンゴラのために支出することにした金の一〇%が、幹部たちのために秘密活動をしていたひとりの若いKGB将校によって掠《かす》めとられたとのことだ。

その男が問題の秘密資金をつくりあげたのであり、それによって幹部たちは、たとえソ連という沈みゆく船から逃げ出さなければならなくなっても、それに必要な金を手に入れることができるようになった。彼らはナチスのなかでも最も頭のよい者たちが第二次世界大戦後にやったことを研究し、そこからいろいろ学ぶということもしたが、ナチスの連中よりは計画を練る時間があり、使える資金も豊富だった。ナチスの第三帝国は一〇年ほどしかつづかなかったが、ソヴィエトのほうは八〇年代後半にはもう七〇年も権力をにぎりつづけていたからね」

ジャックはこの話に魅了されて身を乗り出していた。キャスターは明かした情報に自信を持っているようだった。だが、ジャックにはぜひとも知らねばならないことがあった。

ジャック・ジュニアは訊いた。「〈天頂〉はだれだったのですか？」

キャスターは答えた「KGBの〝賢人〟たちは、この極秘作戦の秘密保全のために、全情報機関のなかから目ぼしい者を引き抜いて、極秘裏に私的な組織を立ち上げた。ある若きKGB将校が、この私的組織の立ち上げと、西側に保管する資産の保護をまかされた。そこで彼は、GRU――軍参謀本部情報総局――からひとりの男を引き抜き、暗殺者として活動させることにした。その男はアフガニスタンで何年にもわたって秘密工作に従事し、殺しの経験が豊富にあった」

ジャックは言った。「ロマン・タラノフ」

キャスターは厳《いか》めしい顔をつくって重々しくうなずいた。「そう、あのロマン・タラノフ。言うまでもないが、収容所《グラーグ》から出てきたオックスリーの話を聞いて、わたしは初めてタラノフのことを知ったのだ」

「ほかのことはどうやって知ったのですか？」

「資産保護を担当したその若きKGB将校は、〈天頂〉というコードネームの男を自由に操れる自分が、この秘密作戦を仕切っているKGBの〝賢人〟たちよりも強い力を持っているということに気づいてしまった。だから、そもそもこの秘密計画を考え出した者たちについに資産を分配しなければならなくなったとき、そのKGB将校はタラノフを送りこんで〝賢人〟殺しを開始した。これは〝裏切りの裏切り〟とでも言えばいいかな。ともかく、九〇年代前半の二年間に、KGBとGRUの元大物幹部が次々に死んでいった。ある者はビルから転落し、ある者はバスの前に飛び出した。モスクワ川に浮かんだ者もいれば、拳銃自殺した者もいた。拳銃自殺の場合は、警察が駆けつけてきたときには、不思議なことに現場に拳銃が見当たらなかった。みんなタラノフとその工作管理官がやった仕上げの仕事だ」

　キャスターはつづけた。「そうした暗殺対象になった男たちのひとりが、藁《わら》にもすがる思いでわたしに接触してきた。イギリスの情報機関に所属するわたしに頼めば、もしかしたら助けてもらえるのではないか、と思ったのだ。その男はミーシャ——元GRU将軍のミハイル・ゾロトフ。ミーシャは話してくれた、秘密計画の全容を、秘密資金のことを、そして銀行口座を監視・管理していた若き元KGB将校の裏切りを。彼は名前以外のすべてを話してくれた。だが、わたしたちがまだそうやって話し合っているうちに、彼はフィンランド湾でボート遊びをして不運な事故に遭い、死んでしまった」

「ボート遊び中の不運な事故？」

「そう、まさにね。ミーシャはひとりで海に出ていって、どうやらボートを持って帰るのを忘れてしまったようなのだ。サンクトペテルブルクの三キロ沖に浮かんでいる遺体が発見された」

「その元将軍から話を聞いたとき、なぜあなたはすぐにＭＩ５に連絡しなかったのですか？」

キャスターは肩をすくめた。「わたしはその資金の一部が欲しかったんだ。だから資金をにぎっているロシア人たちのほうへ行った」

「まったく見下げ果てた野郎だ」オックスリーがぼそぼそ言った。「こいつはおれから聞いてタラノフという名前を知っていたから、サンクトペテルブルクにいたタラノフを見つけることができた。で、野郎と会い、自分が知っていることを話し、分け前にあずからせてくれれば口を噤《つぐ》んでいる、と持ちかけたんだ」

「タラノフとしては、あなたを殺すだけでよかったのではないですか？　なぜそうしなかったのですか？」ジャックはキャスターに訊いた。

「それはだね、わたしの手のなかにとっておきの切り札があることをタラノフは知っていたからさ。わたしは収容所《グラーグ》での彼のことを話して聞かせた。『腸チフスの高熱で意識を朦《もう》朧《ろう》とさせたあなたが〈天頂〉やＫＧＢのことを口走るビデオがある』とわたしが言ったときの、タラノフの顔をきみに見せたかったよ」

ジャック・ジュニアは思わず立ち上がってしまった。「ビデオがあるんですか？」

オックスリーがキャスターの代わりに答えた。「ビデオなんてあるわけない。思いどおりに事を運ぶために、あるとタラノフに言っただけだ」

ジャックはふたたびソファーに腰を下ろした。「なるほど、コピーをたくさんつくって、あちこちに隠してあり、自分に何かあったら、それらが世に出ることになっている、とタラノフに言ったわけですね」

「そのとおり。彼は金を払ってくれたよ。だが、すぐにもっといいことが起こった。わたしたちは仕事で協力し合うようになったんだ。もう二〇年以上にもわたって、彼はわたしに情報を流し、わたしは彼の事業を支援する、という関係がつづいている」

「タラノフの事業って？」

キャスターはこれにには直接答えず、言った。「いいかね、きみ、理解しなければならない重要なことを言っておく。それはだ、わたしは国家反逆罪をいっさい犯していない、ということだ」

ジャックは信じられない言葉に耳を疑った。「いったいぜんたい、なんでそんなことをぬけぬけと言えるんですか？」

「簡単なことだ。いいかね、ヴィクター・オックスリーはＭＩ５の職員ではなかったのさ。単なる民間人だったのだ。どこの組織にも所属しない男として、極秘裏に運営されていたのだよ。だから、こいつが収容所《グラーグ》からもどり、そのむね報告してきたとき、わたしはただ、モスクワへ飛んで当人と話し合い、次いでＭＩ５の上層部に『その男はわれらが組織の工作員ではありませんので、これ以上何もする必要はなく、公的な支援がなされることは一切ありません』と正しく伝えたのだ」

ジャック・ジュニアは目の前の老人を殺したい衝動に駆られた。「たとえそれが事実だとしても、あなたはＭＩ５に所属していたにもかかわらず、ＫＧＢと手を組んで仕事をしてきたじゃないか」

「それもちがうぞ、ヤング・ライアン。わたしが個人的な調査で見つけた男たちは、ＫＧＢの意図や利益に真っ向から反する活動をしていたんだ。たしかにかつてはＫＧＢに所属してはいた。だが、わたしが接触した時点では、もう一般市民だった。彼らはＫＧＢから資金を盗んだ男たちだ。イデオロギーの面でもＫＧＢとは相容《あいい》れなかった」キャスターは手を振って次の点を強調した。「わたしは〝５《ファイヴ》〟在籍中に、外国のいかなる情報機関とも秘密情報のやりとりをしたことはない、ただの一度もね。釈放されたオックスリーからそれまでのことやタラノフのことを詳しく知らされ、わたしはすぐに〝５《ファイヴ》〟を辞めた。そして、〈天頂〉ことロマン・タラノフに接触し、それなりの金をもらえれば彼らの秘密を守るという協定を結んだ。むろん、収容所《グラーグ》から解放されたばかりの囚人《ゼク》はMI5の〝資産《アセット》〟だったということは、ロシア人たちには教えなかった。そのゼクが何者で、〈天頂〉についてどこまでつかんでいるか、彼らが知ったら、かならずヴィクターを殺すとわかっていたが、わたしはその点については口を閉ざし、ヴィクターの命を守ったのだ」

ジャックは顔をオックスリーのほうに向けた。「あなたが収容所《グラーグ》から解放された経緯《いきさつ》は？」

「あのころはおれたちのような政治犯がたくさん釈放されていたんだ。おれは列車でなんとかモスクワにたどり着いた。そこまで来るあいだに餓死しそうになったよ。なにしろポケットに一ルーブルもなかったし、食いものだって玉葱《たまねぎ》ひとつ持っていなかったんだ。よろけながらイギリス領事館に入っていった。事前に何の連絡もせず、完全な〝飛びこみ〟だった。ほぼ一日、並んで待ち、ようやく職員に会ってもらえた。

窓口の女性に、イギリス国民だと言うと、大騒ぎになった。おれは部屋のなかに入れられ、ＳＩＳ職員の事情聴取を受けた。ＭＩ５に極秘裏に運営されていた工作員だと、おれはその男に言ったのだが、ひとつの名前しか教えなかった」

ジャックはキャスターに視線を移した。キャスターは抗議を制するかのように片手を上げた。「むろん、わたしは次のモスクワ行きの便に飛び乗った」

オックスリーは話をつづけた。「おれは女性職員に〈天頂〉のことも話した。彼女はロンドンからファックスでファイルを取り寄せた。そのなかに、ツーク近郊のロートクロイツの『レストラーン・マイサー』で起こった爆弾事件に関するスイス警察の報告書もあった。おれが、そこで警察に一時拘束された、と言うと、彼女はその報告書の余白におれのコードネームを手早く書きとめた。あとで調べるつもりだったんだ」

ジャックは言った。「では、わたしがその報告書のコピーを見せたとき――」

「それが何であるか、はっきりわかっていた。女性職員がそのメモを書きこんだとき、おれは彼女の真ん前に座っていたんだ。人間って、奇妙なもんだな、そういうつまらないことを覚えている」

ヴィクター・オックスリーはつづけた。「キャスターは姿をあらわすと、おれにこう言った。生きていられたとは実に幸運だ。アメリカの情報機関はきみを見捨てた。KGBはきみを懸命に追いかけたが、まさかきみが収容所《グラーグ》にいるとは知らなかった。これからは目立たないようにひっそりと暮らさないといけない。永遠にな。八〇年代の極秘作戦が世間に知られたら、たくさんの者が苦しむことになる」オックスリーは肩をすくめた。「きみ自身がだれよりも苦しむ。そうキャスターは言った」

キャスターがあとを承《う》けた。

「オックスリーはただ、残りの人生を平穏に暮らしたかった。わたしはそれを許した。わたしはロシア人たちには、こういう人物が存在するということさえ言っていない。そして、MI5にも、〈地底〉がふたたび姿をあらわしたことを伝えず、この件については何もしゃべっていない。

わたしたちは二人だけの協定を結んだ。それは『わたしはヴィクターが自分なりによしとする生活を送れるていどの資金を毎年送り、ヴィクターはおとなしく口を噤んでひっそりと暮らす』というものだった。ヴィクターは、その気になったらいつでも自分の命を奪える有力者たちがロシアにいることを知っていた。わたしはそういうことにならないように配慮していたのだ」

ヴィクター・オックスリーは返した。「いまとなっては、おれのことを知っている者なんてロシアにはひとりもいなかった、と言われても、はいそうですかと信じることはできんな。そんなの真っ赤な嘘《うそ》だったんだ」

キャスターは首を振った。「ともかく、わたしはおまえのことを密告しなかった、こんなことになるまではな、この惨《みじ》めなくそ野郎！」そうオックスリーに悪態をついてから、キャスターはジャックのほうに顔を向けた。「要するに、ヴィクターとわたしは二〇年ほどのあいだ〝相互確証破壊〟の関係――つまり相手を破滅させようとすれば自分も破滅してしまうという関係――にあったと言っていい」

オックスリーはぼそぼそ言った。「おれはただ、故国《くに》に帰って、ひとりでひっそりと暮らし、ほうっておいてほしかっただけだ」

疑問点がひとつ生じ、ジャックはそれをオックスリーに質《ただ》した。「ひっそりと暮らしたい、ほうっておいてほしい、というのが唯一《ゆいいつ》の望みだったとしたら、なぜこうしたことに巻きこまれてでもわたしを助ける気になってくれたのですか?」

「それはだ、〈七巨人〉に襲われたのだとわかった瞬間、ロシアの有力者たちがおれを消しにかかっているということがわかったし、このキャスターがおれたちの協定を一方的に破棄したということもわかったからだ。協定は吹き飛んでしまった。だからおれは反撃しなければならなくなった」

キャスターは暖炉の火をじっとのぞきこんだ。「そういうわけで、わたしはいま、きみと話し合わなければならなくなっているんだ、ライアン。きみがガスプロムを探りはじめると、〈七巨人〉がきみを尾《つ》けるようになった。わたしはまず、その件から手を引かせようときみにやんわりと圧力をかけた、ラモントを通してね。それではだめだったので、きみを自分のオフィスに呼んで、直接強く注意し、調査をやめるよう命じた。だが、そのときにはもう〈七巨人〉は、きみが調査をやめることができないほど核心に迫ってしまっていることを知っていた。次いで、ある晩、〈七巨人〉の国際的に活動する工作要員のひとりがわたしの家を訪れ、きみがコービーに住むある男と会っていることを教えてくれた。その男の住所も見せられた。で、わたしはきみとオックスリーが手を組んだことを知った。

わたしはオックスリーが何者で、何を知っているか、彼らに教えざるをえなかった」

「それで〈七巨人〉は彼を殺すことにした」ジャックが言葉を差し挟んだ。

「もちろんだ、当たり前じゃないか」キャスターは身をぐっと前に乗り出した。眼鏡が暖炉の火を反射し、ジャックはキャスターの目をはっきり見ることができなくなった。「大昔に起こったこととはいえ、このくそ忌まいましい〈地底〉にはまだ、それを甦《よみがえ》らせてすべてを台無しにしてしまえる力があるからね」

81

三〇年前

CIA分析官ジャック・ライアンが搭乗したルフトハンザ・ドイツ航空のボーイング727は、ロンドンのヒースロー空港に着陸するさいに午後の雷雨につかまってしまい、空港の上空にさしかかるや跳ねまわりはじめた。ジャックは自分の背中と両脚の筋肉で旅客機を安定させようとするかのように、体の右側にも左側にも力をこめ、全身を硬直させていた。両方の肘《ひじ》かけをぎゅっと握りしめていると、包帯を巻いた右の前腕に激痛が走って耐えがたかったが、手を離すことはできなかった。

だが、飛行機は上下左右に揺れながらも、ついに滑走路まで下りた。地面効果によって翼の受ける揚力が大きくなり、主翼が水平になって、最後はありがたいことに滑らかな着地となったので、ジャックはほっと胸をなでおろした。

このままチャタムの自宅に直行し、家族のもとに帰りたかったが、そのような選択肢はなかった。空港からSIS本部《センチュリー・ハウス》に向かわなければならないとわかっていたし、そこに今夜遅くまでいることになるだろうと覚悟していた。

自分のオフィスに入って、スーツケースを下ろし、レインコートをぬいだとたん、ジャックが所属するソ連作業班のサイモン・ハーディング班長が早くもあらわれて、部屋のなかに入ってきた。「お帰り、ジャック。どうだ、うまくいったかね？　あれっ、ちょっと待った！　どうしたんだね、その腕？」

ジャックはスーツの上着を西ベルリンのCIA支局に処分してもらった。ナイフに切り裂かれた上着の袖《そで》は直しがきかないうえ、血痕《けっこん》もついていたからだ。出かける前にキャシーを安心させようと、今回の出張では危険なことは一切しないと宣言した手前、血のついた上着を家に持ち帰るのは憚《はばか》られた。

上着がないので、切り裂かれたワイシャツの袖が肘のところまで捲《まく》り上げられているのが丸見えで、前腕に巻きつけられた白いガーゼの厚い層もしっかり見えている。こればかりはキャシーにも隠せない。

まあ、サイモンにさえ隠せなかったのだからどうにもならない。

ジャックは答えた。「ちょっと事故がありましてね」自分に起こったことをサイモン・ハーディングはよく知らないのだとわかっても、ジャックはたいして驚きはしなかったが、S－S本部で働くS－Sマンに情報を隠さねばならないというのは、やはり少々きまりが悪いことだった。

「当てようか。アイロンじゃないの？　わたしの場合、妻を連れずに旅行に出るたびに、シャツにアイロンをかけようとして、この種のことには無能だと思い知らされる。ただもうバスルームを蒸気で曇らせるだけで――」

ジャックの机の上の電話が鳴った。ジャックはすまなそうに笑みを浮かべ、受話器を急いでとった。「はい、ライアン」

「あっ、よし、帰ってきたね」サー・バジル・チャールストンS－S長官だった。「一息ついたら、すぐに上がってきてくれ」

ジャック・ライアンはチャールストンの執務室のソファーに座っていた。真向かいにニック・イーストリングとサー・バジルが座っている。ジャックは紅茶がいいかコーヒーがいいかと問われたが、どちらも辞退した。ロンドン上空で大揺れした飛行機のせいで、胃が締めつけられているような感覚がなおもつづいていたからである。それに、この数日間にたまったストレスもあり、胃は弱り切っていた。胃酸ですでにむかついている胃にコーヒーを注ぎこみたくなかった。

ジャックはイーストリングがベルリンを発《た》ってからのことを数分かけて話した。最初のうちは話もスムーズに進み、自分が発見したRPB（リッツマン・プリヴァートバンキエーズ）内の口座間での二億四〇〇〇万ドルの移動についてはさらなる精査が必要だと、二人にはっきりと進言した。ただ、どうすればその精査ができるのかという点はわからない、と言い添えた。

シュプレンゲル通《シュトラーセ》りにあったRAF（ドイツ赤軍）のアジトを再訪することにしたときのことを語る段になって、ジャックの説明は気のこもらない曖昧《あいまい》なものになってしまった。悲惨な結果に終わろうとしていた海外出張で、実際に役立つ重要情報をせめてひとつでも見つけようと最後の試みをしたくなった、という説明はたしかに可能ではあるが、正確に何に駆り立てられてそんな大胆なことをしてしまったのか、ジャックはまだ自分でもよくわからなかった。イーストリングもチャールストンもその点をつつきはしなかった。だから、そこのくだりは、ジャックが己の行動を自分に対して弁明する試みとなってしまった。

次いで話は、RAFのアジトのマルタ・ショイリングの寝室で、思いがけずも彼女本人と出くわしたときのことに移った。イーストリングは、どういう理由で本物のマルタだと確信できたのか、実は偽者《にせもの》だったという可能性もあるのではないかと、鋭い質問をいくつか浴びせてきた。例によって、ライアンはイーストリングの相変わらずの思考パターンに苛立《いらだ》ったが、できるだけ丁寧に説明していった。イーストリングはマルタ・ショイリングの身代わりとなって死んだというイングリット・ブレッツという女性の名前をメモし、彼女について調査することを約束した。

ジャックは言った。「わたしもすでに自分に使える情報源を利用してチェックしてみました。CIA《ラングレー》には彼女に関する情報はまったくありません。BfVにもなし。東ドイツ人であれば、当然でしょう」BfVは西ドイツ連邦憲法擁護庁。

イーストリングが言った。「それで、きみのマルタ、本物のマルタだが、彼女はデイヴィッド・ペンライトについては何も言っていなかったんだろう？」

ジャックにはイーストリングの頭のなかがすっかり見えた。彼は自分の仕事はペンライトの死を調査することと割り切っていて、それだけをやろうとしているのだ。ロシア人による陰謀の他の部分などみんな、自分には関係のないことと考えているのである。「マルタがペンライトのことを知りえたはずがないじゃないですか、ニック。だって彼女はスイスに行っていなかったのですよ。スイスにいたのは、マルタの身分証を使っていたイングリットだったんですから」

「わたしはただ、いちおうはっきりさせておきたかっただけだ、ライアン。そう身構えてつっかかるなって」

チャールストンがイーストリングのほうに顔を向けた。「ニック、お手柔らかにな。ジャックはいろいろ大変な目に遭ったのだ」

ジャックは細かな点をいくつか飛ばし、マルタを通りで見失ったところまで話を一気に進めた。次いで、三台の車が猛スピードで集まってきたこと、二人の男に襲いかかられたことを話した。

そして最後に、闘いに介入して文字どおり命を救ってくれた〝善きサマリア人〟（親切な人）のことを語った。

ジャックが話を終えると、チャールストンが思わず声を洩《も》らした。「いやはや、信じがたい話だ」

イーストリングが言った。「BfVが今日の午後、問題のトンネルを見つけた。彼らはきみの供述を参考にして、使われていない付近の建物をひとつ残らずくまなく調べたが、見つけられなかった。結局、トンネルの入口はボイエン通《シュトラーセ》りの耳鼻科医の診療室の床下にあった。女がきみから逃げた地点から一〇〇メートルほど離れたところだ。トンネルがいつできて、いつから使われていたかは、知りようがないが、女がきみに言ったことが真実だとすると、シュタージ自体が管理・使用していたもので、耳鼻科医はやつらのスパイということになる」シュタージは東ドイツ国家保安省。

ライアンは黙ってうなずいた。そして言った。「RAFはスイスでの殺人にはいっさい関与していない、とマルタは断固として主張していました。〈天頂《ズィーニス》〉というコードネームで活動していたロシア人にはめられてしまった、というのです。わたしはこのことについてはBfVに話しませんでしたが、西ベルリンのCIA支局に戻ったとき、本部のジェームズ・グリーア情報部長に電話しました。部長は、そんなコードネームはきいたことがないそうで、すぐ調べてくれました。で、結局、これまでにわれわれCIAのレーダーには一度も引っかかったことがないコードネームだとわかりました。あなたがたSISにとってはどうでしょう？　何か思いあたることがあるコードネームでしょうか？」

ニック・イーストリングは首を振った。だが、チャールストンが顔をイーストリングのほうに向けて言った。「ニック、すまないが、何分か席をはずしてくれないかな？」

イーストリングは戸惑っているようだった。チャールストンが彼の顔を見たままうなずくと、防諜課《ぼうちょう》の職員はゆっくりと腰を上げ、長官執務室から出ていった。

イーストリングが外に出て、ドアが閉まると、チャールストンは言った。「実は今日の午後の半ば過ぎに新たな動きがいくつかあった。ニックには教える必要のない動きだ。正直なところ、わたしはきみに教える許可も受けていないのだが、きみにはそれを知る資格があるとわたしは思う」

「どんなことでしょう？」

「まずは重要なことから。今朝、ゲッティンゲン近郊の国境に配置されていた西ドイツの兵士たちが、東西ドイツ間の無人地帯の地雷が爆発する音を聞いた。言うまでもないが、無人地帯は地雷だらけだ——そうやって〝東〟は国民の脱出をふせいでいる。爆発現場に駆けつけた西ドイツ兵は、無人地帯に転がる若いドイツ人女性の死体をひとつ見つけた。ちょうど東ドイツ人たちが死体の回収作業をしているときだった」

　ジャックは頭を両手で抱えこんだ。「マルタ。やつらが彼女を殺したんだ」

「わたしもそういうことなのだと思うが、ニュースでどう報道されるかは、きみもわかっているね？」

　ジャックはうなだれたまま答えた。「東ドイツ国民のイングリット・ブレッツが〝西〟への逃亡を試み、地雷を踏んで死亡した、と報道されます」

「そう」チャールストンは言った。「そして、そうではないということを証明するのは不可能になる」

　ジャックは垂れていた頭を上げた。「なぜイーストリングにはこのことを教えられないのですか？」

「わたしが彼の耳に入れたくなかったのは、そのことではない。〈天頂〉のことだ。わたしは今日〝一〇番地《ナンバー・テン》〟であった会合で初めて〈天頂〉というコードネームを聞いた」

ダウニング街一〇番地はイギリス政府の本部と言ってもよい首相官邸だ。

チャールストンは言葉を継いだ。「首相は出席されなかったが、彼女の最高位のスタッフ、それにＭＩ５長官のサー・ドナルド・ホリスがいた」

「ＭＩ５？　対内防諜・保安担当の？」

「そう。その会合がひらかれたのは〝５《ファイヴ》〟がある作戦をヨーロッパで独自におこなっているということをＳＩＳ長官のわたしに知らせるためだった。そんなことは初耳だった。そしてその作戦は、現時点ではまだ噂《うわさ》にすぎない〈天頂〉と呼ばれるロシアの工作員に関連するものだというのだ」

「ＭＩ５は〈天頂〉をどうしたいのでしょうか？」

「彼らは〝資産《アセット》〟をひとり野に放ち、その男に〈天頂〉を追跡させていたんだ。ところが、その男がどうやら行方不明になってしまった。〝鉄のカーテン〟の向こう側のどこかでね。最後に連絡があったのはハンガリーからだった」

「それ、変ですね。だってハンガリーはＭＩ６の担当地域でしょう」

「そのとおり」チャールストンが応《こた》えた。「まあ、きみも当然と思ってくれるだろうが、われわれの縄張りで実施されていた作戦についてやっと教えてもらえたわけで、わたしも怒りをおぼえてね、もうさんざん文句を言ってやったよ。なぜＭＩ５という組織がこんなことを自分たちだけでやることにしたのか、その詳しい事情については教えてもらえなかった。そもそも最初からわれわれS－Sがその〝資産《アセット》〟について知っていて、彼の行動に作戦上必要な影響をあるていど及ぼせるようになっていたら、おそらく彼はまだ元気に動きまわっていられたんじゃないかな、行方不明なんかにならずに」

「それで、いまになってM－5は、彼を見つけたいので手を貸してほしい、と言ってきたわけですか」

「そういうことだ。M－5はダウニング街へ直接話を持っていき、われわれのほうには首相官邸から話がきた。マギー・サッチャーご本人がこの件の最新情報を求めている」

「スイスでの暗殺の実行犯はほんとうに〈天頂〉であるのかもしれないと、あなたは思いますか？」

　チャールストンは答えた。「ジャック、きみもよく知っているとおり、KGBはふつう、海外での暗殺は代理の外国人にやらせる。たとえばブルガリア人とかにね」

「たしかに、それがこれまでわれわれが見てきたKGBのやりかたです」ジャックは認めた。「でも、この一週間ほどのあいだに、これまでのソ連の戦術を逸脱したことがたくさん起こっています」

　チャールストンは言った。「うん、それは認めざるをえない。とはいえ、スイスでの殺人についてはKGBがRAFに命じてやらせたらしいと、やはりわれわれは考えている。マルタ・ショイリングはそうではないときみに言ったようだがね。ことによると、マルタ自身は関与しなかったのかもしれない。彼女の属していた細胞の仕業でさえないのかもしれない。それでも、イングリット・ブレッツはＲＡＦと協力して動いたのだと、われわれは信じている。ＫＧＢの利益のためとはっきりわかる、他の組織の共謀というのは、これまでにもたくさんあった」

「では、あなたは〈天頂〉は存在しないと思っている？」

「わたしに言えることは、西ヨーロッパで血に狂って殺しまくるＫＧＢの暗殺者のような者がいるという証拠はまったく見つけられなかった、ということだけだ。ＫＧＢがやったという証拠だってない。いいかね、考えてみたまえ。なぜＫＧＢはトビーアス・ガプラーを殺さなければならなかったのか？　〈明けの明星《モーニングスター》〉によれば、彼はＫＧＢの口座を管理していた。つまり彼らの手先だったのだ」

「ガプラーは秘密を洩らそうとしていたのかもしれません」

「だれに？　ＣＩＡ《ラングレー》にではない。われわれＳＩＳにでもない。他の西側の情報機関に、という線も疑わしい」

「ガプラーが秘密を洩らそうとしていた相手がＫＧＢだったとしたら？」

サー・バジル・チャールストンはびっくりして目を瞬《しばたた》かせた。「秘密を洩らす相手がＫＧＢだったら、ＫＧＢは彼を殺す必要なんてないじゃないか？」

ジャックは言った。「わたしは推理し、ひとつの結論を導き出しました、バジル。でも、それが真実であることを証明できません」

チャールストンは応えた。「ジャック、その推理とやらを聞かせてくれ。きみがこの件に関する全情報から導き出した結論を知りたい」

ライアンは自分の考えを披露した。「わたしはそのことを今日ずっと考えつづけていたのです。まずは、わたしが事実だと考えていることを並べてみます。RPBを舞台に二つのロシア人グループが動いているとペンライトは主張していた。だれかが大変な努力を払って、二億四〇〇〇万ドルが預けられた銀行口座のことを知っていた者をひとり残らず殺した。だれかが途轍《とてつ》もなく巧妙な方法を用いて、RAF細胞に罪をなすりつけ、無実だと主張する者が出てこないように細胞のメンバー全員が殺されるように仕組んだ」

ジャックは深く息を吸いこみ、長々と息を吐いた。次に言わなければならないことを口にするのがちょっと怖かった。自分は分析官であるのに、いま憶測という危険な領域に踏み入ろうとしているのだとわかっていたからである。

「KGB内部で争いが起こっているのだとわたしは確信しています」

「どんな争いかね？」

「金《マネー》をめぐる内紛です。原因は二億四〇〇〇万ドル。それだけは明白です。

わたしの見るところでは、KGBがスイス人銀行家《バンカー》二人、それにイギリスの情報機関員までをも殺したくなったら、RAFか他の左翼系組織にそれを代行させることができたはずです。なにもRAFをはめる必要などなかった。ところが実際にははめたのであり、さらにその奸計《かんけい》を隠蔽《いんぺい》するためにRAFのメンバーが皆殺しになるようにもした。そういうやりかたは通常のKGBの作戦とはわたしには思えないのです。

といっても、そうした者たちもKGBだったにちがいありません。そうでなければ、この陰謀を成功させるのに必要な現場でのさまざまな協力をシュタージから得ることはできませんからね」

チャールストンは尋ねた。「一部のKGB将校たちが同じKGBに所属する他の者たちから資金を隠した理由は何だろう？　きみはどう思う？　なぜ彼らは西ヨーロッパの銀行の口座に資金を隠していたのだろう？」

ライアンは答えた。「KGBの一部の者たちが結託して、万一の場合に備えて通常作戦の資金をすこしずつ掠《かす》めとっていた、という可能性もあるのではないでしょうか？　迅速に逃亡するための資金が必要になることもありうるのではないかと考え、たとえばスイスの銀行の番号口座《ナンバード・アカウント》に金をたっぷり隠しておいた、とか？　第二次世界大戦終了時のナチスを考えてみてください。現金を手にできた者たちがうまく逃げることができました」

チャールストンは返した。「いまきみが言ったことはみな、憶測にすぎんぞ、ジャック。きみの創意に富む脳はとても役立つので、その活動を抑えこみたくはないのだが、今回のことはわたしの側に立って見るということもしてほしい。きみは有用な意思決定を実際にうながせるような情報を何か持ち帰ったのかね？」

ジャック・ライアンは穏やかにふーっと長い溜息《ためいき》をついた。

「いえ。ひとつも持ち帰れませんでした」

チャールストンは両手を上げて、つづけて何か言おうとしたライアンを制した。S－S長官はすでにひとつの決断をしていた。「イーストリングはデイヴィッド・ペンライト死亡に関する調査を〝終了〟としたがっている。わたしは彼のその要請を認めるつもりはないが、新たな情報をまったく得られないという現状では、調査活動を休眠状態にせざるをえない。また、〈天頂〉と呼ばれるKGB工作員の件はM－5にまかせる。彼らはすでにわれわれの助けを借りずに〈天頂〉を追いつづけているようなのでね。ただ、われわれは中央ヨーロッパでM－5のためにこちらにできることをする。つまり、行方不明になった男のことを訊《き》いてまわる。しかし、こんなふうにM－5がプライドを捨ててわれわれのところへきて頭を下げたということは、その行方不明の男がすでにたいへんなトラブルにおちいっている公算が非常に高い。たぶん、もう遅すぎて救出は不可能だと思う」

不意にジャックの頭に浮かんだことがあった。「その男が行方不明になったのはいつなんですか？　昨夜わたしを助けてくれた人物がその男である可能性はあるのでしょうか？」

チャールストンは首を振った。「もう何週間も連絡してきていない、とのことだった。

それに、ほら、〝鉄のカーテン〟の向こう側で活動している〝資産《アセット》〟なんだ。ハンガリーにいた、とM－5は言っていた。西ベルリンは彼の活動地域ではなかった」

「わたしには現場仕事の経験なんてほとんどありませんが、こうした人々が長いあいだ連絡せずに活動するということもあるのではないですか？　わたしが言いたいのはつまり、現場の作戦に従事している者は、気軽に電話ボックスに飛びこんでロンドンの自宅に電話するなんてことはできないんじゃないですか、ということです。それに、ときには自分の判断で行動することもあるのではないでしょうか？　だから、彼が〈天頂〉を捜しに西ベルリンへ行った可能性も絶対にないわけではありません」

チャールストンはしばし考えこんだ。「M－5長官のホリスには連絡し、きみの心配について説明しておく。しかし、繰り返すが、行方不明になった男はわたしの配下の者ではない。だから、わたしはその男の作戦活動方法については意見を述べることはできない」

ジャックはふたたび溜息をついた。「では、これからどうなるのでしょう？　わたしはどうすればいいのでしょう？」

チャールストンはジャックに同情したが、言ってやれることはたいしてなかった。「きみは家に帰り、妻子をしっかりとハグしたまえ。きみは、スイスでは必要なときにイーストリングの尻《しり》をたたき、ベルリンでは自分の命を失いかねない危険な状況で西ドイツ当局の戦闘員の命を救った。自分のしたことに誇りを持つべきだ。しかし、行方不明になった

Ｍ－５工作員については、彼はいまも〝鉄のカーテン〟の向こう側にいるという考えを受け入れざるをえない。行方がわからなくなったイギリスのスパイがいるという噂が流れないほうが、本人にとってはベストだろう――いや、この場合、そんな噂が流れたら本人の命にかかわる、と言ったほうがいいかもしれない」

「この件はＣＩＡ本部《ラングレー》には知らせるな、ということですね」

「もしＭＩ５が公式にラングレーに支援を要請したいということになれば、そうさせればいい。だが、きみはＭＩ６とＣＩＡとの関係をうまく調整する連絡官なんでね、わたしとしては、この件は完全に内密にしてほしい。噂が流れて本人が殺されるという事態は避けたいのだ」

ジャックは首を振った。「今回の作戦は未解決問題をたくさん生じさせただけですね」

「諜報活動というのはときにはそうなるものなんだ。まあ、敵には敵の言い分があるだろうがね、われわれにあるのとちょうど同じように」

「どうやらわれわれの負けのようですね、バジル」

サー・バジル・チャールストンは片方の手をジャックの肩においた。「われわれは負けたのではない、ジャック。勝たなかっただけだ」

82

現在

サム・ドリスコルはヒュー・キャスターの湖畔の家の北端の木立のなかを、ドミンゴ・〝ディング〟・シャベスは南端の木立のなかを、それぞれ前進し、いまや二人とも山荘《シャレー》の母《お》屋《も》《や》の裏からわずか二五ヤードのところに迫り、しっかり身を隠していた。シャベスは大きなガラス窓の向こうにいるジャック・ライアン・ジュニアを目で捉《とら》えられる位置にいる。双眼鏡を通して、オックスリーとともにソファーに座るジャックを、そして彼らの前の暖炉際《ぎわ》の椅子《いす》に座る初老の男を、はっきり見ることができた。

二人一組でパトロールする警備員たちが裏のテラスを行ったり来たりしていたので、シャベスほか二名の〈ザ・キャンパス〉工作員たちは、見つけられる危険を冒すことなく、母屋にそれ以上接近することはできなかった。

だからシャベスは、ジャックの姿を目でしっかり捉えることができていたにもかかわらず、まだ彼を支援できる態勢にないとわかっていた。

湖にいちばん近いところにいたのはドミニク・カルーソーだった。彼はいま、燃料が入った二つのドラム缶と、桟橋に接するボートハウスのあいだにいた。双眼鏡で真ん前の丘の上に立つ建物を観察していたとき、後方の湖面をわたってくる遠雷に似たかすかな音に気づいた。小型モーターボートのようなもののエンジン音と思えた。ドミニクは霧が溶けこむ暗闇《くらやみ》に目を凝らした。近づいてくるライトなどひとつも見えない。

すぐにそのかすかな音は消えた。エンジンが切られたかのような消えかただった。

ドミニクはブルートゥース・ヘッドセットにささやいた。「こちらドム。桟橋に船の一種と思われるものが近づいてくる。ライトをまったく使っていない。そしていまエンジンを切った」

シャベスが応《こた》えた。「厄介なことになりそうだ。全員、しっかり身を隠していろ。できるだけ早く、おれたちが対処しなければならないものの正体を知らせてくれ、ドム」

「了解《ラジャー・ザット》した。これが面倒なことになった場合、ライアンに知らせる方法はありますか？」

シャベスは答えた。「ある。おれが発砲する。それ以外、ライアンに知らせる方法なんてない」

ヒュー・キャスターが話しているあいだ、ジャック・ジュニアは、この六八歳になるイギリス人は若いころはどんな情報機関員だったのだろうかと想像せずにはいられなかった。

キャスターは自信たっぷりで落ち着きはらい、頭がよかった。ジャックには、長らく音信不通だった伯父のようにも思えた。結局はジャックへの襲撃へとつながったキャスター自身の欺瞞《ぎまん》などが話題になったにもかかわらず、元MI5のイギリス人の弁舌はさわやかだった。

キャスターはやましい行為など一切していないという立場を堅持しようとしているのだとジャックは思った。彼がほんとうにそうであると信じているのか、それとも彼は嘘《うそ》つきの天才にすぎないのか、その点はジャックにもわからなかった。簡単に割り切れることなどひとつもないスパイの世界では、この種の判断しがたいことがよくある、とジャックは思った。

「あなたがキャスター・アンド・ボイル社でやっていることはすべて、ロシア政府を護《まも》ることを意図したものです」ジャック・ジュニアは水を向けた。なんとかキャスターに、売国奴《ど》ではないにしてもロシアの手先ではあるということを認めさせたかった。

キャスターは首を振った。「いや、まるでちがう。ときどきビジネス界の有力なリーダーたちに情報を流して報酬をもらったか、といえば、それはイエスだ。それなら、残念ながら、有罪だ。産業スパイをしたということ」

ジャックは返した。「そのビジネス・リーダーたちというのがFSBとロシア政府を動かしているのです」

「ほんとうかね？」キャスターはずる賢そうな笑みを浮かべた。「わたしはガスプロムとその系列会社の幹部たちとは緊密に連絡し合って仕事をしている。だが、彼らが重役会に出席していないときに何をしているかは、わたしの知ったことではない」

ジャック・ジュニアはいま頭の前面にせり出してきた疑問を口にした。「こうしたことをすべてわたしに話すことで、あなたは何を得ようとしているのですか？」

キャスターは言った。「もうすぐにでも、ロシアの有力者たちも知る——きみが会ったコービーの男は収容所《グラーグ》帰りで、ロマン・タラノフが腸チフスにやられて診療所で秘密を口走ってしまったところに収容されていたということをね。その時点で彼らは、自分らに対するわたしの影響力は根拠のないものであると推定する。たぶん、証拠なんてまったくないのだ、あるのは風聞だけなのだ、と推断するだろう。そして、自分たちの破滅の原因となりうる情報を持っているのはオックスリーとわたしだけなのだと断定するやいなや、わたしたち二人にこのまま地球上を歩かせておく理由などまったくなくなる」

ジャックはわかりにくい説明を自分なりに言い換えた。「つまり、あなたとオックスのことを知ればタラノフも、ビデオテープがあるなどというのは嘘だと気づく。そうなれば当然、彼はあなたを殺そうとならず者を送りこんでくる」

「遺憾ながら、それがいまわたしがおちいっている窮地だ。あの男は、いっぱい食わされたとわかったら大笑いしてすませるというタイプではない。彼はふつう、だますほうだからね。まあ、こちらにも警備員に囲まれて生きるという手はあるが、このままでは遅かれ早かれわたしはタラノフに殺《や》られてしまう。元SVR長官のセルゲイ・ゴロフコ、スタニスラフ・ビリュコフ、ウクライナ最高議会の親ロシア派リーダー、オクサーナ・ズエワ、そしてタラノフが二〇年前に次々に消していったKGBおよびGRUの幹部たちと同じようにね」

「要するに、あなたの望みは何なんですか?」

「わたしはね、長年にわたって収集した確かな情報を喜んで差し出すつもりなんだ。きみの国の政府から刑事免責と保護をいただけたら、それと交換にね」

「アメリカ政府と取引したい?」

「そう。さっきも言ったように、たしかにわたしは産業スパイ活動をいくらかやってしまった。だが、わたしは国家機密を洩《も》らす本物のスパイではない。売国奴ではないんだ。わたしは自分が持っている情報を差し出すことで汚名をすすぐ以上のことができる。むろん、きみの父親だってイギリスの要望に真っ向から反対することはできないだろうが、アメリカの大統領なら、開始されるかもしれないわたしへの捜査をやめるようイギリスに働きかけることはできると、わたしは確信している」

「で、あなたが交換にわたしの父《ダッド》に差し出す情報とは、具体的にどんなものですか?」

「ドミトリー・ネステロフ――ロシア政府からひそかに一二億アメリカドル受け取った男

——は、〈傷跡のグレーブ〉という別名で活動している〈七巨人〉大幹部のひとりにほかならないことを、わたしは証明する」

ジャックはオックスリーの顔を見つめ、次いでキャスターに視線を戻した。

「ほんとうに証明できるんですか？」

「ああ、できるとも」

「それは役立つと思いますが、それだけでは充分ではないでしょうね」

「それはほんの氷山の一角だよ、きみ。タラノフの工作管理官《コントロール・オフィサー》はいまもその地位にある。彼はいまなおタラノフを操っているんだ」キャスターはにやりと笑った。ジャックにはキャスターが世界一自信に満ちあふれた男に見えた。「だが、それはわたしの最大の切り札。それについては、わたしがアメリカにわたって安全になり、きみの父親と面と向かって話をするときに明かす」

ジャックが言葉を返そうと口をひらいたちょうどそのとき、警備員がひとりキッチンから居間に走りこんできて、訛《なま》りの強い英語で言った。「ヘル・キャスター、湖から上陸して山荘《シャレー》に向かってくる男たちがいるとのことです。二階へ上がってください！」

ドミニク・カルーソーは全身黒ずくめの男たちが桟橋に着けたボートから上がってくるのを見まもった。男たちはボートハウスの前を駆け抜けると、低い擁壁を乗り越え、丘の上の母屋の裏へ向かって斜面をのぼりはじめた。彼らは扇形に広がり、二人一組の攻撃チームに分かれ、身を低くして前進していった。

ドミニクはロシア人だろうと推測した。ありえそうなほかのシナリオなど思いつかない。ただ、男たちの目当てはライアンなのかオックスリーなのかキャスターなのか、はたまた三人全員なのか、その点ははっきりわからなかった。だが、サブマシンガンで武装していることは目で確認できたし、男たちの動きから、しっかり訓練された自信たっぷりの戦闘集団と判断できた。

ドミニクはブルートゥース・ヘッドセットにささやいた。「いま、おれの前を通り過ぎた。お望みなら、ここから攻撃を開始する」

「だめだ」シャベスが返した。「そんなことをしたら、こいつらと野外での銃撃戦になり、スイス人警備員たちが上の山荘からここにいる者たち全員をねらって撃ってくる。スイス人は暗闇にあらわれた発砲炎をみさかいなく狙《ねら》い、皆殺しにしようとする」

シャベスは松の木立のうしろ側にいた。母屋からは見えない位置だ。彼は言葉を継いだ。「おれがいまから空に向けて一発発砲し、ライアンに注意をうながす。交戦はするな。繰り返す、交戦はするな」

シャベスは銃を高く上げると、母屋から発砲炎がはっきり見えない方向へ銃口を向けた。だが、いざ発砲しようと人差し指で引き金《トリガー》をしぼろうとした瞬間、自動小銃の銃撃音が夜の闇を切り裂いた。

母屋の側面の庭内路《ドライヴウェー》にいた、たったひとりの警備員が、すでに丘の斜面に大きく広がって攻撃を開始しようとしていた男たちに発砲したのだ。

シャベスは拳銃《けんじゅう》を下ろした。「ようし。ロシア人たちが母屋のなかに入ったら、おれたちもすぐに入り、攻撃してくる者には反撃し、ライアンを連れ出す。それまではいまの位置から動くな」

ドリスコルとドミニクから了解したむね無線で応答があったが、いまやシャベスは二人の言葉を聞き取るのが難しくなっていた。二〇以上の自動小銃やサブマシンガンがいっせいに火を噴き、凄《すさ》まじい銃撃戦がはじまっていたからである。


居間に駆けこんできた警備員は、キャスター、ジャック、オックスリーに階段をのぼるよううながし、三人を奥の寝室へ導いた。三人とも寝室に入ると、警備員はキャスターに拳銃を一挺《ちょう》手わたし、自分は階段をおりていった。

キャスターはにぎった拳銃をわきに構え、ジャックをじっと見つめた。一分前には確固としていたイギリス人の自信は、いまや揺らぎはじめているようだった。「きみは仲間を連れてきたのか?」

ジャックは答えた。「あれはわたしの仲間ではありません。ということはたぶん、ロシア人じゃないですかね。あなたの予想よりもだいぶ早く、タラノフがあなたにだまされていたことに気づいたんでしょう」

　イギリス人の顔がたちまちゆがんだ。ヤング・ライアンの言ったとおりだとわかったのだ。

「配下の者たちがやつらを阻止してくれる」

「もちろん、そうしてくれるでしょう」ジャックは皮肉をこめて逆のことを言った。「ここであなたを護っているスイス人警備員たちは、ＦＳＢ特殊任務部隊《スペツナズ》チームより優秀ですからね」

　オックスリーは自分の命も危うくなっているとわかっていたが、追い詰められて慌《あわ》てふためくキャスターを見て笑い声をあげた。

「助けてくれ」キャスターは懇願した。顔に恐怖の表情が張りついている。

「では、拳銃をわたして」ジャックは応えた。

「だめだ」

「見たところ、あなたは拳銃の扱いかたも知らないようだ。あなたの場合、口で何やらうまいことを言って、この窮地を切り抜けるしかないでしょう」

　キャスターは藁《わら》にもすがるような目でオックスリーを見やった。

　オックスリーはまだにやにや笑っていた。「ジャックの言うとおりだ、このくそ間抜け野郎」

と、そのとき、敷地の裏側を見わたせる窓が砕け散った。三人とも、窓からだいぶ離れた位置にいて、下から飛んでくる弾丸にやられる心配はまったくなかったが、それでもキャスターはガラスの割れる音にギョッとして窓を振り向いた。ジャックはその隙《すき》を見逃さず、拳銃を奪おうと前へ体を動かしかけたが、老イギリス人は素早くショックから立ち直り、アメリカの若者にふたたび銃口を向けた。

キャスターは言った。「いいかね、ジャック、きみが知りたいことをすべて話してやる。すべてだ。だから、きみの父親に電話してくれないか。戦闘部隊を送りこんでもらってくれ」

「戦闘部隊？」ジャックはあきれて首を振った。「殺人部隊がいましもドアを破って突入してこようとしているんですよ。それでもまだ取引すれば命が助かると思っているんですか？」

直下のキッチンから凄まじい銃撃音が響きわたってきた。キャスターはビクンと体を跳ね動かし、銃口をドアのほうに向けた。ジャックはふたたびキャスターに近づこうとしたが、やたらに動いて安定することがない拳銃がまたしても彼のほうへ戻されてしまった。

オックスリーが言った。「ヒュー、だれかを怪我《けが》させないうちに、そのくそ拳銃を下ろせ。拳銃をおれかジャックにわたせ。そうすれば、助かるんだ、おれたち三人ともな」

キャスターは首を振った。「拳銃はわたしが持っている。やつらが押し入ってきたら必要になる」

オックスリーは怒りをあらわにしてぼそぼそ言った。「だったら、おまえ、いますぐその薄汚い口に銃身を突っ込んだほうがいいぞ」

「わたしが死ぬときは、おまえも道連れにしてやる、オックス」

シャベス、ドリスコル、ドミニクは、身を隠していた場所から出て、移動を開始していた。それぞれ母屋の別々の出入り口に向かって走った。ドリスコルは庭内路《ドライヴウェー》に面する側面のドアに達した。ドアはひらいていて、そばの舗装路にスイス人警備員がひとり仰向《あおむ》けになって死んでいた。わきには自動小銃が一挺ころがっている。ドリスコルは自動小銃を拾い上げると、死人の胸から新しい弾倉《マガジン》をとって小銃にはめこみ、建物のなかに入っていった。

シャベスは母屋の反対の側面にいた。二人一組のロシア人攻撃チームのあとについて木立のなかを進み、二人のロシア人がガラスのスライディングドアから一階の寝室のなかへと入っていくのを見まもった。そのあたりの外は真っ暗で、家に接近していったロシア人たちに発砲した警備員はひとりもいなかったが、攻撃チームが屋内に入るやいなや、一階全域に銃撃音が轟《とどろ》きわたった。

シャベスがガラスのスライディングドアのほうへと移動しはじめたとき、敷地の表側からサブマシンガンの発砲音が夜の闇を突き抜けて反響し、その瞬間、彼は弾丸が自分の頭のすぐそばの空気を切り裂く音を聞いた。シャベスはドアを猛然と走り抜けて家のなかに飛びこみ、間一髪でスイス人警備員のひとりに撃ち殺されずにすんだ。

ドミニクは三人のなかでは家に入るまでの距離がいちばん長かったが、ついに裏のテラスのドアに達した。そのときにはもう、ドアとそばの窓ガラスは被弾してほとんどとれてしまっていたので、ドミニクは難なく通り抜けて家のなかに入った。と、たちまち、銃を高く上げてキッチンのなかを移動していた二人のロシア人に遭遇した。

ドミニクのほうが先に敵を視認できた。ロシア人たちが気づいて体を回転させはじめたときにはもう、ドミニクは弾丸を二発発射し、二人とも撃ち殺した。隣の部屋から銃声が聞こえたのはまさにそのときだった。つづいてドイツ語の叫び声。拳銃で撃ち返す音が響き、ドミニクが立っていたところのすぐそばの壁から白っぽい粉が噴き出した。ドミニクは反射的にソファーのうしろの床へダイヴした。

二階の寝室では、キャスターがベッドのそばに立って、拳銃をやたらに左右に振り動かしていた。八フィート右にはジャックとオックスリーが立っていて、一〇フィートほど離れた真正面には階段のいちばん上のスペースへと出られるドアがあり、キャスターは銃口を二人とそのドアに交互に向けていた。

ジャックはキャスターの目に浮かぶ恐怖の表情に気づいていたし、拳銃をにぎる手がこれだけふるえていれば誤射が起こりかねないのではないかと心配した。

キャスターはこの期《ご》におよんでもなお、自分が持つ重要な情報を利用して危険から脱出しようとしていた。「きみの父親はわたしを生かしておかなければならない。わたしは情報をつかんでいるんだ」

オックスリーが言った。「おまえという野郎は、これまでずっと、それこそ一生涯、くそ情報を売り歩いてきた。だがな、今度ばかりはそれもうまくいかん。だからもう、その薄汚い口をつぐみ、ロシア人どもが階段をのぼってくるのをおとなしく待て」

だが、ジャックのほうはキャスターを宥《なだ》めようとした。「よく聞いて、キャスター。わたしには味方が三人いる。彼らはいま外にいて、わたしたちを助けてくれる。彼らがここを制圧するまで、こちらはともかく持ちこたえなければならない。ただ、ひとつはっきりしていることがある。それは、彼らがそのドアを抜けてこの部屋に入ってきたとき、銃を持つわたし以外の者を見たら、ためらうことなく発砲する、ということ」

これにキャスターはこう返した。「ヴォローディンだった。ヴォローディンだったことをわたしは証明できる」

ジャックは何のことかわからなかった。「ヴォローディンが何だったんですか？」

「わたしはヴァレリ・ヴォローディンがロマン・タラノフの工作管理官だったことを証明できる。八〇年代に〈天頂《スィーニス》〉を運営していたのはヴォローディンだったのだ。KGBの上層部から金を盗んだのもヴォローディン。〝鉄のカーテン〟が落ちたとき、〈天頂〉に彼らを殺させたのもヴォローディンだ」

ジャックは信じられずに思わず首を振った。「でたらめだ」

「でたらめじゃない。わたしをここから助け出してくれたら、証拠を見せてやる」

ジャックがオックスリーのほうに顔を向けると、オックスリーはただ肩をすくめただけだった。キャスターが言ったことの正否は彼には判断できなかった。

キャスターはつづけた。

「ソ連が崩壊したら、犯罪組織が共産党に代わって国の真の支配者となることをヴォローディンは知っていた。そして、収容所《グラーグ》に収容され、そこを自分たちの階層制度で支配・運営していた犯罪組織のギャングたちが、ソ連崩壊後の暗黒街を牛耳ることも、ヴォローディンは知っていた。

そこで彼はタラノフと一計を案じた。彼はタラノフを収容所《グラーグ》に送りこみ、本物のロシア・マフィアとしても活動できるようにしようとしたのだ。最初、タラノフはコミ共和国のスィクティフカルの収容所《グラーグ》に送りこまれたが、そこで腸チフスにかかってしまった。それで計画は数カ月のあいだ中止を余儀なくされたが、タラノフは病から癒《い》えるとまた、この企《たくら》みに挑戦した。今度は別の収容所《グラーグ》に送りこまれ、そこで過ごした四年のあいだに〈七巨人〉という犯罪組織の幹部に伸《の》し上がっていった」

弾丸をフルオートで発射する発砲音が咆哮《ほうこう》し、足下の一階全域に響きわたった。

「収容所《グラーグ》から解放されたときには、トップにまでのぼりつめていた。マフィアの首領――いわゆる〝掟の下の盗賊《ヴォル・ヴ・ザコーニェ》〟――となり、自分に忠誠を誓うギャングどもからなる小軍団を率い、その力を活用して〈シロヴィキ〉がふたたび権力をにぎれるように支援した。タラノフは〈シロヴィキ〉を護りながら自分が支配する犯罪組織も大きくしていった。

タラノフ率いるマフィアはヴォローディンの政敵を暗殺し、彼が早く出世できるように政権の座にある政治家たちをトラブルにおとしいれ、次々に引きずり下ろしていった。タラノフは秘密裏に〈七巨人〉の首領となったので、官職に就くこともできた。彼はノヴォシビルスク市の警察本部長になり、次いでヴォローディンがクレムリン入りして首相になると、同地区のFSB支局長になった」

ジャックは言った。「そしていまやヴァレリ・ヴォローディンはロマン・タラノフをロシアの全情報機関の長に据えた」

オックスリーは首を左右に振りはじめた。そしてジャックのほうに顔を向けた。「ありえない。このくそ野郎は助かりたいばっかりに嘘をついている。こいつが言っていることはお伽噺《とぎばなし》だ」

「どうして嘘だと？」

「タラノフが〝掟《ヴォル・ヴ・ザコーニェ》の下の盗賊〟なんかになれたはずがないからさ。ロシア・マフィアの仕組みを理解しないといけない。ソ連政府のために一度でも働いたことがある者は、ロシア・マフィアの正式構成員《メイド・マン》にはなれないんだ。ほんとうだ。ロシアの犯罪組織には鉄の掟《おきて》というものが山ほどあるが、それらの掟は絶対だ。ソ連という国のために郵便配達をしたことがある者は、もうそれだけで、マフィアの首領や大幹部にはなれない。だから、情報機関なんかにいた者は、もう絶対になれない」

ジャックは言った。「でも、タラノフの場合、秘密工作員として収容所《グラーグ》に送りこまれたわけですから、たぶんそれまでの経歴を隠し通したのではないでしょうか」

キャスターが激しく何度もうなずいた。「そういうことだ、きみ！　そういうことだったのだ！」

ジャックは訊《き》いた。「オックス、タラノフがＫＧＢに所属していたことがあるのに、それを隠して首領になったという事実を、もしも〈七巨人〉が知ったら、どういうことが起こりますか？」

オックスリーはかなり長いあいだジャックをじっと見つめていた。意味ありげな笑みがゆっくりと彼の顔に広がった。「〈七巨人〉はその嘘つき野郎をぶっ殺すだろうな」

　突然、三人の真ん前のドアが吹っ飛ぶように内側にひらいたかと思うと、木っ端《こっぱ》とドア枠が飛び散った。キャスターがギクッとして蹴破《けやぶ》られたドアのほうへ体を向け、拳銃を上げた。ジャックはその機会を逃さずにキャスターに跳びかかり、手のなかの拳銃をつかむと、そのままグイッと力まかせにねじりとった。そして懸命に後ずさりしつつ、ドア口に目をやった。黒ずくめの男がひとり、サブマシンガンを上げて銃口をこちらに向けた。瞬時にジャックは、攻撃者は障害物なしに撃てる位置にいると知った。ジャックはあわてて体を回転させ、奪ったばかりの拳銃を上げながら撃てるように握りなおそうとした。遅すぎる、先には撃てない、とジャックにはわかっていた。

　ヴィクター・オックスリーがジャックの右側にあらわれ、中空に飛びこむようにして自分の体をジャックとドアから入りこもうとしていたロシア人のあいだに割りこませた。サブマシンガンがフルオートで火を噴き、イギリス人の大きな体が何発もの弾丸を受けてガクンとうしろへ揺れ、床へ崩れ落ちた。

　いまや丸腰となったヒュー・キャスターは、オックスリーが倒れるのと同時に両手を上げ、自分の命を護ろうとしたが、ロシア人は容赦なく胸と腹に弾丸を撃ちこんだ。キャスターはぶざまに引っくり返り、床に転がった。

　ロシア人は次いで部屋のなかに立つ最後のターゲットに銃口を振り向け、引き金《トリガー》を引きにかかった。が、その瞬間、手から力が抜け、サブマシンガンを持っていられなくなった。

弾丸が一発、凄まじい勢いで額にもぐりこんできたからだ。

ジャックは一二フィート離れたところから男を撃ち殺した。死敵を斃《たお》すや、ジャック・ライアン・ジュニアはオックスリーの体を跳び越えて走り、死んだロシア人のそばに転がるサブマシンガンを蹴って遠ざけてから、階段のいちばん上から上体だけ前に出して下のほうを見やった。サブマシンガンを持って階段をのぼってくるロシア人がひとりいて、すぐそばまで迫っていた。

ジャックは発砲し、男が顔から倒れこんで階段をすべり落ちていくまで弾丸を浴びせつづけた。

ジャックはオックスリーのところへ駆け戻った。五九歳の男は胸に9ミリ口径弾を三発受けていた。くるしげにあえぎ、瞼《まぶた》をぴくぴく動かして目を瞬《しばたた》かせている。

「くそっ！」ジャック・ジュニアは叫んだ。「大丈夫、頑張って、オックス！」

オックスリーはジャックの腕をつかんだ。血がアメリカ人のシャツのそこかしこに付着した。オックスリーは咳《せき》こみ、血が唇と顎鬚《あごひげ》を濡《ぬ》らした。

ジャックは両手でイギリス人の胸をしっかり押さえつけたが、傷はあまりにも深く、血をとめることなど到底できなかった。ジャックはあたりを見まわし、傷口を押さえるのに役立つものを探した。タオル、コート、シーツ……。

あった。ベッドの端に載っている掛け布団《コンフォーター》。ジャックは手を伸ばしてそれをとろうとしたが、オックスリーに腕をさらに強くつかまれ、動きをとめた。

オックスリーの口が動いた。唇のあいだからか細い声が洩れ、ジャックは聞き取るのに身を屈《かが》めなければならなかった。「もういいんだ、相棒《メイト》。これでいいんだ。きみは気をつけてくれ。気をつけるんだ」

腕をにぎる手の力が抜けた。瞼がぴくぴく動いて閉じた。


ジャックはオックスリーの顔から目をそらしたくなかったが、階段のほうから物音が聞こえてきて、拳銃を階段のいちばん上のスペースへと出られるドアのほうへ振った。

階段のいちばん上に人影がひとつあらわれた。

ドミニク・カルーソーだった。

ドミニクはすぐに銃を下ろし、ジャックもそれに倣《なら》った。ドミニクがヘッドセットを通して報告した。「ジャックを見つけた。二階だ。こちらは安全」

ドミニクは床に横たわるオックスリーに駆け寄り、ジャックのそばにひざまずいた。だが、もはやできることは何もないことを即座に見て取った。

83

死体が山荘《シャレー》の敷地全域に、母屋《おもや》の中にも外にも、転がっていた。ドリスコル、ドミニク、シャベスは素早く敷地内をチェックして脅威が完全になくなったことを確認し、そうしながら死体の数をかぞえていった。死体はぜんぶで一八体あった。

キャスターの山荘は深い森のなかの引っこんだところにあったが、銃撃音は湖面を越えて近辺に伝わったはずだと〈ザ・キャンパス〉の面々は判断していた。だからシャベスは、警察がやって来る前に引き上げなければならない、と全員に言いわたした。ドリスコルが破壊されたものが散らばる現場を急いで動きまわり、死んだロシア人の顔を次々に写真におさめていった。あとで画像をギャヴィン・バイアリーに送って顔認識ソフトでチェックしてもらうためだ。ドミニクは死人の携帯電話などポケットのなかにあるものを集めていった。

あっというまにやるべきことを終え、シャベスはジャックをロシア人たちのゾディアック・ボート（硬式ゴムボート）に乗せた。次いでドミニクとドリスコルも跳び乗り、四人は桟橋を離れ、猛スピードで霧のなかに消えた。通報を受けた最初の緊急車両が到着するわずか数分前のことだった。

六〇分後には、ガルフストリームG550が四人を乗せてチューリッヒを離陸した。彼らは行き先をパリとしたフライト・プランを提出していたので、出発のさいに通関手続きをせずにすんだが、これから向かう先についての明確なプランはまったくなかった。

ジャック・ライアン・ジュニアはオックスリーに死なれたことでなお意気消沈したままだった。自分に当たっていたはずの弾丸をオックスが受けてくれたのだという事実がいつまでも頭から去ろうとしない。ヒュー・キャスターから聞いた話は証明できる類《たぐい》のものではなかったが、父《ダッド》に電話して、そのすべてを伝えなければならないとわかってはいた。だが、客室に備わっている電話機の架台から受話器をとり、父の電話番号をダイヤルすることがどうしてもできない。いまはただ、テーブルに頭をついてぐったりしていることしかできない。ほかの者たちはやるべきことをやり、戦い終えたばかりの戦闘を検討し、ときどきジャックのようすを見にきて背中をポンポンとたたいていく。

ジョン・クラークとの電話での話し合いのあと、最終的な行き先をキエフとする決定がなされた。ただクラークはきっぱり、ジャックは飛行機から降ろさないと言い切り、その点を譲ろうとしなかった。というわけで結局、ほかの者たちは、飛行機から降りたら、まっすぐ活動拠点のマンションに戻って〈傷跡のグレーブ〉の調査をつづけ、ジャックはガルフストリームに乗ってアメリカに帰ることになった。

ガルフストリームが飛行をはじめて一時間もしないうちに、クラークのほうから電話をかけてきた。客室にいる全員が会話に加われるようにドリスコルがスピーカーフォン・モードにするボタンを押した。

「何でしょう?」

「ビッグ・ニュースだぞ、おい。おまえら、大当たりだ」

シャベスが訊《き》いた。「どういうことでしょう?」

「現場で写真撮影した死んだやつら。ギャヴィンがまたたくまに七人の身元を割り出した。だが、八人目が大物でな」

「何者ですか?」

「そいつがここキエフのフェアモント・グランド・ホテルにいる〈傷跡のグレーブ〉に会いにきたところを、おれたちはすでに写真に撮っていた。だが、そのときギャヴィンがそいつの顔写真を顔認識ソフトにかけて、こちらが利用できるデータと照合しても、〝一致〟はなかった。ところが、今夜そっちから送られてきた写真を、念のため顔認識ソフトにかけたら、〝一致〟があった。なんと、ＦＢＩが出したＢＯＬＯ——他機関向け指名手配《ビー・オン・ザ・ルックアウト》——にやつの写真があってな、それと一致したんだ」

シャベスが驚きの声をあげた。「そのソフトは、生前の写真よりも死後の写真のほうがうまく認識できるということですか？　不気味ですね」

「いや、そうじゃない。前回はまだそのＦＢＩの写真のデータがアップロードされていなかったんだ。そのＢＯＬＯは出たばかりなんだよ。野郎はセルゲイ・ゴロフコにポロニウム２１０を盛った容疑で指名手配されたんだ」

ガルフストリームＧ５５０の客室にいた男たちは啞然《あぜん》として目と目を見かわした。しばらくだれも何も言えなかった。ようやくシャベスが口をひらいた。「こりゃ驚いた」

今度はギャヴィン・バイアリーの声が聞こえた。「そうなんだ。だが、それだけじゃないぞ。やつが持っていた携帯は、イズリントン・ロンドン特別区にあるヒュー・キャスター邸を訪れた者が持っていたものと一致した。その携帯の所有者名はパヴェル・レチコフ。どうやらそれがやつの名前のようだ」

ドミニク・カルーソーが言った。「ということはつまり、レチコフは〈七巨人〉で、〈傷跡のグレーブ〉の仲間であり、ゴロフコ暗殺にも関与した」

「すべて正解だ、ドム」バイアリーは返した。

いまやジャック・ジュニアも上体を起こし、背筋を伸ばして座っていた。「キャスターによれば、ＦＳＢ長官のタラノフも〈七巨人〉です、その首領《ダッド》です。すると、ゴロフコ暗殺はやはりロシア政府《クレムリン》が命じたということになりますね。父に電話しないと。父は少なくとも、戦闘チームをキエフに送りこんで〈傷跡のグレーブ〉ことドミトリー・ネステロフを拘束しなければなりません」

クラークの声が割りこんできた。「フェアモント・グランド・ホテルに戦闘チームを送りこむと言ってもな、今回はSEALs《シールズ》チーム6でもそう簡単にはいかんぞ。〈グレーブ〉は自分のスイートルームをものすごい数の警備要員に護《まも》らせているし、ロシアに忠実な武装した男たちがホテル中にうようよしている。それに、こいつがいちばん重要なんだが、ロシア軍がすでにキエフの四〇マイル東にまで迫り、いまも前進中だ」

ジャックは言った。「いまネステロフをやっつけることができなければ、アメリカはそのチャンスを永遠に失います。ロシアがウクライナを支配するかネステロフがロシアへ逃げ帰ってしまえば、やつはもう手のとどかない存在になってしまいます」

ドリスコルが付け足した。「それに、いまやレチコフの行方がわからなくなったわけで、ネステロフは心配しまくっていますよ、きっと――レチコフは捕まって、べらべらしゃべっているんじゃないかってね」

クラークの声がまた聞こえてきた。「ともかく、みんな、急いでこちらへ戻ってきてくれ。おれはホテルの状況を正確に把握できるように努力する。アメリカがネステロフ拘束作戦を強行することにした場合、正確な情報が必要になるからな。車で空港に迎えにいき、そのままきみたちを乗せて拠点のマンションに戻る」

84

第七五レンジャー連隊の隊員たちは、CH－47チヌーク大型輸送ヘリコプター四機に分乗して、午後の早い時間にボルィースピリ国際空港に到着した。そしてヘリから降りるや、扇形に広がって、航空機がやたらに離着陸する忙しい空港のいちばん奥まで進み、建物がいくつか固まっている敷地に入った。彼らはまず、敷地の安全状況をチェックし、フェンス、ゲートなどの設備が良好な状態にあることを確認した。

一時間もしないうちに、敷地の安全が確保され、アメリカのヘリコプターがさらに着陸しはじめた。

パイロットたちは草におおわれた区画にヘリを着陸させた。そこはヘリ離着陸に最適な場所とは言いがたかった。なにしろ大きな国際空港のなかなのだから、アメリカのレンジャー連隊のCH－47チヌーク、空軍・落下傘《らっかさん》救助隊のMH－60ブラックホーク、JSOC（統合特殊作戦コマンド）のMH－6リトルバード、陸軍のOH－58Dカイオワ・ウォリアに舗装された駐機場くらい提供できるだろうと、だれだって思う。だが、空港に駐留するウクライナ軍はこうアメリカ軍部隊に説明した――空港敷地の北端が戦闘工兵の攻撃を最も受けにくい区画なので、アメリカはそこに新たなJOC（統合作戦センター）を設置すべきだ。

ＣＩＡのＭＱ－９リーパー無人航空機四機は、開戦以来ずっとこの空港から飛び立っていた。ＪＯＣとアメリカ軍の航空機全機が引っ越してきたため、四機のリーパーは格納庫のスペースを兵士や装備と分け合わなければならなくなったが、ＣＩＡのリーパー担当要員たちは、ウクライナ陸軍部隊ではなくアメリカ軍部隊に護《まも》られることになって嬉《うれ》しかった。というのも、ウクライナ陸軍の忠誠心には、同国の大統領でさえこの数日のあいだに何度も疑問を呈していたからである。

移転を完了したＪＯＣは午後八時には稼働《かどう》できるようになり、八時三〇分には東方でレーザー目標照射の任務についているチームを指揮しはじめた。

コールサインをミダスというバリー・ジャンコウスキー大佐は、新しいＪＯＣのすみずみまで歩きまわり、ウクライナ軍のためになおもレーザー目標照射をおこなっているチームとの連絡を担当する作戦センター要員と次々に話していった。アメリカとイギリスのチームは、退却をつづけているものの、なおまとまりのある行動をとることができていた。だが、ロシア軍はキエフとドニエプル川に向かってウクライナ東部を突っ切ろうと進撃をつづけており、以前はうまく調整されてかなりの効果を発揮していた米英軍による〝軽い進撃妨害作戦〟がすでに、ばらばらの奇襲攻撃の連続となってしまっていることをミダスは知っていた。そして、まもなく全面撤退がはじまり、その奇襲攻撃も小規模な嫌がらせ

ちがいない。

とは言うものの、いまはまだミダス指揮下の兵士たちは戦場に展開していて、なおロシアの装甲車両を破壊する手伝いをしている。ささやかながらも、この米英の特殊部隊員たちの支援活動がなければ、いまごろすでにロシアの戦車がキエフの通りを走行していたにちがいない。

ミダスが発泡スチロールのクーラーボックスから缶コーラをとりだそうと手を伸ばしたとき、ヘッドセットから声が飛び出した。「ミダス、国防総省《ペンタゴン》から電話です。国防長官」

ミダスはコーラのことなど忘れ、急いで自分の机まで戻った。すぐに受話器をとってロバート・バージェス国防長官に応《こた》え、一〇分後に電話を終えると、自分のコンパクトな衛星携帯電話をつかみあげ、JOCの外に出ていった。草を踏んで落下傘救助隊のブラックホークのそばの静かなところまで歩いてから、自分のほうから電話をかけた。

呼び出し音が数度鳴り、相手が応えた。「はい、クラーク」

ミダスは安堵《あんど》の溜息《ためいき》をついた。「ミダスです。そちらはまだキエフですか？」

「そうだ。きみはどこにいる？」

「ボルィースピリ空港です。作戦センターをここに移したんです」

「まだキエフの二五マイルも東じゃないか。そこは安全なのか？」

「まあ、ここよりアイダホのほうが安全でしょうが、そこへの引っ越しを上に認めさせることはできません」

　ジョン・クラークは笑い声をあげた。「こんな状況でもユーモアを失わないでいられるというのはたいしたものだ」

「もうそんなものしか残っていません」

「で、用件は？」

「そちらがフェアモント・グランド・ホテルをいまも監視しているかどうか知る必要がありまして」

「しているよ。完璧《かんぺき》な位置にいるわけではないが、おれたちの隠れ家《セーフ・ハウス》からホテルの玄関を見ることができる。例のＰＯＩが潜伏している最上階のバルコニーも見ることができる」

ＰＯＩはパースン・オブ・インタレスト（容疑者）。「なぜおれたちの監視状況を知る必要があるんだ？」

「屋上も見えますか？」

「見えるとも」

「そこに何がありますか？」

「最後にチェックしたときは、ごろつきが数人いて、ユーロコプターが二機あった。民間用のモデルだが、頑丈そうだ」

　ミダスは返した。「それを恐れていたんです」

「どういうことか、しっかり説明してくれないか？」

「ボルィースピリ空港まで話しに来るということ、できますか？」

クラークは答えた。「二〇分で行ける。実は飛行機に乗ってくる部下たちをそこで出迎えることになっている。着陸は一時間後で、飛行機はそのまま空港の南側のＦＢＯの格納庫へ直行する」ＦＢＯは運行支援事業所。「そっちは空港のどこだ？　おれがそこまで行く」

「いや、逆にしましょう、クラーク。あなたはわたしにとってちょっとばかり〝外に出したくない頭のいかれた叔母さん〟のような存在ですからね。あなたのことを知る人間をできるだけ少なくしたい。わたしのほうがそのＦＢＯに行きます。二〇分後でどうでしょう」

「了解した《ラジャー・ザット》」クラークは笑いを洩《も》らした。

ジョン・クラークは冷たい夜気のなか、ひとりでベンチに座っていた。近くにはだれもいなかったが、四分の一マイル離れた滑走路上では、飛行機がわずか三〇秒間隔で、ほぼ絶え間なく離着陸していた。

飛行機の半数はこの都市《まち》から逃げ出そうと必死になっている人々で満員の民間の旅客機で、残りの半数は軍用の輸送機や戦闘用航空機だった。

クラークがこれまでの長いキャリアのあいだに世界中で目にしてきた紛争地帯の民間空港のようすを思いだしはじめたちょうどそのとき、ミダスがＦＢＯ（運行支援事業所）に隣接する金属製の建物の角をまわって姿をあらわした。彼はジーンズにナイロン・コートという格好だった。コートの下には防弾チョッキを着け、拳銃《けんじゅう》を隠しているのだろうな、とクラークは思った。ミダスはひとりだった。これにはさすがのクラークも魅せられてしまった。この男はウクライナという国全体のアメリカの軍事作戦を指揮する立場にあるのだ。それなのに警護の者も引き連れずにひとりでやって来るとは！

「会ってくれてありがとうございます」ミダスは言い、二人は握手した。

「まだ無事でいるきみの姿を見られて嬉しいよ」クラークは返した。「さて、このおれはきみをどのように助けられるというのかね？」

　ミダスは時間を無駄にせず、切り出した。「戦闘チームをフェアモント・グランド・ホテルに送りこんで〈傷跡のグレーブ〉ことドミトリー・ネステロフを逮捕するようにと、わたしは命じられたのです。どうやらやつはポロニウム２１０によるセルゲイ・ゴロフコ暗殺に関与したようなのです」

　そのことはクラークもすでに知っていたが、それをわざわざ言いはしなかった。「ＪＳＯＣがＳＥＡＬｓ《シールズ》を送りこめばいいじゃないか？　なぜそうしないんだ？」

　ミダスはムッとした顔をしてクラークを見つめたが、二人は暗闇《くらやみ》のなかに立っていたのでその表情ははっきりとは見えなかった。SEALs《シールズ》とデルタフォースのあいだにはすこしばかり軋轢《あつれき》が生じていることはクラークも承知していた。ただ、それは質《たち》の悪いものではなく、おおむね良性で、対抗心と言ってもよいものだった。要するに、どちらも殊勲打を放ちたがっているのである。そして今回の作戦は間違いなく殊勲打を放つチャンスだった。「あなたは。SEALs《シールズ》だったんですよね？」

クラークは答えた。「そのとおり。ただ、おれたちがいたころ、チーム6《シックス》はなかった」

難度がきわめて高い極秘特殊任務を任されるSEALs《シールズ》チーム6は、現在、正式にはDEVGRU《デヴグルー》（アメリカ合衆国海軍・特殊戦展開グループ）と呼ばれ、デルタフォース同様、JSOC（統合特殊作戦コマンド）の指揮下にある。

「ええ。ともかく、今回は〝6《シックス》〟を呼び寄せていたのでは間に合わないのです。ネステロフは急いで逃げようとしていると信じるに足る理由がある、という問題がありまして。やつは今夜にも逃げてしまうかもしれません。いま捕まえなければ、ネステロフは北へすっ飛んでベラルーシとの国境を越えるか、東へ向かって進攻するロシア軍の背後に身を隠してしまうでしょう。やつがそうしてしまえば、SEALs《シールズ》チーム6がやつを拘束するにしても敵地に入りこまなければならなくなります」

「だから、いますぐとっ捕まえる必要があるわけか」

ミダスは夜のなかに目をやって遠くを見やった。MiG戦闘機が二機、滑走路から飛び立っていく。「どうも手持ちの札が少なくて」

「この作戦に投入できる男どもは何人いる？」

「現在わたしの手のなかにあるのは、ロシア軍の装甲車両の前にとどまろうと、くそ忌《い》まいましいピックアップ・トラックに乗って交通渋滞を必死で突破しようとしているＡチームがいくつか。しかも、そのＯＤＡはすべて、通常の半分以下の兵員からなる小規模部隊であり、彼らを戦闘地域からいったん引っぱり出したら、もうもとに戻すことはできません」Ａチーム（作戦分遣隊Ａ《オペレーショナル・ディタッチメントアルファ》＝ＯＤＡ）は一二人からなる特殊部隊の標準部隊《スタンダード・ユニット》。

「そういうわけで、特殊部隊員《ユニット・ガイ》たちはばらばらになってしまっています。いまＪＯＣにいるのは戦闘員、偵察要員、合わせて一二名。しかも、それだけの者がいまここにいるのは、今日の午後、彼らの活動地域がロシア軍に制圧されてしまったからなのです。ともかく作戦に投入できるのはその一二名だけ」

「レンジャーは使えないのか？」

「使えません。レンジャーのＱＲＦは東方で緊急事態が起こったときのために待機させておかなければなりません」ＱＲＦは緊急対応部隊《クイック・リアクション・フォース》。「残りのレンジャーはここの警備に必要です。レンジャーならこの仕事をこなせるにちがいないと思いますが、こういう過酷なくそ仕事はやはり、われわれ特殊部隊員《ユニット・ガイ》がやるべきものです。この種の任務を遂行することでわれわれは陸軍から給料をもらっているのですから」

「一二人ではあそこを制圧できない」

「制圧する必要はありません。ネステロフを拘束するだけでいいんです」

クラークは軽く口笛を吹き、あきれて見せた。「おいおい、ミダス、きみはまさか一二人だけであのホテルを攻撃するつもりではないだろうな。もし本気でそうするつもりなら、なんとか説得してやめさせたい。デルタフォースであろうがなかろうが、一二人で突入すればアメリカ人の死体が一二できるだけだぞ」

ミダスは言い返した。

「実は考えがひとつふたつあるのです。わたしはあるウクライナ軍大佐と良好な関係にありましてね。彼の指揮下にある大隊がキエフの政府庁舎を護る任務についているのです。彼はナショナリストで、自分とは考えがちがう者たちはみな部隊から排除してきました。何年も前からＣＩＡにも協力しています。わたしは去年この国に来てすぐ彼と知り合いました。

むろん、彼だって、ネステロフを拘束するために配下の兵士をホテルに突入させてはくれないでしょう――Ｔ－72戦車でホテルを破壊するというのなら、あるいは協力してくれるかもしれませんが。でも、彼なら、このことをロシア人たちには黙っていてくれます。彼に部隊をフェアモント・グランド・ホテルに送ってもらうことはできると、わたしは思っています。部隊をホテルのすぐそばに配置してもらい、下から攻撃するぞというふうに見えるようにしてもらうのです。装甲車両を何両かホテルの玄関口まで進めてもらい、ロビーの男たちを攻撃してもらうということも可能かもしれません。そうしてもらえれば、〈七巨人〉の戦闘員の大半をそこに釘《くぎ》づけにしておけます」

クラークは言った。「そんなことをしたら、〈グレーブ〉の野郎はユーロコプターに乗って飛んで逃げていくぞ」

「だから屋上を攻撃し、ヘリコプターを飛べなくして、退路を断つのです。個人的には、リトルバード一機に屋上へロケット弾を撃ちこませてユーロコプターを粉微塵《こなみじん》に破壊したいところですが、それでは生け捕りにしろと命じられた野郎を殺しかねません。やつのスイートルームは屋上の真下ですから、ロケット弾でヘリを吹き飛ばすという方法はとれません。ともかくわれわれは、ロシア軍がキエフにやって来る前に、いわゆる非常極限作戦《イン・エクストレミス・オプ》を決行して敵を攻撃し、やつを拘束して連れ出さないといけないのです」

クラークはうなずいた。なぜミダスが話しにきたのかこれでわかった。「うちには一流の戦闘員が三人いる。二人はきみも先日会った。もうひとりはレンジャー上がりだ。きみの部下がホテル内部に突入し、ネステロフを拘束する。うちの者はヘリを破壊し、必要な場合にはホテル内の特殊部隊《ユニット》チームを支援できるよう待機する」

ミダスは応えた。「ありがたい、感謝します。ひとつ質問が——あなたのほうの三人、武器は充分にありますか？」

クラークは答えた。「いや、だからさ、おれが提供できるのは労働力だけ。で、きみたちはアメリカ陸軍。銃器と弾丸はそっち持ちだ」

「わかりました。役立ちそうなものを見つくろっておきます」


二〇分後、ガルフストリームG５５０が着陸すると、ジョン・クラークは機内に入って、配下の男たちに状況を説明した。言うまでもないが、シャベス、ドリスコル、ドミニクの三人は心身ともにもういつでも出発できる状態にあった。だが、クラークはまず最初に片づけておかなければならないことがほかにひとつあるとわかっていた。

ジャック・ライアン・ジュニアが言った。「ジョン、屋上にもうひとり拳銃を持った者がいれば、だいぶ有利になるんじゃないですか」

「すまんがジャック、これにきみを参加させるわけにはいかない」

「でも、なぜですか？」

「わかっているはずだ。こういう作戦にきみが参加したことが世間に知れたら、きみの親《おや》父《じ》さんが困ることになる。それは避けないとな。顎鬚《あごひげ》を生やしていたって、たぶんデルタの隊員たちにはきみだとわかってしまうだろう。〈ザ・キャンパス〉の工作員として活動するというのはともかく、軍隊と仲よく行動をともにするというのはだめだ。相手がデルタのような秘密作戦専門の特殊部隊員たちでもな」

ジャックは助け船を求めてシャベスのほうを見た。

だがシャベスは言った。「ジョンの言うとおりだ。それに、おれたちはこの数カ月、訓練を重ねてきたのに、きみはチームから抜けていた、ということもある。今回の作戦はいわゆる非常極限作戦《イン・エクストレミス・オプ》、超特急でやらねばならない仕事なんだ。何が起ころうと一糸乱れぬ緊密かつスムーズな対応が必要になる」

ドミニクが手を伸ばし、ジャックの肩をぎゅっとつかんだ。「これが終わったら、みんなでいっしょにアメリカへ帰ろう。そしたら、すぐにきみの訓練にとりかかる」

ジャックはうなずいた。作戦がキエフ市内で実行されているあいだ、自分は二五マイルも離れた空港にいなければならないというのは不満だったが、もろもろの事情を認めて観念せざるをえなかった。


クラークが配下の者たちと会って話し合っていたとき、ミダスのほうは整備・補給場《フライト・ライン》のOH－58Dカイオワ・ウォリア区画《セクション》を訪れていた。お目当てのエリック・コンウェイとアンドレ・ペイジは、カフェテリアの隣の衣類保管室のすみに敷いた寝袋の上に寝そべっていた。二人とも、戦闘用のフル装備のままで、軍靴《ブーツ》さえはいていたが、次の任務の前に一時間ほど仮眠しようとしているところだった。

だが、眠気はもう吹っ飛んでしまった。近づいてくるミダスに気づくと、二人は跳ね起きて直立した。

ミダスは言った。「こんばんは、准尉《チーフ》。間抜けな質問をひとつさせてくれ。きみたちに兵員輸送能力はあるのかね？」

コンウェイは目をこすった。「あります。われわれが飛ばしているのは多目的軽ヘリコプターとも呼ばれているものです。兵装用パイロンをとりはずし、ベンチを取り付ければ、六名までの兵員を機体外部に乗せて飛行できます」

「前にそれをやったことがあるかね？」

二人の若者は顔を見合わせた。コンウェイが首を振って答えた。「一度もありません」

「まあ、今回の作戦はだれにとっても初体験であろうと、わたしは思う。きみたちに兵員をある建物の屋上に送りこんでもらいたいのだ。敵には自動小銃《アサルト・ライフル》くらいはあるだろうが、本格的な防空兵器はないと、われわれは考えている。最悪の場合でも、敵の防空兵器はせいぜいＲＰＧどまりだろう」ＲＰＧは携帯型ランチャーで発射する対戦車ロケット弾。

「ともかく目標地点に関する情報があまりないまま突入しなければならない」

ミダスは准尉《じゅんい》たちといっしょに座りこみ、自分が必要としていることを二人に正確に伝えた。そして、説明を終えると、こう言い添えた。「きみたちに無理強いすることはできない。これはほぼ間違いなく危険な任務の範疇《はんちゅう》に入る。しかし重要なことなんだ」

コンウェイとペイジは目と目を見かわした。コンウェイが二人を代表して応えた。ペイジも同じ思いだと確信していた。「われわれはもういつでも行けます、ミダス。すぐにヘリを作戦に参加できる装備に切り換えます」

ミダスは二人と握手をすると、JOC（統合作戦センター）に急いで戻っていった。ほかにもやることが山ほどあったからだ。

85

キエフ近郊のボルィースピリ国際空港の北端に位置するJSOC（統合特殊作戦コマンド）前線基地の、草におおわれたヘリコプター整備・補給場《フライト・ライン》は、午前一時には慌《あわ》ただしい動きに満ち、活気を呈していた。

MH－6リトルバード二機がすでに回転翼《ローター》をまわしはじめていて、ブラック・ウルフ2－6ことコンウェイ、ペイジ組のOH－58Dカイオワ・ウォリアも、すでに飛行前チェックを終えていた。ただ、パイロットたちはまだ航空管制室にいて、タイムリミット寸前の最新情報を得ようとしていた。

ヘリコプターの機体外に座って移動した経験は、〝ディング〟・シャベスとサム・ドリスコルにはあった。だが、ドミニク・カルーソーにはその経験がなく、それをいま初体験したいという気持ちもたいしてなかった。

ドミニクはカイオワ・ウォリアの側面にボルトで取り付けられたちっぽけなベンチを見やり、自分がこれから座ることになるのはそこなのだと知った。次いで彼は細いケーブルを見やった。落下して死亡しないように防弾チョッキに留めておく身体固定用ケーブルだ。《こんなの絶対にいやだ》というのがドミニクの最初の思いだった。

彼はシャベスのほうを見た。「いい考えがあります。おれだけバスに乗っていき、あとで合流するというのはどうでしょう？」

シャベスはドミニクの肩をポンポンとたたいた。「あのな、いいことを教えよう。おれが大昔に学んだこれの克服法だ。体を機体に固定したら、自分にこう言い聞かせるんだ。おれはこれから、すげえオーディオ・システムがついた、ものすごくでっかいテレビで、とてつもなくリアルな映画を観《み》るんだ、とな」

ドミニクは疑わしげな目で先輩を見つめた。「で、それって効き目があるんですか？」

シャベスは曖昧《あいまい》に肩をすくめて見せた。「あった、おれがまだ若くて間抜けなときにはな」ウインクして言い添えた。「いちおう試してみろよ」

三人が自分たちの体をケーブルでカイオワ・ウォリアの機外に固定したとき、黒っぽい戦闘服と防弾チョッキに身をかためた人影がふたつ、ＪＯＣ（統合作戦センター）の建物から出てきて、近づいてきた。肩にかけたＨＫ４１６（ヘッケラー&コッホ４１６カービン）から、二人がデルタフォース隊員であることは明らかだった。

ひとりがカイオワ・ウォリアを見て言った。「おれたちは貧乏くじを引いちまったぞ。どうやらこのオンボロぽんこつヘリの向こう側に乗らんといけないようだ」彼は手袋をはめた手で、同じように手袋をはめたシャベス、ドミニク、ドリスコルの手を次々に握っていき、もうひとりのデルタ・マンも仲間に倣《なら》って握手していった。

「あんたら、何者?」デルタフォース隊員のひとりがシャベスに訊《き》いた。

シャベスはにやっと笑った。「あんたらの場合も、その質問は訊くより訊かれるほうが多いんじゃないの」

「おれの質問には答えないというわけね」

「あんたはその質問に答えたことあるのかい?」

男は首を振った。「ない、いちども」

「それなら」シャベスは言った。「このままでいいんじゃないの」

デルタフォース隊員たちは、こいつらはCIA特殊活動部要員だろう、と推測したにちがいない。クラークとシャベスは、かつてはまさにそうだったのだ。シャベスは何も言わずに、そのままデルタ・マンたちにそう思わせておくことにした。この一種の偽装にミダスも協力してくれている、とクラークも言っていた。

デルタ隊員たちがヘリの向こう側に行く前に、コンウェイとペイジが航空管制室から出てきて、これから自分たちが作戦地点へと運ぶ男たちに自己紹介した。

コンウェイは言った。

「まずは南西へ向かい、いったんキエフ市から遠ざかる。われわれは二機のMH－6リトルバードのすぐうしろについていく。ドニエプル川につきあたったら、北へ転針し、低空・高速飛行でキエフ市街へまっすぐ入りこむ。このルートだと、ターゲットまで三一マイル。われわれが何者で、どこへ行って、何をしようとしているのか、だれにも知られないように、できるかぎりのことをする。

ということはつまり、クソ超低空・クソ超高速で飛ぶということ。したがって荒っぽい飛行になるので、みなさん、そのつもりで。行く手に橋や送電線が見えるが、それはわたしにもほぼ間違いなく見えているので、ビビらないように」

五人の男たちは黙ってヘリのパイロットにうなずいたが、ドミニク・カルーソーのうなずきがいちばん弱々しかった。

コンウェイはつづけた。「すでに言ったように、われわれはJSOCのリトルバードのうしろについていくが、わたしはナイト・ストーカーズの一員ではないし、このヘリもリトルバードではない」ナイト・ストーカーズというのは、特殊部隊のためにヘリコプターを運用する第一六〇特殊作戦航空連隊の通称で、今回の作戦に参加するMH－6リトルバードも同連隊に所属している。「だから、もし先に飛んでいくリトルバードに、機外の男たちをちびらせもせず吐かせもしない能力がいくらかでもあるとしたら、そちらに乗っている者たちのほうがみなさんよりは楽をするということになる。というのも、正直なところ、わたしは人間を機外につけて飛ぶのは今回が初めてなんで」

ドミニクはすでに、これから体験しなければならないことを想像して青くなりはじめていた。

シャベスが言った。「おれたちのことは心配しなくていい。ケーブルで体をしっかり固定する。あんたがこのヘリを壁か地面に激突させないかぎり、おれたちは大丈夫だ」

コンウェイはうなずいた。「ターゲット地点に達したら、他のヘリ——リトルバード——の兵員がファストロープで屋上の出入り口へと素早く滑り降りる。そしてリトルバードがどいたら、今度はこちらが屋上に着陸する。着陸と同時に、みなさんにはPDQでヘリから離れてもらう」PDQは大至急《プリティ・ダム・クイック》。「わたしはヘリを離陸させ、ドニエプル川の上へいったん退き、みなさんから〝拾いに戻れ〟という連絡が入るのを待つ」

シャベスは言った。「いいじゃないか」

彼らはさらに一、二分かけて、捕虜をひとり連れて離陸する可能性、急襲後に負傷者を連れ帰る可能性についても話し合った。銃創を負ってホテルの屋上から脱出する実行可能な方法はそうないようにシャベスには思えた。それに、負傷したアメリカ人は現場でウクライナの救急車が来るのを待ったほうがまだしも生き延びられるチャンスは多いのではないか、と全員が考えているようにも思えた。

シャベスはそうした心配を頭から追い出そうと懸命になり、ともかく自分が撃たれず、仲間もひとりも撃たれない、というのがベストだ、と心のなかでつぶやき、狭い外装式ベンチに尻《しり》を乗せた。

五分後、OH－58Dカイオワ・ウォリアは空中に浮かび、ゆっくりとした低空飛行で空港の敷地を横切った。が、すぐに、数百ヤード先を飛ぶ二機のMH－6リトルバードを追って、夜空へと上昇していった。

最初の二分間は、ドミニクにとっても、思っていたのとはまるでちがう、そう悪いものではなかった。耳栓のおかげで回転翼《ローター》音は最低限に抑えられていたし、ドリスコルとシャベスに挟まれていたので、心配していたほど体が揺れることもなかった。平らな農地の上を高速飛行しているあいだの最大の問題は、突き当たってくる空気がもたらす凄《すさ》まじい寒さだった。ドミニクは服や装備をたくさん身につけ、おまけに防弾能力の高いケヴラー・ヘルメットやゴーグルもつけていたが、頰が完全に凍結してしまいそうな気さえした。

ともかく飛行そのものはたいして怖くないじゃないか、とドミニクが思うことにしたちょうどそのとき、カイオワ・ウォリアの機体が突然、ガクンと急激に上へとかたむいた。ドミニクのヘルメットがドリスコルに激しくぶつかり、シャベスのヘルメットもドミニクの体を強くたたいた。

カイオワ・ウォリアが障害物のない土地の上に立ちはだかる高圧線を飛び越えたのだ。その越えかたがまさにすれすれで、靴が高圧線に引っかかるのではないかとドミニクが思うほどだった。

カイオワ・ウォリアはすぐさま反対側へ急降下し、一気に二〇フィート以下まで高度を下げると、機体を水平に戻して低空飛行を再開した。ドミニクは脊椎骨《せきついこつ》が圧縮されるような感覚をおぼえ、噴き出した胃酸でむかむかしはじめた。

身を前に乗り出し、前方を見やった。その瞬間、気持ちがズンと沈んだ。ドニエプル川までのあいだに高圧線や丘がまだまだいくつもあるとわかったからだ。

《おおっ、くそっ》

いまやドミニクは、恐ろしい飛行機墜落事故を繰り返し何度も追体験させられているような感覚をおぼえていた。カイオワ・ウォリアは高圧線や建物や丘につきあたるたびに、一気に出力を上げて二、三百フィート急上昇し、飛び越えるや今度は、機首を下に向けて凄まじいスピードで急降下した。細長いベンチに固定されていても、ドミニクはまるで無重力の世界にいるかのような気分になった。両脚が目の前まで跳ね上がってきたし、両腕とHK416（ヘッケラー&コッホ416カービン）を跳びはねさせないように、胸の上のそのカービンを体に強く押しつけていなければならなかった。

次いで、この無重力感覚が不意に消え、ドミニクは固定用ケーブルに引っぱられて背中の下部をベンチに強く押しつけられるのを感じた。カイオワ・ウォリアが最低高度まで急降下したのだ。高度があまりにも低く、ドミニクがなんとか目をあけると、小さな家々の屋根が目の高さに見えた。自分が乗っているヘリコプターは木々の頂《いただき》よりも低いところを飛んでいた。

このパイロットは気がふれている、と思いこむのは簡単だった。こいつはおれに個人的に恨みがあって、おれに心臓発作を起こさせようとしているのではないか、という疑念さえ頭をもたげた。

OH－58Dカイオワ・ウォリアは森の真ん中にある露天掘り鉱山のようなところのすぐ上を猛然と飛び越えていった。いくらか照明があって、そのあたり一帯にピラミッド形の砂利の山がいくつも散らばっているのが見えた。

事前通告など一切なく、ヘリは急激に機体を水平に回転させ、尾部を勢いよく横へ振った。ドミニクの側にいた三人の男たちは全員、右へ強く引っぱられた。カイオワ・ウォリアはそのまま一〇〇ヤードほど横向きに吹き飛ばされるような格好になり、その間ドミニクは自分が機首にいるような錯覚をおぼえた。が、すぐにヘリはスピードをゆるめ、体勢を立て直し、ふたたび前方へと正常な飛行を開始した。

それは単なる急激な転針にすぎなかったが、ベンチ上の男たちは激しく揺すぶられ、体を叩《たた》きつけられ、捩《ね》じられた。ドミニクが右に目をやると、ちょうどサム・ドリスコルがほんのすこし前傾姿勢をとって夜の闇《やみ》のなかに勢いよく嘔吐《おうと》するのが見えた。

ドミニク・カルーソーは慌てて仲間から身を剝《は》がそうとした。ドリスコルの吐瀉物《としゃぶつ》が自分の靴にかかるのは、今夜対処しなければならない最悪のことでは絶対にないと思いはしたものの、ドミニクは靴を汚されないように脚を勢いよく遠ざけた。

嘔吐の発作がおさまると、ドリスコルはカービンから手をはなして腕の背で口と顎鬚《あごひげ》をぬぐい、ドミニクのほうに目をやった。そして、一部始終を見られていたと知ると、たいしたことではないと言わんばかりに軽く肩をすくめた。

ヘリコプターはさらに丘をひと越えして、ふたたび急降下した。今度はドミニクが吐く番だった。


エリック・コンウェイ陸軍准尉《じゅんい》（CW2）はドニエプル川の冷たい水の三〇フィート上でOH－58Dカイオワ・ウォリアを全速力で飛行させつつ、目を素早く動かして見るべきものをすべて見ていた。そして彼が見るべきものとは何かといえば、すぐ前を飛行してターゲット地点へと向かうMH－6リトルバード二機、ドニエプル川の水面とそこを行き来する船舶、次の中継点《ウェイポイント》までの距離・時間および自機の全システムの状態を教えてくれる各種センサー、計器類。

すぐ前に、船のマストがあった。操縦桿《サイクリック》を横に引いてそれをよけた。それで機外に固定されている男たちの四肢が操り人形《マリオネット》さながらに投げ出されるのだとわかっていたが、いまは〝乗客〟たちの肉体的安楽さといったような些細《ささい》なことにまで気をまわす力はコンウェイにはなかった。

すぐに左手にフェアモント・グランド・ホテルが見えてきた。ドニエプル川の西岸ではいちばん高い建物だ。先頭のリトルバードを操縦するナイト・ストーカーズ（第一六〇特殊作戦航空連隊）のパイロットが無線で「あと一分」と連絡してきた。ペイジは「レーダーが捉《とら》えて警告している接近中の正体不明機《ボギー》なし」と返した。

黒塗りの小型ヘリ二機が川面《かわも》から上昇してスピードを落とし、ホテルの屋上のまわりを素早く一度だけ旋回するのを、コンウェイは見まもった。屋上に発砲炎がいくつか見えた。と、すぐさまリトルバードからも発砲炎がいくつも噴き出した。

コンウェイも自機を川面から上昇させはじめ、機首を急激に上げてスピードをゆるめた。無線を通して状況を報告する声が聞こえた。「屋上と南側のバルコニーから銃撃」

コンウェイのカイオワ・ウォリアはさらにスピードを落とし、屋上の高さまで達した。いまやリトルバードのこちら側にいるデルタフォース隊員たちがヘリの近くのターゲットに撃ち下ろす発砲音を聞くことができた。数秒のうちにターゲットはすべて斃《たお》され、もう一機のパイロットのひとりからの指令によって、MH－6リトルバードは二機とも屋上のすぐ上にまで降下した。コンウェイは相変わらず目を素早く動きまわらせ、多機能ディスプレイ上の表示と外の状況を把握しつづけ、リトルバードから垂れ下がったロープを滑り降りる男たちも一瞥《いちべつ》することができた。

一〇秒で一〇人の戦闘員が屋上に降り立ち、階段の吹き抜けに向かって移動しはじめ、MH－6リトルバードは一気に上昇し、空へと退いた。コンウェイはただちにカイオワ・ウォリアを前進させ、搭乗兵員を降ろせるところまで移動しようとした。

屋上にはヘリ三機が駐機できるスペースがあった。ヘリパッドには大型のユーロコプターが二機、駐機していたが、すこし高くなったそのヘリパッドよりも低いところに障害物のないかなりの広さのスペースがあって、そこならなんとか着陸できそうだった。

コンウェイは最速で着陸態勢に入り、降下中、ローターを見まもり、ペイジはあいたままのドアから身を外に乗り出し、屋上までの距離をメートルで数えた。

「5《ファイヴ》、4《フォー》、3《スリー》、2《ツー》……1《ワン》……」着陸。ペイジは体の向きを変え、自分の側の機外に座っていた男たちに叫んだ。「ゴー！　ゴー！　ゴー！」

コンウェイもドアから身を乗り出して同じように叫ぼうとしたが、自分の側のデルタ・マンたちはすでに階段に向かって走っていて、リトルバードからファストロープで滑り降りた男たちに合流しようとしていた。

ペイジの側の男たちも素早くベンチから離れた。ペイジは離陸可能だとコンウェイに告げた。カイオワ・ウォリアは夜のなかへと上昇し、南へ機首を向けると、すでに北側の位置につこうとしていたMH－6リトルバードを注意深く避けながら、自分の待機位置へと移動していった。

86

ドミンゴ・〝ディング〟・シャベスは先頭に立って二人の仲間を一機目のユーロコプターへと導いていった。ヘリパッドへのぼりながらシャベスは、最後尾のデルタフォース隊員がネステロフのスイートルームへといたる階段に姿を消すのを見た。だが、いつまでも階段の出入り口に目を向けてはいなかった。デルタの突入員たちが戻ってきたときに、こちらも準備できているように、シャベスは彼らの無線のやりとりに耳をかたむけてはいたが、いましばらくは自分が完遂しなければならない任務に集中できるようにデルタ・マンたちの交信を無視せざるをえない。ドミニクはデルタフォースの爆破担当員から少量の指向性爆薬をもらっていて、それをフロントパックからとりだした。ドリスコルとシャベスがドミニクを肩に乗せて立ち上がった。ドミニクはヘリの機体に手をついてバランスをとり、軍靴《ブーツ》で二人の肩をしっかり捉《とら》えると、回転翼《ローター》に手がとどくように背筋を伸ばした。彼はローター軸《シャフト》の基部に爆薬を取り付け、仲間の肩から滑り降りた。

さらに一分かけて彼らは二機目のヘリにも同じことをした。ドミニクが仲間の肩からへリパッドに滑り降りると、三人はヘリパッドの階段を駆けおり、ホテル内部へ通じる階段の吹き抜けのひとつへ向かった。

　不必要な混線が起こらないように、デルタの通信ネットを使った連絡は最小限に抑えるように、とシャベスは指示されていた。だが、二人の仲間とともに階段の吹き抜けという安全地帯に入りこみ、ドミニクの手のなかに起爆装置があることを確認すると、〝ディング〟・シャベスは無線で連絡した。「突入チーム、こちらトップサイド。屋上での爆薬設置完了」

「了解《ラジャー》、トップサイド。味方が屋上にひとりもいないことを確認し、爆破しろ」

「了解した《ラジャー・ザット》」とシャベスが応《こた》えると、ドミニクが無線起爆装置のダイヤルをまわした。

　頭上で凄《すさ》まじい爆発音が二度とどろいた。これで二機のユーロコプターのローターは破壊されたはずだった。

　この爆破で自分たちの任務は完了したのだとシャベスにはわかっていた。あとはここから脱出すればいい。だが、二階下から昇ってくる大量の銃撃音が彼の耳にも達していた。無線を通して「手負いの鷹《ウーンディッド・イーグル》」という連絡も聞いた。デルタの突入員のひとりが負傷したということだ。

　シャベスはすでに込み合っている交信のなかに割りこんだ。「こちらトップサイド。現在位置、階段吹き抜けＢ《ブラヴォー》。必要なら、下におりて負傷者を連れ帰れる、どうぞ《オーヴァー》」

「トップサイド、頼む。九階の階段までおりろ。そこで合流する。階段から離れるな。八階の階段に下の敵をブロックする阻止部隊がいる。九階の廊下にいる者たちはみな、攻撃してくる敵と思え」

「わかった」シャベスは応え、ドリスコル、ドミニクとともに階段を猛然と駆けおりていった。

聞こえてくる銃撃音から、階下のデルタの阻止部隊が凄まじい交戦状態にあることがシャベスにもわかった。三人が最初の負傷兵を連れ帰るための合流点に達するやいなや、第二の〝手負いの鷹《ウーンディッド・イーグル》〟コールが無線を通して聞こえた。今度の負傷兵は一階下の階段にいた。シャベスはその負傷兵を屋上まで連れもどす手伝いもしようとドリスコルを階下に送りこみ、自分はドミニクとともに第一の負傷兵が廊下から到着するのを待った。

無線による交信が落ち着いてはいるが簡潔な早口でつづくなか、ドミニクがシャベスのほうに身を寄せて言った。「ロシア野郎が多すぎますね」

「だな」〝ディング〟・シャベスは応えた。

廊下のドアがひらき、デルタ・マンが二人あらわれた。片脚が血だらけの男を防弾チョッキをつかんで引きずっている。ドミニクとシャベスは二人がかりで男を立たせると、彼の左右の腕をそれぞれ両側から自分たちの肩にまわして体を支えた。

二人のデルタ・マンはネステロフのスイートルームのほうへ戻ろうと背を向けた。その背中にシャベスが言った。「これではこの階段吹き抜けのなかが粉々に崩壊するかもな」

その言葉の正しさを証明するかのように、足下で大きな爆発音がした。

デルタフォース隊員の一方が言った。「どこもかしこも状況が悪化している。彼を屋上まで連れていったら、また戻ってきて手を貸してくれ」

「了解《ラジャー》」シャベスは応え、ドミニクといっしょに負傷兵を肩で支えつつ屋上への階段をなんとか苦労しながらのぼっていった。


ホテルの上層階で五分間とぎれなく銃撃戦を展開したあと、デルタ・チームはドミトリー・ネステロフをスイートルームで拘束したむね無線で宣したが、その部屋に釘《くぎ》づけにされてしまった。一階下の階段にいたドリスコルと生き残った二人のデルタ・マンが九階まで退却した直後、それまで彼らがいた八階の階段に〈七巨人〉の戦闘員数十人がどっとなだれこんできた。ドリスコルとデルタの突入員たちは、敵戦闘員の群れの前進を阻止しようと、破片手榴弾《フラググ》と閃光手榴弾《フラッシュバン》を階下に向けて落とした。

シャベスとドミニクはデルタ・チームのリーダーに無線で九階の階段から廊下に入るよううながされ、その奥にあるエレベーターからの危険を排除するよう指示された。二人がエレベーターまで達すると、ひとつは扉がひらいていて、なかにデルタの突入員がひとり死亡して転がり、そばに〈七巨人〉戦闘員四人の死体もあった。と、そのとき、もうひとつのエレベーターが上がってきた。シャベスとドミニクが銃を振って銃口をそちらに向けた瞬間、扉がひらき、なかに乗っていた銃を持つ六人の男たちが見えた。

二人のアメリカ人はとっさに床に伏せて発砲し、それぞれ弾倉《マガジン》が空になるまで弾丸を男たちに浴びせた。敵をひとり残らず撃ち斃《たお》すと、ドミニクが走っていって、死体をひとつ半分ほど引っぱり出し、ドアが閉まらないようにした。これでこのエレベーターも、もう下へ行けなくなり、敵を運んでこられなくなった。

そのとき突然、廊下のいちばん奥のドアがひらいた。クルッとシャベスがその方向に体を回転させ、拳銃《けんじゅう》を引き抜いた。自動小銃は弾倉《マガジン》が空っぽになってしまっていたからだ。ドアから出てきたのは二人のデルタフォース隊員だった。二人に押しやられる男がひとりいた。うしろにまわされた両手にプラスチック製の手錠をかけられ、フードをかぶせられた男。

廊下にいた銃を持つ四人の男たちはみな、互いに銃口を向け合った。最初に銃を下ろしたのはシャベスだった。彼は無線を通して言った。「われわれは味方だ！」

デルタ・マンたちは瞬時にそのメッセージを理解した。二人ともHK416カービンを下ろすと、捕虜を前に押しやって歩かせた。突入員たちのひとりが被弾していることにシャベスは気づいた。右肩が血でおおわれ、肩に巻かれた包帯も血だらけになっていたのだ。

ドミニクはすでに、死亡したデルタフォース隊員の装備をはずしはじめていた。すぐにその作業を完了し、彼は死体を肩に担《かつ》ぎあげ、なんとか階段に向かって歩きだした。

だが、四人の男たちは階段に向かって数フィートしか前進できなかった。ドリスコルと二人のデルタ・マンが階段へと通じるドアから廊下に飛びこんできたからだ。ふたたび全員が銃を振り上げ、ターゲットである可能性のある者たちに銃口を向けた。が、今回も、みんな友軍であるとすぐにわかった。

サム・ドリスコルが言った。「この階段はもう敵が多すぎて使えない。後退して、ほかの脱出路を見つけないと」

アメリカの戦闘集団はスイートルームのドアへと後戻りしはじめた。シャベスとドリスコルが銃口を階段のドアへ向けつづけた。そのドアがすぐに、吹っ飛ぶように勢いよくひらいた。シャベスとドリスコルが姿をあらわした〈七巨人〉の戦闘員を撃ち斃し、ひとりのデルタ・マンが発煙弾を投げて廊下の退路に煙幕を張った。

スイートルームからチーム・リーダーが無線で残りのデルタフォース隊員たちに呼びかけた。どうにか裏階段の安全を確保できているとの応えが返ってきたので、全員がスイートルームの裏側へ移動し、従業員専用エリアへ入った。そしてそこで他のデルタフォース隊員たちと合流した。

屋上に降り立ってから全員がそこへ戻るまでにほぼ一五分が経過していた。デルタフォース・チームの損害は、死者二名、負傷者六名。〈ザ・キャンパス〉の損害は、サム・ドリスコルが階段での爆発で顔と両腕に切り傷を負ったていどだった。ともかくドミトリー・ネステロフの拘束には成功した。

一機目のMH－6リトルバードが飛来し、二人の重傷者を機内にしっかり固定し、四人の軽傷者がその二人を挟みこむように両サイドの外装式ベンチに尻《しり》をのせた。ヘリコプターは機体を揺らしながら空へと跳びあがり、上昇して、比較的安全なドニエプル川上空へと急行した。

次に呼ばれたのはOH－58Dカイオワ・ウォリアだった。〈ザ・キャンパス〉工作員とデルタフォース隊員は屋上の二つの階段の出入り口に銃口を向けたまま、カイオワ・ウォリアが着陸するのを待った。

エリック・コンウェイが自機を屋上へと降下させていたとき、隣に座るペイジが無線を通して叫んだ。「右へ移動しろ！　右へ！」

コンウェイはどうしたのかわからなかったが、指示にしたがった。そして機首を右に向けながら、ペイジがM4カービンをダッシュボードからつかみ出し、その銃口をヘリのひらいたままのドアの外に向けるのを目の端で捉えた。

アンドレ・ペイジはふたたび叫んだ。「一八〇度旋回し、そこでホヴァリングしろ！」

コンウェイは言われたとおりのことをした。着陸予定の屋上のわずか二五フィート上、という高度だった。ペイジの向こうの機外に目をやると、ロープを使って九階のバルコニーから屋上へのぼろうとしている男たちの一団が見えた。そいつらがなぜそんなことをしているかというと、それは明白だった。そうすれば、アメリカ人部隊が銃口を向けているにちがいない階段から出ていかなくてすむからである。

ペイジはM4カービンでねらいを定め、四人の男たちに発砲した。ひとりは弾丸をまともに食らって弾《はじ》かれたように屋上から転落し、一〇〇フィート以上落下して通りにたたきつけられた。すでに屋上に立っていたもうひとりは、その場に倒れて死亡した。残りの二人はダイヴしてヘリパッドの裏へ身を隠したが、屋上にいたデルタの突入員たちがそれに気づいて発砲し、二人を撃ち斃してしまった。

コンウェイはすぐさま自機を着陸させた。フードをかぶせられた捕虜が左側の外装式ベンチにくくりつけられた。戦闘員たちも素早く自分の体をベンチに固定しはじめた。そのうちの二人は負傷しているようだったが、コンウェイはレーダー・ディスプレイと機首の真ん前にある階段のドアからほとんど目を離さなかった。いつドアが勢いよくひらき、そこから武装した敵がどっと飛び出してくるかわかったものではない。

だれかが無線を通して言った。「あと三〇秒必要だ！」

コンウェイは叫び返した。「三〇秒なんて待てん！　いますぐ離陸しないと！」

肩越しに後方へ目をやると、もうひとつの階段の出入り口に向けて発砲している男たちが見えた。これではもういつ弾丸を浴びて機体をズタズタにされてもおかしくない。コンウェイはおとなしく待っていられず、自分もM4カービンをひっつかむと、ドアから身を乗り出して銃口を後方へ向けた。

だが、ターゲットを目で捉える前に、無線を通してペイジの声が聞こえた。「こちら側、よし。三名、身を固定し、準備完了」

コンウェイは自分の側の外装式ベンチに身をくくりつけた二人の男を見た。ひとりは捕虜。彼はデルタ・チームのリーダーに連絡した。「こちら、ブラック・ウルフ2《ツー》‐6《シックス》、捕虜を含む五名を乗せて離陸準備完了。これでいいか？」

「よし、2《ツー》‐6《シックス》！　このくそ屋上から早く離れろ！」

「了解した《ラジャー・ザット》」

OH‐58Dカイオワ・ウォリアは空中へ跳びあがり、夜のなかへと上昇した。機外の男たちが、階下のバルコニーから屋上へよじのぼってくる敵戦闘員たちをねらって発砲した。敵はいくらでも湧《わ》いて出てくる。銃撃してくる敵がいる場所とは逆の方向へ飛ばなければいけないことくらいコンウェイにもわかっていた。だから西側の壁を越えてホテルから離れた。そして即、落下する石さながらに通りへと急降下した。万が一、こちら側のバルコニーにも銃を持つ敵がいても、こうすれば一発も撃てないのではないか、と思ったからだ。

ドミニク・カルーソーは自分を機体に固定しているケーブルにしがみつき、目を閉じた。このまま錐揉《きりも》み状態になって通りに墜落するのだと確信した。だが、またしてもカイオワ・ウォリアは地上すれすれで水平飛行に入り、ドミニクは脊椎《せきつい》に衝撃を受けただけですんだ。ほぼ三〇秒のあいだ彼は目をひらくことができなかった。目をひらいて、ふたたび川の上を飛んでいるとわかったときは嬉《うれ》しかった。

ボルィースピリ国際空港への帰路も、往路と同じくらい波乱に満ちた不快なものだった。敵のヘリコプターに追われているのではないかとドミニクが疑う場面が何度もあった。なにしろカイオワ・ウォリアは、気がふれたとしか思えないような、あらゆる種類の荒っぽい回避機動をとったのだ。

隣にくくりつけられていたネステロフも嘔吐《おうと》した。吐瀉物《としゃぶつ》がフードの下から垂れ流れ、ドミニクはネステロフが窒息しないように、手袋をはめた手をフードの下から突っ込んで口と鼻をぬぐってやらなければならなかった。

これでドミニクも往路とおなじように吐き気をもよおしたが、もはや眼下の森にプレゼントできるものなど胃のなかにまったく残っていなかった。

87

ジョン・クラークは整備・補給場《フライト・ライン》にひとりで立ち、戻ってくるヘリコプターを出迎えた。彼は死傷者がヘリから運び出されるのを見まもった。最初に命にかかわる傷を負ったデルタフォース隊員たちが運び出され、救急車に乗せられ、次いで死亡した二人のアメリカ人の遺体が担架に乗せられて運ばれていった。

軽傷しか負っていない男たちは、付き添われて空軍の落下傘《らっかさん》救助隊員が待つフライト・ライン上の区画へ連れていかれ、そこで傷の手当を受けることになった。

最後に、打撲傷くらいしか負っていないが疲れ切ってぼろぼろになった男たちが、ヘリから降りてきた。そして彼らの大半は、戦利品——吐瀉物《としゃぶつ》で汚れたフードをかぶせられたロシア人——とともに歩いていった。

こうしたことが進行している最中《さなか》に、ミダスはひとりでぽつんと立つクラークを見つけた。ミダスが手を差し出し、二人は握手した。「あなたの部下たちはしっかりと期待に応《こた》えてくれました。いやもう、どう感謝したらいいのかわかりません」

クラークは平然として返した。「感謝の仕方ならおれが教えよう。おれたちはネステロフとちょいと話がしたい。五分くれないか」

ミダスは首をかしげた。「わたしとしては、あなたがやつを連れ出し、ゴムホースでぶったたくくらい、やってもらってもかまいません。なんでまた話したいんですか？」

クラークは簡単に説明することにし、うちのチームが持っているネステロフ関連情報が他のロシア政府有力者たちの評判を落とすのに利用できる可能性があるのだ、とミダスに言った。具体的な詳細については何も明かさなかったが、大まかな説明をこうしめくくった。「それでロシアをウクライナから出ていかせることもできるかもしれないと、われわれは考えている。そこまでうまくいく見込みは薄いかもしれないが、やってみる価値はある」

「そういうことなら、わたしも大賛成です」ミダスは言った。「なに、構いません！　今回の作戦は、ごらんのとおり、規則には縛られない、スピードが命の、出たとこ勝負と言ってもよいものでしたからね。まあ、捕虜をおしゃべりの相手としてごく少数の民間人に提供しても問題ないでしょう。でも、五分以内ということにしてください。あいつは一時間後にはここから飛び立たせられるようにしておかないといけないのです」

ドミトリー・ネステロフはＪＯＣ（統合作戦センター）が使用している敷地内にある倉庫のいちばん奥の小さなオフィスに入れられ、鎖で椅子《いす》につながれていた。落下傘救助隊員が健康状態をチェックし、捕虜にウイスキーを与えたとき以外、汚れたフードがとられることはなかった。

　二人のレンジャー隊員が部屋の外で見張りに立っていた。ネステロフは空っぽの部屋にひとりで閉じこめられるのだと思っていたので、ライトのスイッチが弾《はじ》かれる音にギョッとした。クラークとジャック・ジュニアが部屋のなかに入り、フードをかぶせられた男の前に椅子を引き寄せ、そこに腰を下ろした。

　さらに数秒間、部屋は沈黙に包まれたままだった。ネステロフは首を右に左に振ったが、フードの向こうまで見通すことはできなかった。

　ジョン・クラークがロシア語で言った。「ドミトリー・ネステロフ。ついに会えたな」

　ネステロフは何の反応も示さなかった。

　クラークはつづけた。「おれはおまえが何者だか知っている。おまえは〈傷跡のグレーブ〉、〈七巨人〉の一員、その大幹部——〝掟の下の盗賊《ヴォル・ヴ・ザコーニェ》〟——であり、アンティグア・バーブーダのショール・バンクの取締役頭取にしてIFCホールディング会長のドミトリー・ネステロフでもある」

　ネステロフは弱々しい不安げな声で言った。「ちがう。だが、先を聞こう」

「パヴェル・レチコフもアメリカの拘束下にある」

「知らん。だれだね、それ？」

「そいつは先日アメリカにポロニウム210を持ちこんだ男だ。そいつはアメリカ合衆国大統領の息子を襲撃する陰謀をくわだてた男だ。そいつはここキエフでおまえと会っているところを写真に撮られた男だ。そしてそいつはスイスに滞在中のイギリス人ビジネスマン、ヒュー・キャスターを暗殺しようとした。だが、それに失敗し、そいつとヒュー・キャスターがおまえに関するありとあらゆることを教えてくれた、というわけさ」

クラークは事実に基づくこうした嘘《うそ》に目の前のロシア人が引っかかることを期待していた。

ネステロフは言った。「何のことやらさっぱりわからない」

クラークはさらに攻めた。「おまえはここキエフでFSBのために活動してきた。だがな、ロシア軍がキエフに到達する前に流れが変わってしまうから、ロシア軍を待っていても無駄だぞ。まあ、どのみち、おれたちはいまからおまえをテロ容疑者をぶちこむ秘密軍事施設に送りこむから、ここがどんなことになろうとあまり関係ないけどな」クラークは身を前に乗り出し、自分の顔をフードにおおわれた男の顔にぐっと近づけた。「おまえはいまやおれたちのものだ、ドミトリー。めちゃくちゃにぶっ壊してやる」

ネステロフは何も言わずに黙っていた。

クラークは上体をうしろへ戻して椅子の背にぐっとあずけ、口調をがらりと変えた。言いかたがずっと軽くなり、事務的になった。「おまえがどうしてロマン・タラノフのために働けるのか知りたい」

「タラノフ？　わからんなあ。あんた、一分前にはおれは犯罪組織の一員だと言ったくせに、いまは情報組織のために働いていると言う。もっときちんと辻褄《つじつま》の合うように話をつくりなおしてから、再度質問してくれないか？」

クラークはすこしも動揺しなかった。「タラノフは〈七巨人〉の首領なのさ。これは事実だと確認された」

「事実だと確認された？」ネステロフは笑い声をあげた。「フェイスブックにそう書いてあったのか？」

クラークもいっしょに声をあげて笑い、ネステロフの背中を荒っぽくポンポンたたいた。が、次の瞬間、声を一気に暗く沈ませ、凄《すご》んだ。「事実と確認されたことはほかにもあるぞ、ネステロフ。ロマン・タラノフは収容所《グラーグ》にいた——八〇年代後半から九〇年代前半にかけてな。そこで野郎は〈七巨人〉になったんだ。やつは創立メンバーのひとりだった」

ネステロフのフードは微動だにしなかった。

「だがな、ドミトリー、ロマン・タラノフは収容所《グラーグ》で生まれたわけではないんだ。やつはな、KGBでさんざん働いたあと、収容所《グラーグ》に送りこまれたんだよ」

ネステロフはまたしても笑い声をあげた。「あんた、何者だか知らんが、あんまり間違った思いこみばかり口にして、おれを操ろうとするもんだから、ただがむしゃらにおれから強引に情報を引き出そうとしているだけだ、というのが見え見えだぞ」

「じゃあ、おれのどこが間違っているのか言ってみろよ、ドミトリー」

「あんたがいま口にした疑問はな、そもそも成立しないんだ」

「へえ、どう成立しないんだ？」

ネステロフは何も言わずにフードの下で笑いを洩《も》らしただけだった。

クラークは言った。「タラノフはいまたしかに〈七巨人〉の首領――〝掟の下の盗賊《ヴォル・ヴ・ザコーニェ》〟――だが、その地位についたのはFSBに入る前だから、両組織で活動するのはまったく問題ないと、おまえは考えているわけだろう。〈七巨人〉の幹部たちがそれを許したのは、当時のロシアの状況のせいであり、それで〈七巨人〉がロシアにおける真の権力の座――クレムリン――にまで手を伸ばせるようになったからだ」

ネステロフは何も言わなかった。

クラークはつづけた。「だがな、ドミトリー、おまえはやつに利用されただけなんだぞ。あいつはどんな人間だって利用するんだ」

これにもネステロフはしばらく沈黙していたが、ついに口をひらいた。「彼はおれたちを利用しなかった。彼はおれたちの仲間なんだ」

クラークは言った。「八〇年代にGRU――軍参謀本部情報総局――大尉《たいい》であり、次いでKGBの暗殺者になった男が、なぜ〝掟の下の盗賊《ヴォル・ヴ・ザコーニェ》〟になれたんだ？　おまえら、組織の構成員になれる者の条件を変えたのか？」冷たく言いはなった。「野郎はいまもおまえらを利用しているんだ。おまえらの組織はやつにとっては単なる〝権力へ到達するための踏み石〟でしかなかったのさ。やつが〝掟の下の盗賊《ヴォル・ヴ・ザコーニェ》〟になること自体が、ＫＧＢの作戦だったのだ。いやあ、その作戦は大成功だった、というわけだ」

ネステロフは返した。「真っ赤な嘘だ。たとえ事実だとしても、遠い昔のことだ」

「いや、そうじゃない。おまえらのような組織がどういうシステムで動いているのか、おれは知っている。おまえらは、多少の歳月が経過したからといって野郎を許しはしない。やつが〝掟の下の盗賊《ヴォル・ヴ・ザコーニェ》〟としての栄誉を手にしていた一年一年が、おまえらの神聖な掟《おきて》への侮辱をそれだけ大きくするのだ。野郎はおまえら組織の者全員を愚弄《ぐろう》したのだ」

クラークはふたたび身を前に乗り出し、自分の顔をネステロフにぐっと近づけた。「おまえだって、そんなこと、ほうっておくわけにはいくまい？」

またしても長い沈黙のあと、フードの向こうから洩れ出た声が尋ねた。「おまえの望みは何だ？」

「おれがいま言ったことは、すぐにニュースとして世間に知れわたる。タラノフは否定するだろうが、その後どうなるかはおまえにもわかるはずだ。昔のやつを知っている者たちが名乗り出てくるだろう。で、だれもが、ＦＳＢ長官が〈七巨人〉の首領でもあるという事実を知る。これはロシア国内では厄介な大問題となる。これでみんなが困るが、たぶんひとりだけ、これをチャンスに転化できる者がいる。それはだれかというと、組織の階層でやつのすぐ下に位置する男だ」

「あんた、何が言いたいんだ？」

「〈七巨人〉もクレムリンとつるんでいる組織で、その汚い仕事をこなす代理業者にすぎない、ということが世間にばれたら、やはりおまえの組織もいくらか改革を断行せざるをえなくなる。

そしておまえはそれを生き延びることができるんだ、ドミトリー」

クラークはもういちど身を乗り出し、顔をドミトリー・ネステロフにしっかり近づけると、ほとんど耳打ちするように言った。「だが、タラノフは生き延びられない」そして、ちょっと間をおいてから言い添えた。「だろう？」

88

アメリカ合衆国大統領ジャック・ライアンはオーヴァル・オフィス（大統領執務室）の執務机に向かっていた。目の前のデスクマットの上には、自身の手で要点を箇条書きにして書きつけた事務用箋《リーガルパッド》が載っている。ライアンは時計に素早く目をやり、視線を電話にもどした。そして、さまざまな思いがめまぐるしく駆けまわる頭のなかをなんとか鎮《しず》めようとした。

ジャック・ライアンはまさに、国家元首の采配《さいはい》ひとつで国家と夥《おびただ》しい数の人々の命運が決まるという重大な時を迎えようとしていた。これからの五分間に自分がやるあらゆることが、数千人、数万人、いや、数十万人の生死さえ決しかねないのだということをジャックは知っていた。

昨夜ジャックは、数時間を費やして、スコット・アドラー国務長官、メアリ・パット・フォーリ国家情報長官、ジェイ・キャンフィールドCIA長官、ボブ・バージェス国防長官、マーク・ジョーゲンセン統合参謀本部議長、ダン・マリー司法長官との会合を重ねた。彼らはみな、今回の会談の仕方についていろいろ助言してくれたが、実はそうした専門的な知識のあるプロたちが提供してくれた情報よりも、息子との九〇分におよぶ電話のほうが、いまからはじめる電話会談をうまく進めるうえで重要なものだった。

ジャック・ジュニアとの電話は、〈地底《ベッドロック》〉がロシア人たちに殺されたという報告からはじまった。父親が最初に発した問いは、息子の安全に関するものだった。ジャック・ジュニアは、ドミンゴ・シャベスに電話に出てもらうことでようやく、自分がいま安全であるということを父親に納得させることができた。

ライアン大統領は息子の安全を確認できて一安心したが、かつて自分の命を救ってくれた男が、いままた息子の命を救って死んでいった、というニュースには衝撃を受け、頭がくらくらする感覚をいつまでもおぼえていた。そうした状態の父親に、ジャック・ジュニアはさらに、正確かつ詳細な情報を大量に浴びせた。ロマン・タラノフとヴァレリ・ヴォローディンに関する真実、セルゲイ・ゴロフコ暗殺に深く係わった男の話、その男とウクライナにいるマフィアの大幹部との関係……。

ジャック・シニアはメモをとり、曖昧《あいまい》なところがあると、さらなる説明を求める質問をした。そして、自分のほうでダブル・チェックできることがあると、メモの下にそのむねのメモを書き加えた。

ＲＰＢ（リッツマン・プリヴァートバンキエーズ）の例の口座に入っていた金《マネー》が、同じ銀行に口座を持つ者が所有するダイヤモンドに換えられたという情報は、ライアンにはとりわけ興味深いものだった。当時、ダイヤモンドがからんでいる可能性もあるのではないかという疑いがあったことをライアンはぼんやりと思い出したが、なにしろ三〇年前のことで、細かい具体的なことは何ひとつ思い出せなかった。

ジャック・ジュニアとの電話を切ると、ジャック・ライアン・シニアは安全保障に係わる高官をひとり残らずシチュエーション・ルーム（国家安全保障・危機管理室）に呼び寄せ、すべてを説明した。フォーリ国家情報長官、キャンフィールドＣＩＡ長官、マリー司法長官が、自分たちで確認できそうなものをチェックしに飛び出していった。アドラー国務長官はやる必要のある後始末等に関して大統領に助言した。

ジャック・ライアンはドミトリー・ネステロフの即時逮捕を命じる決断をした。それならキエフに展開する戦闘員たちになんとかこなせるという提言をバージェス国防長官からもらって、ライアン大統領はその案による作戦決行を認めた。

　そしていま、ネステロフを拘束できた。ネステロフはまだひとことも吐いていなかったが、ライアン大統領みずからがロシアのヴォローディン大統領に電話して、すべてを明かし、説明する必要があるという点では、閣僚全員の意見が一致した。ただそれは、こちらがつかんでいる秘密をすべて暴露するぞと脅してヴォローディンの権勢を大幅に削《そ》ごうとする、〝苦しまぎれの最後の賭け《ヘイル・メアリー》〟よりはちょっとだけましな試みでしかなかった。ともかく、ヴォローディンにこちらが秘密をにぎっているということを納得させなければならないのだが、彼のことだから実際に事実だと証明できるものまでことごとく嘘《うそ》だと言い張るにちがいない。

　電話機の上のライトが点滅し、回線がモスクワにつながったことをジャックに知らせた。彼は深呼吸をひとつし、目の前の書類の位置をきちんと直してから、受話器を架台からとりあげた。

　ヴォローディンの声が聞こえてきた。もちろん彼はロシア語でしゃべったが、早口で自信満々のしゃべりかたであることはライアンにもわかった。通信室にいる通訳の声のほうが大きかったので、ライアンはヴォローディンが言っていることを難なく理解できた。

「大統領」ヴォローディンは言った。「ついにお話しすることができましたな」

ライアンは英語で話し、その言葉はすぐにクレムリンにいるヴォローディンの通訳によってロシア語に換えられた。「ヴォローディン大統領、この会談をはじめるにあたってわたしは、あなたに真剣に考えていただきたい提案をひとつしなければなりません」

「提案？　辞職しなさいという提案かな？　図星でしょう？」ロシアの大統領は自分のジョークに笑い声をあげた。

ライアンは笑わなかった。「あなたは通訳に席をはずさせたほうがよろしい、というのがわたしの提案です。これからわたしがあなたに言わなければならないことは、あなたおひとりで聞いたほうがよろしいのです。英語をロシア語に換えるのはわたしの通訳がいたします。そういう選択をされるのなら、わたしが言うべきことを言い終わったときにまた、あなたの通訳を呼び戻せばよろしいでしょう」

「何ですか、それ？」ヴォローディンは尋ねた。「勝手に会談の条件を決めてもらっては困る。そんなのは会話の主導権をにぎるための策略にすぎん。わたしはあなたの脅しに屈するような男ではありませんぞ、ライアン大統領。わたしはロシアの前大統領とはちがう」

ジャックはさらに数秒間、通訳をとおしてロシア人の空威張りを聞いてから言った。

「〈天頂《ズィーニス》〉に関することなのです」

これはヴォローディンの通訳を介して伝わった。しばらくのあいだ沈黙が支配した。

「何のことやらわかりません」ようやくヴァレリ・ヴォローディンから言葉が返ってきた。

「それでは――」ジャック・ライアンは応《こた》えた。「どういうことなのか、ご説明いたしましょう。細かいところまですべてお話しいたします。口座番号、名前、日付、犠牲者、結末。通訳を退席させることにしますか？　それともこのまま話をつづけてもよろしいでしょうか？」

ジャックは電話の向こうからの返答はないのではないかと思ったが、ヴォローディンは言葉を返してきた。「では、ほんのすこしのあいだだけ、あなたのわがままを認めることにしましょう」すでに警戒する声になっていた。

クレムリン側でこの電話を聞く者がヴォローディンのほかにひとりもいなくなったとき、ライアンは別の方向に話を向けた。「大統領、あなたがポロニウム210によるセルゲイ・ゴロフコ暗殺に関与した直接証拠をわたしはつかんでいます」

「それなら、もっと早く聞かされるのかと思っていました。あなたがロシアをおとしいれるあらゆる種類の嘘をつくということは、以前から世界に申し上げている」

「パヴェル・レチコフという犯罪組織〈七巨人〉の工作要員が、ポロニウム210をベネズエラ人たちにわたし、その者たちが毒殺の実行を担当したのです。われわれの手のなかにはアメリカに滞在中のレチコフの写真があります」

ヴォローディンは返した。「そんな写真、だれも信じません。それに、たとえその男が犯罪者だとしても、それがわたしとどういう関係があるというのでしょう？　貴国だって犯罪ではずいぶんとお困りではないですか。アメリカのギャングたちの活動をなんとかしろと、わたしがあなたを責めてもよろしいということですかな？」

「レチコフは〈七巨人〉の構成員であるドミトリー・ネステロフと会っているところも写真に撮られています」

「わたしは通訳を呼び戻すことにします。あなたはロシアの全国民が聞いてもまったく差し支えのないことしかおっしゃらない。国民が聞いたところで、冷戦時代のスパイの愚かしさしかわからない話ばかりだ」

ライアンは言った。「ロマン・タラノフを〈七巨人〉の構成員にしたのはあなたであり、それはあなたが仕組んだ課報《ちょうほう》作戦でした。そしてタラノフはその組織のトップにまでのぼりつめました。ちょうどあなたがロシア政府の最高位にまでのぼりつめたようにね。しかしロマン・タラノフはいまや〝傷物〟になってしまいました。タラノフが組織の正式構成員《メイド・マン》になる前にKGBであったことを、われわれがすでに〈七巨人〉の最高幹部たちに通報してしまったからです。KGB将校であったことを隠して構成員になったというのはまさに、彼らの組織に対する侮辱以外の何ものでもありません」

ライアンは言い添えた。「これでまあ、彼の人生もずいぶんと難しいものになるでしょうな」

ヴォローディンは声を荒らげた。それで彼はまだ通訳を呼び戻していないのだとジャックにもわかった。「そんなのぜんぶ嘘だ」

「ヴォローディン大統領、われわれはヒュー・キャスターから証拠を得ているのです。あなたも存在するとわかっている証拠をね。そして昨夜われわれはドミトリー・ネステロフを生け捕りにしました。彼にその証拠を見せましたところ、怒ったのなんのって、もう彼はかんかんになりましてね、すでにかなりのことをしゃべってくれています。テレビに彼を出演させることもわれわれにはできます。FSBから秘密裏に一二億ドルもらって、どのようにしてウクライナを不安定化させ、どういう方法でセルゲイ・ゴロフコを毒殺し、どんな不正な商取引をしてロシア国民の公有財産を〈シロヴィキ〉が強奪しつづけられるように細工したが、彼にテレビで説明してもらったら、あなたは悲惨な立場に追いこまれることになるでしょうな。

ヴォローディン大統領、これでタラノフは破滅しますが、それでもあなたには助かる方法がひとつあります、あなたがそうすることをお選びになればね。われわれはポロニウム210によるセルゲイ・ゴロフコ暗殺の捜査で見つけた事実を公表します。ただ、公表する事実は〈七巨人〉の仕業であることを示すものばかりにします。それと、タラノフがゴロフコと同じくらい毒まみれになってしまったという事実によって、あなたは彼と公然と距離をおく機会を得ることができます。あなたの関与が世間に知られて自分が破滅する前に、その機会をうまく利用すればいいのです」

ヴォローディンは訊《き》いた。「こういうことすべてのあなたの目的は？」

ジャックにはその質問の真の意味がわかった。ロシア政府が〈七巨人〉に金をわたしているという事実を伏せる代わりにアメリカが要求するものは何なのか、とヴォローディンは問うているのである。

ライアンは答えた。「それはとても簡単なことです。あなたの軍隊は侵攻をただちにやめ、クリミア半島に戻ること。あなたはそれで小さな勝利を収めることになる。だが、あなたはそれ以上の勝利を得るに値しない。侵攻をやめクリミア半島に兵を引けば、われわれはあなたと〈天頂〉を結びつけるようなことはしない」

「わたしは脅迫なんぞに屈しない！」

「しかし、それでは身の破滅ですよ。わたしが破滅させるのではありません。わたしは戦争を望みませんからね。あなたは国内からの力で破滅するのです。ロシア国民はどんな人物が国の舵《かじ》取りをしているのか知らねばなりません。ロシアにはわたしの言うことを信じる者などひとりもいないでしょう。でも、証拠があるのです。ネステロフ、キャスター、その他の者たちから得た証拠が。その証拠によって事実がおのずと明らかになります。そういう証拠が世間に出まわることになります」

「そんな宣伝活動《プロパガンダ》をわたしが恐れると思ったら大間違いだ」

「ヴォローディン大統領、なお存命中のKGB守旧派が日付から過去のことを調べはじめるでしょう。銀行家《バンカー》たちは問題の口座番号を調査するでしょうし、刑務所管理当局はタラノフに関する情報を精査しだし、ヨーロッパ諸国も昔の犯罪の再捜査を開始することでしょう。たとえそれがわたしの宣伝活動《プロパガンダ》だとしても、それは山の斜面を転がる雪だるまとなるのです。それが山頂にとどまっているのはほんのわずかなあいだだけです。だれもがどこを調べればいいのか知れば、わたしがいま言ったことはすべて、事実だと証明されることになるでしょう」

ヴァレリ・ヴォローディンは電話を切った。

一秒後、補佐官のひとりが声を割りこませた。「大統領、もう一度つなぐ努力をいたしましょうか？」

「いや、構わん」ライアンは言った。「メッセージはきちんと伝えた。あとはもう待って、彼がどういう行動をとるか見るしかない」

ロマン・タラノフはFSBを辞職した。ロシアがウクライナでの侵略作戦を停止して軍をクリミア半島に引きあげた二日後のことだった。この辞職についても、これまでのタラノフの官職の異動時と同様、自身で声明を出すということはなかった。代わりにヴァレリ・ヴォローディンがお気に入りのニュースキャスターの番組に姿をあらわし、ウクライナ東部のテロ活動の撲滅に成功したことを彼女から称賛されたのち、今日はたいへん残念な発表をひとつしなければなりません、と切り出した。

「ロマン・ロマノヴィッチ・タラノフへのわたしの信頼は失われたと、わたしは断じざるをえなくなりました。憂慮すべき事実がいくつか見つかり、彼が犯罪組織と取引をしていたことが明らかになったのです。タラノフは全ロシア国民を品位ある高潔な状態にたもつことを職務とする地位にあったのですから、その地位にふさわしい人物とは言えないと、わたしは判断した次第です」

ヴォローディンはタラノフの後任にだれも名前を聞いたことがない男を任命した。信頼する顧問集団のなかから大統領みずからが選んだ者だったが、その人物には情報機関で働いた経験などなかった。そしてヴォローディンは、ロマン・タラノフの名前をあらゆる公式文書から削除するよう命じた。


ロマン・タラノフは、恥ずべき汚名を負った〝掟の下の盗賊《ヴォル・ヴ・ザコーニェ》〟がどういう存在であるか知っていた。広いロシアのなかでもいちばん危険な状態に追いこまれた者と言ってよい。なにしろ、これまで自分を取り囲んでいた配下の者たちがみな、一瞬のうちに自分にとって最も危険な敵に変貌《へんぼう》してしまったのだ。タラノフは信頼できる二〇人の男からなる警護チームを引き連れて、黒海沿岸のクラスノダール地方《クラーイ》にある別荘《ダーチャ》に引きこもった。そして、警護チームにKGB特殊任務部隊《スペツナズ》から盗んだ大量の武器を与え、全員をしっかりと武装させた。

ヴァレリ・ヴォローディンは特使を送りこみ――彼はタラノフ本人と話したくなかった――その使いの者に「公《おおやけ》の場での発言を一切しないと約束すれば、政府の保護と、きみが保有するガスプロム株の売却代金を与えることを確約する」と伝えさせた。

タラノフはこの取引に応じた。彼は三〇年以上にもわたってヴァレリ・ヴォローディンの命令にしたがってきたのである。ほかにどうすればいいかわかるはずもなかった。

彼を殺したのは警護チームのひとりだった。タラノフがKGB将校であることを隠して〝掟の下の盗賊《ヴォル・ヴ・ザコーニェ》〟になったということが暴露されて六日が過ぎたとき、彼の警護チームの下位メンバーのひとり――〈七巨人〉に入って大きなことをしたいと密《ひそ》かに熱望していた民間人――が、シャワーから出てくるタラノフを待ち伏せて、短剣で心臓をひと突きにしたのだ。そして自分の携帯電話で死体の写真を撮り、その画像をソーシャルメディアに投稿して自分の〝手柄〟を自慢した。

ロシア国民の大半にとって、初めて見る元FSB長官の写真が、真っ裸で血まみれになってタイルの床に仰向《あおむ》けに横たわり、目を大きく見ひらいて死んでいる画像だったというのは、実に皮肉なことと言わねばなるまい。

ジャック・ライアン・ジュニアは、ヘンドリー・アソシエイツ社のビジネス・ジェット機がまだ大西洋上空を飛行中に、その後部の座席から父親に電話した。父親はこの一週間、息子のことを心配しつづけていた。といっても、ジャック・ジュニアがフラットを引き払うためにロンドンに行ってしまったというだけの話だった。ドミニクとドリスコルが同行して手伝いはしたが、さまざまな手続きを済ませて引っ越しを完了するにはすこしばかり時間がかかった。

ジャック・ジュニアはイギリスにいるあいだは父《ダッド》に電話したくなかった。代わりに、母《マム》には電話し、Eメールも送って、まもなく帰国するので心配しないようにと連絡して両親を安心させた。

ドミニクとドリスコルはイギリスが大好きになってしまった。ジャック・ジュニアもイギリスを去ったらとても淋《さび》しくなるなと認めざるをえなかった。ロンドンにやってきた当初は、自分自身が抱えていた陰鬱《いんうつ》な気分のせいで、イギリスでの生活がきつくなってしまったのだと、いまではわかる。そして、そのあとだいぶたってからのことだが、ロシア・マフィアのせいでさらに過酷な体験を強いられた。

だが、いまはもう、こうして帰国の途にある。ということは、この数年さんざん聞かされた、いかにも心配げな声を聞かずに、父親と話すことができるということだ。自分がこういう職業を選んだせいで、ただでさえ骨の折れる父親の人生をさらにきついものにしてしまった、とジャック・ジュニアは気づいていたが、彼にはほかにもうひとつ気づいていることがあった。

それは、自分の危険を顧みずに世界をより良い場所にするために戦う必要があることを、この地球上でだれよりも理解しているのは父親にほかならない、ということだった。

息子の次の行き先がアメリカ合衆国だという事実を確認したあと、ジャック・ライアン・シニアは言った。「先週は貴重な情報をたくさん送ってもらって、ほんとうに助かったよ。それを感謝する機会がまだなかった。きみが流れを変えたんだ。きみは間違いなくたくさんの人々の命を救った」

だが、ジャック・ジュニアは自画自賛する気にはなれなかった。「どうですかね、ダッド。ヴォローディンはなお生き延び、権力の座についたままです。ウクライナの一部の地域ではまだ、ロシア人たちが勝利を祝って通りで踊っています。そこではいまもヴォローディンが最高権力者なのです。どうも、勝ったような気がしません」

ライアンは返した。「たしかにわたしたちが望んだ結末ではない。だが、少なくとも戦争を回避することはできた」

「単に遅らせることができただけ、ではないと確信できますか？」

ジャック・シニアは溜息《ためいき》をついた。「いや、できない。まったくできない。それどころか、弱くなったヴォローディンは、それだけより危険な存在になったとも言える。要するに手負いの獣のようになってしまったかもしれない。何かにつけ難癖をつけてくるだろう。しかし、わたしはその種のことにはもうあんがい長いこと対処してきたからね。それに、われわれは今回も、利益を最大にして損害を最小に抑えられたと、わたしは思っている。ただ、今回もまた、多くの善き人々が命を失った——セルゲイ、オックスリー、そして東欧でやるべきことをやってきた軍や情報機関の者たち。だから、もっと良い結果になってほしかったと思うのはいい。しかし、現実はそう甘いものではないのだ」

「ええ」ジャック・ジュニアは応えた。「そういうことなんですよね」

ジャック・シニアは言った。「われわれは負けたのではない、ジャック。勝たなかっただけだ」

たちまちその言葉はジャック・ジュニアの心にずしっと沈みこんだ。「はい」

ライアンは尋ねた。「これからどうするつもりかね?」

「ともかくアメリカに戻ります。ボスのジェリーとはすでに話し合いました。フェアファックス郡に新社屋に適したビルを見つけたそうです。ギャヴィンもわたしたちの活動を再始動させるのに役立つ新しい技術的方法を見つけました」

ライアンは言った。「それはよかった。仲間との活動を再開したくてたまらないというきみの気持ちはわかっている。ただ、きみがもっと安全な生活をしてくれたらなあ、と思っていないと言ったら嘘になるけどね」

ジャック・ジュニアは返した。「今回は危険なんてまったくなさそうな仕事についたのに、ご覧のとおり、こんなことになったのです」

「うん、きみの言うとおりだ。わたしもきみにひと仕事頼んで、さらに危険な目に遭わせることになってしまったしな」

「わたしを信頼してくれましたね。あれは嬉《うれ》しかった。ありがとうございます」

「いやいや。まあ、こっちに着いたら、できるだけ早く寄ってくれ。きみの顔を早く見たいんだ」

「はい、そうします、ダッド。わたしも早く会いたいです」

エピローグ

三〇年前

　CIA分析官ジャック・ライアンはグライズデイル小路《クロース》の自宅の前でタクシーから降りた。SIS本部《センチュリー・ハウス》の同僚からコートを借りてよかったと思った。今夜のここチャタムはずいぶん冷えこんでいる。通りに人影はひとつもない。もう午前零時はまわっているな、とジャックは思った。だが腕時計は、ベルリンで医者に傷の手当をしてもらったときにはずし、そのあとスーツケースに投げこみ、そのままになっている。

　ヴィクトリア駅から乗った列車のなかでやっと、仕事場から家へ電話しなければいけなかったことをふっと思い出した。なんだかバタバタしていて、そうする機会を逸してしまったのだ。まず、サー・バジル・チャールストン長官からSISの医師に腕の傷を診てもらうようにと強く言われ、そうせざるをえなくなった。次いで、今朝ミッション・ベルリン（アメリカ西ベルリン担当外交施設）で自分が書いた接触報告をＣＩＡ西ベルリン支局がファックスで送ってきたものを、何時間もかけて見直した。その報告書の第一稿は一ページあったが、ライアンはＳＩＳ本部《センチュリー・ハウス》でそれを読み直しながら、ベルリンの地図など、細かなところまでしっかり理解するのに役立つ参考資料を利用して、さらに五ページ分の情報を書き加えた。

　その仕事を終えると、頭がボーッとしてしまい、妻のキャシーに電話しなければいけないことまで忘れてしまった。そして、それを思い出したときにはもう列車のなかだった。

　ジャックは物音をできるだけ立てないように、そっと玄関のドアから家のなかに入った。子供たちを起こしたくなかったからだ。玄関の間にスーツケースをおき、さらにもうすこし静かに歩けるように靴をぬぎにかかった。が、そのとき、暗くなった廊下を歩いてくるキャシーの足音が聞こえてきた。

　キャシーは腕のなかに飛びこまんばかりに抱きついてきた。「寂しかったわ」

「わたしだって寂しかったよ」

　愛情に満ちた優しい時だったが、それもすぐに「新しいコートを買ったの？」というキャシーの問いに壊されてしまった。

「いや、借りたんだ。いろいろあってね」

　二人は抱き合い、キスをしながら居間まで歩き、キャシーはソファーに腰を下ろした。

妻は美しい、とジャックはあらためて思った。部屋着姿でもきれいだ。ジャックは右の前腕がミイラみたいに包帯でぐるぐる巻きにされているのを忘れ、コートをぬいでしまった。

「あら、まあ、どうしたの？」

ジャックは肩をすくめた。キャシーには嘘《うそ》をつけない。彼女が妻だからだ。いや、キャシーに嘘をつけない理由はもうひとつある。それは彼女が外科医でもあるからだ。キャシーなら、前腕の傷をひとめ見ただけでナイフで切られたのだとわかってしまう。

数秒後には彼女は包帯をはずし、エンドテーブル上のスタンドの光がよくあたるように夫に腕を上げさせていた。そして熟練したプロの目で傷を診た。「ラッキーだったわ、ジャック。長い傷だけど、まるで深くないの。それに、どなたがしたのか知らないけど、傷口の手当と包帯の巻きかたがよかったみたい」

「うん」

キャシーは包帯をもとのように巻きはじめた。「朝になったら再消毒して包帯を巻き直してあげるわ。何があったの？」

「それが言えないんだ」

キャシーは包帯を巻きはじめたジャックの前腕をじっと見つめてから、顔を上げて夫の目をのぞきこんだ。彼女の目には心配だけでなく〝傷ついた〟表情も浮かんでいた。「そう言うだろうと思っていたわ」

願した。


「言えないんだ」ジャックは繰り返し、もうこれ以上ほじくろうとしないでくれと目で哀願した。

これでキャシーは知るべきことをほぼすべて知った。「わたしに言えないという理由はただひとつしかないわね。CIAに関係があるということでしょう。襲われたの？」

《そんなところだ》とジャックは思った。《ただ、ドイツのテロリストにナイフで襲われただけでなく、狙撃《そげき》されもしたし、〈ベルリンの壁〉のそばで正体不明のならず者たちに襲撃されもした》もちろん、そうしたことは何ひとつ言わなかった。ただこう言った。

「大丈夫、問題なしさ、ベイブ。ほんとうさ」

キャシーは信じなかった。「わたし、テレビのニュースをずっと注意して見ていたの。スイスのレストランの爆弾事件。ベルリンのアート・ギャラリーの上にあったというテロリストのアジトへの手入れ。いったいどっちなの、ジャック？」

むろんジャックは、〝両方〟と正直に答えることもできなかったし、訳知り顔に〝アート・ギャラリーではなくてアート・スタジオだよ〟と指摘することもできなかった。しかたなく、こう言った。「信じてほしいんだ、キャシー。みずから進んでトラブルを求めたわけではない」

「あなたはそんなこと絶対にしない。ただ、トラブルが起こったときに、それに背を向けて逃げるということができないだけ」

ジャックは目を上げて部屋の向かいの壁のほうを見やった。疲れていて喧嘩《けんか》をする気力もない。それに、言い返せることなんてほとんどない。妻の言うとおりなのだ。彼女は兵士やスパイと結婚したわけではない。証券トレーダーでもある歴史家と結婚したのだ。それなのに自分は今回も、ベルリンのような危険な状況にみずから飛びこんでいったのである。ベルリンのほうから自分を捜しにきたのだと言い張って、喧嘩できるわけもない。

ジャックはいま自分が頭に浮かべることができるただひとつの思いを口にした。いま彼にとって大事なのは、ほんとうにそれだけだった。「愛している。家に帰れて嬉《うれ》しい」

「わたしも愛しているわ、ジャック。わたしはあなたとずっといっしょに暮らしたいの。だから、あなたが何日も家をあけ、挙句の果てにナイフの傷を負って帰ってくるというのが、もうほんとうにつらいの。お願い、わかると言ってちょうだい」

「もちろんわかるさ」

二人は互いの体をしっかりと抱きしめた。今回の件でも真に解決したことなどひとつもなかったが、キャシーは〝もう許してあげる〟という表情を夫に示した。

キャシーは言った。「ごめんなさい。わたし、明日の朝九時から手術があるの」

ジャックは居間の時計に目をやった。午前一時。昨夜のこの時間には、マルタ・ショイリングといっしょにいた。その前の晩には、間一髪で銃撃戦から逃れた。さらにその前の晩には、スイスのツークにいて、レストランが焼けるのをながめていた。

ジャックは妻におやすみのキスをし、キャシーは寝室へ向かって歩きだした。ジャックは彼女の背中に声をかけた。「子供たちの寝顔をみたら、すぐベッドに入る」

ジャック・ライアンは五歳になるサリーの部屋をのぞいた。娘は兎《うさぎ》の縫いぐるみをしっかりつかみながらぐっすり眠りこんでいた。足音を忍ばせて近づいていき、娘の額にキスをした。

次にジャック・ジュニアの部屋のドアをすこしだけあけ、上体だけかたむけてそっとなかに入れた。と、まだよちよち歩きの息子が囲い付きのベビーベッドのなかで立っていたのでびっくりした。もじゃもじゃの黒髪の下の青い目を大きく見ひらき、ダディーを見てにこにこ笑っている。

ライアンは思わず笑い声を洩《も》らした。「よう、元気そうだな」ジャック・ジュニアをかかえ上げ、ハグしてから、居間へ抱いていった。そしてソファーに身をあずけて息子を膝《ひざ》に乗せた。

時を刻む時計の音は聞こえるものの、部屋は静まりかえっていた。ソファーに座ってジャック・ジュニアを抱いていると、息子の心臓の鼓動を胸に感じとることができた。

突然、この数日の危険と死がいちどきに脳裏によみがえった。死の危険にさらされたことが何度もあったのだ。いまこうして持っているすべて、維持し保有してきたすべてを、自分は失っていたのかもしれないのだ、と思うと、恐怖で心臓が暴れだした。

そして家族は自分を失っていたのかもしれないのである。

ライアンはジャック・ジュニアをぎゅっと抱きしめ、小さな息子は父親の腕のなかでもがいた。

ジャックやサリーが父親を失う前に、こんなことはやめなければいけない、とライアンは自分に言い聞かせた。

だが、こうやってソファーに座り、自分の死について思いめぐらし、己の命をもてあそぶ無責任な行為と突然思えてきたこの数日の行動について熟考しているうちに、自分がおちいった危険だけでなく、ほかの者たちのことも頭に浮かんできた。デイヴィッド・ペンライトのこと、会ったことさえない二人のスイス人銀行家《バンカー》、スイスとドイツで殺された罪なき人々。さらに、イングリット・ブレッツ、マルタ・ショイリングのことも、そして、自分に大きな危険が及ぶのも顧みずに、見知らぬ者を助けようと木立のなかから飛び出して、闘いに加わった男のことも、考えた。

ジャックが情報収集分析《インテリジェンス》ゲームに参加することにしたのは、この世界をより良い場所にするためだった。そんなの現実を知らない甘い考えだと言われれば、そのとおりだろう。それくらいのことは自分でもわかっている。だが、結局のところ、自分が多少なりとも善いことをしてきたのだということはジャックも知っていた。そりゃたしかに、善いことをそうたくさんしてこられたわけではないだろう。だが、自分はひとりの男にすぎないのだし、ベストを尽くしてきたのだ。

ジャック・ライアンは膝の上のジャック・ジュニアをふたたび見下ろした。息子はいつのまにか自分の腕のなかでぐっすり眠りこんでいた。その姿を見て、心のなかに喜びが広がった。

自分にはベストを尽くすということをやめることはできない、とライアンは思った。もちろん、できるかぎり安全でいられるように最大限の努力をするつもりではある。そうしなければ、長生きして家族を養ってはいけない。ただ、たったいま気づいたことがある。それは、自分なりにベストを尽くし、自分がこの世界をより良い場所にすることに力を注げば注ぐほど、ジャック・ジュニアが受け継ぐ世界がほんのすこし良くなり、それだけ息子にとっても安全になる可能性が高まる、ということだ。

ボルティモア市警の刑事だった亡《な》き父、エメット・ライアンもきっと、このわたしを両腕に抱いて、同じことを考えたのではないだろうか、とジャックは思った。だって、それこそ父親ならだれしも願うことではないか。ただその願いがどこまで実現するのかということは自分にもわからない。ともかく、わたしが知るかぎり、息子のジャックは将来このわたしが想像もできないような危険に直面することになるはずだ。だが、ソファーから立ち上がって眠っているジュニアを抱きかかえて息子の寝室まで戻っていく途中、ジャック・ライアンは、それでもなお、より良き世界を子供たちに受け継がせようと努力するのが父親たる者の務めなのだと悟った。

訳者あとがき

二〇二二年二月二四日にロシアがウクライナへの軍事侵攻をほんとうに開始してしまったとき、正直なところ、私も唖然《あぜん》とし、完全な理解不能状態におちいってしまった。まさに「なんなんだ、これは？」と叫びたくなるほど、びっくり仰天した。

だが、ロシアによるウクライナ侵攻を描いたトム・クランシーの遺作『米露開戦』を自分が九年ほど前に訳していることを思い出し、それを書架から引っぱり出して再読してみると、そこにロシアの現政権を理解するヒントがたくさん隠されていることに気づき、もういちど驚愕した。

キーワードは、KGB（国家保安委員会）、FSB（ロシア連邦保安庁）、シロヴィキ（情報・治安機関か国防機関の出身で、いまは高位にある有力な政治指導者たち）、オリガルヒ（新興財閥）、ソ連時代の超秘密資金、ロシアン・マフィア、〝泥棒政治《クレプトクラシー》〟（国の資産を権力者が私物化する政治）……。

おそらくトム・クランシーと共著者のマーク・グリーニーは、ロシアに関するあらゆる公開情報を収集し、それをしっかり分析して、現政権の成り立ちを真剣に推理したのだろう。そして、とてつもなくヤバい筋書きを見つけ出し、それをほんとうにそうなんじゃないかと思えるほどリアルな筆致で描いてみせた。

むろん、そのとおりだと言う気はさらさらないが、本書を読んで現政権の成り立ちに思いを巡らせれば、ウクライナ侵攻後に次々と露《あら》わになっているロシアのめちゃくちゃぶりも、あるていど理解可能になるのではないか、と思う。

だから、今回、復刊のお話をいただいたとき、クランシー＋グリーニーという天才・俊英ゴールデンコンビによる文字通り〝面白くてためになる〟超一流の国際謀略・軍事冒険テクノスリラーを、ほぼ完璧なタイミングでみなさんに再びお届けできるのだと思い、とても嬉しかった。

トム・クランシーについては、いまさら長々と紹介する必要はないだろう。「国際政治謀略エンタメ小説の巨匠」「ハイテク軍事スリラーの元祖」「キング・オブ・テクノスリラー」などと称されてきたことは、みなさんもすでにご存じのことと思う。トム・クランシーことトーマス・レオ・クランシー・ジュニアは、一九四七年メリーランド州ボルチモア生まれで、二〇一三年に他界した。享年六六。保険代理業をやりながら第一作の『レッド・オクトーバーを追え』を書きあげたのが三〇代後半（一九八四年）だから、以来ほぼ三〇年にわたってジャック・ライアン・シリーズを書きつづけたことになる。ほかに軍事ノンフィクションを一〇冊ほど書き、プロデュースのみを担当したシリーズもかなりあり、ゲームづくりにも手を広げて大成功しているが、トム・クランシーといえばやはり、このジャック・ライアン・シリーズだ。

ジャック・ライアンものはこれまでに五回映画化され、アレック・ボールドウィン、ハリソン・フォード、ベン・アフレック、クリス・パインといった錚々《そうそう》たるスターたちが主役を演じ、いずれも好評だった。ジョン・クラシンスキー主演でテレビドラマ化もされ、現在アマゾン・プライム・ビデオで視聴可能（シーズン4まで）。これまた評判がすこぶるよい。

共著者のマーク・グリーニーことマーク・ストロウド・グリーニーについても、冗長な紹介は不要だろう。いまや世界的な大成功をおさめているグレイマン・シリーズ（二〇〇九年に刊行開始、現在一三冊目）と、クランシーの〝助っ人〟として執筆したジャック・ライアン・シリーズ（クランシーとの共著三冊、巨匠の死後に単独で四冊、合計七冊）で、どんどん人気を集め、あっというまに冒険小説の第一人者になってしまった。二〇一九年からは元海兵隊中佐との共著という形で新しい戦争シリーズも書きはじめ、ロシアとNATOとの戦闘なども描いている。一九六七年、テネシー州メンフィス生まれ。現在、五〇代半ば、まさに脂の乗り切った大活躍ぶりだ。

映像化については、グレイマン・シリーズ第一作『暗殺者グレイマン』をもとにした

『グレイマン』が、すでにネットフリックスで配信中。主演はライアン・ゴズリング、監督はルッソ兄弟。凄《すさ》まじい迫力の戦闘アクション映画に仕上がっていて、すでに続編の製作も決まっている。

なお、本作『米露開戦』は最初の刊行が二〇一五年一月（原書は二〇一三年一二月）であり、地名は当時の慣行に従ったままであることをお断りしておく（キエフ、グルジアなど）。

二〇二三年七月

解説　トム・クランシーのロシア眼

ロシア軍事研究家・小泉　悠

トム・クランシーの最終作が日本語で出るから解説を書かないか……という打診を受けた時、かなり舞い上がった。かつて古本屋の店先で『レッド・オクトーバーを追え』の（上）だけを入手し、（下）が手に入らないもどかしさ（なにしろ当時はAmazonがなかった）に悶絶《もんぜつ》しながらショーン・コネリー主演の映画版を見ていたりした身からすると願ってもない光栄な話である。

送られてきたゲラを読み始めると、高揚は興奮へと変わった。暗躍するスパイ達、緻密《ちみつ》な軍事描写、そして我らがジャック・ライアン！ということで「やっぱりトム・クランシーおもしれえ！」という思いを新たにしたわけだが、本稿は「解説」であるのだから、筆者の想いばかりをここで開陳するのは適切ではないだろう。

かといって、長年のファンも数多いトム・クランシー作品の、しかも生前最後の一冊について「解説」できることなどあるだろうか、と考えると甚《はなは》だ心許《こころもと》なくもある。そこで本稿では、筆者が専門としているロシア政治と軍事の研究という観点から、『米露開戦』

を読み解いていきたい。

本書の背景を成す露・宇関係

田村源二氏の「訳者あとがき」によると、本書の原書が刊行されたのは2013年12月のことだという。これは実に驚くべきタイミングと言えよう。何にどう「驚くべき」なのかについて説明するために、まずは過去30年ほどの間におけるロシアとウクライナの関係性を以下のようにまとめてみた。

●1991年　ウクライナ独立
ソ連崩壊によってウクライナ・ソヴィエト社会主義共和国はウクライナ共和国として独立

●2004年　オレンジ革命
大統領選挙不正疑惑によってプーチンの推すヤヌコヴィチ候補が一転落選。代わって当選したユーシェンコ大統領の下でウクライナはEU・NATO加盟方針を掲げるようになる

●2005－2006年　ロシア・ウクライナの「ガス紛争」が勃発

ロシアのガスプロムは、それまで友好国価格で廉価に供給されていたウクライナ向け天然ガスの価格を一挙に3倍以上に引き上げると通告。ウクライナ側がこれを受け入れなかったため、ガスプロムは2006年からガス供給を削減したが、ウクライナが自国分向けガスを強制的に抜き出したため欧州向けガスが不足する結果となった

●2010年　ウクライナ大統領選

今度こそヤヌコヴィチがウクライナ大統領に当選。NATO加盟方針を破棄する一方、天然ガス価格の割引と引き換えにクリミア半島へのロシア軍長期駐留を容認へ

●2013－2014年　マイダン革命

EUとの連携協定を反故にしたヤヌコヴィチに対して国民が抗議し、暴動化。身の危険を感じたヤヌコヴィチがロシアへと脱出

●2014－2015年　ロシアの第一次介入

ヤヌコヴィチの逃亡直後、ロシアはクリミア半島を占拠し、自国に「併合」したと宣言。東部ドンバス地方でもロシアから侵入した民兵や親露派武装勢力の蜂起が起こる。夏以降にはロシア正規軍も介入して局地戦争へ

●2022年　ロシアのウクライナ侵略

15万人以上のロシア軍がウクライナの北部・東部・南部から正面切って侵攻し、これを迎え撃つウクライナ軍との間で全面戦争となる

以上から明らかなように、トム・クランシーが『米露開戦』を書いたのはロシアがウクライナへの全面侵攻に及ぶ2022年よりはるか前であり、それどころかクリミア半島の占拠やドンバスでの紛争が起きた2014年よりもなお前のことなのである。2013年12月といえばたしかにウクライナの首都キーウがかなり騒然とした状態になっており、このままでは内乱になるのではないか、ロシアが介入してくるのではないか、という噂はあるにはあった。

ただ、本書の緻密な内容を見れば、ウクライナの状況を横目にちょいちょいと書けるようなものではないことは明らかである。とすると、トム・クランシーはウクライナでの戦争やその発端となったマイダン革命が起きるかなり前から、そのような事態を予測していたということになろう。

本書の「驚くべき」点の第一はここにある。2013年の時点において、ウクライナで急速な政権崩壊が起こる可能性や、ましてそこにロシアが軍隊を動員して介入してくる可能性を正確に予測できた専門家はほとんど存在しなかったからだ。なにしろ当のウクライナ政府自身が2013年秋には徴兵制を廃止していたくらいである。

プーチン権力の本質を見抜いていたクランシー

　第二に、トム・クランシーはプーチン権力とはどんなものかを非常に正確に見抜いていた。本書に登場するＫＧＢ出身のロシア連邦大統領、ヴォローディンがプーチンのカリカチュアであることは誰の目にも明らかだが、その描き方にはいちロシア研究者として舌を巻かざるを得ない。

　トム・クランシーの描くヴォローディン＝プーチンは、ロシアの国家権力において頂点に立つ男である。ただ、その権力というのは、表に見える公式の国家権力ばかりではない。マフィアと新興財閥が結びついた「裏の権力」とでもいうべきものがあり、ヴォローディン＝プーチンは彼らの総元締めというべき立場にある。

　そうであるがゆえに、ロシアはいくらガスや石油を掘っても豊かになれない。資源も人材も科学技術もあるのに、豊かになるのは裏と表で権力を握る男達ばかりなのだ。また、優秀な起業家が出てきても、ビジネスが軌道に乗ったところで裏の権力を牛耳る連中に〝襲撃〟されて二束三文で奪い取られてしまう。こんな次第だから、プーチン政権下では資源価格の高騰によって絶対的貧困はほぼ撲滅《ぼくめつ》される一方、相対貧困率（最も貧しい人々が享受できる富の割合）にはほぼ変化がなく、富の大部分はごく一部の権力者に独占されたままだった。この構造をはっきりと見抜いて描き出した小説家はそういないと思われる。

しかも、その描き方が秀逸だ。ホワイト・ハウスの主人としてウクライナ危機に対処しようとする父ジャック・ライアンの物語とは別に、調査会社の社員としてロシア利権の闇を追うジャック・ライアン・ジュニアというもう一人の主人公がいて、その二つの物語が後半以降で次第に合流していく。この展開には一人のファンとして非常に痺《しび》れるものがあった。

勢力圏とハイブリッド戦争

もっとも、ヴォローディン＝プーチンは単なる腐敗したマフィアのボスではない。彼（ら）は同時に熱烈な愛国者でもあって、ソ連崩壊によって失われた旧ソ連諸国と東欧をロシアの勢力圏として回復するという野望に取り憑かれている。特に旧ソ連でロシアに次ぐスラヴ系人口を抱えるウクライナへの執着は並々ならぬものがあった。２０２１年に発表した論文「ロシア人とウクライナ人の歴史的一体性について」で、ウクライナが歴史的にはロシアの一部なのであるとプーチンが主張したことは、このような執着を改めて確認させるものであった。

この点は一般論として多くの人々に知られていたことではあるのだが、軍事力を使ってでもそれを成し遂げようとするのかどうかはまた別だ。２０１４年のクリミア併合やドンバスへの介入を専門家やウクライナ自身が予測できていなかったことはすでに触れたが、本書では重要な伏線がある。物語の冒頭、ロシアがエストニアに侵攻するものの、思わぬアメリカの反撃を受けて矛を納めざるを得なくなる、というエピソードである。

そこでヴォローディン＝プーチンは、より手の込んだ方法をウクライナに対して用いることにした。要人や一般大衆を殺してアメリカに責任をなすりつけ、さらにマフィア組織を送り込んだり、メディアで偽情報を流すなどして混乱を広げるという方法だ。実際のドンバス紛争でも、民族主義勢力、マフィア、地元の犯罪者といった胡散臭い連中が大量に暗躍し、ロシアのプロパガンダ機関がフル稼働した。その目的は、人々を思いのままに操ることではなく、混乱を広げて収集のつかない事態を作り出すことにある……このような戦争に見えない新しいタイプの戦争は、ドンバス紛争以降、「ハイブリッド戦争」の名前で世界的に注目を集めるようになったが、トム・クランシーはその様相をかなり正確な形で予言していた。これが「驚くべき」点の第三点であり、プーチン権力の構造に対する深い理解があってこその予測精度と言えよう。

予測の正確さという点で言えば、欧州諸国の及び腰な態度を描いたのも見事である。ロシアの天然ガスに依存し、金融の裏面でもロシアと繋がる欧州のエリート達は、ウクライナに対する侵略というあからさまな国際秩序の毀損《きそん》に対してどうにも腰が重い。この点は2014－15年の最初の紛争でもそうだったが、その煮え切らない態度が2022年にはウクライナへの全面侵攻へとロシアを駆り立てたとも言えるのではないだろうか。

ジャック・ライアンのいない世界で

驚いてばかりいても仕方ないので、現実のウクライナ情勢と本書の異なっていたところを挙げてみよう。その第一は、ウクライナの抵抗力である。より正確に言えば、2014－15年の最初のロシアの介入に対して、ウクライナはたしかに非力だった。トム・クランシーが描いたようにウクライナ軍はボロボロの状態であり、国民の間でもロシアに対する態度は大きく割れた。この結果、クリミア半島は作中の展開とほぼ同様にあっさりとロシアの支配下に落ち、ドンバスの二州（ドネツクとルガンスク）もそれぞれ三分の一ほどが親露派武装勢力が支配する自称「人民共和国」になってしまった。

しかし、現実にロシアの侵略を一度経験した後のウクライナは、2022年以降の戦争で非常な強靭さを示している。金がないのは相変わらずだが、訓練や指揮統制をNATO式に改め、有事に民間人予備役を動員するための仕組みも整えた。何より目覚ましいのは、バラバラのアイデンティティを抱えたウクライナの人々が、ロシアの侵略によって「我々はウクライナ人である」という自覚を強めて徹底抗戦の意思を固めたことであろう。トム・クランシーが予測したウクライナに対するロシアの侵略は、「ウクライナ人」の誕生という予想外の事態へと転化していった、とも言える。

もう一つは、現実の政治的リーダー達がトム・クランシーの考えたほど道徳的ではなかったということだ。ヴォローディンが過去の恥部を暴かれることを恐れてウクライナから兵を引いたのに対して、プーチンは自らの権力の闇をどれほど非難されようとも動じる様子がない。ジャック・ライアンはロシアのウクライナ侵略に対して迷わず特殊部隊を投入したが、現実のアメリカ大統領ジョー・バイデンはこれほど思い切りがよくなく、米軍の直接介入はおろか戦車や戦闘機の供与さえためらい続けてきた（一応、バイデン政権の名誉のために付け加えておくならば、砲弾などの供与については精一杯やれることはやっているのだが）。

詰まるところ、我々はジャック・ライアンのいない世界で生きているということだ。ジャック・ライアンとは、アメリカにはこうあってほしいというトム・クランシーなりの理想を体現した人物なのだというのが筆者の理解であるが、現実の世界はそう理想的ではない。

それでも、理想は無意味ではない。アメリカも欧州も日本も問題だらけ、北朝鮮のミサイル開発は止まらず、中国は軍事大国に向けてまっしぐら、ロシアを巡る状況はひどくなる一方、という状況でも、現実に負けたらおしまいである。負けなければまた未来に希望を繋ぐことができる。だからジャック・ライアンは「われわれは負けたのではない、ジャック。勝たなかっただけだ」と息子に語るのであり、その息子のために少しでもよい未来を残そうと決意する30年前のシーンでこの物語は終わるのではないだろうか。

初刊『米露開戦3・4』新潮文庫（2015年2月刊）。
本作品はフィクションです。

徳間文庫

米《べい》露《ろ》開《かい》戦《せん》 下

2023年10月15日 初刷

著者 トム・クランシー
マーク・グリーニー

訳者 田《た》村《むら》源《げん》二《じ》

発行者 小宮英行

発行所 株式会社 徳間書店

東京都品川区上大崎三－一－一 〒141－8202
目黒セントラルスクエア

電話 編集〇三(五四〇三)四三四九
販売〇四九(二九三)五五二一

振替 〇〇一四〇－〇－四四三九二

印刷
製本 大日本印刷株式会社

ISBN978-4-19-894897-9 (乱丁、落丁本はお取りかえいたします)